Byle do przodu

OLGA
RUDNICKA

Byle do przodu

Prószyński i S-ka

Projekt okładki
Paweł Panczakiewicz
www.panczakiewicz.pl

Zdjęcia na okładce
© Christian Melfa/Arcangel Images
Zdjęcie autorki Anna Pińkowska

Redaktor prowadzący
Anna Derengowska

Redakcja
Joanna Habiera

Korekta
Grażyna Nawrocka

Łamanie
Ewa Wójcik

ISBN 978-83-8123-352-1

Warszawa 2018

Wydawca
Prószyński Media Sp. z o.o.
02–697 Warszawa, ul. Gintrowskiego 28
www.proszynski.pl

Druk i oprawa
CPI Moravia

Maria z dumą spoglądała na białe obrusy i bukieciki konwalii w wazonikach. Od miesiąca uwijała się jak w ukropie, planowała, zamawiała, chodziła za projektantem jak pies, osobiście zatrudniała pracowników. I oto nadszedł wielki dzień. Za godzinę otworzy własną restaurację, swoje największe marzenie, dzięki ojcu, który – nieoczekiwanie dla całej rodziny – postanowił jej pomóc.

Piotr uważał, że coś się za tym kryje. Ją również dręczyło przeczucie, że za darmo umarło – jak mawiała matka. Ostatnim razem, gdy ojciec zabrał się za spełnianie marzeń swoich dzieci i zawiózł je do Disneylandu, chciał im osłodzić wielką nowinę o rozwodzie. Do tej pory na widok Myszki Miki łzy napływały Marii do oczu, a Kaczor Donald sprawiał, że świat ponownie walił się jej na głowę. Miała wówczas dwanaście lat i chociaż kilka jej koleżanek przeżyło rozstanie rodziców, ona sama nigdy nie sądziła, że mama i tata przestaną się lubić.

– Ojciec coś kombinuje. – Piotr nieufnie rozglądał się po wnętrzu.

– Nie psuj mi tego dnia – poprosiła.

– Wiesz, że mam rację.

– Cokolwiek planuje – jeżeli w ogóle – jesteśmy dorośli. Nie musi nas pytać o zdanie. – Starała się za wszelką cenę zachować spokój.

– Bo on nie pyta. On obwieszcza – powiedział złowróżbnie.

– Niby co może kombinować? – Poddała się. To prawda, ojciec osiągnął sukces własną pracą i podawanie czegokolwiek na tacy komukolwiek, zwłaszcza własnym dzieciom, nie było w jego stylu.

– W ten sposób chce nam osłodzić nadchodzący koniec świata – upierał się przy swoim.

– A ojciec ma najświeższe informacje, bo chadza na piwo z Bogiem, który zwierzył mu się, że czeka nas kolejny potop? Dostałam restaurację na pocieszenie, bo na arce zabraknie dla mnie miejsca? – Ironia bywała skuteczną bronią przed złem całego świata, ale kto obroni ją przed własną podświadomością?

– Mam złe przeczucia.

– Salon fryzjerski wziąłeś z pocałowaniem ręki i jego tyłka włącznie – wytknęła bratu.

– Darowanemu koniowi w zęby się nie zagląda.

– Właśnie to robisz.

– Bo już go osiodłałem, a teraz zaczynam się martwić, że kuleje.

– Daj już spokój z tymi metaforami. Wiesz coś, czego ja nie wiem? – Spojrzała na niego uważnie. Brat, dwa lata starszy, miał urodę wiecznego chłopca i dokładnie tak się zachowywał. Złotowłosy bawidamek, który nigdy nie dorośnie. Różnili się od siebie jak dzień i noc. Z charakteru nie przypominał też żadnego z rodziców. Ojciec nie mógł jednak zakwestionować faktu, że jego plemniki ponad trzydzieści lat temu trafiły do właściwej macicy. Piotr wyglądał jak jego młodsza wersja. Ona bardziej przypominała matkę. Ciemne włosy i wielkie błękitne oczy. Ostre rysy twarzy niestety odziedziczyła po ojcu, tak samo jak wzrost i kościstą budowę ciała, co odebrało jej nadzieję na urodę w stylu Elizabeth Taylor, którą szczyciła się matka, dopóki nie osiwiała i nie utleniła się na blond.

– W zasadzie nie – po namyśle odpowiedział Piotr.

– Więc rusz dupę i zajmij się czymś – warknęła.

– Jesteś okropna. – Spojrzał na nią z wyrzutem.

– I stanę się jeszcze gorsza, jeśli się ode mnie nie odczepisz. Idę do kuchni upewnić się, czy wszystko gra, a ty sprawdź stoliki na tarasie.

– Mam je policzyć?

– Możesz. I zerknij, czy obrusy równo leżą, krzesła stoją na swoim miejscu, parasole są rozwinięte, kwiatki podlane. Rób cokolwiek, co mnie nie zdenerwuje – poleciła mu i energicznym krokiem ruszyła w stronę kuchni, skąd dolatywał aromatyczny zapach ziół.

Darowanemu koniowi w zęby się nie zagląda, powtórzyła w myśli, odganiając złe przeczucie, które towarzyszyło jej od chwili, gdy ojciec zaproponował jej lokal na restaurację w jednej ze swoich nieruchomości. Udzielił jej pożyczki na preferencyjnych warunkach. Zrezygnował z czynszu przez pierwsze dwanaście miesięcy. Propozycja padła nieoczekiwanie podczas rodzinnej kolacji, na którą rzecz jasna matka nie została zaproszona. Darował sobie tego typu spotkania, gdy uznał, że są wystarczająco dorośli, czyli wówczas, gdy się rozwiódł.

Ojciec musiał przygotowywać się do tego znacznie wcześniej. Przedstawił im nie tylko pomysł, miejsce, ale i projekt umów. To nie była luźna propozycja, z której mógł się wycofać. To był starannie obmyślony plan, za którym jednak mogło się coś kryć. Dlatego nie zrezygnowała z pracy. Wykorzystała zaległy urlop, wzięła trochę bezpłatnego i zatrudniła menedżera, który zajmie się bieżącymi sprawami. Od jutra. Bo dziś restauracja należy tylko do niej. Beatrice miała być przyjemnym, przyjaznym miejscem, do którego ludzie lubią wracać, by wypić ulubioną kawę lub zjeść coś zdrowego, a nie kolejnym ekstrawaganckim lokalem, w którym wypada się pokazywać. W menu znalazły się wegetariańskie i wegańskie odpowiedniki popularnych dań oraz typowo włoskie dania, nie zabrakło oczywiście potraw bezglutenowych. Można też było zamówić własne kompozycje owocowo-warzywnych koktajli. Maria miała nadzieję, że różnorodność menu i przyjazna atmosfera sprawią, że ludzie pokochają jej marzenie.

Brat otrzymał podobną propozycję. Lokal. Pożyczka. Własna działalność. Zdecydował się na snobistyczny salon fryzjerski. O włosach miał takie samo pojęcie jak ona o gotowaniu, ale oboje skończyli wybrane przez ojca studia ekonomiczne. Będą prowadzić firmy, a nie osobiście strzyc czy gotować. Piotr uruchomił swoją tydzień wcześniej i już miał terminy zarezerwowane na kilka tygodni do przodu. Salon fryzjerski, połączony ze spa i usługami kosmetycznymi. Ściągnął dietetyka i jogin mastera. Kobiety miały walić do salonu drzwiami i oknami. I to był jego sekretny plan. Po co miałby się uganiać za spódniczkami, skoro one mogą ganiać za nim? Wychodził z założenia, że człowiek powinien pracować, by żyć, a nie żyć, by pracować. Na szczęście ojciec żadnemu z dzieci swojego pracoholizmu w genach nie przekazał. Oboje pracowali uczciwie i rzetelnie na swoje utrzymanie. I to nie w firmie ojca.

Zawróciła i pomaszerowała na taras, gdzie Piotr zajmował się podrywaniem młodziutkiej kelnerki. Nie mogła dłużej udawać przed samą sobą, że wszystko gra.

– To jest podejrzane – obwieściła złowrogo.

– Ile masz lat? – Piotr przerażonym wzrokiem obrzucił kelnerkę, której właśnie wręczył wizytówkę.

– Nie mówię o niej. – Maria wyrwała jej wizytówkę z ręki. – Dziewczyno, trzymaj się z dala od mojego brata. Jutro rano nie będzie pamiętał o twoim istnieniu.

– Moja siostra przesadza. – Próbował się uśmiechnąć.

– Jest dla ciebie za stary i zdecydowanie zbyt doświadczony. Poszukaj chłopaka w swoim wieku. A teraz zmykaj. Jesteś w pracy – powiedziała stanowczo. Złapała Piotra za rękę i pociągnęła do najdalszego stolika na tarasie, gdzie nikt nie mógł ich usłyszeć.

– Założę się, że miała więcej doświadczenia od ciebie – stwierdził markotnie.

– Poluj na panienki u siebie. Nie potrzeba mi tu zasmarkańców wypłakujących za tobą oczy. Miałeś rację co do ojca. Dostaliśmy kij z marchewką.

– Co proszę? – zdumiał się.

– Dostaliśmy własne firmy, ale na jego warunkach. O cokolwiek mu naprawdę chodzi, my nie mamy prawa głosu, bo zabierze nam marchewki i przywali kijem.

– Jak na ekonomistkę teksty masz bardzo obrazowe.

– Owszem. Wcześniej nie dokonałam stosownej wizualizacji naszego problemu, chociaż byłam świadoma, że trzyma nas w garści. Zachłysnęłam się szansą, którą dostałam, i nie zamierzam jej stracić. Cokolwiek ojciec sobie zażyczy – moją nerkę, kawałek wątroby – jestem gotowa mu to oddać, póki go nie spłacę co do grosza.

– Chcesz powiedzieć, że nawet gdybyś wcześniej zwizualizowała problem, wzięłabyś od niego kasę?

– Oczywiście. Uznaję swoją zależność w tym względzie. I ty również, co oznacza, że siedzimy oboje cicho jak mysz pod miotłą i nie wychylamy się bez potrzeby.

– Może umiera i przed śmiercią postanowił zrobić dla nas coś miłego? – zastanawiał się głośno.

– Więc my też będziemy mili, dopóki wieko trumny się za nim nie zatrzaśnie – oświadczyła stanowczo.

– Mówisz tak, jakby jego śmierć była ci obojętna.

– Oczywiście, że nie jest – obruszyła się. – Wkurza mnie, ale to mój ojciec. Nie życzę mu śmierci.

– Długiego życia też nie – zażartował, drapiąc się po głowie. Maria już jako dziecko była tak poważna, że uwielbiał wyprowadzać ją z równowagi. I zawsze była Marią. Żadną Marysią. Ani Manią. Nikt nie nazywał jej Marysią. Nigdy.

– Ojciec ma pięćdziesiąt pięć lat. O emeryturze pomyśli za dwadzieścia lat, nie wcześniej. Może nawet postanowi sprzedać firmę. Dał nam to, czego chcieliśmy, żebyśmy nie mieli pretensji. Nie wiem, o co mu chodzi, ale cokolwiek wymyślił, ma moje poparcie tak długo, aż wyjdę na swoje.

– Czyli oboje mamy dożywocie. Wystarczy, że wypowie nam umowy najmu i będzie po nas. – Palcem wskazującym przejechał sobie po gardle.

– Nie wiem jak ty, ale ja zamierzam odkupić od niego mój lokal. Do tej pory będę szeroko się uśmiechać i przytakiwać. Tobie radzę to samo. I nie wmawiaj mi, że dopiero teraz zacząłeś podejrzewać ojca. Wziąłeś te pieniądze, wiedząc, w co się pakujesz. Czasem zachowujesz się jak idiota, co nie oznacza, że nim jesteś.

– Nie wiem, jak zareagować na ten zawoalowany komplement – powiedział z zadumą. – Zanim będzie nas stać na wykup nieruchomości, może być nam potrzebny seans spirytystyczny.

Maria posłała mu krzywy uśmieszek i zawróciła na pięcie. Dyskusja była bezcelowa.

– Kuchnia nie sprawdzi się sama – rzuciła na odchodnym. Menedżerka miała pojawić się dziś, ale pracę zacznie od jutra. Dziś Maria sama wszystkiego dopilnuje. To, że nie potrafi gotować, nie oznacza, że nie potrafi jeść! No i cokolwiek by mówić, w końcu to jej restauracja!

Daniel z uznaniem rozglądał się po przytulnym wnętrzu. Maria nieźle sobie poradziła. Wrzosowe ściany, białe obrusy, konwalie w wazonikach, drewniana podłoga droższa niż wszystkie stoliki i krzesła. Skoro ludzie mają po niej chodzić, tańczyć i skakać, nie można było na niej oszczędzać.

Kobiecy wystrój, zachęcający do oświadczyn i organizowania przyjęć weselnych. Nie, żeby zamierzał się oświadczyć. Znali się dopiero pół roku, a Maria na samym początku postawiła sprawę jasno. Małżeństwo nie zajmowało wysokiego miejsca na liście jej marzeń. Właściwie nie zajmowało żadnego. Po prostu było jednym z punktów do odhaczenia na zasadzie, że jeśli trafi się dziecko, to ewentualnie można sprawę przemyśleć.

Musiał przyznać, że mu to odpowiadało. Po poprzednim związku, kiedy to dostał w twarz pierścionkiem zaręczynowym, który niby-narzeczona sama sobie kupiła, postanowił odpocząć od kobiet. Kiepsko mu to wyszło, bo kilka miesięcy po feralnym wieczorze „zaręczynowym" poznał Marię i jego plany diabli wzięli.

Maria Kopicka na pierwszy rzut oka nie była pięknością, za którą mężczyźni oglądają się na ulicy. Ciemne włosy zawsze starannie zaczesywała w ciasny kok, miała ostre kości policzkowe i trochę garbaty nos, ale za to oczy – wyrazisty błękit, który widywał tylko na pocztówkach – przyciągały go od pierwszej chwili, gdy ją ujrzał. A co najważniejsze, nie była emocjonalna ani pretensjonalna i zależało jej przede wszystkim na spokojnej, przyjacielskiej relacji bez kłótni, kaprysów i ogólnej huśtawki nastrojów, przez które przechodzą zakochani.

– Cześć. – Maria cmoknęła go w policzek i usiadła naprzeciw niego. – Jak leci?

– Właśnie chciałem zapytać o to samo, ale chyba nie muszę. Sporo osób. Trzy czwarte stolików zajęte. – Uśmiechnął się do niej.

Młoda kobieta odwzajemniła uśmiech, który łagodził ostre rysy jej twarzy.

– Połowa to znajomi z pracy. Przyszli z ciekawości – wyjaśniła. – A druga połowa to klientki Piotra, które dostały voucher.

– Więc nie płacą?

– Oczywiście, że płacą – oburzyła się.

– Zatem to goście.

– Niech ci będzie. Goście – przyznała. – Jak minął dzień?

– Spokojnie. A tobie?

– Pracowicie.

Maria nie była gadatliwa, ale odpowiadanie monosylabami nie leżało w jej naturze. Na ogół używała zdań złożonych, rzadziej pojedynczych.

– Co się dzieje? – zapytał, ujmując jej dłoń.

– Skąd ten pomysł?

– Przeczucie.

– Świat staje na głowie – kobiety używają młotków i śrubokrętów, a mężczyźni dorobili się w toku ewolucji kobiecej intuicji – zażartowała.

– Dążymy do obojnactwa – odparował. – Powiesz mi, w czym rzecz?

Maria znała go na tyle, by wiedzieć, że nie zwykł odpuszczać i zmiana tematu nie pomoże.

– Piotr i ja uważamy, że ojciec miał ukryte intencje, pomagając nam założyć własne firmy – wyjaśniła niechętnie.

– Węszysz spisek? – zaśmiał się, sądząc, że żartuje.

– Coś w tym stylu – przyznała i spuściła wzrok.

– Spisek mający na celu…? – Zawiesił głos w oczekiwaniu na odpowiedź.

– No właśnie. W normalnych okolicznościach po prostu bym się cieszyła z takiej okazji. I cieszę się, oczywiście, a jednocześnie szukam wyjść awaryjnych, rozumiesz? Ojciec uważa, że na szacunek zasługuje tylko człowiek, którym sam coś osiągnie, zdobędzie, bezinteresowne prezenty nie są w jego stylu. Im dłużej o tym myślę, tym więcej mam obaw.

– Poznałem twojego ojca. To człowiek rzeczowy i wymagający. Nie podarował wam świetnie prosperujących firm, pomógł tylko wystartować, a reszta zależy od was, więc…

– Myślisz, że przesadzam? I pewnie masz rację. – Tyle że Daniel nie miał pojęcia, jakim człowiekiem jest jej ojciec, że dobroczynność nie leży w jego naturze i zawsze coś ukrywa w zanadrzu. – Zjemy coś?

Daniel z ulgą przyjął zmianę tematu. Nie rozumiał obiekcji Marii. Przygotowania do otwarcia restauracji sprawiały jej radość. Kipiała energią, choć zarazem nie zrezygnowała z pracy. Nie oczekiwał, żeby opowiadała mu o wszystkim, co działo się w jej życiu, ale mimo to poczuł się pominięty, gdy na jej stoliku nocnym przez przypadek zauważył wizytówkę pośrednika obrotu nieruchomościami z adnotacją PILNE.

– Pewnie. – Postanowił na razie nie poruszać tego tematu. Miał tylko nadzieję, że nie szukała dla nich mieszkania. Nie miał nic przeciwko oddaniu jej części garderoby i półki w łazience. Ale wspólne mieszkanie? Zdecydowanie za wcześnie. – Co polecasz?

– Wszystko smakuje wyśmienicie – powiedziała. – Zamów to, na co masz ochotę. Pod warunkiem że jest w karcie – dodała szybko, widząc szelmowski błysk w oku Daniela.

Mrugnął do niej porozumiewawczo na znak, że właściwie odczytała jego intencje, po czym roześmiali się oboje.

– Kochanie, jesteś pewna, że to dobry pomysł?

Maria zamknęła oczy i w duchu policzyła do dziesięciu. Dwukrotnie.

– Mamo, kiedy ojciec zaproponował mi pomoc, nie pytałaś, czy to dobry pomysł, powiedziałaś tylko, cytuję: „Chciał mieć dzieci, niech płaci".

– To powiedziałam na rozprawie rozwodowej – obruszyła się matka.

– Też – kwaśno skwitowała córka.

Hanna Kopicka – nazwisko po mężu – zgromiła Marię wzrokiem. Mogła mieć trzydzieści lat, ale nadal była jej dzieckiem.

– Po namyśle doszłam do wniosku, że przyjęcie prezentu było pochopne – odparła. – Ostatni prezent, który od niego dostałam, wiązał się z wizytą u adwokata dwa dni później. Najpierw Bahamy, potem rozwód. Wiesz, co mi powiedział? Chciał, żebym zachowała o nim dobre wspomnienia. Jak można zachować dobre wspomnienia po rozwodzie?!

– Mamo, to było osiemnaście lat temu! Ojciec wciąż wypłaca ci alimenty, chociaż nie musi! Co miesiąc dostajesz od niego prezent!

– Zrobiłby wszystko, żeby się mnie pozbyć. I nie zapominaj, że nie jestem na łasce byłego męża. Mam własny sklep! – powiedziała kwaśno, sięgając po papierosa.

Maria skrzywiła się z dezaprobatą.

– Znowu palisz?

– Jak to: znowu? – zdziwiła się matka. – Cały czas palę.

– Miałaś rzucić!

– Miałam też schudnąć. – Wzruszyła ramionami. – Bez papierosów się nie da.

– Nieprawda. Zapisz się na ćwiczenia.

– Mam się pocić publicznie? Oszalałaś?! – Kopicka zadrżała z przerażenia.

– Mamo, błagam cię. Dla własnego zdrowia powinnaś pomyśleć o…

– Kochanie, moje zdrowie, moja sprawa.

– Moja restauracja, moja sprawa – odparowała Maria.

– O nie! Jesteś moim dzieckiem i…

– Wychodząc z tego założenia – bezceremonialnie przerwała matce – twoje zdrowie to również moja sprawa, bo kiedy pewnego dnia padniesz, ja będę musiała się tobą zajmować. Zatem, mamo moja kochana, dbając o siebie, dbasz o mnie.

Kopicka zasznurowała usta. Problem z dziećmi nie polegał na tym, że dorastają. Problem polegał też na tym, że im były większe, tym rodzic starszy. I miał coraz mniej do powiedzenia.

– Ale wracając do restauracji… – Nie poddawała się.

– Co proponujesz? – Maria znów weszła jej w słowo. – Mam powiedzieć, że się rozmyśliłam i niech tatuś sam sprzątnie moje zabawki, jeśli chce się bawić w swojej piaskownicy? – zakpiła, odstawiając filiżankę z niedopitą kawą na szklany stolik.

– Oczywiście, że nie – oburzyła się matka. – Chciał mieć dzieci…

– Niech płaci – dokończyła córka. – Mamo, prowadzimy jakąś dziwną rozmowę bez początku, końca i jakiejkolwiek myśli przewodniej. Do czego właściwie zmierzamy?

– Tak konkretnie nie wiem, ale ogólnie rzecz ujmując, powinnyśmy ustalić, co mu chodzi po głowie. Wiedza to potęga.

– Powie nam sam, gdy uzna za stosowne. – Maria obstawała przy swoim, chociaż od kilku tygodni miała coraz większe problemy ze snem. Nie tylko z przemęczenia. Natrętne myśli nie pozwalały jej odpoczywać. I powoli dojrzewała w niej myśl, by w porę podjąć działania prewencyjne. Tylko jakie?

– Wszystkie jego prezenty zawsze zapowiadały złą wiadomość dla obdarowanego. Stanisław w ten sposób zagłusza wyrzuty sumienia. Wykorzystaj fazę, kiedy jeszcze je ma. Gdy ogłosi wielką nowinę, będzie za późno, poczuje się rozgrzeszony. Zważywszy na to, że wciąż z tym zwleka, musi to być sprawa wielkiego kalibru. Znając jego zamiary, będziesz przygotowana na jakiegoś trupa, którego wywlecze z szafy, a w najlepszym razie uda ci się to wykorzystać, by zabezpieczyć swoje interesy. Oraz interesy Piotra, rzecz jasna.

Maria w milczeniu przetrawiała słowa matki, która siedziała spokojnie w skórzanym fotelu, zapalając kolejnego papierosa i świdrując córkę niebieskimi oczami. Jasne włosy opadały jej falami na ramiona. Mimo nadwagi i zmarszczek wciąż była atrakcyjną kobietą.

– Powinnaś kogoś poznać – powiedziała nieoczekiwanie.

– Zmiana tematu ci nie pomoże.

– Nie zmieniam tematu. To luźna uwaga – odparła Maria. Uwaga matki przywołała wspomnienia znajomych schematów. Nieobecność na urodzinach? Prezent. Nieobecność na przedstawieniu szkolnym? Prezent. Przepędzenie jej pierwszego chłopaka? Prezent. Rozwód rodziców? Prezent. Nieobecność na absolutorium? Prezent.

– Z Piotrem też rozmawiałaś? – zapytała podejrzliwie. Brat był podatny na macierzyński wpływ. Łatwo mogła go w coś wmanewrować. Złoty chłopiec mamusi.

– Owszem. – Matka przyznała się od razu. – Uznał, że zbagatelizujesz jego ostrzeżenie, dlatego teraz ja rozmawiam z tobą. Po prostu spróbujcie się dowiedzieć, co jest grane. Za dobrze znam waszego ojca, by wierzyć w szczerość jego intencji. Oczywiście, kocha was i nie skrzywdzi celowo, ale siebie zawsze kochał bardziej. Jeśli nie doznał objawienia, nadal tak jest. I, co najistotniejsze, postawił was w sytuacji, w której nie możecie mu się sprzeciwić. Przemyśl to. – Ostatnie dwa zdania wypowiedziała złowróżbnym tonem.

– Oczywiście, mamo. Trudno odmówić ci racji – westchnęła Maria.

Ojciec i tak zrobi to, co będzie chciał. Jak zawsze zresztą. Miał swoje życie, a oni swoje. Musiała przyznać, że szanował ich prywatność, przynajmniej od czasu, gdy skończyli dwadzieścia pięć lat, i nie wtrącał się w ich decyzje. Nie wszystkie mu się podobały, lecz akceptował je. Powinni odwdzięczyć się tym samym. Myśl o szpiegowaniu ojca nie podobała jej się ani trochę. Słowa matki nasiliły jednak niepokój, który towarzyszył jej od tygodni. Warto zorientować się w sytuacji, choćby dla własnego spokoju.

Dochodziła dwudziesta trzecia, gdy wbiegała po schodach na trzecie piętro. Piotr z pewnością jeszcze nie poszedł do łóżka, a jeśli poszedł – przecież nie po to, by spać. Tak czy owak, na pewno mu w czymś przeszkodzi. Trudno, sam zaczął temat, który wcześniej tylko pałętał się gdzieś po obrzeżach podświadomości, a teraz nie dawał jej spokoju.

Kluczami wyjętymi z torebki otworzyła drzwi i bezceremonialnie weszła do mieszkania. Dzwonienie czy pukanie mijało się z celem. Musiałaby z całej siły kopać w drzwi, żeby się pofatygował i otworzył.

W salonie panował rozgardiasz. Butelka po czerwonym winie. Dwa kieliszki. Puste talerze i resztka czegoś, co wyglądało jak pizza.

– Wino do pizzy? Z kim on się zadaje? – mruknęła. Skierowała się prosto do sypialni. Załomotała pięścią w drzwi i zawołała: – Masz dwie minuty albo sama cię stamtąd wyciągnę!

– O Boże! – pisnęła przerażona dziewczyna. – To twoja żona?!

– Nie mam żony – odparł zły, że mu przerwano. – To tylko moja siostra. Potrzebuję więcej niż dwie minuty! – wrzasnął.

– Teraz masz już tylko minutę pięćdziesiąt! – odkrzyknęła.

– Cholera! – zaklął, spoglądając na leżącą pod nim dziewczynę, która oplatała go nogami. – Jak zawsze nie w porę!

– Chyba nie zamierzasz dokończyć? – wyjąkała czerwona jak burak.

– Nie zdążę – przyznał z żalem, zsuwając się z niej. – Poleż tu sobie, moja droga. Zaraz wracam.

– Żartujesz? – Nakryła nagie ciało prześcieradłem, naciągając je pod samą brodę.

– Nie zwykłem żartować z poważnych rzeczy, a seks niewątpliwie do nich należy – oznajmił uroczyście, ściągając prezerwatywę z członka nadal w fazie wzwodu. – Moja oziębła siostra nie potrafi docenić złożoności ludzkiej natury. Muszę to jakoś ukryć – podrapał się w zamyśleniu po jądrach, rzucając prezerwatywę na stolik przy łóżku.

Wcisnął się w wyjęte z szuflady slipki, mamrocząc z niezadowoleniem. Owinął się ręcznikiem, posłał dziewczynie całusa i wyszedł z sypialni.

Marię znalazł w kuchni, gdzie buszowała w lodówce.

– Fakt, że wyjadasz moje resztki, nie najlepiej świadczy o twojej restauracji – zauważył, siadając na wysokim stołku przy wystającym ze ściany blacie imitującym stół.

– Musimy porozmawiać – obwieściła z ustami pełnymi jogurtu truskawkowego.

– Byle szybko, zanim mój nastrój pryśnie – burknął.

– Nastrój?

Piotr wskazał palcem na wybrzuszenie pod ręcznikiem.

– Chcesz powiedzieć, że ty nadal… – Niemal zadławiła się z oburzenia. – Jesteś obleśny!

– Obleśny to będę za czterdzieści lat. Teraz jestem po prostu aktywny seksualnie – sprostował z szatańskim uśmiechem. Uwielbiał ją irytować. Kiedy Maria była oburzona, w zabawny sposób sznurowała usta i wyglądała wtedy jak karpik.

– Rozmawiałam z mamą. Teraz my musimy porozmawiać o ojcu!

– Teraz?

– Tak, teraz.

– Jeśli mnie pamięć nie myli, rozmawialiśmy. Spławiłaś mnie – wytknął jej.

– A teraz niczego bardziej nie pragnę, niż zająć się naszym problemem, zanim się urzeczywistni. Zainteresowany? – Maria twardo postawiła sprawę.

Z Piotrem należało postępować stanowczo. Starszy brat miał to do siebie, że zatrzymał się w rozwoju emocjonalnym na poziomie liceum i mimo ukończonych studiów i wrodzonej inteligencji pod wieloma względami przypominał nastolatka, który nieustannie podrywał jej koleżanki. I to skutecznie.

Piotr z żalem poczuł, jak potencja słabnie i znika wybrzuszenie pod ręcznikiem.

– Niech ci będzie – westchnął ciężko i wstał z krzesła. – Daj mi tylko chwilkę. Przeproszę moją dziewczynę i odeślę ją do domu.

Maria w odpowiedzi wbiła w niego ironiczne spojrzenie. Jego dziewczynę? Raczej kolejną panienkę na jedną noc, pomyślała z przekąsem. Myśli musiała mieć wypisane na twarzy, bo Piotr, wychodząc z kuchni, pokazał jej język, jak wtedy, gdy byli dziećmi.

– Skarbie, ubierz się, proszę. Zamówię ci taksówkę. – Usłyszała jego głos z sypialni. – To ważne. Moja siostra ma problemy i muszę jej pomóc.

Maria podeszła bliżej i nadstawiła uszu. Zaraz się okaże, że jest histeryczką i wariatką o skłonnościach samobójczych, a on musi uratować jej życie.

– Oczywiście, że to moja siostra! Po co miałbym kłamać?

Czyżby?, pomyślała z rozbawieniem.

– Problemy z facetem. Nie może się pozbierać. Jest trochę niestabilna emocjonalnie. Bardzo się o nią martwię.

A jednak, mruknęła z przekąsem.

– Jako kobieta powinnaś ją rozumieć.

Phi, prychnęła i wróciła do kuchni. W lodówce wypatrzyła resztki sałatki krabowej z jej restauracji. Bardzo smaczna, chętnie ją dokończy. Zamierzała też powiedzieć bratu parę słów do słuchu.

Kilka minut później Piotr w spodniach i rozpiętej koszuli wyszedł z sypialni. Tuż za nim dreptała dziewczyna, może dwudziestoletnia. Wyglądała znajomo. Maria zmarszczyła czoło. No tak, dwa tygodnie temu przyjęła ją do pracy.

– Piotr! – Otwartą dłonią uderzyła w blat. – Co ja mówiłam?!

– Żabciu, nie zwracaj uwagi. – Uśmiechnął się uspokajająco do wystraszonej blondynki. – Że musimy porozmawiać – odpowiedział siostrze. – Ale to za chwilę. – Myszko, taksówka zaraz podjedzie. Jutro do ciebie zadzwonię, dobrze? – zwrócił się do uczepionej jego ramienia dziewczyny, która wydała z siebie dziwny dźwięk, szeroko otwartymi oczami wpatrując się w Marię, jakby stał przed nią duch. Wieczór zapowiadał się interesująco, noc jeszcze bardziej, tymczasem spotkanie z szefową zapowiadało katastrofę życiową.

– Piotr, ustaliliśmy kilka zasad. Pamiętasz? – warknęła Maria.

– Mam trzymać się z dala od twoich prywatnych spraw i stracę jądra, gdy jeszcze raz przyłapiesz mnie z jedną ze swoich koleżanek – wyrecytował. – Ale co to ma do... Myszko! Chyba nie jesteś koleżanką...

– Nie jest – potwierdziła Maria. – Pracuje u mnie. Co ja mówiłam na temat dziewcząt z restauracji?

– E... – Wyczuł nadciągające kłopoty. – Że mam się trzymać od nich z daleka?

– A wsadzenie w nią członka nie narusza tej zasady?!

– Nie powinnaś wtrącać się w życie osobiste swoich pracowników. I nie zwracaj się tak do Myszki! – Mężnie stanął w obronie dziewczyny. Gdyby tylko przypomniał sobie jej imię...

– Nie mówię do niej, tylko do ciebie! I możesz być pewien, że gdy przyjmowałam ją do pracy, nie nazywała się Myszka! Nawet nie pamiętasz jej imienia, prawda?! – Patrzyła na niego groźnie.

– Oczywiście, że pamiętam! – oburzył się Piotr. – Masz mnie za idiotę?

– To chyba oczywiste! – krzyknęła, po czym zwróciła się do kelnerki. – Pani Ewo, nie zamierzam mieszać się do pani spraw. Jest pani dorosła. Mam tylko nadzieję, że pani relacje z moim bratem nie wpłyną negatywnie na pani pracę. I nie jestem niezrównoważona emocjonalnie, jak twierdzi mój brat! Mamy sprawy rodzinne do omówienia!

– Chce mnie pani zwolnić? – jęknęła wystraszona dziewczyna.

– Za kogo mnie pani uważa? – zirytowała się Maria.

– To chyba oczywiste – zadrwił Piotr.

– Nie zamierzam pani zwolnić – zapewniła, rzucając bratu wściekłe spojrzenie. – Nie interesuje mnie pani prywatny czas. – Najchętniej w punkcie pierwszym regulaminu zamieściłaby zakaz zbliżania się do jej brata. – Relacja z Piotrem to pani prywatna sprawa.

– Tak, proszę pani.

– Taksówka z pewnością już czeka. – Uśmiechem starała się złagodzić swój ostry ton.

Kelnerka rzuciła jej niepewne spojrzenie, po czym szybko wyszła z mieszkania.

– I co narobiłaś? – Piotr nie krył pretensji. – Więcej się ze mną nie umówi!

– Jeżeli to coś poważnego, osobiście ją przeproszę i będę druhną na waszym ślubie – zakpiła.

– Ślub to już stanowczo przesada. I przeżytek. Groza. Gehenna i koszty. Do tego…

– Nie pamiętałeś jej imienia, prawda? – zapytała uszczypliwie Maria, by przerwać tę błazenadę.

– Za to ty pamiętasz PESEL każdego swojego kochanka! – odciął się. – Przyszłaś uporządkować moje życie uczuciowe czy porozmawiać o ojcu?

– Ty nie masz życia uczuciowego. Twoje łóżkowe wyczyny mnie nie interesują, ale ciekawa jestem, czego nie zrozumiałeś w zdaniu: nie sypiaj z moimi pracownicami? – wyrzuciła z siebie bez tchu, co Piotr natychmiast zauważył.

– Jesteś jedyną mi znaną osobą, która nie oddycha, gdy mówi – wytknął jej z rozbawieniem.

– Rozmawiałam z mamą. Uświadomiła mi kilka rzeczy. – Maria uznała, że czas na zmianę tematu. Zbliżała się północ, a ona musi rano wcześnie wstać. Niektórzy muszą ciężko pracować, w przeciwieństwie do Piotra, który rzucił robotę z dnia na dzień, nie zaprzątając sobie głowy wypowiedzeniem. Wysłał szefowi krótką wiadomość mejlem i na tym zakończyła się jego finansowa kariera. Poprzedni pracodawca na pewno nie wystawi mu dobrych referencji...

– Po pierwsze, mój zagrożony bezrobociem bracie, ojciec nigdy nie dał nam nic bez powodu.

– Złośliwości mogłaś sobie darować. Resztę zresztą też, bo sam ci to powiedziałem kilka tygodni temu, ale mnie olałaś.

– Po drugie, mój bezmyślnie porzucający pracę bracie ze zrujnowaną opinią, prezent ojca zawsze poprzedzał złą wiadomość.

Piotr prychnął wzgardliwie, ale rozsądnie postanowił milczeć. Siostra nie zamierzała mu odpuścić. Im szybciej wyrzuci z siebie te wszystkie nieprzyjemne rzeczy, tym szybciej przejdzie do sedna.

– Po trzecie, mój bracie, przyszły utrzymanku podstarzałych femme fatale, otrzymaliśmy właśnie prezent, który w znacznej mierze nas od niego uzależnia.

– Brawo! – Zaklaskał. – Wygoniłaś Elwirę, żeby powiedzieć mi to, co już wiem!

– Ewę – poprawiła go automatycznie. – Przyszłam, bo musimy dowiedzieć się, co jest grane. Trzeba się przygotować na potencjalny cios i zapobiec naszej krzywdzie. Nie ma czasu do stracenia! – oświadczyła stanowczo.

– Z tym jestem skłonny się zgodzić i to bez złośliwości. Wspomnę tylko, że mamy kilkutygodniowe opóźnienie i może być za późno na działania prewencyjne.

– Po pierwsze, to tylko dwa tygodnie, a po drugie, mogłeś sam podjąć jakieś działania. Nie jesteś ubezwłasnowolniony.

– Znów się sprzeczamy – westchnął.

– Bo wciąż się wcinasz.

– Rozumiem, że rozmowa ze mną byłaby dla ciebie mniej stresująca, gdybym nie brał w niej udziału?

– Właśnie o tym mówię – jęknęła. – Mogłam sama wszystkim się zająć. Sama!

– Gdybyś miała pomysł, to nie przyszłabyś do mnie – zauważył z satysfakcją. Randka wywietrzała mu już z głowy. I z innych części ciała. – Wynajmiemy detektywa!

– Myślałam o tym, ale wolę nie angażować obcych osób w rodzinne sprawy. Dobrze wiesz, że nie wszystkie kontrole skarbowe w firmie ojca kończyły się dobrze. Raz miał nawet sprawę karnoskarbową.

– Ale jego adwokat wszystkie wygrał.

– Co nie zmienia faktu, że w grę może wchodzić coś, co nie powinno ujrzeć światła dziennego – upierała się.

– I sama zamierzasz coś znaleźć?

– Jak słusznie zauważyłeś, gdybym miała pomysł, nie przychodziłabym do ciebie. – Przeżuwała ostatni kęs sałatki. Nigdy nie miała problemu z przyznaniem się do błędu czy niewiedzy. Ludzie zwyczajne „nie wiem" czy „przykro mi, mój błąd" traktują z większą wyrozumiałością niż wówczas, gdy szydło wyjdzie z worka, jak mawiał ojciec. A wychodzi zawsze.

– Jak ty to robisz? – zapytał z podziwem.

– Co takiego?

– Nie wiem, jak to ubrać w słowa – przyznał.

– Trudno. Jest jeszcze jakieś wino? – zapytała.

– Jest. Przyda się. Mam pustkę w głowie. Poza detektywem nic nie przychodzi mi do głowy – odparł, po czym otworzył jedną z szafek kuchennych i wyjął butelkę czerwonego wina. Na suszarce stały dwa czyste kieliszki, napełnił je do połowy i jeden podał siostrze.

– Potrzebujemy szpiega – oznajmiła, upijając łyk, podczas gdy Piotr przygotowywał się do wzniesienia toastu za przymierze, które właśnie zawarli, i sukces, jaki ich czeka.

– Szpiega? – zdumiał się, zamierając z uniesionym kieliszkiem. Maria dopiero teraz zorientowała się w zamiarach brata, więc uderzyła swoim kieliszkiem o jego i powiedziała: – Zdrowie. Tak, szpiega.

– Takiego od szpiegostwa?

– Oczywiście, że nie! Skąd miałabym go wziąć? Potrzebujemy kogoś z otoczenia ojca, kto będzie nam donosił, co i jak.

– Aha… Czyli przykładowo kto?

– Nie mam pojęcia, z kim pracuje. Znam tylko Arletę, jego sekretarkę.

– Żartujesz? – zapytał z niedowierzaniem. – Ona niczego nam nie sprzeda!

– A kto mówi o kupowaniu?

– Jest wierna jak pies. I moim zdaniem podkochuje się w nim.

Maria wiedziała, że nie będzie łatwo. Sięgnęła po torebkę i wyjęła notes.

– Sporządzimy listę wszystkich pomysłów. Tych głupich też. Teraz – powiedziała z takim naciskiem, jakby brat oponował.

– W porządku.

Czuł, że za moment może wydarzyć się coś niesamowitego.

Albo zostanie rozstrzelany.

Obie opcje wchodziły w grę.

– Jutro! – Wycelowała w niego długopis. – Jutro każde z nas w samotności przejrzy dzisiejszą listę. Zapisze plusy i minusy każdej ewentualności oraz możliwości ich wykonania. Musimy rozważyć także legalność twoich pomysłów.

– Dlaczego tylko moich? – obruszył się.

– Bo ja z marszu odrzucę te, które grożą konfliktem z prawem. Ty niekoniecznie.

– A wątpliwe moralnie? – zapytał zaczepnie.

– Zamierzamy szpiegować własnego ojca. Naruszać jego prywatność. Ingerować w jego życie osobiste i zawodowe. To oczywiste, że wszystkie nasze pomysły będą wątpliwe moralnie, albowiem sprawa jest wątpliwa moralnie. Ale zarazem – lekko podniosła głos – życie stawia przed nami wyzwania, które musimy podjąć i…

– Jesteś pijana?

– Skąd ten pomysł? – spytała z całą godnością, na jaką było ją stać.

Do tej pory trzymała się nieźle, ale zdążyła wypić z matką pół butelki wina, nim zebrała się na odwagę, by przyjechać do brata, a teraz kończyła kolejny kieliszek wina. Głowę zawsze miała słabą. Dziś właśnie osiągnęła swój życiowy rekord w alkoholizowaniu się i jeszcze nie spadła z krzesła. Cud.

– Bo właśnie wygłosiłaś fragment swojej przemowy na zakończenie ogólniaka.

– Przestań drwić – zażądała. – Wpakowaliśmy się w tę sytuację, więc musimy sięgnąć po specjalne środki zaradcze. Umowa stoi? – Wyciągnęła do niego dłoń.

– Pełna współpraca – zapewnił, gotów podjąć każde wyzwanie, żeby zabezpieczyć swoją przyszłość. Nie był takim lekkoduchem, za jakiego go uważano. Oprócz jednej decyzji o rzuceniu pracy. Palce same śmignęły mu po klawiaturze, ocknął się dopiero wtedy, gdy na monitorze zobaczył komunikat „wiadomość wysłano". I nawet nie mógł usprawiedliwiać się alkoholowym zamroczeniem, bo był trzeźwy jak przysłowiowa świnia. Jeśli ojciec wytoczy ciężkie działa, jedyne, co mu zostanie, to kelnerowanie u Marii. Innego stanowiska na pewno mu nie da.

Stanisław Kopicki, nieświadom dylematów moralnych córki, obaw syna oraz ponurych rozmyślań obgryzającej paznokcie byłej żony, wylegiwał się na białym piasku Wysp Kanaryjskich, gdzie ciężko pracował podczas delegacji służbowej, na którą sam siebie wysłał. Na spotkaniu z klientem był przed południem, zatem reszta dnia należała do niego. Posiadanie własnej firmy ma wiele zalet, rozmyślał pogodnie, poprawiając słomkowy kapelusz i popijając kolorowego drinka z parasolką. Miał nadzieję, że jego dzieci osiągną sukces. Pomysł Piotrusia na firmę odrobinę go zaskoczył. Nosił znamiona babskiej fanaberii, ale Stanisław po namyśle doszedł do wniosku, że plan był przyszłościowy. Kobiety – bez względu na wiek – zrobią wszystko, by zachować wieczną młodość, a gdyby mogły, to i nieśmiertelność w pakiecie.

Do tego ta moda na zdrową żywność, jakieś dziwne fitness, których nazwy nie potrafił wymówić, a co dopiero zapamiętać, jogę, medytacje i feng shui, mogły stanowić strzał w dziesiątkę. Obiecał, że pomoże i nie będzie się wtrącał, więc z szerokim uśmiechem wysłuchał biznesplanu Piotrusia, a potem tylko zapytał: „Synu, ile potrzebujesz?".

Maria już jako dziecko była poważna, odpowiedzialna i rzetelna. Mimo to miał poważne obawy, czy poradzi sobie w branży, którą wybrała. Restauracje pojawiały się i znikały. Utrzymanie ich na powierzchni nie należało do najłatwiejszych. Sam nigdy nie zdecydowałby się na gastronomię, ale skoro dał słowo, musiał dotrzymać. Córka z pewnością wcześniej wszystko przemyślała, obliczyła, rozważyła. Miejsce było dobre, z ładnym widokiem na rzekę i sporą liczbą miejsc parkingowych. Miał nadzieję, że sobie poradzi.

Telefon wyrwał go z rozmyślań. Zerknął na wyświetlacz. Hania. Hm, zaniepokoił się lekko. Ostatni raz zadzwoniła, gdy jedno z dzieci trafiło do szpitala z podejrzeniem wstrząsu mózgu. Piotr oczywiście. Spadł z deskorolki. Tak to jest, jak dzieciakowi nie wystarcza chodnik i próbuje zjeżdżać po poręczach. To było pół roku temu.

– Witaj, Haniu – przywitał się jednak pogodnie.

– Stasiu – zaczęła stanowczo. – Czy ty kochasz nasze dzieci?

– A cóż to za pytanie? – zdziwił się.

– Bardzo proste, Stasiu. Dzieci są dorosłe. Aktywne zawodowo i seksualnie, ale to nadal są dzieci. Nasze dzieci. Dlatego ja się ciebie pytam, Staś, czy ty kochasz nasze dzieci teraz, gdy właśnie takie są. Dorosłe.

– Oczywiście, że je kocham – odparł zdecydowanie. – Dlaczego miałbym nie kochać?

– Otóż w tym właśnie rzecz, Staś. W tym rzecz. Powinieneś je kochać bez względu na wszystko. Matczyna miłość jest bezwarunkowa. Ale ojcowska?

– Haniu, do czego ty właściwie zmierzasz?

– Tak konkretnie to do niczego – przyznała. – Po prostu obawiam się, że te twoje prezenty to takie raczej interesowne były.

– Interesowne? Pewnie tak, Haniu, bo tu chodzi o interes, a nie kieszonkowe. Nie widzę nic złego w tym, że im pomogłem. Są wykształceni. Mają doświadczenie zawodowe. To dobry czas na coś własnego. Ale oni sami muszą rozwinąć skrzydła. Oczekujesz, że będę ich prowadzić za rączkę?

– Raczej obawiam się, czy będziesz im próbował je podciąć.

– Rączki?

– Skrzydła, Stasiu, skrzydła.

– Haniu, puknij się w głowę. Dlaczego miałbym im pomagać, a potem przeszkadzać? – Zirytował się. Ta kobieta zawsze potrafiła wyprowadzić go z równowagi.

– Tego to ja nie wiem, Staś, ale u ciebie zawsze jest coś za coś. Dobrze cię znam. Nie nauczysz starego psa nowych sztuczek – powiedziała.

– Może i mam ukryty cel – przyznał niechętnie.

– Wiedziałam! – zawołała triumfalnie.

– Ale możesz być pewna, że nie zamierzam wtrącać się w ich działalność i tobie też to radzę. Czyżbym z nas dwojga tylko ja pamiętał, że nasze dzieci mają prawo głosować, pić, palić i zawierać związki małżeńskie?

– Oczywiście, że nie – obruszyła się. – Dlatego nie rozmawiam z nimi, tylko z tobą. Musisz przyznać, że nigdy ich przeciwko tobie nie podburzałam, chociaż Bóg mi świadkiem, że aż mnie skręcało, taką miałam ochotę.

– Wiem i doceniam. Haniu, jestem na Kanarach. W delegacji. Nie mogę dłużej rozmawiać. – Miał dość tej rozmowy. Znowu coś sobie ubzdurała, a pamiętał doskonale, że Hania potrafiła prowadzić długie dyskusje o niczym.

– Na Kanarach? To znaczy na Wyspach Kanaryjskich?

– Tak, Haniu, w delegacji jestem i...

– Rany boskie, Staś! Ty wiesz, ile ja zapłacę za rozmowę?! Gadasz jak najęty, a minuty lecą! Czy ty myślisz, że mnie stać na takie brewerie?! – zawołała i rozłączyła się.

Uśmiechnął się pod nosem. Rozmowa kosztowała ją tyle samo co każda inna w Polsce. Nie zamierzał jednak wyprowadzać jej z błędu. Strasznie działała mu na nerwy, dlatego się z nią rozwiódł. Dobrze, że żadne z ich dzieci nie było do niej podobne.

Hanna Kopicka ze złością zdusiła niedopałek w kryształowej popielnicy. Nic się nie zmienił. Irytujący jak zawsze. Gdyby przed ślubem wiedziała, jak potrafi człowiekowi grać na nerwach, uciekłaby, gdzie pieprz rośnie, choćby i sprzed samego ołtarza. Zamiast od razu powiedzieć, gdzie jest, albo rozłączyć się i oddzwonić na swój koszt, to nie! Udawał, że nie wie, o co chodzi, i dopiero na koniec raczył ją poinformować, że na Wyspach Kanaryjskich jest! Jej w delegacje nigdy nie zabierał. Z tą sekretarką swoją jeździł! Arleta Jakaśtam! Pół świata z nim zjeździła. W pięciogwiazdkowych hotelach spała. Nawet na Lazurowe Wybrzeże zabrał Arletę i to jeszcze wtedy, gdy był mężem Hanny! I co?! Z tamtą nawet nie sypiał! Była przekonana, że są kochankami, a po rozwodzie jakąś inną babę sobie przygruchał!

– Zakłamany wieprzek – warknęła, zapalając kolejnego papierosa.

Sam fakt, że jej nie zdradzał, choć wielokrotnie mu to zarzucała, wkurzał ją niepomiernie, i to po tylu latach!

Ustalili, że ona zajmie się domem i dziećmi, a on będzie na to zarabiał. I drań słowa dotrzymał. Nawet po rozwodzie. Za nic nie chciała być od niego zależna, a doświadczenie zawodowe miała zerowe, więc na rozwód zgodziła się pod warunkiem, że sfinansuje jej założenie sklepu i pierwszy rok działalności.

Najchętniej by go udusiła, ale jako była żona nie odziedziczyłaby po nim ani grosza. Wątpiła, by zapisał jej cokolwiek w testamencie. Sięgnęła po telefon. I czekoladkę, którą od razu wpakowała do ust.

– Kochanie – powiedziała niewyraźnie, gdy córka odebrała telefon. – Właśnie rozmawiałam z twoim ojcem. Przyznał, że miał ukryty cel, dając wam te pieniądze.

– Naprawdę? – zdumiała się Maria, choć matka potwierdziła tylko ich przypuszczenia. – Jakie?

– Pojęcia nie mam. Coś tam bredził o rozwijaniu skrzydeł i podcinaniu rączek. Ten człowiek tak mnie irytuje, że ze zdenerwowania połowy rozmowy nie pamiętam! – pożaliła się córce.

– Odcinaniu rączek? – zdziwiła się Maria. – Mamo, dobrze się czujesz? Nic nie rozumiem! Co odcinanie rączek ma wspólnego ze skrzydłami?

– Chyba nie ma.

– Czego nie ma?

– Wspólnego nic nie ma. To mogło być prowadzenie.

– Prowadzenie czego?

– Nie czego, tylko kogo.

– Mamo, skoncentruj się, proszę.

– Staram się dziecko, bardzo się staram, ale ten drań się ze mną rozwiódł, a teraz wyleguje się na Wyspach Kanaryjskich!

– Mamo, co się z tobą dzieje, u licha? Nigdy wcześniej nie miałaś pretensji o ten rozwód!

– Oczywiście, że miałam, ale wtedy byliście za mali, by was obciążać moim nieszczęściem! Teraz wreszcie możemy rozmawiać jak dorosła z dorosłą!

– Chcesz powiedzieć, że jesteś nieszczęśliwa od dwudziestu lat, bo ojciec się z tobą rozwiódł?!

– Od osiemnastu – poprawiła córkę z urazą. – I nie, nie jestem nieszczęśliwa z powodu rozwodu! Tak sobie tylko gadam, bo Staś jak zwykle wyprowadził mnie z równowagi. Wygadam się i będzie mi lepiej.

– No dobrze, mamo, rozumiem. Ale mogłabyś mi wytłumaczyć, o co chodzi z tymi skrzydłami i rączkami? – poprosiła Maria, siląc się na spokój.

Właśnie sobie uświadomiła, ile ona i Piotr zawdzięczają najlepszej przyjaciółce matki, cioci Dorocie. Może nawet zdrowie psychiczne. Jeżeli Hanna zawsze w ten sposób radziła sobie z emocjami, przez ostatnie kilkanaście lat ktoś musiał wysłuchiwać tego bełkotu, którym właśnie ją uraczyła.

– Że czas, byście rozwinęli skrzydła i nie będzie was prowadził za rączkę. Czy normalny człowiek jest w stanie to zrozumieć? – Hanna chyba sama nie wiedziała, że wreszcie udało jej się dość wiernie przekazać sens mężowskiej wypowiedzi.

– W tym kontekście, mamo, jak najbardziej. – Zdaje się, że jej rozmówczyni trochę ochłonęła, bo wreszcie zaczęła mówić logicznie. Pomijając retoryczne pytanie, które zadała.

– Jeżeli to jest ta ukryta motywacja ojca, to nie mamy powodu do obaw – uznała Maria.

– Oczywiście, że macie. Bo to powiedział wcześniej,

przed tym, co powiedział później! – zdenerwowała się ponownie Hanna.

– A co powiedział później?

– Przyznał, że ma ukryty cel, ale nie zdradził jaki! I to nie jest powód do obaw twoim zdaniem?

– Hm…

Może mama coś źle zrozumiała? Źle przekazała? Niemniej, przeszłość krzyczała wielkimi literami, że coś się za tym wszystkim kryje. Maria miała już dość wałkowania w głowie tego samego. Najwyższa pora przejść do działania.

– Mamo, muszę wracać do pracy. Kończę.

– Przekażesz Piotrusiowi wszystko, co powiedziałam?

– Oczywiście. – To mogła obiecać z czystym sumieniem. – Zrobię to jeszcze dziś – oświadczyła, zerkając na zegarek.

Dochodziła szesnasta. Z bratem umówiła się na szesnastą trzydzieści. Jej lista była już gotowa. Piotruś pewnie nawali jak zawsze, pomyślała z sarkazmem, który zwykle powstrzymywała przy matce. Nie była zazdrosna o brata. Rodzice traktowali ich jednakowo, ale złotowłosy lekkoduch zwykle spadał na cztery łapy, cokolwiek by nabroił, a ona… Ona była grzeczną dziewczynką, nigdy nie wystawiała na próbę cierpliwości rodziców.

– Dopilnuję go – dodała jeszcze, zanim się rozłączyła.

Maria z niedowierzaniem czytała listę brata.

– Morderstwo?! Chcesz zabić ojca? Jesteś naćpany?!

– Powiedziałaś, że nie ma złych pomysłów. Mamy zapisać wszystkie. Potem je omówimy – bronił się.

– Ale morderstwo?!

– Co się tak szumpierzysz?! – zirytował się. – Przecież tego nie zrobię, ale nic mi nie przychodziło do głowy, więc postanowiłem potraktować to jak zadanie pisarskie.

– Przekupstwo – przeczytała kolejny punkt z listy brata. – Włamanie. Podsłuch. Uwiedzenie. To chyba powieść kryminalna! – Zmięła kartkę w kulkę i rzuciła nią w Piotra. – I co z tego ma się przydać?

– Zrobimy burzę mózgów. Omówimy wszystkie punkty. Rozważymy plusy i minusy, a może przyjdzie nam do głowy coś realnego – bronił swojej listy, czując jednakże, że coraz bardziej się pogrąża.

Tak naprawdę nie potraktował tego zadania poważnie. Poza wynajęciem detektywa albo prostytutki, która by ojca uwiodła i później zdała im relację, nic innego nie przyszło mu do głowy. Obstawiał pomysł, który wyjdzie taniej.

– Chcesz rozważać wszystkie swoje koncepcje? A bardzo proszę. Morderstwo. Słucham uważnie. Plusy? – Nawet nie starała się ukryć sarkazmu.

Schowani za ogromnym kwiatem w ogromnej donicy siedzieli przy stoliku w jej restauracji, w publicznym miejscu omawiając zabójstwo własnego ojca. Dlaczego by nie? Skoro mieli go szpiegować, równie dobrze mogą rozwiązać problem raz na zawsze. Ciekawe, jak jej starszy braciszek się do tego zabierze?

– Wszystko dziedziczymy, nic nie tracimy – wyrecytował jednym tchem.

– Aha, pod warunkiem że w testamencie nie zapisał wszystkiego jakiejś organizacji charytatywnej, bo wtedy będziemy kwitnąć w sądzie tak długo, aż zapuścimy korzenie, a majątek ojca pójdzie na adwokatów, koszty sądowe i opinie biegłych, których zadaniem będzie udowodnienie, że kompletne zidiocenie jest dziedziczne, więc skoro jego syn jest idiotą, to ojciec też musiał nim być.

– Jesteś podła – powiedział z urazą.

– Z pewnością – przyznała ze złośliwym uśmieszkiem. – A minusy tego rozwiązania? Widzisz jakieś?

– No cóż… – Zmarkotniał.

Może pomysł przedstawienia złych pomysłów, zanim rozważą te akceptowalne, nie był tak dobry, jak początkowo sądził? Może nie powinien pić drugiego wina podczas sporządzania listy?

– Mogą nas złapać. Udowodnić winę. A morderca nie dziedziczy po swojej ofierze – wyliczał.

– A jakiś moralny powód, dla którego nie możemy tego zrobić? Na przykład… czy ja wiem…? – Bębniła palcami po stoliku z udawaną rozterką.

– Przestań – przerwał jej znękany. – To oczywiste, że nie zabijemy ojca. Napisałem tę głupią listę tylko po to, żebyś zaakceptowała pomysł, na którym mi naprawdę zależy. Nie zamierzam się włamywać, ale przekupstwo nie jest złe. Moglibyśmy zapłacić komuś za informacje.

– Przekupstwo też jest karalne.

– Naprawdę? – zdziwił się.

– Kpisz sobie ze mnie?

– Myślałem, że dotyczy to tylko urzędników czy lekarzy, a nie sekretarek. Nie chodzi przecież o tajemnice handlowe.

– Skąd wiesz?

– Skąd wiem, że to nie powinno być karalne?

– Skąd wiesz, że nie chodzi o tajemnice handlowe? Rzecz w tym, że nie mamy pojęcia, o co chodzi. Musimy znaleźć legalne rozwiązanie, które pozwoli nam się dowiedzieć, czy w ogóle jest coś na rzeczy.

– Jesteś jedyną znaną mi osobą, która doniosłaby na samą siebie, gdyby popełniła przestępstwo. – Poddał się. Nie będzie jej przekonywał. Zaakceptuje każdy jej pomysł, a w tajemnicy zrealizuje własny.

– Gdybym kogoś skrzywdziła, to na pewno – powiedziała z pełnym przekonaniem.

– Dziwię się, że jesteś ateistką. Z takim nastawieniem do życia powinnaś codziennie chodzić do spowiedzi, tak na wszelki wypadek – zakpił.

– Nie muszę być wierząca, by postępować etycznie. Chodziłeś na religię i co ci z tego przyszło? Widzę kłamstwo. Szachrajstwo. Zero zasad moralnych – wyliczała.

– A ty nadal o tej liście? – skrzywił się. – Pokaż w takim razie, co masz na swojej, geniuszu etyki.

– Rozważam dwie ewentualności. Detektyw i…

– Aha!

– Żadne aha. O detektywie rozmawialiśmy wczoraj i uznałeś, że to niezły pomysł. Albo znajdziemy kogoś z otoczenia ojca, kto mógłby nam pomóc. Bez przekupywania – dodała z naciskiem. – Zaczniemy od tej tańszej wersji, a jeśli dowiemy się, że coś w trawie piszczy, rozważymy wynajęcie biura detektywistycznego. Ale nikogo nie będziemy przekupywać, uwodzić ani zabijać, jasne?

– Wypadek ze skutkiem śmiertelnym też nie wchodzi w grę?

Spojrzała na niego ostro. W tym momencie pojawiła się kelnerka, by posprzątać talerze.

– Podać coś jeszcze? – zapytała, uśmiechając się do Piotra i niepewnie zerkając na szefową.

– A co by pani poleciła? – Odwzajemnił uśmiech. Dziewczyna była całkiem atrakcyjna.

– Mamy wyśmienity jabłecznik na ciepło z budyniem lub lodami i bitą śmietaną. Do tego…

– Niech będzie. Dla siostry to samo.

– Polecam kawę…

– Znakomicie – przerwał jej. – Zdaję się na panią.

– Nie rozczaruje się pan – zapewniła go. – I pani również – dodała szybko, widząc, że szefowa mierzy ją ironicznym spojrzeniem.

Maria tylko skinęła głową.

– Miłe stworzonko – zauważył Piotr, gdy dziewczyna odeszła od stolika.

– Tak sądzisz?

– Owszem. Wiem, wiem, mam trzymać się z dala od personelu. Byłoby łatwiej, gdybyś nie zatrudniała takich ładnych dziewczyn.

– Aha.

– Przecież nic nie zrobiłem – bronił się.

– Aha.

– No co? Byłem tylko uprzejmy!

– Aha. W takim razie powiedz mi, jak ma na imię ta kelnerka? – wycedziła z sarkazmem.

– Skąd mam wiedzieć? Nie jestem telepatą!

– Ale oczy chyba masz?

– Miała plakietkę? – Wzruszył ramionami. – Nie zwróciłem uwagi.

– Aha.

– Co z tobą? Zacięłaś się? – zirytował się. – Czepiasz się mnie bez powodu. Byłem tylko uprzejmy! Trzymam ręce przy sobie, a ty masz jakieś ahy, że nie spojrzałem nawet na jej biust, gdzie pewnie ma tę pieprzoną plakietkę!

– To by wiele wyjaśniało.

– Właśnie! A co konkretnie?

– Że wczoraj patrzyłeś wyłącznie na biust, bo dziś nie rozpoznałeś twarzy.

Zirytowana mina Piotra wskazywała wyraźnie, że nie ma pojęcia, o czym mówi siostra.

– Podpowiem ci. Ewa. Twoja wczorajsza łóżkowa towarzyszka. Wypłoszyłam ją. Podać szczegóły?

– To była ona? – speszył się.

Maria ciężko westchnęła.

– Czy teraz rozumiesz, dlaczego prosiłam, żebyś trzymał swoje portki z dala od moich pracownic? Nie chcę tutaj dantejskich scen, a ty potrafisz doprowadzić kobiety na skraj przepaści samą swoją obecnością. I nie, to nie był komplement – wyjaśniła z ciężkim westchnieniem. Ta rozmowa nie miała sensu.

– Wróćmy do moich pomysłów – oznajmiła.

– A moje? – zaprotestował z przyzwyczajenia. W duchu ucieszył się, że siostra odpuściła temat kelnerki. Faktycznie, głupio wyszło.

– Twoje zostały odrzucone. Prócz pomysłu z detektywem, który i tak był mój, ale to jest opcja na później. Najpierw…

– Zaraz, zaraz, a co ze wspólnym podejmowaniem decyzji? Powinniśmy głosować! – W ferworze dyskusji nie zauważył, że przywłaszczyła sobie jego pomysł.

– Już to zrobiłam. I zagłosowałam przeciw.

– Nie możesz.

– Mogę. Jest nas tylko dwoje. Jeśli każde z nas będzie miało inne zdanie, to sprawa pozostanie nierozstrzygnięta. Tak nie może być, dlatego uznałam mój głos za decydujący, co oznacza, że twój jest już niepotrzebny.

– Dlaczego twój… – Nie zdołał dokończyć zdania.

– Mój jest głosem rozsądku, a twój… sama nie wiem czego. Bujnej wyobraźni? – Spojrzała na niego z politowaniem i dodała: – W najlepszym razie.

– Ale…

– Jeden pomysł mamy wspólny. Detektyw. Zgadzasz się czy nie?

– Tak, ale… – postanowił nie uświadamiać jej, że to on wpadł na pomysł z detektywem. I tak jej nie przegada.

– Zatem postanowione. Najpierw jednak musimy znaleźć osobę, która udzieli nam informacji, i to nie może być nasza matka. Potem detektyw, jeśli zajdzie taka potrzeba.

– Z tym akurat się zgadzam. To matka rozkręciła całą aferę do tego stopnia, że nie mogę spać.

– Co nie znaczy, że nie ma racji, bo już wcześniej mieliśmy swoje podejrzenia. Po prostu nie dajmy się jej zwariować, dobrze? A teraz przejdźmy do rzeczy i zróbmy kolejną listę.

– Listę czego?

– Osób, które możemy przesłuchać. To znaczy podpytać. Delikatnie – zaznaczyła.

– Czyli jak?

– Czyli tak, żeby się nie zorientowali, że są przepytywani.

Czoło mężczyzny przecięła zmarszczka.

– Jeśli dobrze zrozumiałem, chcesz prowadzić rozmowę z nieustaloną jeszcze osobą X na temat Stanisława Kopickiego w taki sposób, żeby ta osoba nie zorientowała się, że rozmawiacie o Stanisławie Kopickim? – zapytał niepewnie.

– Sposób, w jaki ująłeś nasz problem, wygląda na nierozwiązywalny, a przecież taki nie jest – zaprotestowała słabo.

– Stanisław Kopicki nie może być głównym tematem rozmowy. Jakoś tak mimochodem musimy skierować rozmowę na jego temat i zobaczyć, co z tego wyniknie. I dlaczego rozmawiamy o nim jak o obcej osobie? To nasz ojciec.

– W tej chwili raczej obiekt podejrzeń – mruknął. – Kogo chcesz przepytać?

– Arletę.

– Oszalałaś? Nie powie nam ani słowa na jego temat!

– Nie zamierzam z nią rozmawiać na jego temat, to znaczy zamierzam, ale nie wprost. Wpadnę na nią przypadkiem i podzielę się moim szczęściem z otwarcia restauracji, a potem będę improwizować.

– Do czego właściwie jestem ci potrzebny, skoro sama podejmujesz decyzje? – zapytał z irytacją.

Pomysł, choć niegłupi, był z góry skazany na klęskę. Arleta, lojalna i wierna, prędzej umrze, niż chlapnie coś przez przypadek. Nic dziwnego, w swoim czasie wszyscy podejrzewali ich o romans.

– W międzyczasie rozejrzysz się za biurem detektywistycznym. Potrzebujemy osoby dyskretnej, wiarygodnej i rzetelnej. Popytaj znajomych. Nie zaangażujemy nikogo z ulicy. – Piotr, zanim rzucił pracę, zajmował się analizą danych, powinien więc poradzić sobie z tym zadaniem. – Zgadzasz się?

– A z czym się tu nie zgodzić? – odpowiedział pytaniem.

Siostra rzuciła mu cierpki uśmiech i wstała od stolika.

– Nie zaczekasz na szarlotkę i lody? – zdziwił się.

– Nie mam czasu. Biegnę polować na Arletę. Niedługo wychodzi z pracy.

– I przypadkiem zamierzasz wpaść na nią przed biurem?

– Zamierzam za nią jechać i przypadkiem wpaść gdziekolwiek, byle nie przed biurem. Jeszcze tego brakowało, żeby ojciec mnie zauważył. Zapłać rachunek – poleciła mu, nakładając żakiet, po czym wzięła torebkę.

– Mam płacić w twojej restauracji? – zdziwił się.

– Racja... – stropiła się. – W takim razie smacznego. – Pochyliła się, by pocałować brata w policzek, po czym obojętnie minęła kelnerkę, która właśnie podeszła do ich stolika.

– Pani Maria zaraz wróci? – zapytała niepewnie dziewczyna.

– Nie, nie wróci. Ja też wychodzę. – Piotr miał własny plan, który zamierzał wcielić w życie. – Proszę, to dla ciebie. – Położył na stoliku dwadzieścia złotych i wstał z krzesła.

Przez szklaną ścianę widział, jak siostra kieruje się na parking, gdzie zostawiła auto. Odczekał chwilę i gdy tylko zniknęła mu z oczu, wymknął się z restauracji, nie widząc miny Ewy, która z niedowierzaniem wpatrywała się w pozostawiony napiwek.

Paula czuła się niezręcznie w tak eleganckim lokalu. Obawiała się, że poplami śnieżnobiały obrus, sztućców było zdecydowanie za dużo, a kelnerzy paradowali w garniturach lepszej jakości, niż jej własny ojciec wkładał od święta. Stanisław uparł się na obiad w tej restauracji, chociaż tłumaczyła mu, że taki zbytek ją peszy i wcale go nie potrzebuje. Tak samo jak nie potrzebowała karty kredytowej z miesięcznym limitem przekraczającym jej roczną pensję – gdy jeszcze pracowała.

Podobał jej się apartament w wieżowcu, który dla nich kupił. Stanisław uparł się jednak na dom, a obiekcje

Pauli zbywał śmiechem. Był od niej ponaddwukrotnie starszy. Nawet jej własna siostra uważała, że jest z nim dla pieniędzy, a rodzice nie mieli pojęcia o jego istnieniu.

Kelnerzy zaczną się na nią znacząco gapić, gdy przyjdzie Stanisław. Jak zwykle się spóźniał, ale przywykła do tego, a może po prostu nie miała śmiałości czynić mu wymówek. Pocieszała się, że przecież skończyła studia. No, prawie. Tylko licencjat, ale nie zamierzała zasypiać gruszek w popiele. Magisterka jeszcze przed nią. Zrobi te studia choćby nie wiem co.

Stanisław śmiał się z jej uporu, ale obiecał wsparcie, zwłaszcza finansowe. Dotychczas musiała sama zarabiać na studia. W domu się nie przelewało, choć oboje rodzice pracowali. Niełatwo wykarmić ósemkę dzieci. Obiecała sobie, że jej to nie spotka. Dwójka dzieci, nie więcej.

Zaczyna się, pomyślała, widząc minę kelnera prowadzącego Stanisława do stolika, przy którym siedziała. Obrzucił ją na wpół uważnym, na wpół ironicznym spojrzeniem, choć twarz mu ani drgnęła, i odsunął mężczyźnie krzesło.

– Witaj, skarbie – przywitał się Stanisław, nieświadomy jej zażenowania.

Uścisnął delikatnie jej palce.

– Mam nadzieję, że się nie gniewasz za to małe spóźnienie.

Pokręciła przecząco głową i zdobyła się na lekki uśmiech. Pół godziny to nie tak mało, chciała powiedzieć, ale jak zwykle ostre słowa nie przeszły jej przez gardło. Miała bardzo łagodny charakter i miły sposób bycia. Chyba po mamie, pomyślała.

– To dla ciebie. – Z szerokim uśmiechem podał jej kolorowy folder. – Moja sekretarka wydrukowała zdjęcia wszystkich domów spełniających określone przez nas kryteria. Przejrzyj i zobacz, który ci się podoba.

– Nie jestem pewna, czy…

– Możemy też zbudować nowy, jeśli masz ochotę.

– To miło, ale…

– Kosztami się nie przejmuj – zapewnił ją. – Zamówiłaś coś?

– Nie, chodzi o to, że…

– Masz ochotę na coś szczególnego?

– Nie jestem pewna…

– W takim razie zamówię dla nas obojga. – Stanisław cieszył się jak mały chłopiec.

Dzięki Pauli przypominały mu się czasy, gdy poznawał świat smaków, eleganckich lokali, na nowo uczył się doceniać to, do czego kiedyś dążył, osiągnął i traktował jako coś naturalnego, co mu się należało. Znów cieszyły go małe rzeczy, a obdarowywanie Pauli sprawiało mu tyle radości, że gotów był podarować jej gwiazdkę z nieba, gdyby sobie tego zażyczyła.

– Jasne – poddała się. Później mu powie. W końcu ciąża nie zając, nie ucieknie.

Piotr wpadł do swojej firmy jak burza. Prawie staranował klientkę, potrącił jedną z pracownic i wylał na nią wodę, którą ta niosła, po czym uderzył drzwiami kuriera z paczką. W myśl zasady na złodzieju czapka gore zamknął się w swoim biurze na klucz, zasłonił rolety, a na laptop narzucił marynarkę na wypadek, gdyby Wielki Brat podglądał zwykłych obywateli.

Bez sensu czaił się w restauracji, aż Maria odjedzie. We własnej firmie mógł przebywać legalnie i nie budziło to żadnych podejrzeń. Przecież ją prowadził. I to osobiście. Wiele rzeczy robił tutaj osobiście, chociaż zatrudnił menedżerkę do bieżącego nadzoru, jak określił jej zadanie. Osobiście zapłacił również za informacje jednemu z pracowników ojca, a konkretnie stażyście, co ukrył przed Marią.

To był strzał w dziesiątkę. Nikt nie zwraca uwagi na stażystów. Wykorzystuje się ich i odstawia do kąta, gdzie gapią się w ścianę, czekając, aż ktoś ich odkurzy i podłączy do ładowania, gdy znów będą potrzebni. Ale są wszędzie.

W księgowości.

W dziale handlowym.

W biurach zarządu.

Sporządzają notatki, kserują, roznoszą pocztę, parzą kawę i dostarczają śmietankę. Nikt nie zwraca na nich uwagi.

Ale widzą wszystko. Słyszą wszystko. I co najważniejsze – nie mają kasy.

Sekretarka ojca wyszła z biura po osiemnastej. Zawsze przychodziła przed szefem i wychodziła po nim. To był znak, że ojca nie ma już w biurze. Maria siedziała w samochodzie po drugiej stronie ulicy i czekała, aż Arleta wyjedzie z parkingu swoim wysłużonym peugeotem.

Ojciec powinien jej lepiej płacić, pomyślała kąśliwie. Pracowała w firmie od samego początku. Pomagała ją tworzyć. Przez niemal trzydzieści lat powinna awansować co najmniej pięć razy. Pewnie nie przyszło jej do głowy, że mogłaby chcieć czegoś więcej.

Ich zawodowy związek przetrwał dłużej niż małżeństwo ojca. Matka zawsze ich podejrzewała o romans.

Maria natomiast nie wyobrażała sobie pracy z byłym kochankiem, a trzydziestoletni romans zdecydowanie nie wchodził w grę. Nie znała jego przyjaciółek, bo ojciec odseparował swoje życie osobiste od rodzinnego i nie zamierzał mieszać w głowach dzieci kolejnymi ciociami. W jego życiu po rozwodzie było kilka kobiet. Nie jednocześnie, rzecz jasna. Ojciec był monogamistą. Pojęcia nie miała, w kogo wdał się jej brat. Może jako szesnastolatek doznał urazu mózgu i zatrzymał się w rozwoju?

Arleta wyjechała na ulicę. Maria uruchomiła silnik, przepuściła dwa kolejne auta i włączyła się do ruchu. Maria niemal położyła się na kierownicy, choć wątpliwe, by zmęczona kobieta, wracając do domu, obserwowała jadące za nią auta. Nikt normalny tego nie robi. W lusterka patrzysz tylko po to, by sprawdzić, czy nikt nie wjeżdża ci w tyłek.

Arleta skręciła do jednego z centrów handlowych. Maria bez wahania skręciła za nią i zaparkowała w równoległej alejce. Daniel by nie uwierzył własnym uszom, gdyby opowiedziała mu, co dziś wyrabiała.

Spotyka się z bratem i knuje niemalże morderstwo własnego ojca, śledzi jego sekretarkę i być może wkrótce, nim dojdzie do sedna, popełni jakieś wykroczenie.

Dręczyła ją szczególnie ta ostatnia sprawa. Nie tylko naruszali z bratem kodeks moralny. Być może przepisy karne również. Czy śledzenie człowieka bez jego zgody nie jest przestępstwem?, zastanawiała się, gdy wysiadła z samochodu i podążyła za Arletą.

Ukrywając się za samochodami, starała się jak najprędzej dotrzeć do wejścia do galerii handlowej. Muszą wpaść na siebie przypadkiem. Szybkie przemieszczanie się w butach na obcasie i w pozycji szpiega z Krainy Deszczowców stało w jawnej sprzeczności. W ogóle całe jestestwo Marii buntowało się przeciw działaniom, które podjęła.

– Maria? – Głos śledzonej kobiety zabrzmiał dokładnie za jej plecami.

Jasna cholera, pomyślała zdruzgotana Maria, padając na kolana i udając, że czegoś szuka pod cudzym autem. Piotr umrze ze śmiechu. Będę miała na sumieniu nie tylko przestępstwo, ale i zabójstwo. Podniosła głowę z udawanym zaskoczeniem.

– Arleta? – Uśmiechnęła się z trudem i wstała z całą godnością, jaką udało jej się zebrać w ciągu tych kilku sekund, a nie było tego wiele.

Starsza kobieta w schludnym szarym kostiumie, niemalże identycznym z tym, który miała na sobie Maria, przyglądała jej się podejrzliwie.

– Co za spotkanie – rzuciła niepewnie.

– Tak mi się wydawało, że widziałam twój samochód – powiedziała Arleta Sobkowiak.

– Tak, ja... Przejeżdżałam tędy i pomyślałam, że skoro jestem w pobliżu, wpadnę na małe zakupy. – Ręce miała tak spocone, że pasek torebki ślizgał się między palcami. – Co za spotkanie – powtórzyła i roześmiała się sztucznie.

Tak sztucznie, że gdyby miała sztuczną szczękę, pewnie teraz by jej wypadła.

– Mieszkasz po drugiej stronie miasta – zauważyła Sobkowiak.

– Tak, wiesz... miałam spotkanie niedaleko i... A ty? Co tu robisz? Już po pracy? – Starała się jakoś wybrnąć z ambarasu, w który sama się wplątała.

– Nie mam romansu z twoim ojcem – oświadczyła z powagą starsza kobieta. Wyglądała nie tylko na zniesmaczoną, ale i znudzoną.

– Romans? Z tatą? Cóż za pomysł! – Chichot, który wydarł się z jej ust, brzmiał nieszczerze. Przecież sama nieraz się nad tym zastanawiała.

– Idiotyczny – potwierdziła Arleta zmęczonym głosem. – Niemal tak idiotyczny, jak twoje skradanie się za samochodami.

– Skradanie? Moje? – Maria szeroko otworzyła oczy w udawanym zdumieniu. Była mało przekonująca.

Nic dziwnego, że od przedszkola przez całą podstawówkę w przedstawieniach zawsze była drzewem. W liceum już nie, ale tylko dlatego, że w *Romeo i Julii* drzewo nie występowało, a nie mogła grać balkonu.

– Upuściłam monetę. Do koszyka. Wiesz, takiego na kółkach, do którego wkładasz monetę i…

– W tej galerii nie ma sklepu spożywczego.

– Nie ma? – zdziwiła się. Tym razem autentycznie. – No patrz. Kto by pomyślał, że w galerii handlowej nie ma sklepu spożywczego. – Kręciła głową z coraz większą rozpaczą.

Czuła, że właśnie wspięła się na szczyt kretynizmu. To chyba stopień wyżej niż idiotyzm. Został jej jeszcze debilizm, ale nigdy nie interesowała się stopniowaniem stopni głupoty, skąd zatem miała to wiedzieć?

– Jedziesz za mną od firmy. – Arleta patrzyła na nią nieufnie.

– Naprawdę? – Rumieniec wstydu dotarł aż do pośladków. Za chwilę dojdzie do pięt.

– A tak, wiesz, pomyślałam, że wpadnę do ojca, ale zobaczyłam, że wychodzisz, więc domyśliłam się, że i jego już tam nie ma, nie było zatem powodu, żeby tam wchodzić. A potem… sama rozumiesz… Zakupy! – Pokiwała gorliwie głową i poczuła, jak koczek na czubku chwieje się i za chwilę ze wstydu popełni samobójstwo, skacząc na beton.

– Nie mam romansu z twoim ojcem. Gdybym miała, a nie mam, nie miałoby to znaczenia, bo jesteście dorośli, a z waszą matką są rozwiedzeni. – Arleta powtarzała to jak mantrę. Naprawdę miała dość tych posądzeń.

– Jasne.

– A nawet gdybym miała romans, nie miałabym powodu, by kłamać. Jestem rozwiedziona. Wasz ojciec również.

– Przecież ja nic takiego nie powiedziałam.

– To nie ja mam romans…

– …z moim ojcem. Tak, załapałam za pierwszym razem. Nie rozumiem tylko tego napastliwego tonu, bo jak sama zauważyłaś, i to słusznie… – Maria nagle postanowiła przejść do ataku w myśl zasady, że to najlepsza obrona, zwłaszcza wówczas, gdy masz coś na sumieniu – …nikomu nic do tego, czego nie ma, a tym bardziej, gdyby było.

Poczuła chwilowe wyrzuty sumienia na widok miny starszej kobiety, ale było za późno, więc kontynuowała wywód napastliwym tonem, który sama wcześniej zarzuciła kobiecie: – Nie wiem, co sobie pomyślałaś, ale zamierzałam zrobić tu zakupy. Skoro nie mogę, jadę dalej. Zastanawiam się tylko, co jest grane. Ludzie, którzy nie mają nic do ukrycia, nie zachowują się w ten sposób.

– Mario, ja nie zamierzałam reagować tak ostro… – bąknęła Arleta wyraźnie zbita z tropu.

– Miło było cię spotkać. Chyba. – Maria z godnością odwróciła się na pięcie i pomaszerowała do auta. Walczyła ze skrupułami, by wrócić, paść na kolana i błagać o przebaczenie za wyrzuty, zarzuty i szpiegowanie. Nie dość, że postąpiła nikczemnie, to jeszcze obarczyła winą Bogu ducha winną kobietę, przy okazji robiąc z niej wariatkę z manią prześladowczą.

Jutro zadzwonię i ją przeproszę, postanowiła. Obie ochłoniemy i nie palnę nic podłego. Przeproszę i już. Gdzie jest to cholerne auto?! W panice rozglądała się po parkingu.

Jak można zgubić własny samochód?!

Piotr powitał młodego mężczyznę, który stanął w progu jego biura. Dominik Jakiśtam, nie obchodziło go nazwisko człowieka, którego zamierzał przekupić. Właściwie już przekupił. Uśmiechał się nonszalancko, jakby takie spotkania odbywał na co dzień i gadkę miał w małym palcu.

Adam, jeden z jego kolegów ze studiów, pracował w firmie jego ojca. Tak wygląda magia Facebooka. Namierzył go, w godzinę umówił spotkanie i dał dwa kawałki za namiar na młodego, ambitnego i będącego w potrzebie stażystę.

Adam osobiście nie mógł mu pomóc, pracował bowiem jako przedstawiciel handlowy i więcej siedział w Szwajcarii niż w Polsce, gdzie pilnował klientów, żeby ojcu nie pouciekali.

Piotr miał szczęście, że kumpel był w Polsce. Gdy oględnie przedstawił mu sprawę, tamten przeprosił go na chwilę, wyszedł z lokalu, w którym się spotkali – i nie była to restauracja jego siostry – zadzwonił gdzieś, a po dziesięciu minutach wrócił i bez skrupułów dał mu namiary na chłopaka. Nie zadawał żadnych pytań. Nie wnikał, o co chodzi. Przyjął do wiadomości, że stary Kopicki coś kombinuje, a młodzi Kopiccy chcą wiedzieć co, zanim padną ofiarą jego kombinacji.

– Dominik. Chłopak wie, w czym rzecz. Masz tu numer. Wyślij mu wiadomość, gdzie ma się zjawić i o której. Nic więcej – poinstruował go kolega.

– Kiedy...? – Nie zdążył dokończyć zdania, gdy Adam oświadczył stanowczo: – Najlepiej dziś. Nie powinieneś zwlekać. Jeszcze się chłopak rozmyśli. Kazałem mu zgrać wszystko, co twój ojciec ma na kompie.

Piotr się zachmurzył. Szpiegować ojca a szpiegować firmę to dwie różne sprawy. Zdaje się, że jedna z nich jest karalna, ale nikt się nie dowie, więc nie będzie problemu. Chłopak weźmie kasę, w jego interesie jest siedzieć cicho. Piotra czekało jeszcze spotkanie z Marią. Wiedział, że siostra nie zaakceptuje jego planu, działał zatem bez jej wiedzy. W razie wpadki będzie mogła szczerze powiedzieć, że nie miała o niczym pojęcia. Dzięki temu ocali swoją Beatrice.

– Dzięki. Dobry kumpel z ciebie – serdecznie podziękował mu Piotr.

– Jasne, stary. – Adam poklepał go po ramieniu z ironicznym uśmiechem i wyszedł.

Reszta była prosta. Piotr wysłał na podany numer telefonu wiadomość z adresem biura i godziną. Chwilę później dostał odpowiedź z potwierdzeniem terminu. I tyle.

– Jesteś punktualny. Doskonale. Cenię to w ludziach – oświadczył, odchylając się na wygodnym fotelu, w który zainwestował kilka tysięcy złotych, podczas gdy jego siostra urządziła biuro w stylu prostym i oszczędnym.

– Mam też wiele innych zalet – zapewnił go elegancki młodzieniec w szarym garniturze, białej koszuli z rozpiętym pod szyją guzikiem i luźno zawiązanym krawacie.

Piotr przez moment miał wrażenie, że patrzy na siebie młodszego o dziesięć lat. Młody, zuchwały, elegancki, wytrwale pnący się na szczyt, zanim odkrył, że wcale tego nie pragnie. Nie był pracoholikiem i nie zamierzał nim zostać, by pewnego dnia przejść na emeryturę i strzelić sobie w łeb z nudów, gdy wiek, ZUS i młode rekiny finansjery odbiorą mu sens życia.

– Miło mi to słyszeć – oświadczył łaskawie. – Dalej, przystojniaku, pokaż, co tam dla mnie masz – zażądał arogancko.

– Lubię, gdy mężczyzna wie, czego chce – oświadczył młodzian. Sprawnie rozpiął pasek, a chwilę później, gdy spodnie opadły mu do kostek, pozbył się ich jednym kopnięciem. Następnie zaczepił kciuki o gumę bokserek Calvina Kleina – co Piotr w stanie szoku zdołał zauważyć i odnotować, bo sam nosił identyczne – i zsunął je płynnym ruchem, po czym wyprostował się i wziął w rękę to, co mężczyzna zwykł nazywać klejnotami rodowymi, a następnie dumnie je zaprezentował.

– Co u diabła?! – chciał krzyknąć, ale z jego ust wydobył się tylko chrapliwy skrzek.

– Prezent od Adama. – Chłopak lekko się stropił, ale zrzucił z ramion marynarkę i rozerwał koszulę na piersi. Guziki rozsypały się po podłodze.

– Ale... – Mózg Piotra odmawiał mu posłuszeństwa. – Ale jak... To...

– Spoko, koleś, Adam mówił, że to twój pierwszy raz. Z zamówienia znaczy się. Wszystko opłacone. Do rana jestem twój. – Zdjął krawat i rozsupłał węzeł. Owinął jego końce na dłoniach i naciągnął go mocno. – Zawiążę ci oczy, tak jak lubisz i…

– Co?! Mowy nie ma! – wreszcie odzyskał głos. Piskliwy, ale za to donośny. – Wynocha z mojego gabinetu!

– Chcesz grać ostro? Nie ma sprawy, chociaż mogliście uprzedzić. Nałożyłbym skórzane wdzianko. Jakiś pejczyk. – Mrugnął porozumiewawczo. – Adam kazał mi się ubrać jak japiszon, więc…

– Nie pracujesz dla mojego ojca?! – Wiedział, że pytanie jest głupie, bo było oczywiste, że Dominik, jeżeli naprawdę tak miał na imię, nie pracował dla jego ojca. I na pewno nie był stażystą.

– Ojca? – zdziwił się młodzieniec. – Nie zdradzam danych klientów. Działam w branży już od trzech lat. Jeżeli o to się martwisz, to pełna dyskrecja – zapewnił i podszedł do biurka.

Piotr wyskoczył z fotela jak oparzony i przykleił się do ściany.

– Nie zbliżaj się! – krzyknął piskliwie. – To horrendalna pomyłka!

– OK. – Do chłopaka chyba też coś zaczynało docierać, bo opuścił w końcu ręce z krawatem, którym zamierzał zawiązać Piotrowi oczy. Albo związać Piotra. Piotr nie wiedział, jaką rolę miał tutaj odgrywać krawat, chociaż zdarzało mu się go używać. I w pracy, i w łóżku. Już nigdy tego nie zrobi. Ten facet właśnie zniszczył jedną z jego ulubionych fantazji. Kobieta w jego koszuli i związana jego krawatem. Rany boskie, pomyślał z rozpaczą. Seks już nigdy nie będzie taki sam!

– Jasna cholera! – Złapał się za głowę. – Po tym wszystkim zostanę impotentem!

– Piotr, to normalne. Nie musisz się wstydzić tego, kim jesteś – zapewnił go ciepłym głosem Dominik.

– Ubierz się i spadaj, zanim ktoś cię tu zobaczy – zażądał Piotr.

Jego głos brzmiał już znajomo. Odzyskał swój baryton. Jasność myślenia też zaczynała powracać. Czuł, że ktoś zrobił go w jajo. Delikatnie rzecz ujmując.

– Nie jestem gejem!

– Na pewno? – zapytał skonfundowany Dominik.

– Tak, do diabła! Adam zrobił mi głupi dowcip!

– No dobra, tylko bez agresji. – Dominik schylił się po bokserki.

– Uważałem go za przyjaciela!

– A, już wiem, kłótnia kochanków?

– Wynocha!

– Dobra, stary, wystarczyło powiedzieć, że ci się nie podobam!

– Nie o to chodzi!

– Więc jednak ci się podobam? – zapytał z nadzieją chłopak do wynajęcia.

– Nie! Chodzi o to, że…

Drzwi gabinetu otworzyły się i do środka wparowała osobiście przez niego zatrudniona, niezbyt atrakcyjna, ale za to bardzo kompetentna Magda. Za nią stała jedna z masażystek. Bardzo ładna i zgrabna Anka, od której obiecał sobie trzymać się z daleka, by firma nie padła przez jego liczne romanse.

Dlatego wybrał się na polowanie do lokalu siostry. Teraz nie upoluję już niczego, pomyślał zdruzgotany. Anka szybciej zrozumiała, co widzi, bo zamarła w progu z szeroko otwartymi ustami.

Magda natomiast minęła półnagiego mężczyznę, stanęła przed Piotrem i ujęła się pod boki.

– Piotr! Musimy natychmiast poro… – zaczęła stanowczo.

Widok, który ujrzała po otwarciu drzwi, dopiero teraz dotarł do odpowiednich komórek mózgowych, które obraz przetworzyły, zanalizowały i zostawiły całkowitą pustkę w głowie. Wypięte pośladki zniknęły, ale jej oczom ukazały się genitalia młodego mężczyzny, które – przed chwilą dumnie eksponowane – zasłaniał rękami z głębokim rumieńcem na twarzy.

– To nie tak, jak myślisz – zapewnił ją Piotr.

Baryton znów przepadł. Jego miejsce zajął falset. Jest wiele sposobów na mentalne wykastrowanie faceta, jęknął w duchu.

– Ja nic nie myślę – stanowczo oświadczyła Magda. – Zupełnie nic. Kompletna pustka w głowie. I nie wyciągam żadnych wniosków. Nie wyciągam, bo zupełnie nic nie myślę.

– Magda, to tylko tak źle wygląda. Pozwól, że wyjaśnię.

– Nie ma potrzeby. Nie oceniam, bo nie myślę – zapewniła go stanowczo. – Chciałam ci tylko powiedzieć, że mamy problem z klientką, ale to może zaczekać. Porozmawiamy, jak skończysz.

– Nie ma czego kończyć. To pomyłka. Głupi dowcip – zapewnił ją.

– Oczywiście – przytaknęła uroczyście, ale z taką miną, że tylko ktoś bardzo naiwny by jej uwierzył.

– A ty nie stój tak! Ubierz się w końcu! – krzyknął do Dominika, który półnagi – nadal! – stał przed biurkiem, osłaniając jądra przed kobiecymi spojrzeniami.

– Piotr, przysięgam, że to nie moja sprawa. Ja tu tylko pracuję. I bardzo lubię tę pracę. Bardzo. Obiecuję, że następnym razem zapukam. I sama wszystkim się zajmę. Zatrudniłeś mnie, żebym rozwiązywała problemy.

Nie powinnam zawracać ci głowy. To się więcej nie powtórzy. A więc... – Odchrząknęła i czerwona jak burak kontynuowała: – Sama rozwiążę problem, z którym tu przyszłam, ponieważ uwielbiam moją pracę.

Szerokim łukiem ominęła wciągającego bokserki chłopaka i dwie sekundy później stała przy drzwiach, wypychając na zewnątrz masażystkę, która z wciąż otwartymi ustami mrugała jak oślepiona słońcem sowa.

– O Boże, o Boże – jęczał Piotr, po ścianie osuwając się na podłogę.

Oparł czoło o kolana i wbił palce we włosy, jakby chciał cofnąć czas i wrócić do siostry, gdzie podrywał Ewę, której imię objawiło mu się nagle z całą mocą, podobnie jak pieprzyk na jej prawym biodrze. Wróciłby spokojnie do domu i cieszył się dwoma zaoszczędzonymi kawałkami w kieszeni.

– Wszystko w porządku? – Dominik niepewnie zajrzał za biurko.

– Już nigdy nie dotknę kobiety – jęczał Piotr.

– Faceci zwykle mi to mówią po, a nie zamiast – zażartował, próbując pocieszyć niedoszłego klienta.

Piotr ze złością poderwał głowę. Już zamierzał rzucić kilka ostrych słów, ale dotarło do niego, że to nie przez Dominika znalazł się w tej sytuacji.

– Adam zrobił mi głupi dowcip. Chamski kawał, rozumiesz? Nie jestem gejem. A gdybym był... Spójrz na mnie! Myślisz, że musiałbym płacić za seks?! – zapytał, nieświadomy swojego żałosnego wyglądu.

– Stary, zawsze płacisz za seks. To tylko kwestia ceny. Kolacja. Kino. Dostęp do twojego konta. Obrączka na palcu. Kredyt na mieszkanie. Zawsze płacisz za seks. Pytanie tylko, kto cię dyma – oznajmił Dominik.

– Nie za młody jesteś na taki pesymizm? – Piotr odzyskał panowanie nad sobą, gdy zagrożenie minęło, a spodnie znalazły się na swoim miejscu.

– Realizm – poprawił go Dominik, zapinając pasek.

– Twoi rodzice wiedzą, czym się zajmujesz?

– A ty co? Szkolny psycholog? – prychnął. – Mam dwadzieścia osiem lat, człowieku!

– Serio? – zdziwił się Piotr. – Wyglądasz przynajmniej pięć, sześć lat młodziej.

– To oczywiste. Siłownia, joga, kosmetyczka... Tak przy okazji, fajne to twoje spa. Może...

– Ani mi się waż! – zaprotestował. – Te dwie zaraz wszystko rozgadają, a twoje wizyty byłyby stałą pożywką dla plotek!

– Kobiety... – Dominik z ubolewaniem pokręcił głową.

– Owszem, kobiety – zgodził się z nim Piotr. Napięcie zeszło jak powietrze z dmuchanej lali.

– Dominik! – Starał się odzyskać kontrolę nad sytuacją. Niełatwo wyglądać stanowczo, gdy chowasz się za fotelem, a pośladki przyklejasz do ściany, ale się starał. – Zakładam, że Adam ci zapłacił.

– Jasne, dwa koła. Za całą noc – potwierdził.

– Więc zrób coś dla mnie. I dla siebie. Zabaw się za tę kasę i nigdy tu nie wracaj. Nie musisz mi nic oddawać. – Piotr na wszelki wypadek okrążył biurko, by zachować dystans.

– Spoko. – Dominik obojętnie wzruszył ramionami. – Honorarium i tak nie podlega zwrotowi.

– Trudno.

– Zawsze biorę z góry – poinformował go jeszcze.

– Pora na ciebie, Dominik – stanowczo oświadczył Piotr.

– Jasne, jasne. Ale nie jestem Dominik. Mam na imię Tomek. Adam kazał mi to powiedzieć, gdy będzie po wszystkim.

– Jakie to ma, u licha, znaczenie? – zdziwił się Piotr.

– Nie wiem, człowieku. Adam powiedział, że pewnie i tak nie załapiesz. Dlatego na koniec kazał ci powiedzieć, żebyś wspomniał bal absolutoryjny. To dla niego pamiętna data. Wiesz, o co chodzi?

Piotr zamknął oczy. No tak! Bal! Dominika! Tak miała na imię dziewczyna, z którą przyszedł Adam, a z którą wyszedł Piotr. Nie sądził, by dla kolegi tamta dziewczyna coś znaczyła. Nie zgłaszał pretensji. Nie dał mu w mordę ani nic. Jeszcze poprosił, by Piotr szepnął za nim słowo ojcu, gdy starał się o pracę w jego firmie. A teraz odpłacił mu pięknym za nadobne. Dominik, to znaczy Tomek, miał rację, zawsze ktoś cię dyma.

– To na razie, stary. – Chłopak uznał, że nie doczeka się odpowiedzi. – Moja wizytówka. Położę na biurku. Wiesz, gdybyś chciał pogadać. Czy coś.

– Słucham?! – zirytował się Piotr.

– Nie wszyscy klienci chcą seksu. Niektórzy potrzebują tylko się wygadać, spędzić razem czas. Jestem świetnym kumplem – zapewnił Dominik. To znaczy Tomek.

– Jesteś nachalny i upierdliwy! Przecież powiedziałem: nie!

– Nie unoś się tak! To na razie. – Dominik puścił do niego oko i, ku uldze Piotra, wreszcie wyszedł.

Maria wróciła do Beatrice. Towarzyszył jej palący wstyd. Nie mogła pokazać się Danielowi na oczy. Był uczciwy i prostolinijny. I tego samego oczekiwał od innych ludzi. Odwołała ich wieczorne spotkanie, powiedziała, że musi wrócić do restauracji, a potem ma jeszcze kilka spraw do obgadania z bratem. Cieszyła się, że okłamała go tylko trochę. A może przemilczenie to nie kłamstwo?

– Daniel nie zapytał, dlaczego musi wrócić i o czym będzie rozmawiać z bratem – szepnął diabełek na lewym ramieniu.

– Nie zapytał, bo szanuje Marię i jej prywatność – odparł aniołek na prawym ramieniu.

– Wszystko w porządku, proszę pani? – Do stolika, przy którym w kąciku usiadła Maria, podeszła Ewa. Pierwszy dzień w pracy po tamtym koszmarnym incydencie był sporym wyzwaniem, ale ku jej zaskoczeniu szefowa traktowała ją normalnie. W przeciwieństwie do Piotra. Dziewczyna nie wiedziała, czy ją lekceważył, czy zgodnie z żądaniem siostry po prostu zachowywał się jak zwykły klient.

– Oczywiście – stanowczo zapewniła Maria. – Poproszę herbatę z jaśminem i sernik. Dziękuję.

– Zaraz przyniosę, proszę pani. Chciałam tylko zapytać… – Pochyliła się ku niej, jakby chciała szepnąć jej coś na ucho.

Maria sapnęła ze złością. Chciała zostać sama, a ta dziewczyna, która rozłożyła nogi przed jej bratem, z jakiegoś powodu sądzi, że są przyjaciółkami?! Z trudem powstrzymała zgryźliwy ton i chęć powiedzenia jej kilku przykrych słów.

– Ma pani oczko na kolanie i rozdarcie na spódnicy – szepnęła. – Nie zamierzam się wtrącać, ale może pani nie zauważyła…

– Dziękuję – odparła Maria zawstydzona swoimi podłymi i małostkowymi myślami.

– Proszę pani... – Dziewczyna urwała, wyraźnie zakłopotana.

– Tak? – Maria zdobyła się na delikatny uśmiech. To nie wina kelnerki, że zżerają ją wyrzuty sumienia.

– Chciałam powiedzieć, że pewne sprawy należy zgłaszać.

– Jakie sprawy? – zapytała.

– Różne. Jeśli coś się stanie, to nie można tak po prostu tego zostawić, bo potem może być znacznie gorzej.

– Co miałoby się stać? – Maria z tej rozmowy zrozumiała tylko tyle, że ma podarte ubranie.

– To ja przyniosę herbatę i sernik – oświadczyła Ewa, wycofując się. – Potrzebuje pani czegoś jeszcze?

Maria pokręciła głową. Ona chyba podejrzewa, że zostałam napadnięta albo i gorzej, pomyślała. Kolejna osoba okłamywana przez przemilczenie. Skąd mam ten charakter? Przecież nie po ojcu, po matce też nie. Adoptowali mnie? A może jestem córką listonosza?

Potarła gołe kolano, wystające z dziury w pończosze, oczko dotarło już do buta. O rozdarciu na spódnicy nie miała pojęcia, pewnie szew trzasnął, kiedy padła na kolana, by odnaleźć zmyśloną monetę.

Rozejrzała się ukradkiem po restauracji. Sąsiednie stoliki były wolne. Ukradkiem wsunęła dłonie pod spódnicę i zrolowała pończochę w dół. Nie przedefiluje przecież przez restaurację w tym stanie.

Na szczęście włożyłam pończochy samonośne, pomyślała. Z rajstopami nigdy by mi się to nie udało. Ale to nie dziura była jej problemem, lecz przyczyna jej powstania.

Zaatakowała biedną Arletę i odwróciła kota ogonem, robiąc ze starszej kobiety wariatkę, a wszystko dlatego, że podejrzewa własnego ojca o nieuczciwe zamiary. Zachowała się podle i... niczego się nie dowiedziała.

Zamknęła oczy i wsłuchała się w swój wewnętrzny głos. Pierwsza myśl, która przyjdzie jej do głowy. Odpuścić. Przeprosić. Wyznać prawdę. Ku jej zaskoczeniu pierwsza myśl dotyczyła jednak niezadowolenia z braku efektów akcji. W końcu to był jej plan i nawet nie potrafiła go zrealizować. A wyrzuty sumienia? Gdzie moje wyrzuty sumienia?, westchnęła z rozpaczą. Kłamię, oszukuję, manipuluję i jeszcze mam żal do siebie, że kiepsko mi to wychodzi? Zagryzła wargę i otworzyła oczy. Zdaje się, że piekło jest przereklamowane.

Piotr kilkakrotnie policzył do dziesięciu, by uspokoić skołatane nerwy. Dosięgła go kara boska za grzechy przeszłe, teraźniejsze i przyszłe. Serce kołatało mu w piersi, jakby miało zamiar wyskoczyć. Na domiar złego zaczynał rozumieć, jak czują się kobiety na randkach z nachalnym mężczyzną. Głębszą analizę odłożył na później. Obawiał się, że sam bywa natrętem, ale jakoś żadna mu z łóżka nie uciekła. Wręcz przeciwnie, więc może był tylko pospolitą męską świnią, jak mawiała Maria, a nie napastliwym gnojkiem.

Odetchnął głęboko, pociągnął nosem, zaklął szpetnie i energicznym krokiem ruszył przed siebie. Nie zamieszka przecież w gabinecie na stałe. Kiedyś musiał stąd wyjść, więc równie dobrze może to zrobić teraz.

Otworzył drzwi tak gwałtownie, że uderzyły o ścianę. Wzdrygnął się, ale dziarsko maszerował naprzód, udając, że nie zwraca uwagi na wścibskie spojrzenia i ukradkowe szepty.

Ile może być kroków do wyjścia? Sto? A może sto tysięcy?

Zdołał dotrzeć do recepcji, gdzie napadła na niego Magda, która musiała tam na niego czekać. Albo pobiegła donieść na niego recepcjonistce i właśnie ją przyłapał.

– Piotr! Musimy porozmawiać! – zawołała głośno.

– Słucham. – Poddał się od razu.

Matka z siostrą zdążyły go nauczyć, że odwlekanie rozmów nigdy nie wychodzi mężczyźnie na zdrowie. I tak zawsze cię dopadną, a im dłużej to trwa, tym bardziej się nakręcą. Ojciec zbolałym tonem poświadczył to odkrycie, gdy Piotr miał siedemnaście lat.

– Lepiej mieć to za sobą jak najszybciej, synu – powiedział. – Gwałtowny płomień szybko się wypali, ale jeśli pozwolisz mu gotować się zbyt długo na małym ogniu, czeka cię erupcja godna Wezuwiusza.

– Jedna z naszych klientek zażądała od Ani usługi erotycznej – wypaliła Magda.

– Co proszę? – zdumiał się.

– Masaż relaksacyjny. Ania. Klientka.

– To zrozumiałem. Nie jestem natomiast pewien, czy zrozumiałem, w czym rzecz – wymamrotał.

– Klientka zaznaczyła, że oprócz relaksacji oczekuje satysfakcji. Seksualnej. – Spojrzała na niego znacząco.

– Aha. – Piotr nie zdołał z siebie wykrzesać rozsądniejszej reakcji.

– Ponieważ byłeś zajęty, sama zajęłam się tym problemem.

– Aha.

– Wywaliłam ją na zbity pysk.

– Anię? – zdumiał się. – Za co?

– Klientkę. Dlaczego miałabym zwolnić Anię? – zapytała zbulwersowana.

– Bez powodu. Obawiałem się, że niewłaściwie oceniłaś sytuację i…

– Takiej sytuacji nie da się ocenić niewłaściwie. Klientka nie uszczypnęła jej w tyłek przypadkowo. Wyraźnie i dosadnie powiedziała, czego oczekuje. Kiedy Ania poinformowała ją, że nie świadczymy tego typu usług, oświadczyła, że zostawia u nas tyle kasy, że sam właściciel powinien jej zrobić dobrze. I to językiem! Co oczywiście również nie wchodzi w grę i to więcej niż z jednego powodu, jak sądzę.

Piotr spojrzał na nią nieufnie. Ostatnie zdanie chyba było przytykiem do jego orientacji seksualnej. Magda jak zwykle nie owijała w bawełnę i nazywała rzeczy po imieniu. Nawet on sam nie był tak otwarty w rozmowach z kolegami po pijaku. Owszem, potrafił robić to językiem. Kobiecie. Ale nie zamierzał się tym chwalić publicznie.

– Nie mówmy o tym więcej – poprosił, bo uznał, że zaprzeczenia nie mają sensu.

Im bardziej idziesz w zaparte, tym mniej ci wierzą. Maria twierdziła, że nic dobrego z sypiania z klientkami nie wyniknie. Wtedy jej nie słuchał, teraz właściwie już nie musiał. Najwyżej zostanie ich „koleżankiem" do pogaduch w saunie.

– Oczywiście. Uznałam tylko, że jako właściciel powinieneś wiedzieć o takich sytuacjach.

– To już wiem. Coś jeszcze? Muszę pilnie wyjść w sprawach osobistych. – Widząc szybką wymianę spojrzeń między recepcjonistką a Magdą, wiedział, że znowu został źle zrozumiany.

– Umówiłem się z Marią – skłamał.

Nie miał pojęcia, gdzie jest siostra, ale pierwsze kroki zamierzał skierować do jej restauracji i strzelić sobie kielicha. Albo kilka. Nie wiedział, ile będzie potrzebował, żeby się znieczulić. Nie czekając na kolejne uszczypliwości, w dwóch susach znalazł się przy drzwiach wejściowych. Dobiegł go jeszcze głos recepcjonistki, nim zamknął za sobą drzwi.

– Wiedziałam od samego początku. Za przystojny na hetero, ale po co się z tym krył?

Maria piła właśnie trzecią herbatę jaśminową, którą przyniosła jej Ewa. Dziewczyna miała dobre intencje, ale podrzucenie jej na stolik numeru do fundacji pomagającej kobietom doświadczającym przemocy to już przesada. Musi jej wyjaśnić, że najzwyczajniej w świecie czołgała się pod autem, a z tego, co wie, żadne prawo tego nie zabrania. Mogła pełzać sobie po ulicy, ile dusza zapragnie, drzeć pończochy i rozdzierać spódnice, byle tylko nie utrudniała ruchu. Za to grozi mandat. Chyba. Ostatecznie skończyła studia ekonomiczne. Czemu nie poszłam na prawo?, zastanawiała się.

Nie jest łatwo być uczciwym i praworządnym obywatelem bez znajomości tych wszystkich przepisów.

Kilka miesięcy wcześniej, ku swojemu zdumieniu, dowiedziała się, że zmieniono przepisy, które pozwalają trzymać pralkę w kuchni. Nikt jej nie powiedział, że nie wolno. Ciekawe, ile człowiek może mieć na sumieniu, nawet o tym nie wiedząc? I dlaczego jej sumienie przestało działać? Moralny kompas się zawiesił?

Piotr wypatrzył siostrę przy stoliku w kącie schowaną za jakimś bujnym krzakiem w donicy. Pojęcia nie miał, co za wiechcie nakupowała do restauracji. On nawet kaktusa zasuszył na śmierć, bo zapomniał, gdzie go postawił. Po kilku tygodniach znalazł roślinę na pawlaczu za stertą kartonów. Po kiego licha go tam schował, kiedy i jak, nie miał zielonego pojęcia. Pewnie w trakcie parapetówki. Mało z niej pamiętał. Obawiał się wyrzucić choćby jedną rzecz, którą dostał wtedy w prezencie, żeby nikogo nie urazić.

Usiadł naprzeciw siostry.

– Jak poszło spotkanie z Arletą? – Od razu przeszedł do sedna.

– Jak poszło szukanie biura detektywistycznego? – odwzajemniła się pytaniem.

– Jeszcze nie zacząłem.

– To co robiłeś?

– Coś innego?

Maria spojrzała na niego podejrzliwie. Uciekł spojrzeniem w bok.

– Super, pewnie znowu jakieś machinacje. Wiesz, że i tak się dowiem. Kłamstwo ma krótkie nogi. Półprawdy też. – Czyli wszystko się wyda, a ojciec nas wydziedziczy, pomyślała. Daniel mnie rzuci, a matka będzie wzdychać i analizować, gdzie popełniła błąd w wychowaniu, skoro córka nie potrafi rzetelnie kłamać.

– Poszedłem na skróty – wyznał niechętnie Piotr.

Maria miała rację. Wszystko i tak się wyda. Pikantne wieści szybko się rozchodzą.

– Siedzimy w tym razem, więc lepiej od razu powiedz, w czym rzecz. Chociaż nie wiem, o co chodzi, jestem współwinna – oświadczyła dramatycznie.

– Co ty masz z tym poczuciem winy? Jesteś masochistką? – zainteresował się, próbując odwrócić od siebie uwagę. Jak zwykle nieumiejętnie.

– Bywam – przyznała. – Teraz jestem w trakcie użalania się nad sobą i, o dziwo, od razu mi lepiej. Skoro ludzie postrzegają mnie jako ofiarę, to będę się tak czuć.

– Ofiarę?

– Ofiarę losu. A teraz dawaj. Nie oszczędzaj mnie. Po prostu wal! – Upiła łyk herbaty. Powinna chyba napić się melisy. A może jaśmin działał uspokajająco? Musi się dowiedzieć.

– Chciałem przekupić stażystę, a teraz wszyscy myślą, że jestem gejem – wypalił.

Kamień spadł mu z serca. Niemalże. Dziewczyna, którą wczoraj Maria wypłoszyła z jego mieszkania, mogła być ostatnią nagą kobietą w jego sypialni. Może powinien przeprowadzić się do innego miasta?

– Nie rozumiem. Chciałeś go przelecieć? – zdziwiła się. – Nie jesteśmy aż tak zdesperowani!

– Nie ja jego, tylko on mnie!

– Chciał cię przelecieć w zamian za informacje?

– On wcale nie był stażystą – pożalił się.

– Stażysta, który nie jest stażystą, chciał cię przelecieć?

– Dokładnie tak! – zawołał z ulgą. Wreszcie zrozumiała!

– Ooookeeej... – powiedziała wolno, przeciągając samogłoski. – A w którym momencie mamy do czynienia z przekupstwem i za co właściwie chciałeś mu zapłacić?

Zrozpaczony patrzył na nią bez słowa. Jednak nie zrozumiała.

– Byłoby mi łatwiej, gdybyś postarał się zachować logiczny ciąg zdarzeń.

– Poprosiłem Adama o pomoc w znalezieniu stażysty, którego mógłbym przekupić – zaczął.

– Jakiego Adama? – zapytała.

– Byłoby mi łatwiej zachować logiczny ciąg zdarzeń, gdybyś mi nie przerywała!

Maria prychnęła, ale nie odezwała się już ani słowem.

– Adam obiecał pomoc, a zamiast tego przysłał mi męską prostytutkę do biura. I jeszcze zapłacił za jego usługi moimi pieniędzmi – wyjaśnił z niechęcią. To stawiało go w złym świetle. – Teraz rozumiesz?

– Aż za dobrze. Ale powiedz, jakiego Adama?

– Studiowaliśmy razem, a teraz pracuje w firmie ojca. Tego Adama!

– Tego Adama?! Czyś ty zgłupiał?! Po tym, jak przespałeś się z jego dziewczyną?! – Podniosła głos.

Piotr wzdrygnął się, zmieszany. Czy Maria musi wszystko pamiętać?!

– Nie wiedziałem, że Dominika była jego dziewczyną – wyjaśnił obronnym tonem. – Myślałem, że to tylko...

– Dominika? Nawet nie pamiętasz jej imienia? To była Beata! Spotykał się z nią od pół roku, a ty...

– Jaka Beata? – zdziwił się Piotr. – Wściekł się o Dominikę!

– To Dominika też była? Rany, Piotr, co z tobą? Masz jakichś przyjaciół?!

– Oczywiście, że mam! – obruszył się. – No... Właściwie... Na przykład... Nie, on też nie. Hm... – stropił się. – Po studiach nasze drogi się rozeszły, a w pracy nie szukałem przyjaźni, tylko doświadczenia zawodowego!

Maria pokręciła głową z niesmakiem.

– Przysięgam, że gdybyś nie był moim bratem, omijałabym cię na ulicy jak trędowatego. Lepiej przyznaj się, co tam jeszcze ukrywasz.

– Nic! Ten cały Dominik rozebrał się w moim biurze, ja uciekłem za biurko i wtedy weszła Magda, i wyciągnęła wnioski, i teraz wszyscy sądzą, że jestem gejem – wyrecytował jednym tchem.

Lepiej, żeby dowiedziała się od niego. Jeśli powie jej ktoś inny, dopiero będzie na niego wściekła.

– Uciekłeś za biurko? – Maria z trudem starała się zachować powagę. Na próżno. Parsknęła głośnym śmiechem.

– Jasne, śmiej się. Ciebie nie napastował seksualnie żaden goły facet – pożalił się.

– Pewnie, że nie. A myślisz, że randka, gdy musisz uważać, co mówisz, jak wyglądasz, i unikać obmacywania, to mit? – Patrzyła na niego kpiąco. – Oczywiście, że wiem, jak to jest, gdy ktoś przekracza granice. A tobie taka nauczka powinna wyjść na dobre. Teraz wiesz, jak kobiety czują się na randkach. Ona chce cię lepiej poznać, a ty tylko kombinujesz, gdzie wepchnąć swoje łapska. Do tego zamiast niewinnego całusa na pożegnanie faceci od razu próbują językiem policzyć kobiecie migdałki. Witaj w klubie, dziewczynko. Właśnie zostałeś kobietą – zadrwiła.

Piotr nie odpowiedział na te zarzuty. Skrzywił się tylko w duchu. Sam na to wpadł. Potrafił wyciągać wnioski, potrafił też je analizować, ale dokonywanie tych dwóch czynności z samym sobą, no cóż…

To był pierwszy raz.

– Teraz, kiedy spojrzysz w lustro, nie pomyślisz: jestem przystojny, jestem marzeniem każdej kobiety, jestem zdobywcą. Teraz zobaczysz obiekt seksualny – punktowała bezlitośnie Maria.

Niejednokrotnie krytykowała sposób, w jaki traktował kobiety. Teraz żałowała, że sama nie dała mu nauczki. Nie współczuła bratu ani przez moment. Padł ofiarą głupiego żartu, a nie napastowania.

– Może przejdziemy do rzeczy? – zaproponował znękany.

Czuł się jak ofiara. I sprawca jednocześnie. Nigdy nie zadał sobie trudu spojrzenia na siebie jako napastnika. Ile razy przekroczył granicę?

– Jestem wystarczająco zdołowany i bez twoich życiowych mądrości. Sam zacząłem się zastanawiać nad różnymi rzeczami i…

– I słusznie. Przypomnij sobie, jak dziś potraktowałeś Ewę.

– Kogo?

– Kelnerkę, którą wczoraj zaciągnąłeś do łóżka.

– Nic jej nie zrobiłem – obruszył się. – Byłem uprzejmy!

– Dałeś jej napiwek!

– To źle? – zdumiał się.

– Pytanie jest tak głupie, że daruję sobie odpowiedź.

– Traktujesz mnie jak jakiegoś cholernego zboczeńca, gwałciciela, samego markiza de Sade'a! Jestem tylko idiotą! Jasne? Idiotą!

Maria pokręciła głową z ubolewaniem, ale sytuacja, w jakiej znalazł się brat, była w gruncie rzeczy zabawna. Lepsze to niż przekupienie kogoś. Przynajmniej nie popełnił przestępstwa. On tylko za pośrednictwem byłego kolegi zapłacił za usługi seksualne.

– Co z Arletą? – Piotr zmienił temat.

Nadal nie wiedział, o co chodzi z tą kelnerką. Przecież sama się do niego zaprosiła. On tylko zabrał ją na kolację. W restauracji! To ona chciała do niego przyjść i zamówić pizzę. Siłą jej tam nie zaciągnął.

– Ja dałem ciała. Jak tobie poszło?

Maria wbiła wzrok w śnieżnobiały obrus.

– Kiepsko – wyznała niechętnie. – Najpierw Arleta się zorientowała, że za nią jadę, a potem zrobiłam z niej paranoiczkę i histeryczkę.

– Ale co powiedziała?

– Nic, niestety.

– Niczego nie powiedziała?

– Nie.

– Zupełnie nic? Nawet: pocałuj mnie w dupę?

– Rany, Piotr, rozmowa była tak idiotyczna, że...

– Może jednak powiedziała coś, co nam się przyda? – nalegał.

– Arleta podeszła do mnie i prosto z mostu oświadczyła, że nie ma romansu z naszym ojcem.

– Kogo obchodzi jej romans z tatą?! – Odchylił się na krześle do tyłu. Patrzył na siostrę z udręką.

– Nikogo, ale to do niej nie dociera. Zarzeka się, jakby od tego zależało jej życie.

– Matka swego czasu musiała jej nieźle dać w kość – uznał.

– Możliwe. Nie wiem, dlaczego tak agresywnie zareagowała. Nawet gdyby ten romans miał miejsce, kogo to, u licha, obchodzi?

– Może jej męża? – zasugerował. – Jest mężatką?

Maria spojrzała na niego ze zdumieniem.

– Rozwódką – przypomniała sobie. – Piotr, jesteśmy egoistami.

– Mów za siebie. Ja jestem egocentrykiem.

– Mamy wrodzoną skazę charakteru albo to kwestia wychowania. Jak sądzisz?

– Czy to ma znaczenie?

– Właściwie nie. – Potarła czoło i dodała: – Mam dziurę w pończosze, podartą spódnicę, a przed oczami zrozpaczoną kobietę w wieku naszej matki, zarzekającą się, że to nie ona ma romans z naszym ojcem. Jak dla mnie przyczyna naszego egoizmu jest nieistotna. Nawet nasza krucjata przeciwko ojcu wynika z naszego egoizmu. Co jest z nami nie tak? – Spojrzała na brata, szukając u niego odpowiedzi.

– Co powiedziałaś?

– Zapytałam, co jest z nami...

– Wcześniej – przerwał jej gorączkowo. – Powtórz, co powiedziała Arleta! – polecił siostrze z rosnącą ekscytacją.

W tej chwili nie dbał o to, czy jest idiotą, egoistą czy seksualnym drapieżcą. Mógł być nawet fajtłapą i impotentem. Ważna była informacja, którą siostra zlekceważyła!

– Że nie ma romansu z ojcem. Powtarza to za każdym razem, gdy ktoś z nas...

– Nie, ujęłaś to inaczej. Powiedziałaś, że ona powiedziała, że to nie ona ma romans z naszym ojcem. Jeśli nie ona, to ja się pytam: kto?!

– Zaczekaj – poprosiła. Wróciła myślami do rozmowy na parkingu. – Masz rację – przyznała po chwili. – Tak właśnie powiedziała. Najpierw, że nie ma romansu z ojcem, a potem, że to nie ona ma romans z ojcem. Pytanie brzmi: dlaczego tak się tym ekscytujesz? Ojciec spotykał się z wieloma kobietami i chociaż żadnej nie poznaliśmy, wiedzieliśmy, że gdzieś tam są.

– Ale ona to ujęła w taki sposób, jakby to była tajemnica!

– Czy ja wiem? – westchnęła Maria. – Raczej chodziło jej o przekonanie mnie, że ona nie ma nic na sumieniu.

– Powiedziałaś, że była zrozpaczona. Musiała mieć powód – upierał się.

– Bo od lat kocha skrycie naszego ojca i żałuje, że to nie ona ma z nim romans? – zakpiła.

– Bo kogoś kryje!

– Ojciec jest dorosły i może sypiać, z kim zechce. Nie doszukuj się tu intrygi. – Maria miała dość tych detektywistycznych podchodów.

Jedna próba wystarczyła, by uświadomiła sobie, że szpiegowanie ludzi nie jest jej powołaniem. Piotra również – jak się okazało.

– Zamierzasz zrezygnować?! – Podniósł głos, nie kryjąc wzburzenia.

– Nie, nie zamierzam. Rzecz w tym, że musimy spojrzeć prawdzie w oczy. My się do tej roboty nie nadajemy. Pierwszy pomysł był najlepszy. Zapłaćmy profesjonaliście. To najrozsądniejsze rozwiązanie. Nie zamierzam zrezygnować, ale osobiście uważam, że to nie romans ojca jest naszym problemem. Wynajmijmy detektywa.

Nie zaprotestował. I konsekwentnie nie wypominał jej, że wynajęcie detektywa to był jego pomysł.

– No dobra. Nawet mam namiary na zaprzyjaźnione biuro.

– Naprawdę? – zdziwiła się. – Przecież twierdziłeś, że nie zająłeś się jeszcze szukaniem detektywa.

– Bo nie zająłem. Po prostu przypomniało mi się, że kiedyś już miałem do czynienia z takim jednym detektywem. Muszę tylko zdobyć na niego namiary. – Wzruszył ramionami, unikając jej spojrzenia.

Maria dobrze znała brata i natychmiast zauważyła zmianę na jego twarzy. Jakaś jego była? To absolutnie nie wchodziło w grę!

Piotr obserwował ze zdziwieniem, jak ostre rysy twarzy siostry łagodnieją, a na ustach pojawia się ciepły uśmiech.

– To dobry detektyw – zapewnił podniesiony na duchu jej przemianą i brakiem pytań dodatkowych. To do niej niepodobne…

– Umów spotkanie. A teraz spadaj – syknęła.

– Co…

Zrozumiał, gdy przy ich stoliku stanął Daniel z ogromnym bukietem róż. No tak, oczywiście, pomyślał zgryźliwie. Ostatni raz, gdy Maria patrzyła na brata z ciepłym uśmiechem, zdarzył się dwadzieścia lat temu, gdy oddał jej swojego lizaka.

– To dla mnie? – zapytała rozpromieniona.

Uwielbiała kwiaty. Nigdy żadnego się nie dochowała, bo zapominała je podlewać, ale tych w wazonie to nie obowiązywało. Umierały śmiercią naturalną.

– A widzisz tu kogoś innego? – zażartował i pochylił się, by pocałować ją w policzek.

– Kilka osób by się znalazło.

– Rzecz w tym, że te osoby nie mają…

– Fuj. – Piotr skrzywił się ze wstrętem. – To obrzydliwe.

– Nie dajesz kobietom kwiatów? – zdziwił się być może przyszły powinowaty Piotra.

– Ależ daję, ale nie zdawałem sobie sprawy, że wyglądam wtedy jak goguś.

– Piotr! – syknęła Maria. – Miałeś czymś się zająć! Więc zajmij się! Natychmiast!

Rzucił je urażone spojrzenie, ostatni raz zerknął na żółte róże i z nadąsaną miną wstał od stolika.

– Co z nim? – zapytał Daniel, podając jej bukiet.

Zachowanie Piotra trochę go zaskoczyło. Wcześniej odniósł wrażenie, że brat dziewczyny go polubił.

– Problemy na linii damsko-męskiej i, zdaje się, męsko-męskiej.

– Nie rozumiem...

– Piotr właśnie odkrywa swoje prawdziwe ja i trochę mu z tym nie po drodze.

– Jest... bi? – zapytał niepewnie.

– Z nim nigdy nie wiadomo – zaśmiała się, choć Daniel nie miał pojęcia, co faktycznie ją tak bawi. Chowający się za biurkiem przed niechcianymi zalotami brat! Aż żal, że nikt tego nie nagrał!

– Dzień dobry. – Ewa nagle zmaterializowała się przy stoliku. – Czy potrzebuje pani czegoś?

– Dziękuję. Mam jeszcze herbatę. A ty? Czego się napijesz? – zwróciła się do Daniela.

– Może coś pani zje? – zaproponowała jej kelnerka. – Coś zdrowego, nietoksycznego, niezagrażającego zdrowiu?

– Słucham? – zdziwiła się Maria.

– Sałatkę? – Dziewczyna szaleńczo mrugała oczami, usiłując jej coś przekazać.

– Sałatka brzmi pysznie! – zareagował entuzjastycznie Daniel.

Był głodny, a Beatrice miała świetnego kucharza. Maria potrafiła jedynie ugotować jajko. Na twardo.

– To trudna decyzja, ale powinna ją pani podjąć. Dla własnego dobra. – Ewa zignorowała mężczyznę.

– Uważasz, że jestem za gruba? – zapytała Maria z wahaniem.

Kelnerka zachowywała się dziwnie. Bardzo dziwnie. Czy w ten sam sposób obsługiwała innych klientów?!

– Ależ skąd! – gorąco zaprotestowała Ewa. – Chodzi o to, że powinna pani zadbać o siebie. O własne dobro! – Ostatnie słowa wypowiedziała podniesionym tonem, jednocześnie rzucając czujne spojrzenie na przyjaciela szefowej, który przyglądał jej się zdziwiony.

– W takim razie zjem sałatkę – zadecydowała Maria. – A ty weź sobie wolny wieczór.

– Absolutnie! Zostanę i będę... Będę tu! – Rzuciła jeszcze złowrogie spojrzenie Danielowi, po czym odeszła od stolika.

– Co się dzieje? – zapytał, choć nie był pewny, czy chce to wiedzieć.

Pewnie chodziło o jakieś babskie sprawy, w których większość mężczyzn wcale nie chce uczestniczyć.

– Nie jestem pewna – przyznała z wahaniem.

– Ona jest jakby trochę... – Przez chwilę szukał odpowiedniego słowa: – Niezrównoważona?

– Może to przez pełnię księżyca? – kpiąco zasugerowała Maria.

– Mamy pełnię?

– Nie wiem, ale to tłumaczyłoby takie zachowanie.

– U wilkołaków, jeśli wierzy się w takie rzeczy – zażartował.

Piotr z namaszczeniem przeglądał kalendarz z numerami telefonów byłych dziewczyn. Żadnego nie wykreślił. Zapisywał tylko rok rozstania, żeby nie popełnić gafy w przypadku zbieżności imion. Taka Ania na przykład, bardzo popularne imię. Ile kłopotów człowiek mógłby sobie narobić? Teraz oczywiście to go nie dotyczy. Wszystkie Anie na tej planecie są obecnie przekonane, że jest gejem i jako taki jest dla nich niedostępny.

Szukał jednego konkretnego numeru. Tak dokładnie to szukał konkretnej kobiety, dzięki której wypełni misję, zleconą mu przez siostrę. Nie odważył się już wrócić do firmy. Niech menedżerka zajmie się wszystkimi problemami. Dobrze jej szło. Póki jej nie przeszkadzał, firma powinna działać sprawnie.

– Aha! – wykrzyknął z triumfem. – Werka!

Bez wahania wybrał numer i z radosną miną czekał na połączenie.

– Witaj, piękna! – przywitał się z entuzjazmem. – Jak leci?

– ...

– No nie przesadzaj...

– ...

– Ale...

– ...

– No co ty...

– ...

– Ale ja przecież...

– ...

– Nigdy w życiu bym...

– ...

– Jasna cholera! – zaklął, gdy połączenie zostało przerwane.

Rozmowa zdecydowanie przebiegła nie po jego myśli. Była kochanka pogodziła się z mężem, a on ma nie pokazywać się jej na oczy. Szlag, myślał, że już dawno są po rozwodzie.

Tamta firma detektywistyczna, która na zlecenie zdradzanego męża pstryknęła im kilka fotek do sprawy rozwodowej, była całkiem skuteczna. Nie zorientowali się, że są śledzeni, a zamontowanie kamer w jego własnym mieszkaniu? Majstersztyk!

Nie miał pojęcia, jak się tam dostali, ale na pewno sprytnie i nielegalnie. A on właśnie kogoś takiego szukał. Rzecz w tym, że Weronika nie dopuściła go do słowa.

Może powinien wysłać jej wiadomość? Skoro tak obawia się męża, skasuje esemeska i nikt się nie dowie, że były kochanek nawiązał z nią kontakt.

„Hejka, daj mi namiary na tego detektywa, co nas pstryknął, i nie zawracam głowy", przeczytał na głos wiadomość, którą napisał.

Krótko i na temat, uznał z zadowoleniem, po czym nacisnął „wyślij" i czekał na odpowiedź.

– Jakieś postępy? – zapytał z zaciekawieniem Daniel, gdy wreszcie oboje dostali sałatkę.

– W jakiej sprawie? – Maria odprowadziła wzrokiem kelnerkę, która ostentacyjnie zlekceważyła jej przyjaciela, a zarazem niemal rzuciła w niego talerzem, gdy stawiała zamówione danie na stole.

– Twojego ojca.

– Co z nim? – Udała, że nie wie, o co chodzi.

W głowie przeprowadziła z Danielem tyle rozmów, w których wyznawała swoje przewinienia, że teraz nie była pewna, co właściwie mu powiedziała, a co zataiła.

– Rozmawiałaś z nim?

– Na jaki temat?

– Co z tobą? – zaniepokoił się. – Dobrze się czujesz?

– Tak, dlaczego pytasz? – Wepchnęła do ust wielką porcję gotowanych warzyw, żeby zyskać czas na zastanowienie.

Nie oczekiwał przecież natychmiastowej odpowiedzi, gdy ona przeżuwa!

– Podejrzewaliście z bratem, że ojciec coś knuje. I podobno przyznał się, że jego prezent nie był taki zupełnie bezinteresowny.

– Aha... – Wydała z siebie dźwięk, który – taką miała nadzieję – był kombinacją przytaknięcia i zaangażowania w rozmowę.

– Rozmawiałaś z nim? – Daniel usiłował nabić na widelec kawałek sałaty.

Coś z jego daniem było nie tak. Sos jakiś tłustawy, a sałata zwiędła. Restauracja działa od niedawna, więc pewne niedociągnięcia mogą się zdarzać, ale jedzenie powinno być smaczne. I do wczoraj było.

– Hm... – wydała z siebie kolejny dźwięk, który można było zinterpretować na wiele sposobów.

– I co powiedział?

– Hm? – Tym razem starała się nadać również twarzy wyraz zapytania.

W ustach miała papkę, ale nie mogła jej połknąć, bo wówczas musiałaby powiedzieć coś zrozumiałego. Jeśli od razu napakuje sobie do ust kolejną porcję, Daniel zaraz się zorientuje, że ona kręci, a kłamstwa nienawidził równie mocno jak ona.

– Przyznaj się – powiedział surowo.

Spanikowana głośno przełknęła.

– Znów zapomniałaś o śniadaniu! Mario, przepracowujesz się. Rozumiem, że nie chcesz rezygnować z pracy, ale może powinnaś całą energię poświęcić właśnie restauracji. Przecież to twoje marzenie. Warto o nie zawalczyć, prawda? – Nie zdążył powiedzieć nic więcej, bo przy stoliku zmaterializowała się ta niezrównoważona kelnerka.

– Pańska herbata – powiedziała głośno, z brzękiem stawiając spodek z filiżanką.

– Nie zamawiałem herbaty – zdziwił się Daniel.

– Ups, mój błąd – swobodnie skomentowała Ewa. – Już ją zabieram.

Nie potrafili potem odtworzyć przebiegu zdarzeń. Daniel zerwał się z krzesła, gdy pełna filiżanka wylądowała na jego spodniach. Maria podskoczyła nerwowo, gdy spodek uderzył o ziemię. Jedyną osobą, która z niezmąconym spokojem obserwowała sytuację, była kelnerka.

– Oj, cóż za straszny wypadek – rzuciła mimochodem, z pogardą przyglądając się podskakującemu mężczyźnie, który papierowymi serwetkami usiłował ratować spodnie. – Tak mi przykro. Całe szczęście, że nie była gorąca. Radzę się udać do toalety. Tam są papierowe ręczniczki.

– Dziękuję, chętnie skorzystam. – Spojrzał na nią z niechęcią.

– Zrobiłaś to specjalnie? – zapytała Maria, która nie ruszyła się z miejsca. Była tylko biernym obserwatorem, a nie uczestnikiem zdarzenia. Przynajmniej tak się czuła. Jakby wyszła z własnego ciała i stała obok.

– Tak – mężnie przyznała się dziewczyna.

– Jeśli nie chcesz tu pracować, możesz się zwolnić – zaproponowała. – Możesz wypowiedzieć umowę.

– Nie zamierzam się zwalniać – obruszyła się kelnerka. – Chyba że pani chce mnie…

– Nie jestem pewna – przerwała jej Maria. – Raczej zastanawiam się, co się dzieje. Czy to wina mojego brata? Nie możesz się pozbierać emocjonalnie?

– Ależ skąd! – zaprotestowała Ewa. – Piotr nie ma tu nic do rzeczy! – Wbiła wzrok w poplamiony obrus.

– Daniel zaraz wróci. Masz dwie minuty na wyjaśnienia albo lądujesz jako pomoc kuchenna z zakazem wchodzenia na salę.

Maria najchętniej obsztorcowałaby dziewczynę, ale po to zatrudniła menedżerkę, by ta załatwiała za nią nieprzyjemne sprawy. Zawsze miała problem ze zrywaniem z chłopakami albo z informowaniem stażystów, że jest z nich niezadowolona, co należało przecież do obowiązków szefowej. Teraz też z trudem zdobyła się na ostry ton. Do tej pory dziewczyna sprawowała się bez zarzutu. Jeden gorszy dzień nie powinien przesądzać o jej zatrudnieniu.

– Zobaczyłam, jak pani wysiada z samochodu. Kulała pani i te podarte rajstopy, poplamiona spódnica i… dlatego dałam pani numer do telefonu zaufania, a potem jeszcze pani przyjaciel przyszedł tu z kwiatami. Oni zawsze przepraszają, ale to nic nie zmienia.

– O rany – jęknęła Maria, która dopiero teraz zrozumiała, o co chodziło Ewie. – Daniel nic mi nie zrobił – zapewniła. – Klucze spadły mi pod samochód i żeby do nich sięgnąć, musiałam uklęknąć. Spódnica tego nie wytrzymała. Pończochy również. I wcale nie kuleję. Pocierałam kolano, bo żwirek się przyczepił.

– Naprawdę? – stropiła się dziewczyna.

– Tak. – Maria znowu skłamała tylko częściowo.

Daniel naprawdę nic jej nie zrobił. Z zaskoczeniem zauważyła, że kłamstwo przychodzi jej coraz łatwiej. Może to tylko kwestia praktyki?

– Daniel kupił mi kwiaty, bo wie, że je lubię. Podarłam rajstopy, bo jestem gapą. Doceniam twoją chęć pomocy, ale zamień się teraz z kimś stolikami, dobrze?

– Nie zwolni mnie pani? – zapytała z ulgą Ewa.

– Za dobre chęci? Ale nie próbuj wymierzać kary naszym klientom, gdy uznasz, że krzywo spojrzeli na żonę albo dziewczynę. Bo wtedy na sto procent się pożegnamy – zagroziła, ale groźba wygłoszona z uśmiechem nie ma siły rażenia, jeżeli nie jesteś seryjnym mordercą, którego cieszy myśl o małym *danse macabre* z ofiarą.

– I zamiast wciąż pytać mnie, czy chcę cię zwolnić, postaraj się nie podejmować żadnych działań, które mogłyby mnie do tego zmusić, dobrze? – Poprosiła na koniec.

– Oczywiście, proszę pani – solennie obiecała Ewa. – Do końca wieczoru postaram się nie rzucać pani przyjacielowi w oczy.

Byłoby miło, pomyślała Maria. Patrzyła, jak Ewa przemierza salę i, gwałtownie gestykulując, rozmawia z inną kelnerką. Daria obejrzała się na szefową i gdy ta skinęła głową, uśmiechnęła się lekko i podała Ewie kartkę z zamówieniami. Maria planowała zakup tabletów i skomputeryzowanie zamówień, ale na razie nie zamierzała generować dodatkowych kosztów.

– Mam nadzieję, że jest już bezpiecznie? – zapytał Daniel, zajmując miejsce.

Plamę z przodu spodni zakrył przewieszoną przez ramię marynarką. Suszenie trwałoby zbyt długo.

– Tak, to tylko małe nieporozumienie – wyjaśniła rozbawiona.

– Jakie?

– Nie ma o czym mówić.

– Skoro to ja jestem ofiarą tego nieporozumienia, mam prawo wiedzieć – obstawał przy swoim Daniel.

– Wypadły mi klucze z torebki. Kiedy wyciągałam je spod samochodu, podarłam spódnicę i pończochy, a ty zjawiłeś się z kwiatami – wyjaśniła pokrótce.

– Obawiam się, że nie jestem w stanie dostrzec związku... – Zakłopotał się.

– Ewa uznała mnie za ofiarę przemocy domowej, a ciebie za damskiego boksera, który mnie potarmosił, a potem przyszedł przeprosić.

– Kobieca logika czasami potrafi człowieka sponiewierać – stwierdził zdumiony.

– Mężczyznę.

– Co takiego?

– Miałeś na myśli to, że kobieca logika potrafi sponiewierać mężczyznę.

– Tak właśnie powiedziałem.

– Nie, powiedziałeś, że kobieca logika potrafi sponiewierać człowieka, a na myśli miałeś mężczyznę, jakby kobieta nie była człowiekiem, tylko odrębnym gatunkiem.

– Nie jestem szowinistą – bronił się.

– Pewnie nie, ale używacie wyrażeń, które mogą to sugerować. Tak samo jak pewne zachowania, które uważacie za męskie, a które dla kobiet są po prostu nachalne, podpadające wręcz pod napastowanie.

– Nie miałem nic złego na myśli! I nigdy w życiu nikogo nie napastowałem! Wręcz przeciwnie. To ja byłem napastowany ślubnie! – zirytował się.

– Dlaczego tak sądzisz?

– Ja nie sądzę! Ja wiem!

– Kobieta, która oświadcza się mężczyźnie, to napastliwa wariatka?

– Nie o to mi chodziło! Po co ja w ogóle ci o tym opowiadałem? – denerwował się Daniel. – Nigdy nie było mowy o małżeństwie, a tu nagle dowiaduję się, że mam się żenić i jeszcze odpowiednio oświadczyć! To chore! Nie mam nic przeciwko oświadczynom! Kobiety mogą się oświadczać, komu tylko chcą! Jakim cudem prowadzimy tę idiotyczną rozmowę?!

– Nie mam pojęcia – z lekkim zdumieniem przyznała Maria. – Mam dziś bardzo dziwny dzień. To chyba objaw.

– O nic więcej nie zapytam – zdecydowanie oświadczył mężczyzna. – Chętnie posłucham, jak ci minął dzień, ale nie zadam już żadnego pytania.

– Zdenerwowałam cię?

– W żadnym wypadku.

– Wyglądasz na zdenerwowanego.

– Nie wiem, jak wyglądam, ale z pewnością tak się nie czuję. Jestem spokojny i zrelaksowany. Wcale się nie zdenerwowałem – zapewnił. – Trochę mnie zaskoczył przebieg tej rozmowy. I siedzę tu w mokrych spodniach, więc mogę czuć się niekomfortowo. Ale nie jestem zdenerwowany.

Maria uśmiechnęła się zdawkowo. Miała nadzieję, że nie przesadziła i mężczyzna nie ucieknie, gdzie pieprz rośnie. Na szczęście obiecał nie zadawać już żadnych kłopotliwych pytań, więc ona nie będzie musiała kłamać.

– Herbaty? – zapytała.

Paula przerzucała kartki czasopisma, które podała jej sekretarka Stanisława. Nadal nie powiedziała mu, że zostanie ojcem.

Ponownie.

Nie rozmawiali jeszcze o dzieciach, ale Stanisław musiał podejrzewać, że ona chciałaby je mieć. Była dużo młodsza od niego i młodsza od jego dzieci z pierwszego małżeństwa. Nie może ich wychowywać. One są już wychowane. To oczywiste, że pewnego dnia chciałaby mieć własne.

Z roztargnieniem okręcała pierścionek zaręczynowy. Nie zaszła w ciążę, żeby złapać go na dziecko. Oświadczył się, zanim się zorientowała, że jest w ciąży.

I tak nikt jej nie uwierzy. Nie powiedziała o zaręczynach rodzicom. Stanisław również nie poinformował swoich dzieci. Zapewnił ją tylko, że powitają ją z otwartymi ramionami i niczego nie musi się obawiać.

Szkoda, że nie mogła go zapewnić o tym samym, jeśli chodzi o jej rodzinę. Ojciec się wścieknie, a matka załamie ręce. Siostry będą jej zazdrościć, a bracia... Chyba nie pobiją Stanisława...

Nagły atak mdłości zmusił ją do szalonego galopu do łazienki. Nie miała pojęcia, kto nazwał tę dolegliwość porannymi mdłościami, bo dopadały ją o najprzeróżniejszych porach dnia. Dziwne, że Stanisław jeszcze się nie zorientował.

– Wszystko w porządku? – Arleta zapukała do drzwi toalety.

Nagła bladość na twarzy i pośpiech, z jakim dziewczyna wybiegła z biura, zakrywając usta dłonią, powiedział jej wszystko, co powinna wiedzieć. Szef zupełnie oszalał na punkcie tej dziewczyny. Początkowo uważała ją za sprytną naciągaczkę. Nadal nie była pewna jej intencji, ale Paula miała w sobie coś tak delikatnego i kruchego, że Arleta sama chętnie by jej pomatkowała.

– Tak. To tylko... O Boże – jęknęła, gdy kolejny atak torsji zmusił ją do skłonu nad muszlą klozetową.

Jej matka musiała być szalona, skoro przechodziła przez to osiem razy.

– Poproszę szefa, żeby odwiózł panią do domu – zadecydowała Arleta. – Chyba oszalał, żeby w takim stanie ciągać panią po mieście.

– Nie! – krzyknęła przerażona. – On nie wie.

Kawałkiem papieru toaletowego otarła usta, nadal klęcząc na posadzce.

Arleta znacząco spojrzała na pierścionek na palcu dziewczyny.

– Nie zdążyłam mu powiedzieć. Proszę, niech pani nic mu nie mówi. Powinien o tym usłyszeć ode mnie – prosiła ze łzami w oczach.

Hanna Kopicka wparowała do firmy męża jak torpeda. Ochroniarz znał ją z widzenia. Teoretycznie powinien ją zatrzymać. Praktycznie wiedział, że to niemożliwe. Zresztą, szef i tak każe ją wpuścić, więc skinął jej tylko głową na powitanie i wrócił do czytania gazety.

Po chwili doszedł do wniosku, że może chociaż zawiadomi sekretarkę szefa. W ten sposób zabezpieczy się przed ewentualnymi pretensjami.

Kopicka przedefilowała przez hol. Nie zawracając sobie głowy windą, weszła na klatkę schodową. Wejdzie sama na drugie piętro, skoro obiecała Marii, że zadba o swoje zdrowie. Spacery i wchodzenie po schodach to jedyne aktywności, do jakich się zmobilizowała, a wspinaczka powinna ostudzić nieco jej zapędy. Miała ochotę zabić Stanisława za to, co robił dzieciom. To była jego wina!

Wyhamowała dopiero przed pustym biurkiem Arlety. Najchętniej wparowałaby do biura Stasia i powiedziała mu, co myśli, ale obawiała się widoku, który mogła tam zastać. Mimo upływu lat wciąż nie potrafiła wyzbyć się podejrzeń o ten romans.

Do tego ta cholerna dietetyczka, do której poszła! Rzucanie palenia i jednoczesne przechodzenie na dietę to był bardzo, bardzo zły pomysł, ale nie miała innego wyjścia. Czego nie robi się dla mężczyzny! Wprawdzie nie miała na oku nikogo konkretnego, ale ostatnia rozmowa z córką uświadomiła jej, że sklep z elegancką odzieżą XXL i zbliżająca się starość nie rozwiązują problemu samotności. Postanowiła zatem zmienić swoje życie.

Zmiana polegała między innymi na nawadnianiu jej odwodnionego organizmu. Efekt był taki, że wciąż chciało jej się sikać. I palić. I jeść. I kogoś zabić. I pewnie padnie na Stanisława, jeśli zaraz nie znajdzie toalety.

– Wiem, co wszyscy myślą – żaliła się Paula. – Ale to nie tak, jak...

– Z drogi, bo się zesikam! – Hanna z impetem wpadła do pierwszej wolnej kabiny i z hukiem zatrzasnęła za sobą drzwi. Kątem oka zdążyła zauważyć przerażoną minę Arlety i jakąś stażystkę klęczącą przy toalecie w kabinie obok.

– Cholerna dietetyczka! – powiedziała głośno. – Każe mi tyle pić, jakbym miała pęcherz moczowy krowy! Zaczynam żałować, że nie mam penisa! Wciąż szukam kibelka, a tak stanęłabym sobie za drzewkiem, rozpięła rozporek i po kłopocie! A schody nie pomagają! Nie wiem, czy nie popuściłam, gdy wbiegałam po stopniach! – Z ulgą spuściła wodę i otworzyła drzwi.

– Sikam co kwadrans, zupełnie jakbym była w ciąży. – Podeszła do umywalki i odkręciła wodę, by umyć ręce.

– Który miesiąc?! – zawołała głośno.

– Słucham? – zapytała zdezorientowana Arleta.

– Ta młoda siksa. Jest w ciąży. Doskonale pamiętam, jak sama modliłam się do sedesu. – Wytarła dłonie w papierowe ręczniki i podeszła bliżej, by przyjrzeć się przyszłej matce.

– Ile ty masz lat, dziecko? – zdumiała się na widok dziecinnej buzi i śladów łez na policzkach.

– Dwadzieścia pięć – odparła zdumiona Paula.

Nie wiedziała, kim jest ta kobieta. Jej bezpośredniość była przytłaczająca.

– No proszę – zdziwiła się Hanna. – Śliczna jak laleczka. Który to miesiąc?

– To tylko zatrucie pokarmowe – pospieszyła z odpowiedzią sekretarka.

– Naprawdę? – zdziwiła się Kopicka.

– Tak – zdecydowanie oświadczyła Arleta. – W czym mogę pani pomóc, pani Kopicka? – Rzuciła Pauli ostrzegawcze spojrzenie.

Dziewczyna zbladła jeszcze bardziej, gdy zrozumiała przekaz. Ma siedzieć cicho i się nie wychylać. Stanisław opowiadał jej o byłej żonie. Spotkanie z nią oko w oko było ostatnią rzeczą, na którą miała ochotę.

– Staś jest w gabinecie? – zapytała sekretarkę.

– Owszem, zaprowadzę panią.

– Nie trzeba. Znam drogę. Zajmij się lepiej tym... zatruciem pokarmowym. Polecam imbirowe ciasteczka – rzuciła na odchodnym, trzaskając drzwiami.

– Czy to naprawdę była żona Stanisława? – Paula czuła, że robi się jej słabo i to wcale nie z powodu wymiotów.

– Tak. – Arleta z ulgą wypuściła wstrzymywane powietrze i dodała: – Była żona.

– Ona mówi na niego Staś – zauważyła Paula z lekkim zdziwieniem.

– Owszem.

– Czy ona...

– Nie ruszaj się stąd – poleciła jej Arleta. – Zamknij drzwi i nie wychodź. Wrócę po ciebie. Nie chcesz na nią wpaść, gdy się zorientuje, kim jesteś.

Paula udręczonym wzrokiem patrzyła na wychodzącą sekretarkę Stanisława. Przysięgłaby, że starsza kobieta nie przepada za nią. No cóż, najwyraźniej się pomyliła.

– Staś! – Hanna nie zaprzątała sobie głowy takimi drobiazgami jak pukanie do drzwi albo wcześniejsze informowanie męża, że chciałaby się z nim spotkać. – Coś ty narobił!

– Hanka! – Widok byłej żony wytrącił go z równowagi.

W panice spojrzał na zegar. Paula miała przyjść lada chwila. Jeśli na siebie wpadną, dojdzie do rękoczynów. Hanka zawsze była w gorącej wodzie kąpana.

– Nie możesz tak po prostu wpadać sobie do mojego biura! – zawołał, nie starając się ukryć złości.

– Mogę, nie mogę, ale właśnie to zrobiłam!

– Co ty tutaj, u diabła, robisz?!

– Staś, ty się nie pytaj, co ja robię! Ty się lepiej zapytaj, coś ty narobił!

– Moje życie osobiste to moja sprawa. I to już od dwudziestu lat! – perorował zawzięcie.

– Osiemnastu – poprawiła go automatycznie. – Staś, ty sobie ze swoim życiem osobistym rób, co chcesz, ale naszych dzieci w to nie mieszaj!

– O co ci chodzi, kobieto?! – Niemożliwe, żeby dowiedziała się o Pauli. Kto jej doniósł, u licha? O zaręczynach wiedziała tylko Arleta, a ona na pewno się nie wygadała.

– O co mi chodzi? Ja ci zaraz powiem, o co mi chodzi! Staś, ja rzuciłam papierosy! – Zdenerwowana opadła na fotel naprzeciwko biurka.

– Gratuluję! Ale co mi do tego?! – Nadal mówił podniesionym głosem.

Do tego jeszcze ta dziwna maniera Hanki. Zawsze opowiadała o duperelach, zamiast przejść od razu do sedna sprawy.

– Ja ci zaraz powiem, co ci do tego! Żeby nie być ciężarem dla naszych dzieci, postanowiłam o siebie zadbać! Poszłam do dietetyczki. Poszłam do spa! Zapisałam się na jogę! A ty co zrobiłeś?! Zniszczyłeś życie Piotrusiowi!

– Na litość boską, co ty wygadujesz, kobieto! Oszalałaś z głodu i braku nikotyny?!

– Staś! Ty nie wykręcaj kota ogonem! Ty siedź i słuchaj! – Wycelowała w niego palec. – Leżę sobie u Piotrusia w firmie na masażu i wiesz, co ja słyszę? No wiesz?!

– Nie, ale zakładam, że zaraz się dowiem. – Zrezygnowany rozsiadł się w fotelu. Przynajmniej będzie słuchał tych dyrdymałów w wygodnej pozycji.

Arleta na pewno nie dopuści, by Paula weszła do biura w czasie wizyty Hanki. Płacił jej tyle samo co swojemu zastępcy, ale Arleta w przeciwieństwie do tamtego była niezastąpiona. Dlatego też nigdy nie zmieniła pracy, chociaż Hanka swego czasu mocno dała jej w kość.

– Że szkoda, że taki przystojny, bo gej!

– Kto? Masażysta?

– Piotr!!!

– Piotr jest masażystą?

– Piotr jest gejem!!!

– Co ty opowiadasz, kobieto? Zmienia dziewczyny jak rękawiczki.

– Staś, ja nie wiem, co on tam zmienia, ale czy on choć raz przedstawił nam jakąś dziewczynę?!

– Właściwie to nie – przyznał po chwili zastanowienia.

– No właśnie! I to jest twoja wina!

– Że nie przedstawił nam swojej dziewczyny?

– Że jest gejem! – załkała rozdzierająco.

– Dlaczego moja?!

– Przecież nie moja!

– A dlaczego to ma być czyjaś wina?! Po prostu taki jest i już! Hanka! To nie nasza sprawa, z kim sypia nasz syn! – Stanisław sam był zaskoczony swoim liberalnym podejściem. Jego ojciec z pewnością by go wydziedziczył, gdyby miał mu co zostawić.

– Oczywiście, że nasza! Jesteśmy jego rodzicami! Rozwiodłeś się ze mną, a nie z dziećmi!

– Haniu, ja cię nie podejrzewałem o taką hipokryzję. Zawsze miałaś nowoczesne poglądy, a teraz...

– Staś! Ty wiesz, jak się traktuje gejów w naszym kraju? Ty wiesz, co on musiał wycierpieć, ukrywając to przed wszystkimi? I przed nami? Swoimi rodzicami? Ty jesteś w stanie pojąć, w jakiej on musi być życiowej rozterce? Żyć w ukryciu? Jak jakiś... przestępca? To nasze dziecko, Staś.

– Oczywiście, Haniu, ale...

– I to twoja wina jest, że on nam nigdy nie powiedział!

– Jakim cudem doszłaś do takiego wniosku?!

– To proste, Staś. Nie zapewniłeś mu moralnego wsparcia.

– Tobie też nie powiedział!

– To powinna być męska rozmowa! Musisz z nim porozmawiać, Staś!

– O czym?

– O akceptacji!

– Hanka, on ma trzydzieści dwa lata!

– Właśnie, Staś, właśnie. Ty wiesz, jak długo on musiał żyć z tym sekretem? Jesteś egoistą, Staś. Myślisz tylko o sobie i tych swoich babach. Piotr musi wiedzieć, że go kochamy i akceptujemy. Nie mamy nic przeciwko jego chłopakowi.

– Piotr ma chłopaka?

– Skąd mam wiedzieć? Ale powiesz mu, że obaj są mile widziani na rodzinnym obiedzie.

– My nie jadamy rodzinnych obiadów od czasu, gdy dzieci dorosły. – Ta rozmowa była coraz bardziej absurdalna.

– Staś, to jest wyjątkowa sytuacja. I ty powinieneś to rozumieć. Piotr nie będzie miał dzieci. Piotr się nie ożeni. Albo nie wyjdzie za mąż. Nie jestem pewna, które określenie jest właściwe. – Zakłopotała się. – Ale musi wiedzieć, że nie musi się ukrywać. Rozumiesz, Staś? Rozumiesz, że musisz wesprzeć swojego syna?

– Żadnych wspólnych obiadów, Haniu, dopóki nie porozmawiam z Piotrem – zadecydował stanowczo Kopicki.

Jeszcze tego brakowało, żeby musiał tłumaczyć Pauli rodzinne zawirowania albo ciągnąć ją na ten rodzinny obiad. Hanka zjadłaby ją żywcem, a resztki wypluła pod stół. Paula w niczym nie przypominała jego byłej żony. Była miła, łagodna i delikatna. I na pewno nie rzucałaby w niego talerzami.

– Staś! – Była żona spojrzała na niego groźnie. Nie była zadowolona z wyniku rozmowy. – Zachowaj się jak ojciec! I żebym nie musiała tu wracać!

Na pożegnanie trzasnęła drzwiami. Kopicki tępo wpatrywał się w klamkę. Hanka jak zawsze wpadła, narobiła zamieszania i wypadła. Jakim cudem dwadzieścia lat rozwodu nic nie zmieniło?

Arleta ukradkiem obserwowała wychodzącą z biura Kopicką. Była za stara na te wszystkie utarczki i osobiste sprawy szefa. Do emerytury brakowało jej niewiele, powinna wytrzymać, ale ani dnia dłużej niż to konieczne.

– W porządku. Droga wolna – szepnęła do chowającej się za jej plecami dziewczyny.

– Dziękuję – niepewnie odparła Paula. – Pani Arleto, czy ona... czy...

– Rozwiedli się lata temu, a pan Kopicki nigdy się nie ożenił. Dopiero teraz... – Znacząco spojrzała na pierścionek. – Nie musi się pani martwić byłą panią Kopicką. Przynajmniej nie w tym sensie.

– Dziękuję. – Paula zaczerwieniła się, zawstydzona. – Czy Stanisław... No wie pani... On już ma dzieci i...

– Na to pytanie nie potrafię odpowiedzieć. – Arleta z trudem powstrzymała pełne irytacji sapnięcie.

Szef chyba oszalał! Nie dość, że jest młodsza od niego o połowę, to jeszcze zachowuje się jak nieopierzona nastolatka!

– Dziękuję. I przepraszam... Ja...

– Pani Paulino – przerwała jej ostro Arleta. – Niech pani weźmie się w garść. Prędzej czy później czeka panią spotkanie z rodziną Stanisława. Zostanie pani matką. Będzie pani odpowiadać nie tylko za siebie, ale i za dziecko. Musi pani w końcu wydorośleć i tupnąć nogą, gdy zajdzie potrzeba. Ja nie mogę wciąż być pomiędzy wami wszystkimi, bo oszaleję!

Nie czekając na reakcję dziewczyny, zabrała torebkę i wyszła z biura. Pierwszy raz od lat przed szefem, ale na dziś miała ich wszystkich serdecznie dość.

Maria była w szoku. W windzie był trup. Jasne włosy posklejane były zakrzepłą krwią. Głowa wykręcona pod dziwnym kątem. Ciało wcale nie wyglądało jak na filmach. Leżało sobie byle jak.

Obok stała młoda kobieta, dziewczyna właściwie, i przyglądała się jej z zaciekawieniem. Maria uniosła rękę i palcem wskazała na ciało spoczywające u jej stóp. Nim zdołała cokolwiek powiedzieć, drzwi windy zasunęły się i dźwig pojechał w górę. Z trupem i towarzyszącą mu dziewczyną.

– O, jesteś! – zawołał Piotr na jej widok.

Maria jak zawsze zjawiła się przed czasem.

– Wezwałaś windę?

Stała jak słup soli. Przed oczami wciąż miała obraz martwego ciała i młodej dziewczyny z telefonem komórkowym w dłoni.

– Co z tobą? Zaniemówiłaś? Znowu napad wyrzutów sumienia? Omówiliśmy to już wielokrotnie. Wie-lo-krot-nie. – Piotr wdusił przycisk przywołujący windę.

– Przecież nie robimy mu krzywdy. Wyobraź sobie, że jedna staruszka zabiła swojego syna, bo chciał ją oddać do domu spokojnej starości. Zważywszy na to, do czego ludzie są zdolni, my powinniśmy dostać Pokojową Nagrodę Nobla.

Winda zjechała na dół. Drzwi otworzyły się z cichym szelestem. W środku nikogo nie było. Maria zamrugała oczami. Stalowa podłoga była lśniąca, bez śladu krwi.

– Wsiadasz czy nie?

Nie czekając na odpowiedź, złapał ją za rękę i wciągnął do środka. Siostra nie opierała się, ale stanęła nieruchomo ze wzrokiem wbitym w lustro na tylnej ścianie windy.

– Jedziemy na trzecie piętro. Matylda Dominiczak. Prywatna detektyw. Miałem okazję poznać ją osobiście.

To znaczy prawie. Właściwie miałem okazję zapoznać się z efektami jej pracy. Na pewno nam pomoże – zapewnił siostrę, choć informację, o jakiego rodzaju pracę chodziło, przemilczał.

Nie miał wątpliwości, że wykonana została rzetelnie. Zdjęcia były doskonałej jakości. Zatem Dominiczak miała sprzęt, możliwości, była elastyczna prawnie i skuteczna, co w ich sytuacji odgrywało istotną rolę.

– To tu. – Wyprowadził Marię z windy.

Pogrążona w szoku nie stawiała oporu, gdy ciągnął ją za łokieć. Straciła zdolność myślenia i odczuwania. Szok sparaliżował jej emocje, chroniąc ją w ten sposób przed pomieszaniem zmysłów. Albo wręcz przeciwnie. Może właśnie oszalała? W windzie nic nie było. Nie za drugim razem.

Za pierwszym razem były zwłoki i ta nienaturalnie uśmiechnięta dziewczyna o zielonych włosach. Dlaczego ona miała zielone włosy? Jeśli to była halucynacja przemęczonego umysłu, to czemu tak idiotyczna?

– Co z tobą? – zirytował się Piotr, gdy siostra potknęła się o próg. – Podjęliśmy decyzję. Jeśli się rozmyśliłaś, to twój problem. Ja nie odpuszczę. Nie po tym, jak straciłem dwa kawałki i zostałem ulubionym gejem wszystkich moich klientek. Dasz wiarę, że jedna z nich poprosiła mnie na korytarzu, żebym zrobił jej krzyżaczek na plecach, bo nie mogła sięgnąć? Krzyżaczek, kurna twoja mać! Zdjęła bluzkę i stała przede mną w sportowym staniku, bo przestałem być dla niej mężczyzną!

Zatrzymał się przed pustym biurkiem i rozejrzał dokoła. Sekretarka pewnie wyszła na chwilę, bo monitor od komputera był wyłączony. Niewykluczone jednak, że biurko nie posiadało nigdy sekretarki, bo pusty blat lśnił czystością. Nie leżał na nim ani kalendarz, ani długopis. Pod ścianą opodal okna stała sofa, stolik i dwa fotele. Pewnie kącik dla oczekujących, pomyślał. Puścił w końcu łokieć Marii i podszedł do drzwi naprzeciw biurka. Nacisnął klamkę. Były zamknięte.

– Przestań użalać się nad sobą, bo sam zacznę – zwrócił się do siostry, która stała tam, gdzie ją zostawił.

Rozsiadł się wygodnie w fotelu i wyjął telefon z kieszeni. Maria nabrała w końcu powietrza w ściśnięte płuca, gdy za plecami usłyszała odgłos kroków. Obejrzała się przez ramię. Jej udręczony mózg zarejestrował znikające za rogiem nogi. Nogi nie przemieszczały się w pozycji pionowej. Leżały sobie na podłodze, czubki butów skierowane były w sufit, zatem nie mogło być mowy o czołganiu. Ktoś je ciągnął.

Nogi nie stanowiły samoistnego bytu. Niewątpliwie połączone były z resztą ciała, które widziała w windzie. Obejrzała się na brata, ale czytał coś na ekranie telefonu. Zagryzła wargę i niepewnie wyjrzała na korytarz. Pusto.

– Jeśli chcesz uciekać, proszę bardzo. Połowę rachunku i tak ty płacisz – oświadczył.

Nie miał pojęcia, ile kosztuje taka usługa, a Weronika też mogła nie wiedzieć. W końcu rachunek pokrył jej mąż.

Maria nasłuchiwała uważnie, ale panowała cisza. Nikt nie trzasnął drzwiami. Nie odjechała winda. Nie dobiegał jej odgłos kroków. Ktokolwiek tam był, zniknął. Jeśli w ogóle był, pomyślała. Znikające nogi widziałam zaledwie przez ułamek sekundy. Pytanie zatem brzmiało, czy widziałam cokolwiek, czy tylko wydawało mi się, że widziałam to, co widziałam. No bo co ja właściwie widziałam?, prowadziła ze sobą dziwaczny monolog. Bardziej prawdopodobne było to, że doznała halucynacji, niż to, że zielonowłosa dziewczyna z telefonem komórkowym krążyła po budynku, ciągnąc za sobą martwe ciało.

Niepewnie zerknęła na brata. Może częściowo miał rację z tymi skrupułami. Od kilku dni kłamała, manipulowała i mataczyła, chociaż mama twierdziła, że za to ostatnie winne są geny ojca. Resztę brała na siebie.

W ponurym nastroju Maria zajęła miejsce na wolnym fotelu obok brata. Problem w tym, że ku własnemu zdumieniu nie miała wyrzutów sumienia. Miała je natomiast jej podświadomość, skoro uraczyła ją takimi widokami. Z rozmyślań wyrwało ją stukanie obcasów dobiegające z korytarza. Z nadzieją, że tym razem to ktoś żywy i realny, zacisnęła palce na rączce torebki i przygryzła wargę w oczekiwaniu.

W sekretariacie pojawiła się wysoka kobieta koło czterdziestki w czarnych skórzanych spodniach i obcisłym topie. Czerwone szpilki i jaskrawa szminka w tym samym kolorze, długie ciemne włosy i torebka zwisająca swobodnie na ramieniu sprawiały, że wyglądała zarazem drapieżnie i nonszalancko.

– Witam państwa – odezwała się dźwięcznym głosem. – Wybaczcie spóźnienie, te cholerne korki kiedyś mnie wykończą. Państwo Kopiccy, jak sądzę?

– Nie państwo, rodzeństwo – natychmiast zaprzeczył Piotr, urzeczony zjawiskową urodą kobiety. – Piotr. – Zerwał się z miejsca i podszedł do niej z wyciągniętą do przywitania ręką. – Piotr Kopicki.

– Matylda Dominiczak – przedstawiła się nowo przybyła, zrywając perukę z głowy.

Maria zobaczyła ulizane, bardzo krótkie, mysie włosy. Kobieta zrzuciła obcasy i kopnęła je pod biurko. Wysokie, smukłe nogi zniknęły, za to pojawiły się przysadziste biodra i zbyt szerokie uda. Jedynie piersi zostały na miejscu.

Piotr zdębiał z uniesioną w powietrzu ręką. Maria pewnie miała identyczną minę, gdy doznawała halucynacji. Szok i niedowierzanie. Przez moment było jej żal brata, który wyglądał jak przekłuty balonik, z którego uchodzi powietrze. Będąc w lepszej formie, doznałaby dzikiej satysfakcji i wygłosiłaby mowę na temat nietrwałości urody i cech naprawdę istotnych.

– Nienawidzę obcasów, ale taka robota. Czasami wyglądam jak pomoc domowa, a czasami jak femme fatale. To drugie przychodzi mi z coraz większym trudem. Zapraszam do gabinetu.

Minęła ich i podeszła do zamkniętych drzwi. W zamku szczęknął klucz i detektyw gestem dłoni zaprosiła ich do środka. Piotr z nadzieją zerknął na jej pośladki, ale nie wyglądały zbyt apetycznie. Skrzywił się niechętnie, ale cóż zrobić. W końcu przyszedł tu w interesach.

– Proszę siadać. – Matylda zajęła miejsce za imponującym biurkiem i spojrzała na niego badawczo. – Kopicki Piotr. Nazwisko brzmi znajomo. Twarz również jest mi znana. Pracowaliśmy już razem? – Spojrzała na niego z wyczekiwaniem.

– Znajomi mi panią polecili. – Niepewnie zerknął na Marię, ale siostra była pogrążona we własnym świecie.

– Którzy?

– Wolałbym nie mówić.

– Hm... – Matylda przeniosła spojrzenie na Marię, która siedziała nieruchomo ze wzrokiem wbitym w ścianę. Nerwowo zaciskała splecione palce. Cerę miała równie ziemistą jak jej garsonka.

– Dobrze się pani czuje? – zapytała.

– Doskonale – zapewnił w imieniu siostry Piotr.

Jeszcze tego brakuje, żeby ta wstała, podziękowała i wyszła.

– Maria ma dylematy natury moralnej.

– Zapewniam, że nie podejmujemy działań niezgodnych z prawem – oświadczyła pani detektyw.

Piotr spojrzał na nią z ironią. Kamerki w jego mieszkaniu nie zamontowały się same. Ktoś musiał się do niego włamać. I na pewno nie było to zgodne z prawem.

– Oczywiście. – Uśmiechnął się do kobiety. – Ale jak już mówiłem, siostra ma dylematy natury moralnej, a nie prawnej. Śledzenie kogoś uważa za naruszanie jego prywatności.

– I ma rację.

Maria wreszcie na nią spojrzała.

– Ale ja lubię swoją pracę. Z takim dylematem mogę żyć. Pani również. W końcu są tu państwo z jakiegoś powodu – powiedziała Matylda, posyłając klientce profesjonalny uśmiech, co przyszło jej z niejakim trudem.

Skórzane spodnie paliły ją w tyłek, a majtki były mokre od potu. Trzeba mieć nierówno pod sufitem, żeby w temperaturze powyżej dwudziestu stopni Celsjusza paradować w czymś takim, ale mąż klientki miał słabość do kobiet w lateksie lub skórze, zatem musiała się poświęcić.

Akcja przebiegła szybko i sprawnie. Podszedł do niej w klubie i od razu złożył niestosowną propozycję. Matylda nagrała całą rozmowę, z której jasno wynikało, że to nie pierwszy raz, gdy gość płaci za seks, a przynajmniej usiłuje. Tym razem miał zapłacić również za swoje pozamałżeńskie zapędy.

Rachunku, który żona wystawi wiarołomnemu mężowi, Matylda wolała nie oglądać.

– Gdyby świat był idealny, a ludzie przestrzegali norm prawnych i moralnych, natychmiast zwinęłabym interes.

Ale jest, jak jest, a jedyne, co możemy zrobić, to radzić sobie z tym. Czy zamierzają państwo popełnić przestępstwo?

– Ależ skąd! – zaprotestował Piotr. – Nigdy w życiu!

– No to nie widzę problemu. Naprawdę jestem pewna, że już się spotkaliśmy... – Stuknęła palcami w blat biurka. – No nic, przypomnę sobie. Mam w głowie prawdziwe archiwum, tylko szufladki czasami otwierają się z opóźnieniem. Proszę przedstawić problem, a ja powiem, czy jestem zainteresowana zleceniem.

– Nie bierze pani wszystkich zleceń? – zdziwił się Kopicki.

– Oczywiście, że nie. – Matylda prowadziła biuro od dziesięciu lat i na własnej skórze przekonała się, że nie warto się łaszczyć na pieniądze, które mogą się człowiekowi odbić czkawką. – W czym mogę państwu pomóc?

– Chodzi o naszego ojca. – Piotr zastanawiał się, jak przedstawić problem, by nie zostać uznanym za paranoika, a zarazem zachęcić ją do przyjęcia zlecenia. Spojrzał na Marię, ale jego wygadana, przemądrzała siostra nie zamierzała go wesprzeć.

– Nasz ojciec to specyficzny człowiek. Nigdy nas nie rozpieszczał, finansowo znaczy się. Na kieszonkowe musieliśmy zapracować. Za darmo umarło, jak mawia nasza matka.

– Zgadzam się w tej kwestii z państwa ojcem.

– Na pewno. – Rzucił jej zdawkowy uśmiech. – Rzecz w tym, że jedyne prezenty, jakie otrzymaliśmy od niego za nic – zaakcentował dwa ostatnie słowa, robiąc jednocześnie palcami cudzysłów w powietrzu – nie licząc urodzin i świąt, to były sytuacje, gdy czegoś od nas chciał albo coś zrobił czy też nie zrobił. Zawsze był ukryty motyw. Albo wyrzuty sumienia, że nas olał, albo chciał nas do czegoś zmusić. Złe wiadomości również poprzedzał prezentami.

– I rozumiem, że państwo teraz otrzymali prezent? – Matylda starała się zachować powagę. Chciałaby mieć takie problemy.

– O tak! – oświadczył, czując, że wreszcie ktoś rozumie. – I to jaki! Ojciec pożyczył nam fortunę na rozkręcenie własnych firm na preferencyjnych warunkach. Do tego udostępnił za darmo lokale w swoich nieruchomościach.

– Trudno pożyczkę nazwać prezentem – sceptycznie zauważyła detektyw.

– Nie zna pani naszego ojca. W jego mniemaniu to ogromny prezent. Dzięki temu mamy szansę spełnić nasze marzenia, a jednocześnie musimy na nie zapracować.

– Za darmo umarło.

– Właśnie – przytaknął gorliwie. – Za darmo umarło. To wielkoduszny gest, zwłaszcza że żadnego z nas nie chciał zatrudnić w swojej firmie, aby nam niczego w życiu nie ułatwiać. Mamy sami zapracować na własny sukces, a tu nagle taka zmiana? Owszem, otwarcie firmy a jej utrzymanie i rozkręcenie to dwie różne sprawy, ale w rozmowie z byłą żoną, naszą matką, przyznał, że ma ukrytą motywację, choć nie przyznał się jaką.

– Rozumiem, że obawiacie się państwo, że ten prezent w znacznej mierze was od niego uzależnia… – Matylda teraz już poważnie rozważała sytuację.

Klient mówił o pieniądzach. Ogromnych pieniądzach. Takie sprawy zawsze są poważne. Zawsze. I często prowadzą do zabójstwa.

– Tak. I dlatego chcemy, aby ustaliła pani, co nim kieruje.

– Osobista motywacja może być trudna do ustalenia, jeżeli sam się do niej nie przyzna, ewentualnie powiedział komuś o swoich zamiarach. Komuś, kto się wygada – rozważała sytuację.

– Ma pani rację. Podjęliśmy pewne nieudane próby wybadania osób z jego najbliższego otoczenia. – Piotr uznał, że nawet bez pomocy Marii sformułował to doskonale. – Uznaliśmy, że sytuacja nas przerasta. Dlatego trafiliśmy do pani.

– Z polecenia.

– Tak.

– I nie może pan zdradzić czyjego.

– Wolałbym nie. – Szybko zerknął na pogrążoną w milczeniu siostrę, uświadamiając sobie, że zatrudnienie detektywa, który go wcześniej szpiegował, może być kompromitujące. Ale jak inaczej miał znaleźć rzetelnego detektywa? Szukać na OLX? Licytować na Allegro?

– Rozumiemy, że ustalenie motywacji jest niełatwe, ale gdybyśmy wiedzieli, co się dzieje w życiu ojca, moglibyśmy na tej podstawie sami się domyślić, co nas czeka, i przygotować na najgorsze. Niewiedza i niepokój doprowadzają nas do rozstroju nerwowego – tłumaczył Piotr.

Rozległo się pukanie do drzwi.

– Proszę! – zawołała Matylda.

Drzwi otworzyły się z impetem i do gabinetu wkroczyła młoda dziewczyna o zielonych włosach.

– Dzień dobry państwu – przywitała się. – Mamo, masz chwilę?

– Nie teraz, dziecko.

Maria wydała z siebie zdławiony dźwięk. Piotr ze zdziwieniem spojrzał na siostrę.

– To raczej pilne. Proszę, proszę, proszę?

Matylda zmarszczyła brwi. Jej dziewiętnastoletnia córka miała siedzieć w sekretariacie i odbierać telefony, zastępując jej chorowitą sekretarkę. A nie dość, że gdzieś przepadła, to teraz przeszkadza w rozmowie z klientami, czego nie wolno jej robić, a o czym doskonale wiedziała.

Maria zabulgotała niewyraźnie i wskazała palcem dziewczynę. Matylda spojrzała na klientkę, a potem przeniosła wzrok na zakłopotaną Monikę.

– Co zmalowałaś? – zapytała, ciężko wzdychając.

– Chodzi o mój projekt – wyznała córka.

– Szlag! Miałaś przestać spacerować z tym cholernym trupem! – Zdenerwowana Matylda uderzyła dłonią w blat biurka.

Powinna była się domyślić, gdy zobaczyła pusty sekretariat. Monika krążyła po budynku z ucharakteryzowanym manekinem i badała ludzkie reakcje. Matylda nie miała pojęcia, na czym polegał projekt, w którym jej córka brała udział, ale miała z tym coś wspólnego jej kuzynka, studentka psychologii. Powinna koniecznie porozmawiać z bratem. Dzieci wychowuje się, póki są małe, ale jeszcze nie jest za późno. Może ktoś przemówi tamtej smarkatej do rozumu, bo Monice raczej się nie da. Uparta jak osioł.

– Ale mamo…

– Uprzedzałam, że jeśli nie zostawisz tej sprawy ze zwłokami w spokoju, to źle się skończy! Ktoś dostał zawału czy zadzwonił na policję?!

– To drugie – przyznała.

– Każde działanie ma konsekwencje, a ty jesteś pełnoletnia! Będziesz musiała je ponieść! – stanowczo zadecydowała Matylda.

– Ale mamo… – jęknęła płaczliwie dziewczyna.

– Żadne: mamo! Nie martw się, wyprowadzanie trupa na spacer jest legalne. Co najwyżej dostanie ci się za zakłócanie porządku. Mandat zapłacisz ze swoich pieniędzy. Tylko się nie przyznawaj, że trupa ciągnęłaś celowo. Przenosiłaś! Rozumiesz? Przenosiłaś z miejsca na miejsce, a gdzie i w jakim celu, wymyśl sama.

Maria w osłupieniu słuchała wymiany zdań.

– To nie były halucynacje – wyszeptała zbielałymi wargami.

– Jakie halucynacje? Uspokój się – syknął Piotr, choć sam był zaskoczony tym dialogiem.

Trup? Czy one schowały ludzkie zwłoki? Może to tylko zdechły szczur?

– Mamo, a może ty porozmawiasz…

– Twój trup, twój projekt, twój problem. Bardzo państwa przepraszam za zamieszanie. Dzieci zawsze sprawiają problemy, nieważne, ile mają lat.

Niestety, Matylda jak zwykle zamknęła usta za późno. Tak samo jak wówczas, gdy mąż zapytał, co na kolację, a ona odparła, że kolację ma w dupie i chce rozwodu.

Jej klienci byli dziećmi, które miały problem z ojcem. Nie powinna stawiać się w opozycji do nich jako rodzic. Z tego, co usłyszała, klienci byli wypłacalni, a to było głównym kryterium przyjmowania zleceń. Miała na utrzymaniu siebie, dziecko i sekretarkę.

– Ale klienci i ich potrzeby są najważniejsi.

Uświadomiła sobie, jak zawsze poniewczasie, że to też zabrzmiało słabo. Nie każdy klient chce mieć do czynienia z wyrodną matką.

– Jak państwo widzą, moja córka jest cała, zdrowa i choć nieco szalona, nie grozi jej więzienie, co najwyżej grzywna albo prace społeczne. Cieszy się dobrym zdrowiem, głównie fizycznym, mogę więc państwu poświęcić całą moją uwagę – zapewniła.

– Jak pani może być taka nonszalancka? – zapytała ze zgrozą Maria, która wreszcie odzyskała głos.

Nie była szalona. Nie miała wyrzutów sumienia. Trup istniał!

– Zapewniam panią, że nie jestem nonszalancka. Podchodzę do problemu z pełną powagą, ale z całym szacunkiem, sama wychowuję moją córkę i uważam, że powinna ponieść konsekwencje swojego wybryku. – Matylda nie zwykła owijać w bawełnę.

Trudno, skoro nie pasuje im jako człowiek ani detektyw, niech sobie idą gdzie indziej.

– Pani mówi o ludzkich zwłokach! – zawołał oburzony Piotr. – I w ogóle, jakim cudem pani córka weszła w posiadanie trupa? Wykopała na cmentarzu? Zabiła kogoś? Wykradła z kostnicy? To nie jest zwyczajny wybryk!

– Jakie zwłoki? – zdziwiła się Dominiczak. – O mój Boże! – zawołała z przerażeniem. – Państwo myślą, że... Monika! Przynieś Jadzię! Natychmiast!

– Ale mamo, policja...

– Przyślij ich do mnie, załatwię to.

– Ale powiedziałaś, że ja sama...

– Jestem twoją matką, nie zostawię cię z tym problemem. Przynieś Jadzię.

Zrezygnowana dziewczyna wzruszyła ramionami.

– Czasami za tobą nie nadążam – mruczała pod nosem, wychodząc z gabinetu.

– Jadzia to manekin. – Detektyw zwróciła się do wzburzonych klientów. Oboje wyglądali tak, jakby zaraz mieli uciec z biura.

– Córka mojego brata studiuje psychologię i bada skrajne emocje. Natomiast moja osobista córka z nieznanego mi powodu pomaga w tym projekcie. Ucharakteryzowała naszego manekina na trupa młodej kobiety i podrzuca go w różne miejsca, a następnie obserwuje reakcje ludzi. Kazałam jej zaprzestać tej działalności, gdy tylko się o niej dowiedziałam.

– Drzwi windy otworzyły się, zobaczyłam trupa, potem winda odjechała, a minutę później, gdy zjechała, nic w niej nie było. Czekając na panią w sekretariacie, usłyszałam dziwny odgłos, obejrzałam się i zobaczyłam, jak ktoś ciągnie ciało. Kiedy wyjrzałam na korytarz, nikogo nie było. Wie pani, co ja przeżyłam? – Kilkanaście minut milczenia Maria nadrabiała teraz słowotokiem.

– Kurde melek – jęknęła Matylda. – Bardzo panią przepraszam. Musiała pani doznać szoku. Gdyby miała pani czas przyjrzeć się zwłokom, zobaczyłaby pani, że są polane keczupem. Jeszcze raz przepraszam za te niedogodności.

– Zobaczyłaś trupa i nic mi nie powiedziałaś? – Piotr nie wierzył własnym uszom.

– Zaniemówiłam. A potem nie byłam pewna, co widziałam. Jakim cudem zakrwawione ciało nie zostawiło kropli krwi w windzie? Uznałam, że mam halucynacje.

– Z głodu, chłodu i niedożywienia? – zapytał ze złością. – Powinnaś mi mówić takie rzeczy!

– Że mam halucynacje?!

– Mógł tu grasować seryjny morderca, a nie nawiedzona nastolatka!

– Proszę państwa – Matylda zamachała rękami jak bocian skrzydłami. – Nie ma powodu do kłótni. Na swoje usprawiedliwienie dodam tylko, że dzisiejsza młodzież miewa pomysły znacznie gorsze. Pije, ćpa i sypia, z kim popadnie. Moje dziecko ma tylko drobny problem z prawem – usiłowała zażartować.

Maria odzyskała nie tylko kolory na twarzy, jasność umysłu, ale i wigor. Spojrzała ze złością na detektyw.

– Nie poprawia pani sytuacji.

– Staram się tylko odwrócić państwa uwagę od kłótni. Proponuję przejść do rzeczy, zanim przyjedzie policja i będę musiała państwa opuścić. – Złożyła przed sobą ręce jak do modlitwy, opierając je o biurko, pochyliła się ku nim i poważnym tonem zapytała: – Są państwo zainteresowani moimi usługami czy mam polecić kogoś innego? – Najlepiej bezdzietnego, pomyślała z sarkazmem, słysząc zamieszanie za drzwiami. – Szybka decyzja zaoszczędzi nam czasu i nerwów.

Piotr uniósł tylko brwi w odpowiedzi, siostra natomiast przyglądała się uważnie Matyldzie Dominiczak. Kobiety zmierzyły się wzrokiem. Detektyw patrzyła przed siebie spokojnie, Maria z irytacją i namysłem. Trup z keczupem czy bez, nie ma gwarancji, że kolejna firma stanie na wysokości zadania. Kobieta była ekscentryczna, jej córka jeszcze bardziej, ale nie miała ani czasu, ani chęci na szukanie kogoś nowego. Piotr twierdził, że to firma z polecenia, zatem powinna być wiarygodna. Jedyne, co mogła zrobić, to zaufać bratu, tym bardziej że czas działał na ich niekorzyść.

– Oczywiście. Jakie są pani warunki? – zapytała.

Matylda nie zdążyła udzielić odpowiedzi. Zamieszanie za drzwiami było jednoznaczne.

– Proszę wybaczyć. Turcy przybyli. Husaria rusza do boju.

– Daleko jej do Sobieskiego – mruknął Piotr, gdy zostali w gabinecie sami.

Maria syknęła, przykładając palec do ust. Ciekawiła ją tocząca się za drzwiami rozmowa, dlatego zamierzała usłyszeć, ile tylko zdoła. Nie zdążyła jeszcze wstać z fotela i podejść do drzwi, gdy te otworzyły się i do środka weszła zielonowłosa Monika.

– Mama kazała mi wydrukować umowę, cennik i regulamin świadczenia usług, byście mogli państwo się z nimi zapoznać, zanim przyjdzie. Powiedziała, że nie zna tych dwóch tumanów, którzy przyjechali do manekina na sygnale, więc chwilę jej to zajmie – wyjaśniła z niepewnym uśmiechem.

– Nie dziwi mnie to. Przyjechali do trupa, a nie do manekina – zwróciła jej surowo uwagę Maria.

– Przyjechali do trupa, bo sąsiad z góry celowo wprowadził ich w błąd, żeby narobić mi kłopotu, mimo że przeprosiłam, wyjaśniłam i pokazałam mu manekina. Strasznie nie lubi mamy i to pewnie dlatego – tłumaczyła, siadając na miejscu matki i włączając komputer.

– Dlaczego nie lubi mamy? – zainteresował się Piotr.

– Przystawiał się do niej, gdy była w przebraniu, i od tamtej pory jej nie znosi. – Dziewczyna sprawnie śmigała palcami po klawiaturze. Po chwili drukarka wypluwała już kolejne strony.

– No cóż, nieporozumienia się zdarzają – kwaśno stwierdziła Maria.

– Tak, przepraszam panią. Nie chciałam pani przestraszyć – wyrecytowała posłusznie.

– Nic się nie stało – zapewniła ją przyszła klientka.

Zdążyła już ochłonąć i ku własnemu zaskoczeniu, sytuacja zaczynała ją bawić. I ten zupełny brak skruchy. Monika realizowała projekt i skutki uboczne w ogóle jej nie interesowały, dopóki sama nie padła ich ofiarą.

– Uważałam, żeby nie nastraszyć dzieci ani staruszków – zapewniła dziewczyna, podając im wydruki. – Dwa egzemplarze. Dla pani i dla pana. Proszę przejrzeć. Mama niedługo przyjdzie. Zna sporo gliniarzy. Jeśli nie dogada się z tą dwójką, zadzwoni do kogoś, kto zadzwoni do nich i będzie po sprawie. Mama jest bardzo skuteczna.

– Wiem o tym – zapewnił ją Piotr z szelmowskim uśmiechem.

– A nie mówiłam? – uśmiechnęła się szeroko, bo w tym momencie drzwi się otworzyły i do środka z zadowoloną miną wkroczyła Dominiczak.

– Załatwione – oznajmiła. – Na koniec dnia zgłosisz się na komisariat i pomożesz sprzątać auta.

– Co zrobię?! – zawołała zbulwersowana dziewczyna.

– Codziennie do końca miesiąca. Weekendy masz wolne. Cieszysz się?

– To wszystko, co udało ci się wynegocjować?! – Monika nie wierzyła własnym uszom.

– Wręcz przeciwnie, moja droga. – Matylda uśmiechnęła się zjadliwie. – Chcieli ci dać tylko pouczenie, ale uznałam, że kara musi być. Zgodzili się na tydzień pracy, ale przekonałam ich, że to stanowczo za mało. Nie martw się dziecko, do końca miesiąca zostały niecałe trzy tygodnie. Powodzenia!

– Mamo, czy ty mnie kochasz?! – jęczała dziewczyna.

– Oczywiście. Kocham cię miłością twardą, rodzicielską i odpowiedzialną. Dlatego kupiłam ci prezerwatywy i paralizator. Pozostawiam twojej decyzji, czego zdecydujesz się używać. – Posłała córce porozumiewawczy uśmiech.

– Trzy tygodnie… – Powłócząc nogami, dziewczyna szła do drzwi.

– I nie zapominaj, że cztery godziny musisz odsłużyć tutaj. Policz uczciwie, ile czasu dziś poświęciłaś na pracę dla mnie, a potem umieść swój kościsty tyłek w sekretariacie albo wpadnij tu w weekend pogapić się w ścianę. Wakacje nie zapracują na siebie same.

Monika z hukiem trzasnęła drzwiami.

– Szkoda, że temperamentu nie odziedziczyła po ojcu – westchnęła Matylda. – Był tak nudny, że musiałam się z nim rozwieść. Ziewanie by mnie w końcu zabiło.

Magda puściła do niego oko, gdy tylko wszedł do firmy. Recepcjonistka pomachała mu wesoło ręką, jakby był jej najlepszą koleżanką, a nie przystojnym szefem. Piotr usiłował przemknąć chyłkiem do swojego biura. Już nikt nie prostował się lękliwie na jego widok. Żadna z pań nie prężyła dumnie ciała. Nie wypinała biustu ani pośladków w jego kierunku. Właśnie odkrył, co oznacza kryzys wieku średniego. Kobiety zaczynają w mężczyźnie widzieć dobrotliwego wujaszka, a nie samca w pełni sił rozpłodowych.

– Witam, panie Piotrze! – Tuż przed drzwiami gabinetu wyrosła jedna z klientek. – Cieszę się, że pana złapałam.

– Miło mi, pani... – Za nic nie mógł przypomnieć sobie jej nazwiska. Jeśli w ogóle je znał.

– Kaśka. – Podała mu z uśmiechem dłoń. – Zajmę panu chwilkę, jeśli można.

– Oczywiście. Zapraszam do biura. – Położył dłoń na klamce, by otworzyć drzwi i szarmancko przepuścić ją przodem.

– Nie trzeba. Ja tylko na sekundkę. Zna pan jakiegoś specjalistę od feng shui?

– Uważa pani, że powinienem coś zmienić w wystroju? – zdziwił się.

Nie pamiętał, o co chodzi z tym fenszują, ale zdaje się, że dotyczyło rozstawienia mebli w mieszkaniu. Nie nadążał za tymi babskimi trendami.

– Och, nie, tu jest wspaniale. Ale robię remont i poza całkowitą generalką nie mam pomysłu na wnętrza. Te nowoczesne projekty są strasznie zimne.

– Niestety, nie znam się na tym...

– Może jeden z pańskich przyjaciół? Jakaś artystyczna dusza? – zapytała z nadzieją.

Przyglądał się jej czujnie, wietrząc podstęp albo dowcip. Nie znał żadnych artystów.

– Dlaczego zwróciła się pani do mnie?

– No wie pan, mężczyzna z pańskimi znajomościami mógłby mi kogoś polecić. Żadna z moich koleżanek nie potrafiła mi pomóc, więc pomyślałam, że może pan...

– Ja też nie potrafię. Bardzo mi przykro – dodał w obawie, że pierwsze zdanie zabrzmiało zbyt obcesowo, a przecież nie mógł stracić klientki tylko dlatego, że nie radzi sobie ze swoim... kryzysem wieku średniego.

– Szkoda – westchnęła. – Zapytam Arkadiusza. Może on mi pomoże.

– Arkadiusz z pewnością okaże się bardziej pomocny – zapewnił.

Arkadiusz to zatrudniony przez niego fryzjer stylista. Miał sztuczne rzęsy, hybrydę na paznokciach i był tlenionym blondynem, przynajmniej ostatnio. Nowy tydzień, nowa fryzura. Kto wie, kim jest dziś.

– O tak, ma wspaniałe wyczucie stylu – rozpromieniła się Kaśka.

– Właśnie dlatego go zatrudniłem. – Zdobył się na lekki uśmiech.

Chłopak na rozmowę kwalifikacyjną przyszedł z modelką, którą chciał na miejscu uczesać, by nowy szef mógł obiektywnie ocenić jego umiejętności. Piotr zatrudnił go, by umówić się z jego modelką.

– Bardzo pana lubi. – Spojrzała na niego wymownie. – No nic, nie zabieram panu więcej czasu. Do zobaczonka.

– Do zobaczo... Co? – Ale kobieta już odeszła.

Piotr zatem wszedł do gabinetu i zamknął drzwi, żałując, że nie zamontował zamka. Powinienem kazać architektowi zrobić wyjście ewakuacyjne z gabinetu na ulicę, pomyślał, gdy ktoś zapukał do drzwi, zanim zdążył usiąść w swoim fotelu.

– No jasne, faktury – jęknął na widok Magdy, która z grubą teczką wkroczyła do środka.

– Taka karma. Sam pan zadecydował, że nie zatrudni księgowego.

– Bo ja jestem księgowym – burknął z niezadowoleniem.

Właśnie do niego dotarło, że rzucił pracę, za którą nie przepadał, choć zajmował się analizą danych, a nie rachunkami. Efekt był taki, że sam sobie zlecił księgowość, której serdecznie nie znosił. Musi to przemyśleć. Praca we własnej firmie miała sprawiać mu przyjemność. Jak dotąd nic z tego nie wyszło.

Guma nie nadawała się już do żucia. Znudzona nastolatka wypluła ją do kosza i wyjęła z opakowania kolejną. Czeka ją dożywocie bez próchnicy. Nie wiedziała, czy można umrzeć z nudów, ale matka na pewno zadba o to, żeby się nie nudziła. Nie wolno jej było dotykać dokumentów ani nagranych materiałów. Miała tylko odbierać telefony, pilnować terminarza i w razie potrzeby szukać informacji w internecie. Równie dobrze mógł to być adres, jak i sprawdzenie repertuaru kinowego na najbliższy weekend. Nic dziwnego, że sekretarka się rozchorowała. Od tego nadmiaru obowiązków dostała pewnie rozstroju nerwowego.

– Monika! Wychodzę! – Matylda wyszła ze swojego gabinetu wreszcie w swoim codziennym stroju, czyli dżinsach i koszuli w kratę, która pamiętała lepsze czasy.

– Jasne, mamo, przypilnuję biura – westchnęła dziewczyna.

– Jeszcze godzinka, potem marsz na komisariat.

– Wiem, mamo. A tak przy okazji... – Spojrzała na nią złowrogo. – Nie zapomnę ci tego.

– Dzięki temu nie popełnisz dwa razy tego samego błędu.

– Będę w przebraniu i nie dam się złapać – oświadczyła z determinacją.

– To też jest sposób – przyznała Matylda. – Muszę zająć się nowym klientem. Nie wiem, kiedy wrócę.

– Normalny rodzic mówi: nie wiem, o której wrócę – zauważyła kąśliwie.

– Gdybyś potrzebowała normalnego rodzica, mieszkałabyś z ojcem – odparowała z satysfakcją matka.

– Wiesz, mamo, z tej perspektywy moja praca w twoim pustym sekretariacie jest nader pobudzającym doświadczeniem – wyrecytowała Monika, wodząc wzrokiem po pustych szarych ścianach.

– Nie wymądrzaj się i zjedz kolację, jak wrócisz. Zakupy zrobimy przy okazji! – zawołała Matylda, biegnąc do windy.

Obiekt powinien być jeszcze w firmie. Zacznie śledzić go już dziś, w drodze do domu. To zadanie z gatunku tych, gdy tylko obiekt znał swoje zamiary i z nikim się nimi nie dzielił. Zbierze tyle informacji, ile się da, a klienci niech sami wyciągają wnioski. Takie poczynili uzgodnienia, tego będzie się trzymać.

Maria Kopicka przyznała się do nieudolnej próby przepytania sekretarki, ale Matyldy Arleta Sobkowiak nie znała. Może wyżaliłaby się koleżance po fachu. Wszyscy lubią narzekać na swoich szefów. Ona sama to robiła, gdy jeszcze go miała. Teraz sama sobie jest sterem, żeglarzem i okrętem. Szkoda tylko, że nie zawsze wiatr w żagiel wieje.

Godzinę później siedziała w szarym audi, które pochodziło z czasów, gdy dinozaury jeszcze chodziły po świecie, i bębniła palcami w rytm muzyki wydobywającej się z radia. Obiekt zostawił auto na parkingu przed salonem urody, którego właścicielem był jej klient. Nie wchodziła za nim, bo jeśli nie zamierzał nałożyć sobie maseczki z alg, przyjechał spotkać się z synem. Jeśli rozmowa będzie dotyczyła czegoś istotnego, młody Kopicki sam jej o tym powie. Jeśli nie, szkoda jej inwencji twórczej, by zakradać się do środka. Z jej twarzą nikt nie uwierzy, że wpadła się rozejrzeć. Ostatnia maseczka na jej twarzy została nałożona, kiedy Monika była jeszcze mała, i jednym ze składników był miód, który miał odżywić poszarzałą cerę. Matylda do dziś nie była pewna, czy cera odczuła dobroczynne działanie miodu, ale na pewno odczuła ona sama, uciekając przed rojem muszek, które ją zaatakowały. Dobrze, że była wtedy na działce, a nie na wakacjach w Bieszczadach, bo – z jej szczęściem – napadłby ją niedźwiedź.

Piotr z ulgą spojrzał na zegarek. Wklepywanie danych w poprzedniej firmie przydało się i wzbogaciło jego umiejętności manualne. Zaksięgował wszystkie faktury i z ulgą się wylogował. Przyda mu się dobra kawa. Wpadnie do siostry i pogadają sobie od serca, na przykład o tym, czy podzieli się z nim swoją księgową. W realizacji zamiaru przeszkodziło mu pukanie do drzwi.

– Co tym razem? Mam osobiście zrobić zamówienia na farby do włosów? – zirytował się, ale maskując niezadowolenie, zawołał głośno: – Proszę!

– Witaj, synu. – Kopicki z pewną siebie miną wkroczył do środka.

– Tata? – zdziwił się Piotr. – Coś się stało? – zaniepokoił się.

Ojciec nie pojawił się nawet na otwarciu firmy, zatem albo przyszedł wystawić mu dodatkowy rachunek za swoją pomoc, albo stało się coś strasznego.

– Siadaj, proszę. Coś ci podać? Wody?

– Daj spokój, chłopcze. Byłem niedaleko i wpadłem zobaczyć, jak sobie radzisz. Ładnie tu masz. Całkiem ładnie – powiedział, rozsiadając się w fotelu naprzeciwko biurka.

Piotr stał niepewnie, po czym i on usiadł. Znał ojca od lat trzydziestu dwóch, jeśli wierzyć metryce urodzenia. Pamięcią sięgał wstecz dwadzieścia kilka lat. I nie przypominał sobie ani jednego razu, by ojciec zrobił coś ot tak sobie, nie mając ku temu powodu. Bawiąc się z nimi jako z dziećmi, wybierał gry edukacyjne, zręcznościowe albo sprawnościowe. Żadnych głupich zabaw typu noszenie dzieci na barana, bo to jego zdaniem nie wnosiło nic wartościowego w ich wychowanie, a jemu mogło nastręczyć problemów z kręgosłupem.

– Ładną babeczkę widziałem w recepcji – rzucił mimochodem.

– Być może… – rzucił obojętnie Piotr.

Cokolwiek ojca do niego sprowadziło, nie było dobrze.

– Mężatka?

– Pojęcia nie mam.

Przyszedł akurat tego dnia, w którym podpisali umowę z biurem detektywistycznym? To nie mógł być przypadek.

– Miała niezłe cycki.

– Tato! – zirytował się. – Nie interesują mnie jej piersi!

– Oczywiście, że nie – westchnął Kopicki. – Synu, nie będę owijał w bawełnę i powiem wprost, co mnie tu sprowadza, bo jak sam wiesz, nie mam w zwyczaju sprawdzać ani kontrolować.

Piotr ze zdumieniem uniósł brwi, bo to było jak najbardziej w stylu ojca.

– Nie wiem, czy potrzebujesz mojego wybaczenia, tolerancji, akceptacji, ale masz to wszystko. Jesteś moim dzieckiem i nie ma rzeczy, której bym nie zaakceptował. Zamiast kryć się po kątach, mataczyć, powinieneś przyjść do mnie jak mężczyzna do mężczyzny i… – Urwał, uświadomiwszy sobie, że w zaistniałej sytuacji to może nie było trafne porównanie. – Powinieneś do mnie przyjść jak ojciec do syna!

– Nie wiem, o czym mówisz… – Skoro nie jesteś pewien, o co chodzi, lepiej graj na zwłokę, pomyślał spanikowany.

Zdenerwowanie i strach musiały odbić się na jego twarzy, bo Stanisław spojrzał surowo na syna.

– Piotrze, ja wszystko wiem! – oświadczył. – Przestań kłamać! Wiesz, że tego nie znoszę! Zawsze mówiłem, że wolę najgorszą prawdę, ale kłamstwa nie zniosę!

– O Boże. – Zrozpaczony Piotr złapał się za głowę. – Jak się dowiedziałeś?

– Jak, jak, czy to istotne? Jestem twoim ojcem i kocham cię. Czy to ważne, kto mi powiedział?

– Tato, Maria i ja…

– Siostry w to nie mieszaj. To oczywiste, że trzyma twoją stronę, choć nie podoba mi się, że kłamała. Z nią porozmawiam sobie osobno. Ale ty! Ty to inna sprawa!

Piotr spuścił głowę. Wyszło szydło z worka. Nic dziwnego, że ojciec się wściekł, choć, jak na niego, to i tak odniósł się do tej sprawy z podejrzaną wyrozumiałością. Ale dlaczego na niego był bardziej zły niż na nią? Czyżby sądził, że to on ją do tego nakłonił? Pomysł z detektywem wyszedł od Marii, ale on też go miał na swojej liście. I tak jakby lekko ją popchnął od pomysłu do jego realizacji.

– Jesteś moim jedynym synem. Pewnie sądzisz, że mam wobec ciebie oczekiwania. I nie mylisz się, ale mam też oczekiwania wobec twojej siostry. Nigdy żadnego z was nie faworyzowałem i to się nie zmieni. Oczekuję, że będziecie żyć uczciwie, pracowicie i szczęśliwie. Każdy rodzic chce tego dla swojego dziecka. Kiedy uznałem, że udźwigniecie na barkach własny biznes, pomogłem wam w realizacji marzeń. I co dostaję w zamian? Kłamstwa!

– Ależ tato…

– Niewiarygodne, że o takich sprawach muszę dowiadywać się od obcych ludzi! Gdyby ta kobieta do mnie nie przyszła…! – Zamilkł wzburzony, ale milczenie ojca połączone z jego piorunującym wzrokiem było głośniejsze niż krzyk.

– Jak to: przyszła?! – zdenerwował się Piotr.

Dwie godziny minęły, jak przedstawili detektyw Dominiczak swoje oczekiwania, dogadali się finansowo, podpisali dokumenty i przesłali jej zaliczkę na poczet umowy, a jedyne, co zrobiła, to poszła i na nich doniosła?!

– Przekupiłeś ją?!

– Oszalałeś?! Z troski do mnie przyszła, a nie po pieniądze! To, że wypłacam jej alimenty, nie oznacza, że jest ode mnie zależna i chce wyciągnąć więcej pieniędzy! Ma swoją firmę i dobrze sobie radzi!

– O mój Boże, Boże, Boże... – Zbulwersowany Piotr poderwał się z fotela jak oparzony.

To niemożliwe! Po prostu niemożliwe! Ta kobieta doskonale znała ich ojca, a tak spokojnie siedziała i z nimi rozmawiała, gorączkował się. Jej córka straszyła trupem jego siostrę, a jej matka wyłudziła jeszcze od nich zaliczkę! Co za tupet!

– I ty mi tak spokojnie mówisz, że płacisz jej alimenty?! – wrzasnął.

– Oczywiście. Robię to nieprzerwanie od niemal dwudziestu lat. Co cię tak zbulwersowało? – obruszył się ojciec.

– Powinieneś nam o tym powiedzieć! – Nie rozumiał, jak ojciec może tak nonszalancko traktować problem pozamałżeńskiego potomka. Mieli prawo wiedzieć, że mają przyrodnią siostrę!

– Niby o czym? – zdziwił się stary Kopicki.

– O tym, że mam siostrę!

– Masz ją od trzydziestu lat! Co z tobą?!

– O nie, nie wymigasz się! Mówię o zielonowłosej nastolatce z plastikowym trupem!

– Oszalałeś? – Stanisław Kopicki, bezdennie zdumiony, spoglądał na syna, jakby widział go po raz pierwszy w życiu. – Ćpasz? – zapytał podejrzliwie.

– Nie będziemy tak rozmawiać. Nie przypiszesz mi winy za swoje... wyskoki! Nic złego nie zrobiłem! A ty przychodzisz tu ze swoją akceptacją i wybaczeniem, podczas gdy...

– Oczywiście, że nic złego nie zrobiłeś. Właśnie to cały czas próbuję ci powiedzieć! – krzyknął Kopicki, uderzając pięścią w oparcie sofy.

– Ale ty zrobiłeś! Powinieneś nam powiedzieć, że mamy przyrodnią siostrę!

– Kogo? – zdumiał się ojciec.

– Monikę!

– Jaką Monikę?

– Naszą siostrę!

– Ale ty masz tylko jedną siostrę! Ma na imię Maria!!

– Przed chwilą sam się przyznałeś, że płacisz jej matce alimenty! Przestań kłamać!

– Mówiłem, że płacę waszej matce alimenty! Hannie Kopickiej, a nie żadnej Monice! Nie mam innych dzieci poza wami!

– Ale przed chwilą... – Piotr oparł się o ścianę i szybko przeanalizował rozmowę. Ojciec nie wymienił nazwiska Dominiczak. Mówił: ta kobieta. Skoro nie wie o detektywie, to o czym niby wie?

– Tato, o czym my właściwie rozmawiamy?

– Przed chwilą jeszcze wiedziałem, ale teraz mam wątpliwości.

– To o co ci chodziło z tą całą akceptacją?

– O twój homoseksualizm oczywiście. A ty myślałeś, że o co?

– Mój... – Przełknął ślinę. – Dlaczego sądzisz, że jestem gejem?

– Twoja matka mi powiedziała.

– Matka?

– Tak, przyszła do mnie i powiedziała, że jesteś gejem.

Zatem ja przyszedłem do ciebie powiedzieć, że kocham cię, jestem z ciebie dumny i cokolwiek w życiu postanowisz, ja zawsze będę cię wspierał. Najwyraźniej coś mi nie wyszło, skoro ta rozmowa zaczęła trącić Gombrowiczem – oznajmił ojciec z niezadowoleniem.

– Mama myśli, że jestem gejem? – Piotr nie wierzył własnym uszom. Jak to się stało, do licha? – Skąd jej to przyszło do głowy?

– Ktoś w salonie jej powiedział.

– Nie jestem gejem – zaoponował syn.

– Jesteś pewien? – Ojciec przyglądał mu się badawczo, próbując ustalić, czy Piotr mówi prawdę. – Bo skoro nie jesteś gejem, to myślałeś, że o czym my właściwie rozmawiamy?

– O czym rozmawiamy? – No tak, nie przemyślał do końca swojego zaprzeczenia.

Ojciec nie zna Dominiczak, nie jest ojcem Moniki i nie ma zielonego pojęcia ani o jej włosach, ani o ich szpiegowskich zamierzeniach.

– O moim homoseksualizmie?

– Nie, synu, ja mówiłem o twoim homoseksualizmie, ale ty byłeś przerażony tym, że się dowiedziałem o czymś innym, zatem – Kopicki wstał z sofy i zbliżył się do biurka, oparł dłonie na blacie, pochylając się do przodu i wbił w syna lodowate spojrzenie – pytanie brzmi, co zmalowałeś?

Piotr patrzył na niego z przerażeniem. Co zmalował? Nic takiego. Próbował przekupić podrabianego stażystę, a teraz zapłacił prywatnemu detektywowi za szpiegowanie własnego ojca.

– Miałeś rację. Jestem gejem – wystękał, nie wierząc temu, że słyszy dokładnie to, co mówi.

Prawda pogrążyłaby i Marię, a siostra nigdy by mu nie wybaczyła, gdyby straciła przez niego restaurację.

– Ukrywałem się przed światem tyle lat, że nie byłem w stanie tak po prostu się do tego przyznać. Nie pozwolę jednak, byś myślał, że – przełknął ślinę przerażony, że ojciec mu teraz nie uwierzy – zrobiłem coś złego, co przed tobą ukrywam.

– Piotr, jestem z ciebie dumny. Mogę się tylko domyślać, ile to wyznanie cię kosztowało. – Kopicki wyprostował się i z zadumą patrzył na syna. – Wiem, że musisz ochłonąć, ale umówmy się, żadnych tajemnic więcej między nami. To w rodzinie niedopuszczalne.

– Jasne, tato – przytaknął.

– Dlaczego myślałeś, że masz przyrodnią siostrę?

– No... – Szukał w pustej głowie wiarygodnego kłamstwa. – Mama coś tam plotła trzy po trzy...

– Ta kobieta doprowadzi mnie do ostateczności. Skąd jej to przyszło do głowy?!

– No, coś wspominała o twoich romansach i...

– Nie kończ. Ta paranoja doprowadziła nas do rozwodu. – Kopicki uciął rozmowę.

Niewykluczone, że Hanka widziała go z Paulą i dodała dwa do pięciu, a wyszło jej jedenaście.

– Cieszę się, że pogadaliśmy. – Przywołanie uśmiechu na twarz było najtrudniejszą rzeczą, jaką ostatnio zrobił.

Trudniejszą niż przyznanie się do rzekomego homoseksualizmu.

– Ja też, synu, ja też. Na mnie już pora. W przyszłym tygodniu urządzimy sobie rodzinną kolację.

– Super, tato.

– Chciałbym o czymś z wami porozmawiać – poinformował syna.

Decyzja podjęta, nie ma co zwlekać.

– O czym? – Coś zaczęło kłuć go z lewej strony w okolicach mostka. Albo nerwoból, ale zawał. Kolejnego tygodnia może nie doczekać.

– A takie tam… – Machnął ręką.

Nie powiedział jeszcze Pauli, ale pora najwyższa, by poznała jego dzieci.

– Masz teraz kogoś?

– Ja? Eee… Nie, jakoś ostatnio mi się nie układa… – wyjąkał zaczerwieniony.

Kopicki westchnął. Może za wcześnie na takie rozmowy? Musi dać mu czas.

– Trzymaj się, synu.

– Ty też, tato.

– Teraz już przynajmniej wiem, dlaczego wybrałeś sobie taki babski biznes – rzucił jeszcze na odchodnym, nim zamknęły się za nim drzwi.

Piotr nie miał siły dojść do fotela. Nogi trzęsły mu się, jakby były z galarety. Jeden głupi pomysł i przerąbane do końca życia. Na seks będzie musiał jeździć do innego miasta!

Kopicki spędził w salonie kwadrans. Sądząc po minie mężczyzny, nadal miała zlecenie. Ona osobiście byłaby wściekła i rozżalona, gdyby dowiedziała się, że córka ją szpieguje. Ten wyglądał na spokojnego i pogodzonego z rzeczywistością, jakby problemy współczesnego świata się go nie imały. Wsiadł do grafitowego lexusa i z rykiem silnika wyjechał z parkingu. Dobrze, że śledzę go w mieście, pomyślała, wyjeżdżając za nim na główną ulicę. Na trasie moja Dusia nie miałaby szans.

– Tak, wiem, ojciec właśnie od pana wyjechał – powiedziała, odbierając telefon.

Na wyświetlaczu pojawiło się imię i nazwisko klienta, nie miała zatem wątpliwości, kto przerwał jej słuchanie audiobooka.

– To pani już go śledzi? – zdumiał się Piotr, nie kryjąc zadowolenia.

– Oczywiście. Zależy państwu na czasie, czyż nie?

– Tak, jasne. To dobrze. Dziękuję.

– Panie Kopicki?

– Tak?

– Przypomniałam sobie pana – poinformowała go z rozbawieniem Matylda.

– Naprawdę? – Piotr poczuł, że się rumieni.

– Początkowo pana nie skojarzyłam, bo nie był pan wcześniej moim klientem, ale – jak mówiłam – mam pamięć do szczegółów, a pana dokładnie sobie obejrzałam jakieś pół roku temu. Wiedziałam, że szufladka w końcu zaskoczy. Jestem zaskoczona, że mnie pan zatrudnił.

– Dlaczego nie? – Wzruszył ramionami, czego Matylda nie mogła widzieć. – Wiem, że daje sobie pani radę w tej robocie, i jest pani jedynym detektywem, którego znam. To był oczywisty wybór.

– Chyba dla pana – zachichotała Matylda, przyspieszając, by zdążyć przejechać przez skrzyżowanie na żółtym świetle.

– I czego trąbisz, pacanie?! Zdążyłam! – wrzasnęła, powtarzając niemal to samo w języku migowym.

– Że co proszę? – zdumiał się Piotr, odsuwając telefon od ucha, ale i tak dobiegł go jeszcze pisk opon i wściekłe trąbienie.

– To nie do pana. Idiota na przepisach się nie zna. To, że ja przyspieszam na żółtym, nie znaczy, że on na moim żółtym może już wjeżdżać na skrzyżowanie. Jest różnica między wjeżdżaniem a zjeżdżaniem, nie sądzi pan?

– Z pewnością…

– Domyślam się, że pani Maria nie wie, dlaczego wybrał pan moje biuro?

– Nie, i wolałbym, by tak pozostało – oświadczył zdecydowanie.

Miał dość ośmieszania się przed siostrą. Ojcem. Matką. Śladami życia inteligentnego na Marsie. Któż wie, kto na człowieka patrzy?

– Oczywiście, dyskrecja to podstawa w moim zawodzie – zapewniła go Matylda. – Ojciec właśnie zjeżdża na podziemny parking w apartamentowcu. To nie jest adres, który mi pan podał jako miejsce jego zamieszkania, zatem sprawdzimy, co tu robi. Muszę wcisnąć się za nim, nim brama opadnie. Odezwę się. – Rozłączyła się i przyspieszyła.

Nic to nie dało. Problemem nie była brama, lecz kolce, które nagle przed nią wyrosły przy wjeździe do bramy. Matylda zahamowała z piskiem opon.

– Co u licha? – zdziwiła się, ale zaraz wypatrzyła migające czerwono oko kamery.

– Jasne, nadgorliwy ochroniarz – wymamrotała, wycofując auto na ulicę.

Przez główne wejście wybiegał mężczyzna z krótkofalówką. Pomodliła się krótko o cierpliwość i czekała, aż do niej podejdzie. Mogła odjechać, ale jej numer rejestracyjny widniał na nagraniu z monitoringu. Nie miała ochoty tłumaczyć się na komisariacie z próby wtargnięcia. Za to nikt jej nie płacił. Wcisnęła przycisk zwalniający szybę, która z szelestem spłynęła w dół.

– Dzień dobry – powitała go pogodnie, gdy zdyszany podbiegł do samochodu. – Co słychać?

– Tu nie wolno wjeżdżać! Nie widziała pani tablicy?

– Przecież nie wjechałam. Stoję sobie.

– Nie wjechała pani, bo pani przeszkodziłem. To strzeżony budynek!

– A parking jest pewnie tylko dla mieszkańców? – zakpiła, z uwagą czekając na odpowiedź.

– Zgadza się. Tylko dla mieszkańców. Proszę stąd odjechać – polecił jej.

– Dobra, niech będzie.

Właśnie zdobyła pierwszą informację. Obiekt tu mieszka. A na pewno posiada lub wynajmuje mieszkanie.

– Niech mi pan tylko podpowie, gdzie znajdę w pobliżu strzeżony parking. Nie zostawię Dusi na ulicy.

– Kogo? – zdumiał się.

– Patrzy pan na nią. To moje autko.

– Nikt nie ukradnie tego cudeńka – zakpił, obrzucając pogardliwym wzrokiem porysowany samochód z wgnieceniem na tylnych drzwiach.

– Nigdy nie wiadomo, kto się na co połaszczy. Jedni na darmowe miejsce parkingowe, a inni na moją Dusię – zażartowała. – To pomoże mi pan czy nie? Gdzie mogę zostawić samochód?

– Dwie ulice dalej jest parking, ale nie wiem czy strzeżony – poinformował ją, odsuwając się od auta.

– Dzięki za pomoc i przepraszam za kłopot – wyrecytowała z pełnym wdzięczności uśmiechem.

Był czas, że działał na faceta jak kocimiętka na kota. Teraz też działał, ale pod warunkiem, że facet był od niej ze trzydzieści lat starszy. Nawet sześćdziesięciolatkowie rozglądali się za dziewczynami młodszymi niż dobrze zakonserwowana czterdziestka. O jej urodzinach pamiętała tylko córka i Narodowy Fundusz Zdrowia, który przesyłał jej zaproszenie na profilaktyczne badania chorób układu krążenia.

Odjechała we wskazanym przez mężczyznę kierunku. Zerknęła w lusterko, upewniając się, że wchodzi z powrotem do budynku, i zjechała w pierwszą ulicę, by zawrócić i pojechać do domu na późną kolację. Nic już dziś nie zdziała. Ochroniarz nie wpuści jej do budynku. W ciągu godziny nie zapomni jej twarzy. Spróbuje jutro, gdy przyjdzie nowa zmiana. Koniecznie pod przebraniem, i gdy upewni się, że obiekt wrócił do domu. Znalezienie właściwego mieszkania nie będzie łatwe, ale za to jej płacą. Korzystając z tego, że utknęła w korku, wysłała do obojga klientów wiadomość tej samej treści z adresem apartamentowca i pytaniem, czy ojciec posiada lokal w tej okolicy. To by ułatwiło sprawę z szukaniem właściwego numeru.

Maria siedziała w gabinecie, który dzieliła z menedżerką, i przeglądała faktury. Uparła się osobiście prowadzić księgowość i – biorąc pod uwagę pracę zawodową, pracę w restauracji, otwieranie poza zasięgiem ojca małego bistro z kebabem, pizzą i hot dogami, strach o własną skórę i bezsenność – ciągnęła ostatkiem sił. Daniel po feralnym wieczorze nie uciekł za granicę, ale odniosła wrażenie, że podczas rozmowy telefonicznej przeprowadzał sondaż, którego celem było określenie, czy Maria odzyskała już zmysły, czy lepiej w najbliższym czasie jej unikać.

– Co to jest? – zapytała Adriannę, podnosząc w górę kartkę z listą imion i numerów telefonów.

Przy niektórych z nich zaznaczona była nazwa firmy, przy innych widniała cyferka. Kobieta zajmowała biurko po drugiej stronie pokoju i zawzięcie uderzała w klawiaturę. Miała trzydzieści lat, wcześniej pracowała jako zaopatrzeniowiec w jednej z dużych restauracji, umiała nie tylko zdobywać pożywienie, negocjować ceny, ale i dopilnować bieżącej działalności Beatrice.

– Lista osób i firm zainteresowanych cateringiem z naszej restauracji – wyjaśniła, nie odrywając wzroku od monitora.

– Wygląda interesująco – uznała Maria.

– Zrobiłam rozpoznanie, tak jak pani kazała. Na moje oko możemy próbnie zatrudnić jedną osobę do rozwożenia jedzenia. Proponowałabym godziny okołopołudniowe wzwyż. Powiedzmy od dwunastej do... która to będzie... – Spojrzała wreszcie na szefową, licząc czas pracy dla nowego pracownika.

– Dwudziesta. Osiem godzin to za krótko, a jeśli nie stawi się w pracy, nie będzie zastępstwa. Dwie osoby. Rozwożenie dań od dwunastej do dwudziestej pierwszej – zadecydowała.

– Potrzebujemy samochodu. Nie możemy wykorzystywać dostawczego.

– Tak, trzeba kupić samochód. Coś małego, taniego, ekonomicznego i używanego. Byle nie padł przez najbliższy rok, zanim będzie nas stać na coś lepszego.

– Zajmę się tym. Przejrzę ogłoszenia.

– Świetnie. – Maria skinęła głową i wpisała w terminarz konieczność zakupu czegokolwiek, co ma cztery kółka i ważny przegląd techniczny, również do bistro, które otwierała w innej części miasta, na wypadek gdyby ojciec podciął gałąź, na której siedzi, żeby nie zostać z niczym.

Rozległo się pukanie do drzwi.

– Zajmij się wszystkim – poleciła Adriannie. – Proszę! – zawołała. Drzwi uchyliły się i pojawiła się w nich twarz jednej z kelnerek.

– Proszę pani, pan Kopicki do pani – powiedziała.

– Mój ojciec tutaj? – zdziwiła się Maria.

– To raczej pani brat, proszę pani.

– Posadź go przy stoliku, zaraz przyjdę.

– Sam już usiadł i powiedział, że zaczeka na panią – poinformowała ją dziewczyna. – Powiedział jeszcze, że to pilne. Dwa razy upewniał się, czy zrozumiałam, co mam przekazać, więc wydaje mi się, że to naprawdę...

– Pilne. Tak, wiem, dziękuję, usłyszałam za pierwszym razem.

Maria zauważyła, że istnieje korelacja między dobrymi manierami a zmęczeniem. Wzrost drugiego powodował znaczny spadek pierwszego. Dziś już kilkakrotnie przyłapała się na warczeniu na pracowników i stażystów w swoim porannym miejscu pracy, a nawet na cedzeniu przez zęby do szefa. Odnotowała również pewną trudność w relacji z nim od czasu, gdy ona sama została swoim własnym szefem.

Daniel miał rację. Powinna wybrać. Zwłaszcza że musiała dopilnować także swojego małego pokątnego projekciku, dla którego nie wymyśliła jeszcze nazwy.

– Już idę – powiedziała, gdy do niej dotarło, że kelnerka nadal czeka. – Proszę wracać do pracy.

Stanisław z ulgą usiadł na wygodnej sofie naprzeciw Pauli. Dziewczyna przycupnęła w fotelu i wyglądała jak spłoszone zwierzątko.

– Wszystko dobrze, skarbie? – zapytał z troską.

– Stanisław, ja muszę ci o czymś powiedzieć – oświadczyła dramatycznie, z trudem powstrzymując napływające do oczu łzy.

– Więc mów. – Sam zwykł wykładać kawę na ławę i wszelkie podchody były mu obce.

– Stanisław, chodzi o dzieci.

– Moje dzieci?

– Nasze dzieci!

– Paula, kochanie, moje dzieci są starsze od ciebie. To nie będą nasze dzieci, a nie sądzę, byś chciała, by ich dzieci nazywały cię babcią. Sądzę, że moja była żona też by tego nie chciała... chociaż... Z czystej złośliwości... Tak, Hanka mogłaby uznać to za niezły pomysł.

– Mam na myśli nasze dzieci, Stanisław. Nasze. Twoje i moje, a nie twoje i czyjeś. Chodzi o moje własne dziecko – mówiła coraz bardziej płaczliwie. Lada moment wybuchnie szlochem. Albo zwymiotuje.

– Skarbie, ty nie masz dzieci. – Stanisław uważał się za inteligentnego mężczyznę, ale ta rozmowa zaczynała go przerastać.

Dlaczego kobieta nie potrafi powiedzieć wprost, o co jej chodzi? Tylko zmierza do sedna malutkimi kroczkami, krążąc po labiryncie, i co rusz zmienia trasę, zanim dojdzie do wyjścia. Coraz lepiej rozumiał syna.

– Ale będę miała. Za sześć miesięcy.

– Kochanie – roześmiał się. – Już ci się oświadczyłem. Jeśli chcesz w ten sposób przyspieszyć termin ślubu, wystarczyło powiedzieć. Nie musisz udawać ciąży.

– Stanisław – jęknęła, a łzy popłynęły ciurkiem. – Ja nie udaję. Naprawdę jestem w ciąży! – chlipnęła, pociągając nosem zgoła nieelegancko.

Stary Kopicki siedział jak ogłuszony. Ciąża? Teraz? Znów zostanie ojcem? Ty stary durniu, szepnęło sumienie, czego się spodziewałeś po młodej dziewczynie? Że odda ci swoje najlepsze lata bez marzeń o własnej rodzinie?

– Nigdy o tym nie rozmawialiśmy – powiedział ostrożnie, nie ruszając się z miejsca.

Jak to tak? Znowu pieluchy? Nieprzespane noce? Naprawdę ma to przerabiać od samego początku? Jestem na to za stary, chciał krzyczeć.

– Już za późno na rozmowy. Stało się. – Paula płakała rzewnie, ocierając oczy chusteczką. Nos miała zaczerwieniony, głos zachrypnięty.

– Ale... – Jak? Dobrze wiesz jak, stary durniu, pomyślał.

– Jak to tak? – dokończył bezradnie.

Tego Paula już nie wytrzymała.

– Tatuś mnie zabije! Nie dość, że nie mogę wziąć ślubu w kościele, to jeszcze jestem w ciąży! – krzyknęła i uciekła do łazienki.

Trzask drzwi wyrwał Stanisława z oszołomienia. Pobiegł za nią, ale za późno. Drzwi do łazienki były zatrzaśnięte, a dziewczyna zanosiła się szlochem.

– Kochanie, otwórz drzwi i nie płacz!

– A co cię to obchodzi!

– Bardzo mnie obchodzi!

– Akurat! – Coś uderzyło w drzwi, a następnie roztrzaskało się na płytkach.

– Kochanie, zaszkodzisz dziecku!

– Akurat cię obchodzi dziecko! Nawet go nie chciałeś!

– Jesteś niesprawiedliwa! Jeszcze dwie minuty temu o nim nie wiedziałem!

– A teraz wiesz i nadal cię nie obchodzi!

– Oczywiście, że mnie obchodzi. – Stanisław oparł się o ścianę i tępo spoglądał na drzwi.

Miał wrażenie, że jego życie cofnęło się o trzydzieści kilka lat. Sytuacja wyglądała wówczas niemalże identycznie, chociaż rozmowa miała zgoła inny przebieg.

– Miałeś uważać! – wrzeszczała Hanka. – Jestem za młoda na dzieci!

– Skarbie! – walił pięścią w drzwi łazienki. – To nie moja wina! Oboje nas poniosło!

– To ty miałeś zadbać o prezerwatywy! Nie chcę dziecka!

– Oczywiście, że chcesz, tylko jeszcze tego nie wiesz! – krzyczał z drugiej strony drzwi, podczas gdy jego żona miotała się po niewielkim pomieszczeniu, rzucając w nie czym popadnie.

Wielu możliwości nie miała. Mydło, szampon, gąbka.

– Spuchnę jak bania, a ty zaczniesz oglądać się za innymi babami!

– Haniu, kochanie, przysięgam, że na żadną nie spojrzałem od chwili, gdy się w tobie zakochałem!

– Nie jestem ślepa! Widziałam tę twoją szparkę-sekretarkę!

– Arletę? Jest mężatką, na litość boską!

Drzwi od łazienki nieoczekiwanie otworzyły się i stanęła w nich zapłakana i spuchnięta Hania.

– Co miałam na sobie, kiedy zobaczyłeś mnie po raz pierwszy?

– To było trzy lata temu. Kto by to pamiętał? – zdumiał się.

– Ja! – wrzasnęła i trzasnęła mu drzwiami przed nosem.

– Jasna cholera! – zaklął i uderzył pięścią w drzwi. – Wyłaź stamtąd albo wyciągnę cię siłą!

– Nie wyjdę!
– Wyłaź!
– Nie!
– No to masz, co chciałaś! – Wściekły Stanisław wziął rozpęd i z całej siły uderzył barkiem w drzwi. Nie zważając na ból, cofnął się i kopnął jeszcze w zamek, co ostatecznie przeważyło zwycięską szalę.
Żona z rękoma przyciśniętymi do piersi siedziała na brzegu wanny i patrzyła na niego tymi swoimi przepastnymi oczami, które parę lat później odziedziczyła po niej Maria.
– Nigdy więcej się przede mną nie zamykaj. Zrozumiałaś? – zapytał groźnie.
Pokiwała twierdząco głową, powstrzymując chlipnięcie.
– Jesteś piękna i zawsze będziesz, zrozumiano?
– Tak – jęknęła przestraszona.
– I za cholerę nie pamiętam, co miałaś na sobie, kiedy cię poznałem, bo gdy spojrzałem w twoje oczy, przepadłem na amen. Nieważne, czy to był worek czy sukienka, rozumiesz?
– Tak...
– To wyłaź z tej cholernej łazienki!
Wspomnienie wróciło i odeszło, ale dzięki niemu Stanisław wiedział, co ma robić. Podwinął rękawy koszuli i rzucił się na drzwi jak przed trzydziestu laty.
Tym razem jednak coś poszło nie tak. Odbił się od nich, uderzył o ścianę i runął na podłogę. W międzyczasie coś trzasnęło. Chyba w barku.
– Oghhhh. – Zduszony dźwięk, który wydobył się z jego ust, zabrzmiał jak rzężenie krowy tonącej na bagnach.

– Stanisław? – Przerażona Paula podbiegła do drzwi i przyłożyła do nich ucho. – Stanisław!

– Egghhh – wycharczał z trudem.

Próbował oprzeć się na ręce, ale wówczas coś strasznie chrupnęło. Mrożący krew w żyłach krzyk wreszcie uruchomił w Pauli instynkt – trudno powiedzieć: przetrwania, macierzyński, opiekuńczy czy pospolity babski ciekawski – który zmusił ją do opuszczenia łazienki.

– Stanisław! – Padła na kolana przy leżącym mężczyźnie. – Staś! – Po raz pierwszy odważyła się zdrobnić jego imię. – Coś ty zrobił?

– Nic mi nie jest… – wyjęczał, próbując zachować godność, co nie jest łatwe z twarzą przyciśniętą do podłogi.

– Nie ruszaj się, Staś, zadzwonię po pogotowie! – Zdrobnienie brzmiało tak naturalnie, że aż się zdumiała, iż wcześniej nie ośmieliła się go używać.

– Nie, ja zaraz…

– Cicho, Staś! Żeby w twoim wieku rzucać się na drzwi! Chcesz osierocić nasze dziecko? – Ten rycerski czyn, który okazał się całkowitą kompromitacją, jednocześnie przekonał ją o uczciwości zamiarów Stanisława, który leżał twarzą do posadzki i modlił się, żeby to jednak był bark, łokieć i jakakolwiek inna część ciała, która się zrasta, byle nie kręgosłup.

Piotr niecierpliwie czekał na Marię. Zatrudnia tu taki sztab ludzi, że powinna leżeć w tej swojej kanciapie brzuchem do góry i odsypiać szalone noce z Danielem. O ile Daniel był zdolny do szalonych nocy. Wyglądał tak poważnie i odpowiedzialnie, że Piotr miał ochotę przy nim ziewać.

Poza tym lubił gościa.

– Jesteś wreszcie! – zawołał z kosmiczną ulgą, jakby sam widok siostry miał rozsupłać jego wszystkie życiowe dylematy i wspomóc skołatane nerwy.

– Co się stało? – Zniecierpliwienie, które jej towarzyszyło podczas marszu przez salę restauracyjną, zniknęło, zastąpione niepokojem.

Piotr siedział w kącie ukryty za filarem i rozłożystym kwiatem w doniczce, który sam się tu nie przemieścił, by odgrodzić go całkowicie od sali pełnej ludzi.

– Dlaczego się chowasz?

– Jestem gejem – wyszeptał scenicznym szeptem.

– Rany, Piotr, a ty ciągle przeżywasz tę plotkę? Pogadają i odpuszczą. I tak szczerze... – Spojrzała na niego z ironią. – Czy kogoś obchodzi twoja orientacja seksualna? Mieszkamy w wielotysięcznym mieście. Mamy dwudziesty pierwszy wiek. Jesteś czy nie jesteś, ludziom nic do tego...

– Nie rozumiesz... – Złapał ją za rękę i ścisnął tak mocno, że zabolało. – Powiedziałem ojcu, że jestem gejem!

– Dlaczego miałbyś robić coś tak głupiego?!

– Trudno to wyjaśnić...

– Spróbuj!

– Ojciec powiedział, że ta kobieta do niego przyszła i wszystko mu wyśpiewała, a ja powinienem osobiście, ale mi wybacza, akceptuje i jest ze mnie dumny – wyrecytował swoją opowieść w największym skrócie.

Maria patrzyła na niego w zadumie.

– Dlaczego mama sądziła, że jesteś gejem? – zapytała po chwili.

– No właśnie! – Wyrzucił ręce w górę w geście udręki. – Ty od razu wiedziałaś, że chodzi o matkę, a ja pomyślałem, że chodzi o Dominiczak. Jestem idiotą i tyle!

– To raczej twoje sumienie się odzywa, skoro od razu pomyślałeś, że pani detektyw poszła i doniosła. Nic by z tego nie miała. W ten sposób straciłaby klientów. To przecież logiczne.

Piotr wsunął palce w krótkie włosy i mocno pociągnął. Był idiotą. To już pewne.

– Muszę się napić. Masz tu coś mocniejszego?

– Tylko wino i piwo. Nie podajemy mocniejszych trunków.

– Może być wino – westchnął ciężko, jakby świat miał się zaraz skończyć i była to ostatnia rzecz, jaką zrobi przed uderzeniem morderczej asteroidy w ziemię.

Zanim Maria zdążyła rozejrzeć się za kelnerką, nagle, jak spod ziemi, zmaterializowała się obok niej kelnerka Ewa.

– Dzień dobry pani – przywitała się pogodnie, obrzucając Piotra zaciekawionym spojrzeniem.

– Ewo, mam wrażenie, że pani wciąż w pracy. Pani tu sypia? – zapytała.

Mogłaby przysiąc, że dziewczyna ją prześladuje, ale nie można mieć żalu do pracownika za to, że jest w pracy!

– Nie, proszę pani. Ale od października zaczynam drugi rok studiów i im więcej zarobię w wakacje, tym łatwiej mi będzie później – odpowiedziała. – Pani Ada pilnuje, żeby wszystko się zgadzało, jeśli chodzi o godziny.

– Cieszę się – odparła Maria enigmatycznie, czując się jak bogaty próżniak.

Ona nie musiała zarabiać w wakacje ani na wakacje, a tym bardziej martwić się, z czego utrzyma się na studiach.

– Co pani studiuje? – zapytał Piotr raczej dla podtrzymania rozmowy niż z ciekawości.

Maria zamknęła oczy w udręce. Kiedy Piotr strzela gafę, to od razu przywala atomówką. A co się będzie rozdrabniał i mierzył do komara z armaty? Przywalić mu atomem i niech zdycha!

– Anglistykę, panie Kopicki. Co państwu podać? – Mina dziewczyny wskazywała, że najchętniej otrułaby przynajmniej jedno z nich. I nie była to szefowa.

– Czerwone wino poprosimy. Byle słodkie – zamówiła Maria za nich oboje, pod stołem kopiąc brata w łydkę. Lepiej, żeby się już nie odzywał. – I może po małym espresso.

– Zaraz podam. – Ewa uśmiechnęła się uprzejmie do szefowej i odeszła za bar, gdzie stały butelki wina i ekspres do kawy, który kosztował więcej niż samochód, który Maria zamierzała kupić do rozwożenia zamówień.

– Co znowu zrobiłem? – zapytał ze zbolałą miną.

– Nie wierzę, że o to pytasz. – Wzniosła teatralnie oczy do góry, jakby czekała na uderzenie pioruna. – Zaciągnąłeś ją do łóżka, a teraz mówisz do niej „proszę pani"? Co się z tobą dzieje, u licha?

– Poza tym, że wszyscy myślą, że jestem gejem? Kompletnie nic – nadąsał się.

W wieku trzydziestu dwóch lat wciąż miał wrażenie, że od czasu, gdy skończył szesnaście, niewiele się zmieniło. Rzecz jasna skończył studia, znalazł pracę, otworzył firmę – dzięki wydatnej pomocy ojca – ale to wszystko był rozwój intelektualny, a nie emocjonalny. Emocjonalnie wciąż miał te same problemy co piętnaście lat wcześniej. Marzyły mu się motyle w brzuchu, a gdy je miał – okazywało się, że to tylko ekscytacja myśliwego na polowaniu. Pada strzał, pada trup, i nagle dociera do ciebie, że siedzisz w środku nocy sam na ambonie, tyłek ci marznie, sikasz do butelki, a mógłbyś leżeć sobie wygodnie w ciepłym łóżeczku.

Wściekła Ewa podstawiła dwie filiżanki pod dysze i wcisnęła odpowiedni przycisk na elektronicznym wyświetlaczu. Nalała dwa kieliszki wina, chociaż na szkoleniu kazali maszerować z butelką do stolika, pokazać klientom etykietę, jakby tamci byli koneserami, a nie zwykłymi amatorami, i do tego odstawić szopkę z próbowaniem, nalewaniem i życzeniem udanego wieczoru.

Albo popołudnia.

Nie zamierzała spędzić przy ich stoliku więcej czasu niż to konieczne. Piotr pewnie znów zostawi jej napiwek. Koniec ze starszymi facetami, postanowiła. Rówieśnicy przynajmniej nie zwracają się do niej „pani" i następnego dnia ją rozpoznają.

– Przystojniak z tego brata szefowej – szepnęła Kamila.

Pracowała tu dopiero od tygodnia, ale była skarbnicą wszelkiej maści plotek. Pewnie już wiedziała, że Ewa z nim spała, chociaż nikomu się do tego nie przyznała. Okoliczności były zbyt zawstydzające.

– Palant jakich mało – mruknęła.

– Szkoda, że gej – mówiła dalej koleżanka.

– On nie jest gejem – zaprotestowała Ewa.

– To ty nic nie wiesz? – Kamila pokiwała głową z ubolewaniem, ale oczy jej rozbłysły. Pochyliła głowę w kierunku Ewy i konfidencjonalnym szeptem zdała jej relację z zasłyszanych plotek: – Jego menedżerka przyłapała go w biurze z innym facetem. – Obejrzała się, czy nikt nie słucha, i dodała: – Tamten był prawie nagi! Jak sądzisz, co mogli robić?

– Kto ci to powiedział? – zapytała oszołomiona dziewczyna.

Czuła się, jakby ktoś obuchem przywalił jej w głowę, a potem jeszcze poprawił ze dwa razy.

– Dziewczyny z salonu. Wszyscy o tym wiedzą.

Ewa z niedowierzaniem patrzyła na rozmawiające rodzeństwo. Piotr gejem? Niemożliwe! Przecież...

– Może jest bi – szepnęła.

– Myślisz? – Kamila z nadzieją spojrzała w tym samym kierunku. – Byłoby fajnie. Na razie tylko nasz Miłosz ma u niego szanse.

– Miłosz?

– Nasz kucharz. Mówi, że Kopicki to niezłe ciasteczko – powiedziała.

– Miłosz jest gejem?

– Nie wiedziałaś? – zdziwiła się Kamila.

– Nie.

– To już wiesz. Zanieść im to? – Wskazała na filiżanki i wino.

– Nie, nie trzeba. Dziś wieczorem to mój rewir.

Dziewczyny miały podzielone między siebie stoliki, dzięki czemu nie było walki o napiwki. Adrianna pilnowała, żeby rewiry regularnie się zmieniały. W zależności od pory dnia inne miejsca cieszyły się zainteresowaniem. W porze obiadu klienci zasiadali najczęściej przy pierwszym wolnym stoliku, więc obsadzone były te najbliżej drzwi. Wieczorami było odwrotnie.

W korytarzu między kuchnią a biurami wisiała sporych rozmiarów biała tablica, na której umieszczano grafik zmian i przydział stolików. Nikt na nikogo nie patrzył wilkiem i każda z nich miała możliwość zarobienia dodatkowych pieniędzy dzięki napiwkom.

– Porozmawiaj z nią – poradziła bratu Maria. – Przeproś! – uściśliła. – Za swoją gruboskórność – dodała jeszcze na wszelki wypadek.

– Czyli dziś mam jej nie dawać napiwku?

– Nie rozumiem, dlaczego żadna z twoich dziewczyn cię nie otruła.

– Żadna nie gotowała, o ile dobrze pamiętam – przyznał uczciwie. – I zawsze były to dziewczyny, które wiedziały, o co chodzi. Nie polowałem w pensjonacie na panienki przed nowicjatem. Odczep się i powiedz mi, co robimy. Ojciec nie był zadowolony, że go okłamałem i…

– No właśnie – przerwała bratu. – Dlaczego skłamałeś? Trzeba było powiedzieć, że to plotka albo matka sobie coś uroiła.

– Nie mogłem. Rozmowa potoczyła się w takim kierunku, że ojciec gadał o mojej orientacji seksualnej, a ja o szpiegowaniu go. Kiedy się połapaliśmy, że obaj mówimy o dwóch różnych rzeczach, nie wymyśliłem nic mądrzejszego niż przyznanie się, odwalenie aktu skruchy i… Właściwie to na tym skończyła się moja inwencja twórcza.

– Twoja inwencja twórcza skończyła się błaganiem młodszej siostry o ratunek – westchnęła. – To wszystko przez nasze wyrzuty sumienia – uznała. – Oboje zachowujemy się irracjonalnie i trzęsiemy się ze strachu, że wszystko się wyda, a my dostaniemy po uszach. Daniela potraktowałam tak, że szkoda słów. Pewnie myśli, że wciąż mam syndrom napięcia przedmiesiączkowego.

– Dobre wytłumaczenie. Szkoda, że ja nie mogę go użyć. Nadal nie wiem, co mam robić…

– Ze swoją orientacją? Nic. Musisz przyznać, że ojciec zachował się wspaniale. Jak na swoje pokolenie jest bardzo otwarty.

– Ojciec pytał, czy kogoś mam, a potem mamrotał coś o rodzinnym obiedzie czy kolacji. Nieważne. Spodziewa się, że przyprowadzę chłopaka, a skąd ja go wezmę?!

– Piotr, naprawdę? – Spojrzała na niego z politowaniem. – To jest twój największy problem? Gdzie poznasz mężczyznę swojego życia? Proszę cię, weź się w garść. Co z tym adresem, który przesłała nam Dominiczak? Kojarzysz go?

– Wcale. Dominiczak twierdzi, że ojciec musi tam mieszkać, bo tylko lokatorzy mają miejsca parkingowe.

– Może je wynajął – zgadywała Maria.

– Ale wtedy z miejsca parkingowego korzystałby lokator.

– Racja – przyznała. – Dziwię się tylko, że przeprowadził się i nic nam nie powiedział. – Maria zsunęła klamrę z włosów, a potem gumkę, i rozpuściła włosy.

Głowa ją rozbolała od tego koka. Miała go na głowie osiemnaście godzin na dobę, może ciut mniej. Daniel miał rację. Musi zdecydować. Nie może łapać tylu srok za ogon, bo w końcu i wróbel jej spieprzy.

– Co on tam ukrywa? Jakąś babę? – zastanawiała się głośno.

– Odbierzesz?

– Co takiego?

– Telefon. Dzwoni – powiedział Piotr. Siostra odpłynęła gdzieś myślami. – Może to Daniel.

– Oby nie. Znów coś palnę. – Wyjęła telefon z torebki i zajrzała w historię nieodebranych połączeń.

– Arleta dzwoniła – oznajmiła zdziwiona.

– Oddzwoń – poradził. – Dzwoni tylko wtedy, gdy ojciec każe nam coś przekazać.

– Nie wiem, czy mam ochotę wiedzieć, co ojciec chce mi przekazać. – I zaraz zganiła się za płaczliwy dźwięk głosu. Jesteś dorosła, na miłość boską!

– Dzwoń! – syknął.

– Zaraz! – zirytowała się.

Oczywiście, że oddzwoni. W przeciwnym wypadku już nigdy nie zmruży oka.

– Witam. Nie zdążyłam odebrać. Czy coś się stało?

– Cieszę się, że panią słyszę. – Zdenerwowana kobieta oddychała szybko. – Pani ojciec doznał urazu. Jest w szpitalu.

– Coś poważnego? – wystraszyła się Maria.

– Złamał rękę i musieli nastawić mu bark. Na wszelki wypadek zatrzymają go do jutra na obserwacji. Uderzył się w głowę, więc chcą wykluczyć wstrząśnienie mózgu.

– Miał wypadek?

– Nie znam szczegółów – odpowiedziała Arleta zdawkowo, gdyż historia, którą przedstawiła jej Paula, brzmiała niewiarygodnie.

Stanisław Kopicki usiłujący wyważyć drzwi do łazienki? W tym wieku? Czy on oszalał?

– Urazu doznał w domu. Chyba... zatrzasnął się w łazience i... i próbował wyważyć drzwi... – Musiała skłamać, bo młodzi nie mieli pojęcia o istnieniu Pauli, a lojalność należała do jednego z warunków umowy.

Kopicki płacił jej nie tylko za umiejętności, ale też za trzymanie języka za zębami. Dopóki sam nie powie dzieciom, ona nie może interweniować. Za pół roku jego dorosłe dzieci dostaną siostrzyczkę albo braciszka, a pani Hanka najpierw się wścieknie, a potem ze śmiechu zejdzie na zawał.

– W którym szpitalu jest ojciec? – Maria domagała się informacji.

Piotr gestem odprawił kelnerkę. Hasło szpital i mina siostry wskazywały jednoznacznie, że nie będzie dziś żadnego wina, przynajmniej nie teraz.

– Na Chełmońskiego. Niewątpliwie rano opuści szpital. Poprosił mnie o przywiezienie piżamy i rzeczy na zmianę, ale nie ma mnie w mieście – wyjaśniała sekretarka.

Nie dodała, że w rzeczywistości zadzwoniła do niej Paula, która źle się poczuła i taksówką wróciła do domu. Kopicki kazał jej leżeć i odpoczywać, a nawet ściągnąć przyjaciółkę do pomocy. Efekt był taki, że ostatecznie o pomoc za pośrednictwem kochanki, a potem sekretarki, musiał poprosić dzieci.

– Żaden problem. Zaraz mu wszystko zawieziemy – obiecała Maria.

Na własne oczy musiała się przekonać, że ojcu nic poważnego się nie stało.

– Wspaniale – ucieszyła się Arleta.

Kopicki część rzeczy trzymał w swoim domu nad zalewem, zatem młodzi nie zorientują się, że ojciec już tam nie mieszka. Teraz będzie musiała zadzwonić do Pauli i zawiadomić ją, by na razie nie pokazywała się w szpitalu, bo może tam wpaść na dorosłe dzieci narzeczonego, które nie miały pojęcia o jej istnieniu.

– Dziękuję. Do widzenia. – Maria rozłączyła się i zwróciła do brata: – Tata ma złamaną rękę. Jest w szpitalu. Zawieziemy mu rzeczy. – Maria wstała od stolika i zdecydowanym krokiem ruszyła do wyjścia.

– Minęła dwudziesta. Nie wpuszczą nas. – Piotr mimo dłuższych nóg ledwo za nią nadążał.

– To przekażemy rzeczy. Wiesz, że ojciec prędzej spędzi noc w nieświeżym ubraniu, niż nałoży szpitalną piżamę. To Matylda Dominiczak powinna nas zawiadomić o wypadku, a nie sekretarka ojca.

– Masz rację. Zaraz do niej zadzwonię.

Ewa odprowadziła wzrokiem wychodzące rodzeństwo. Spojrzała na dwa pełne kieliszki wina. Upewniła się, czy nikt nie widzi, i przelała je z powrotem do butelki. Espresso wylała do zlewu. I tyle dobrego, że sobie poszli, uznała.

Maria wsiadła do swojego wysłużonego volkswagena. Zamierzała nim jeździć, póki auto nie padnie, choć przyszła jej do głowy myśl, by sprezentować sobie nowsze auto, a to oddać restauracji do cateringu. Nie, nie rozrzucaj się, zganiła się. Nowe auto nie jest twoim priorytetem.

Piotr z ociąganiem zajął miejsce pasażera. Cierpiał na chorobę lokomocyjną, jeżeli nie prowadził. Ten fenomen zawsze go zadziwiał.

– Pani Matyldo, mój ojciec jest w szpitalu. Dlaczego nic pani o tym nie wie? – Od razu przeszedł do rzeczy, nie przedstawiając się.

– W szpitalu? To świetna wiadomość – ucieszyła się detektyw.

– Słucham? – Piotr odsunął telefon od ucha i spojrzał na niego z niedowierzaniem.

– Daj na głośnik – poleciła mu Maria.

– Świetna wiadomość? – upewnił się, wykonując polecenie siostry.

W samochodzie rozległ się głos Matyldy.

– Pewnie jadą państwo do jego mieszkania po rzeczy. Zaraz podjadę i zamontuję kamerkę albo dwie! Jest okazja!

– Dziękuję, ojciec czuje się dobrze. Złamał tylko rękę – odpowiedział kwaśnym tonem. Ta kobieta była zadziwiająca.

– Miło mi to słyszeć. Proszę mi tylko powiedzieć, gdzie państwo jedziecie? Do apartamentowca czy domu nad zalewem? – zapytała.

– Do domu – wyjaśnił.

– A to ciekawe! – Każda nowa sprawa wywoływała w niej podekscytowanie.

Na ogół śledziła niewiernych małżonków, wielkich tajemnic nie odkrywała, ale każda zagadka, choćby najmniejsza, wprawiała ją w podekscytowanie. Raz nawet nadgorliwie śledziła własną klientkę. I to był strzał w dziesiątkę. Tamta kazała jej szpiegować swojego męża. Bibliotekarski nos Matyldy – bo taki kierunek studiów kończyła – wywęszył zbrodnię na miarę Agathy Christie. Małżonek był, jak to się mówi, Bogu ducha winny, a żona potrzebowała dokładnego rozkładu jego dnia, by zaplanować zbrodnię doskonałą.

– Niby dlaczego? – zdziwiła się Maria.

– Jak to: dlaczego? Najprawdopodobniej mieszka pod innym adresem, ale ukrywa to przed państwem. Oczywiście, mogę się mylić, choć dobrze znam zasady obowiązujące w tych burżuazyjnych apartamentowcach. Parking dla gości nie istnieje. Musi być właścicielem mieszkania albo je wynajmować dla siebie. Bramę otwiera ochrona. Przede mną wyskoczyła kolczatka. Jego samochód był im znany, mój nie. Możemy również przyjąć, że wpuszczają tylko pojazdy z wyższej półki cenowej, a moja Dusia się nie kwalifikuje. – Matylda skończyła pakować torbę. Zawsze trochę sprzętu trzymała w domu. Tak na wszelki wypadek.

– Kim jest Dusia?! – zapytała Maria.

– To moja audica. Ma tyle lat, że zasłużyła na imię.

– Nieważne. Spotkajmy się przed domem – zadecydowała Maria. – My spakujemy torbę dla ojca, przy okazji rozejrzymy się po domu, a pani wykona swoje hokus pokus.

– Podoba mi się pani tok myślenia – ucieszyła się Matylda. – Już wyjeżdżam. Pa! – rzuciła do telefonu, po czym dopiero zwróciła uwagę na przysłuchującą się rozmowie córkę.

– Monika, nie wiem, o której będę. Nie wychodź i nikogo nie wpuszczaj.

– Mamo, mam dziewiętnaście lat.

– I dlatego się boję.

– Jestem pełnoletnia!

– Pełnoletnia to ty będziesz, jak się usamodzielnisz, urodzisz dziecko i zrozumiesz, co ja przeżywam jako twoja matka! – krzyknęła Matylda, trzaskając drzwiami.

Wzdrygnęła się. Zaraz wyskoczy ta stara wariatka i zacznie domagać się respektowania ciszy nocnej. Czasem pretensje miała uzasadnione, ale w południe też potrafiła krzyczeć: „Cisza nocna!".

– Cisza nocna! – pisnęła dyszkantem przeraźliwie chuda staruszka spod ósemki, wychodząc na klatkę schodową.

– Dwudziesta jest! – odkrzyknęła Matylda i zbiegła po schodach.

– Uważaj, smarkulo, bo matce naskarżę! – Staruszka trzasnęła drzwiami.

Piotr z szerokim uśmiechem spoglądał na siostrę. Mdłości minęły w mig.

– Gdzie te skrupuły? Wyrzuty sumienia? Gadaj natychmiast, co zrobiłaś z moją siostrą, pokrako! – wykrzyknął.

– Przestań błaznować. Obecnie mam wyrzuty sumienia, że nie mam wyrzutów sumienia.

– Wyrzuty sumienia mają zawsze nie ci, co trzeba. A ci, którzy walczą po stronie dobra, zmagają się z poczuciem winy* – wyrecytował z emfazą.

Maria spojrzała na niego osłupiała.

– Zwariowałeś?

– Osobiście wolę trzy pierwsze części Larssona, ale Lisbeth prosiła się o dokończenie tej historii – wyznał.

– Co to ma wspólnego ze mną?!

– Skoro odczuwasz wyrzuty sumienia, nieważne z jakiego powodu, musisz być tą dobrą, więc możesz już przestać sobie wyrzucać, że nic sobie nie wyrzucasz – wyjaśnił.

– Wtedy będę tą złą – odparła.

– Nie, będziesz tą dobrą, tyle że ze świadomością złego postępowania.

– Wysoki sądzie, bardzo mi przykro z powodu śmierci tego człowieka, ja tylko chciałam mu złamać kilka kości? – zakpiła. – Tak wygląda twój tok rozumowania. Przyjmijmy, że jestem zbyt zmęczona, by emocjonalnie myśleć.

– Racjonalnie – poprawił ją brat.

– Emocjonalnie. Emocje wymagają ode mnie pewnej żywotności, a skoro jej nie mam, pozostał chłodny racjonalizm. Matylda Dominiczak wzięła zaliczkę. Ty zostałeś gejem. Ja nie śpię po nocach, bo moja podświadomość ma skrupuły, a dzień Zero jest coraz bliżej. Za daleko zabrnęliśmy, by teraz zrezygnować.

Zdaniem Piotra nigdzie nie zabrnęli i mogli w każdej chwili wycofać się bez konsekwencji, ale się nie odezwał. Skoro bezemocjonalny racjonalizm siostry na

---

* D. Lagercrantz, *Co nas nie zabije*, tłum. M. Muszalski, wyd. Czarna Owca.

to nie wpadł, on nie będzie mu podpowiadał. Mogli prowadzić te swoje firmy i całować ojcowski pierścień, gdy przyjdzie pora, i już.

– Dawno nie spędzaliśmy tyle czasu razem – zauważył, sam zaskoczony tym odkryciem.

– Tak, nic bardziej nie zbliża ludzi niż spisek – zażartowała nieudolnie.

– Przecież nie zamierzamy pozbawić go korony.

– Fakt. Chcemy zachować własne. Jesteśmy. – Zaparkowała w bramie wjazdowej.

Ojca nie ma, nie zadzwoni po straż miejską. Nikomu też nie zatarasują wyjazdu.

– Dusia już jest – zauważył.

– Kto taki?

– Dusia. To audi Dominiczak.

– Nieważne. Nie chcę tego wiedzieć i nie chcę wiedzieć, skąd ty to wiesz.

– Powiedziała mi. Tobie zresztą też, ale jej nie słuchałaś.

– Co mnie obchodzi imię jej samochodu? Interesuje mnie jak najszybsze rozwiązanie naszego problemu, żebym wreszcie mogła się wyspać i porządnie zastanowić nad moim życiem. Muszę podjąć pewne decyzje i...

– Daniel jest całkiem nieszkodliwy jak na faceta. Nie powinnaś się go pozbywać. Lubię gościa – oświadczył nagle Piotr.

– Nie zamierzam pozbywać się Daniela. Skąd ci to przyszło do głowy? – zapytała zniesmaczona pomysłem brata.

Wysiadła z auta i z całej siły trzasnęła drzwiami. Piotr aż się skrzywił, ale nie zwrócił siostrze uwagi. Rozsądny człowiek nie wystawia głowy tam, gdzie latają kule, tylko siedzi z dupą w okopie i mocno trzyma beret.

– Dobry wieczór! – zawołała Maria, podchodząc do Matyldy, która ze sporym plecakiem czekała na nich przy furtce.

– Witam. Mam wszystko, co trzeba. Wchodzimy?

Matylda tryskała entuzjazmem. Nie wiadomo wprawdzie, czy Kopicki tu mieszka, ale od czegoś trzeba zacząć. Rano i tak spróbuje dostać się do apartamentowca. Miała przeczucie, że tam toczy się jego życie, a nie w tym mauzoleum.

– Proszę. – Maria wyjęła z torebki klucze i otworzyła furtkę.

Poszła przodem. Ruszyli za nią gęsiego. Piotr na końcu, gapiąc się na pośladki czterdziestoletniej kobiety. Nadszedł czas, gdy nie będzie mógł wybrzydzać i przebierać w partnerkach. Starsze babki mają podobno niepohamowany apetyt seksualny. Obwisły tyłek jakoś im nie bruździ w życiu seksualnym, jemu też nie powinien.

Skórzane spodnie, które miała na sobie wcześniej, spłaszczały jej pośladki, a teraz jej tyłek zakrywał całkowicie szary, porozciągany dres, dał się więc ponieść wyobraźni. Tak się zapatrzył, że nawet nie zauważył, kiedy weszli do domu.

– Co?! – Ocknął się, gdy Maria szturchnęła go łokciem w bok.

– Mówię do ciebie! – zirytowała się.

– Na jaki temat? – Potarł obolałe żebro.

Kobiety zawsze wiedzą, gdzie dźgnąć, żeby bolało. Też mi słabsza płeć, pomyślał z urazą.

– Oprowadź panią Matyldę po domu, a ja pójdę do łazienki spakować kosmetyki ojca.

– Dobra – zgodził się, nadal przyglądając się detektyw. Piersi też nie było widać pod tą obszerną bluzą.

– Proponuję zacząć od sypialni – oświadczyła Matylda z ironicznym uśmiechem.

Doskonale czuła jego wzrok tam, gdzie nie powinien się znajdować. To miłe, gdy ktoś gapi się na sflaczały tyłek czterdziestoparoletniej rozwódki, ale mógłby to robić dyskretniej.

– Słucham? – Język stanął mu kołkiem w ustach. Czy ona powiedziała… Sypialnia? Przełknął ślinę. Chyba nie…

– Sypialnia. Gabinet. Salon – wyrecytowała Dominiczak. – W tych trzech pomieszczeniach umieszczę niewielkie kamerki. Obraz będzie przesyłany na mój laptop. Jeśli nie odzyskam sprzętu, zgodnie z umową cena zostanie doliczona do rachunku.

– Dobrze, proszę robić swoje – poleciła Maria, wchodząc po schodach na piętro, gdzie znajdowała się łazienka, z której korzystał ojciec.

– Jak pani nie będzie mogła odzyskać kamer, my to zrobimy – zadeklarował Piotr, który ogarnął rozhulane emocje.

Nie miał pojęcia, ile kosztują takie zabawki, ale ta cała impreza mogła ich sporo kosztować. Ciekawe, ile roboczogodzin wyliczy pani detektyw. To był kiepski moment na rozpraszające go myśli.

– Jutro spróbuję dostać się do mieszkania w apartamentowcu – poinformowała go Matylda.

Obrzuciła uważnym spojrzeniem starannie uporządkowaną sypialnię. Otworzyła szafę. Kilkanaście garniturów, koszul, na dole równo stały eleganckie buty. Zajrzała do komody. Majtki. Skarpetki. Podkoszulki. Buszująca po sypialni kobieta wydawała się być w swoim żywiole.

– Co pani robi? – zapytał zdegustowany Piotr.

– Rozglądam się.

– Miała pani montować kamery.

– Zaraz. Na razie zbieram informacje.

– Na temat rozmiaru bokserek?

– Nie, na temat miejsca zamieszkania pańskiego ojca.

– I do jakich wniosków pani doszła?

Czy w jego mieszkaniu też zrobiła taką lustrację? Zajrzała mu do gaci, obwąchała skarpetki? Podała się za przedstawicielkę towarzystwa ubezpieczeniowego i dlatego Oksana, która sprząta u niego dwa razy w tygodniu, ją wpuściła, a nawet oprowadziła po mieszkaniu.

Matylda zignorowała go całkowicie. Przejrzała zawartość szuflad nocnego stolika. Pusto. Na łóżku patchworkowa narzuta. Pościeli brak. Zajrzała pod łóżko. Jest, szuflada na pościel. Otworzyła.

– Bingo – powiedziała.

Zaintrygowany mężczyzna zajrzał jej przez ramię.

– Poducha i kołdra – powiedział z rozczarowaniem.

– Owszem, ale nie są obleczone. Kto tu sprząta?

– Pani Daniela.

– Kiedy przychodzi?

– Dwa razy w tygodniu.

– Nie pytam, ile razy, tylko kiedy.

– Chyba piątki i poniedziałki.

– Aha! A dziś mamy czwartek. Pana ojciec spałby w nieobleczonej pościeli? Wątpię. Wniosek? Nie sypia tu. Sypia gdzie indziej. Nie wiem, czy jest sens montowania kamer. Szkoda zachodu.

– Dlaczego? – zapytała Maria, wchodząc do pokoju.

– Pani Matylda dokonała wiekopomnego odkrycia – zadrwił Piotr.

– Jakiego? – Maria podeszła do nich i zajrzała do otwartej szuflady. – Nieobleczona – powiedziała. – Ojciec tu nie sypia.

Matylda rzuciła mu triumfujące spojrzenie.

– Dlatego kobiety są świetnymi detektywami. Mamy oko do szczegółów – oznajmiła z poważną miną. – Co pani zabrała z łazienki, pani Kopicka? Mogę zajrzeć do kosmetyczki?

Nie czekając na odpowiedź, po prostu wzięła od Marii granatowy kuferek i wysypała zawartość na łóżko.

– Tak myślałam – skomentowała, pobieżnie rzuciwszy okiem na szampon, odżywkę, żel pod prysznic. – Nieużywane. Gdzie maszynka do golenia?

– Nie było.

– Ojciec nie używa maszynek. Woli golarkę elektryczną – dodał Piotr.

– Golarki nie widzę.

– Bo nie było – odpowiedziała Maria.

– Nie widzę też szczoteczki do zębów.

– Ojciec używa elektrycznej.

– Też nie ma.

– Czyli miałam rację. Państwa ojciec tu nie mieszka. Część rzeczy pewnie zostawił tu dla niepoznaki. Założę się o moją wypłatę, że szczoteczkę do zębów i golarkę trzyma w łazience pod adresem, który państwu podałam. Nie ma sensu montować kamerek. Szkoda mojego czasu i państwa pieniędzy. Zajmę się tym jutro. I jeszcze jedno. Proszę dać mi znać jeszcze dziś – bez względu na porę – czy ojciec poprosił was o odbiór ze szpitala. Do zobaczenia. – Skinęła im głową i raźnym krokiem wyszła z sypialni, zostawiając rodzeństwo z bałaganem na łóżku i pustką w głowie.

Słyszeli jeszcze, jak zbiega po schodach, nucąc jakąś głupią melodyjkę sprzed lat.

– To, że ojciec kogoś ma, to żadna nowina. Za to jej płacimy? – zirytowała się Maria.

– Wpadłabyś na to, że brak kilku rzeczy świadczy o tym, że się wyprowadził? Bo ja nie. Po prostu wkurzałbym się, że nie mogę znaleźć golarki i szczoteczki. Dobra jest! – oświadczył z uznaniem Piotr, który nieoczekiwanie zmienił zdanie.

– Spałeś z nią? – Obrzuciła go podejrzliwym spojrzeniem.

– Oczywiście, że nie!

– Jak ją poznałeś?

– Przez znajomą – odpowiedział zgodnie z prawdą.

– Którą?

– I tak nie znasz – odparł po chwili namysłu.

– Aha... – Nadal patrzyła podejrzliwie, ale postanowiła na razie nie drążyć tematu. Jeśli nie będzie zadowolona z Matyldy, Piotr osobiście zapłaci cały rachunek. – Pakujmy, co się da, i jedźmy do szpitala – zadecydowała.

Godzinę później torbę z rzeczami i kosmetyczką odbierała pielęgniarka. Nie wpuszczono ich na oddział. Pora odwiedzin minęła kilkanaście minut wcześniej, a kobieta była nieustępliwa.

– Mieliśmy się dowiedzieć, czy ojciec poprosi nas o odbiór ze szpitala – smętnie zauważył Piotr.

O jego zdrowie przestał się martwić, gdy pielęgniarka dyżurna zapewniła go, że poza złamaniem nic więcej mu nie dolega, a na obserwacji został wyłącznie ze względu na uraz głowy.

– Zadzwonię rano do Arlety i zapytam. – Maria szła zamyślona szpitalnym korytarzem. – Mówiła, że upadł, kiedy próbował wyważyć drzwi łazienki. Łazienka w domu nie była używana. Kabina prysznicowa i lustro aż lśniły czystością. Dominiczak miała rację. Ojciec tam nie mieszka.

Piotr tylko pokiwał głową. Od samego początku wiedział, że Matylda doskonale zna się na swojej robocie. Nie wątpił w to ani przez chwilę.

– Piotr, tata zawsze był dla nas autorytetem – oznajmiła nieoczekiwanie.

– Oprócz tych licznych chwil, gdy nas zawodził, a następnie wynagradzał rozczarowanie prezentami. Były chwile, że zamiast na niego czekać, od razu robiłem listę rzeczy, które chciałbym mieć, albo miejsc, gdzie chciałbym pojechać – wyznał.

– Zmierzam do tego, że umyka nam fakt, że jest coraz starszy. Do sześćdziesiątki mu trochę brakuje, ale zanim udało mu się założyć własną firmę, pracował fizycznie w Niemczech na budowie, i to bardzo ciężko. Konsekwencje muszą być. Może zakręciło mu się w głowie?

– Od nadmiaru whisky chyba. Wiesz, że lubi.

– To może być kręgosłup. Jakaś niewydolność. Wiele rzeczy. Musimy sobie uświadomić, że będzie potrzebował naszej pomocy wcześniej, niż nam się wydawało.

– Arleta mówiła, że zatrzasnął się w łazience i próbował wyważyć drzwi. Podejrzewam, że mu się to udało, skoro zadzwonił po pogotowie.

– Skąd wiesz, że sam zadzwonił? Jeśli mieszka u jakiejś baby, to ona mogła dzwonić. Nie wiemy, co się stało.

– A teraz zmierzasz do tego – rozglądał się po szpitalnym parkingu – że jesteśmy ostatnie świnie, bo zatrudniliśmy detektywa i...

– Wręcz przeciwnie. – Maria też nie pamiętała, gdzie zaparkowała. Jakim cudem o tej godzinie panuje tu taki tłok?, pomyślała z irytacją. – Tym bardziej musimy się upewnić, żeby ojciec nam jakiegoś kitu nie wcisnął. Nigdy nie przedstawiał nam swoich kobiet, ale też nigdy nie ukrywał przed nami ich istnienia. Co z nią jest nie tak?

Matylda spała w bokserkach i męskiej podkoszulce. Zestaw wygodny i praktyczny. Mężczyźni zawsze mają lepiej, pomyślała. Spróbuj, kobieto, kupić sobie wygodne buty na płaskim obcasie. Budzik dzwonił zwykle o szóstej, ale kiedy prowadziła sprawę, budziła się przed czasem, do tego rześka jak skowronek. Pamiętała jeszcze czasy, gdy pracowała w bibliotece. Potrafiła zaspać nawet na dziesiątą. Podejrzewała, że była wówczas tak znudzona swoim życiem, że jej podświadomość broniła się przed rzeczywistością. Do czasu, gdy postanowiła całkowicie je odmienić. Rzuciła męża. Rzuciła pracę. Zostawiła sobie tylko córkę. Nie licząc tego, że kochała swoje jedyne dziecko, to dziewczyna miała charakterek, że ho, ho!

Boso poczłapała do kuchni i otworzyła lodówkę. Jajka. Wędlina. Trochę warzyw, jakieś serki. Nie jest źle, uznała, wyjmując trzy jajka. Jajecznica z porem, do tego pomidorek, skibka ciemnego chlebka i śniadanie gotowe. Kawa zrobi się sama, trzeba tylko wcisnąć właściwy guzik. Ekspres do kawy był najważniejszą rzeczą w jej życiu. Zaraz po Dusi. Córka była oczywiście w rankingu poza wszelką konkurencją. Tuż przed pracą, którą Matylda uwielbiała.

Czasami trzeba pozbyć się kilku rzeczy, żeby życie było pełne, pomyślała filozoficznie, wyrzucając skorupki. Roman nadal nie rozumiał, co było nie tak z ich małżeństwem, że się rozwiedli. Na szczęście poznał

Agatę, równie nudną jak on sam. Ich życiową pasją było wspólne rozwiązywanie krzyżówek. Matylda nie miała nic do krzyżówkowiczów, ale ludzie! Idźcie chociaż do parku! Skiśniecie w tych czterech ścianach! Agata była też hipochondryczką, więc Roman był w siódmym niebie, bo mógł wreszcie kimś się opiekować. Z Matyldą mu to nie wychodziło, a ich wspólne dziecko było bardzo samodzielne i niezależne od samego początku.

Jajka skwierczały na patelni, aromatyczna kawa sama nalewała się do filiżanki. Czyż życie nie jest piękne? Matylda przygotowała warzywka i kanapeczkę. Chwilę później rozsiadła się przy stole i z apetytem zajadała śniadanie. Teraz mogła kilka myśli poświęcić Kopickim.

Stary Kopicki miał babę.

Schował ją w apartamentowcu.

Mieszkał z nią.

Z wywiadu rodzinnego wynikało, że ze starą Kopicką rozwiódł się prawie dwadzieścia lat wcześniej, eksżona nie stanowiła więc problemu. Dlaczego zatem ukrywał przed dziećmi aktualną babę? I nowy adres?

Dlaczego baba nie przywiozła mu rzeczy do szpitala?

Dlaczego zadzwonił do sekretarki? Widocznie nie chciał angażować dzieci, które koniec końców jednak zostały zaangażowane.

Rozwiązanie zagadki kryło się w mieszkaniu, którego numeru nie znała. Spojrzała na telefon. Zero wiadomości. Ojciec nie poprosił ich o odbiór ze szpitala. To jeszcze nic nie znaczyło. Równie dobrze mógł wrócić taksówką. Albo ich nie wpuścili, bo minęła pora odwiedzin.

– Namierzać mieszkanie czy jechać do szpitala? – zastanawiała się głośno.

Może baby wczoraj nie było, ale na wieść o wypadku powinna wrócić w try miga. Może to Sobkowiak? Nie, młodzi Kopiccy twierdzą, że nigdy w życiu i pod żadnym pozorem. Ojciec nie sypiał z nią za młodu, nie zacznie na starość. Mężczyźni rozglądają się za młodszymi. Hm... Przełknęła szybko kawę. To może być to! Ma utrzymankę! Ale numer!

Matylda zdecydowała, że zacznie od szpitala. Taka utrzymanka powinna dbać o swój dobytek. Na pewno przyjedzie!

Paula przez całą noc nie zmrużyła oka. Przewracała się z boku na bok, waląc ze złości pięścią w poduszkę. Staś nie pozwolił jej zostać ze sobą w szpitalu. Kazał siedzieć w domu i dbać o siebie. Nie mogła nikogo poprosić o pomoc. Koleżanki ze studiów obsmarują jej tyłek, a siostry nie miały pojęcia, że się przeprowadziła. Wiedziały, że spotyka się ze starszym facetem, ale nie wiedziały, jak daleko to zabrnęło.

Nadal opłacała pokój na kwaterze, ale jak długo można kłamać? Staś nie był z tego zadowolony. Uważał, że powinni jak najszybciej poznać ze sobą swoje rodziny. Teraz nie mieli wyjścia. Jakiś ślub po drodze też by się przydał, żeby rodzice nie zeszli przedwcześnie z tego świata, kiedy się dowiedzą o ciąży. Mieli dość staromodne poglądy. Do tego Staś jest rozwiedziony, więc ze ślubu kościelnego nici. Nie wiedziała, co będzie dla nich trudniejsze do przełknięcia. Ciąża, wiek Stasia czy ślub cywilny?

O siódmej wymęczona zwlokła się z łóżka i poszła do feralnej łazienki. Staś upierał się przy drewnie i teraz ma za swoje, pomyślała. Gdyby wybrali jakieś tańsze drzwi, to wpadłby co najwyżej do łazienki. Ale nie, drewnianych drzwi, podłóg i parapetów mu się zachciało. Meble też mieli z drewna. Paula nie była przyzwyczajona do takiej rozrzutności. U nich w domu zawsze się oszczędzało. Zawsze.

Poranek zaczęła od wymiotów. Później przepłukała usta, umyła zęby i twarz. Nie miała apetytu, ale musiała coś zjeść. Imbirowe ciasteczka okazały się strzałem w dziesiątkę. Była pani Kopicka dobrze mi poradziła, pomyślała z wdzięcznością. Ich nigdy nie zwymiotowała. I nie miała po nich mdłości. Niestety, na samym imbirze dziecka nie odchowa.

Zaparzyła sobie herbatę i zjadła ciasteczka. Postanowiła o ósmej pojechać do szpitala i sprawdzić, co ze Stasiem. Zabronił jej przyjeżdżać, ale to siedzenie w domu i patrzenie w ścianę ją zabije. Weźmie jakąś teczkę i uda, że przywiozła dokumenty do podpisu, gdyby wpadła na jego dzieci.

Matylda przeszła się po oddziale. Zajrzała tu i ówdzie. Przywitała się ze staruszką, która nie miała pojęcia, na jakim świecie żyje. Przez cholerne RODO nie było kart przy łóżkach, ale w razie czego nazwie ją „ciocią". Staruszka uśmiechała się do niej bezzębnymi ustami, gdy Matylda poprawiała jej poduszkę. Zajrzała do szuflady przy stoliku. Zęby leżały na chusteczce, obok aparat słuchowy. W szafce były świeże ręczniki, mydło w płynie, papier toaletowy i dwie piżamy na zmianę. Widać, że rodzina dba o babcię.

Wyjrzała na korytarz. Jak dotąd nikt nie zapytał, co tu robi. Podeszła do wnęki w ścianie, gdzie był czajnik elektryczny. Nalała wody z dzbanka, zajrzała mimochodem do pokoju, w którym leżał Kopicki. Mężczyzna nie zwrócił na nią uwagi, rozmawiał przez telefon. Z korytarza nie było słychać słów. Niezadowolona wróciła do czajnika. Przydałaby się kawa, pomyślała. Nie może stać i wciąż gotować wodę. Zabrała plastikowy kubek i wróciła do pokoju staruszki. Zauważyła na stoliku słoik z kawą. Nesca albo – jeszcze gorzej – zbożówka, ale skoro udawała odwiedzającą, musi mieć odpowiednie rekwizyty.

– Co pani tu robi?

Matylda podskoczyła nerwowo. Pielęgniarka stała przy łóżku i przyglądała się jej surowo.

– Kawę? – odpowiedziała.

– Pani Mańkowska nie może pić kawy. Ma nadciśnienie.

– To dla mnie. Wiem, że cioci nie wolno – skłamała, uśmiechając się przepraszająco.

– Zaraz będzie obchód. Proszę poczekać na korytarzu – poleciła jej i wyszła z sali.

– Oczywiście – odpowiedziała Matylda plecom w białym fartuchu, ale posłusznie opuściła salę.

Nie było potrzeby siedzenia przy cioci Mańkowskiej, skoro już zyskała alibi i kawę. Wróciła na stanowisko przy czajniku. Był pusty. Ktoś ukradł jej wodę! I nie nalał nowej do dzbanka! Pasożyt! Rozejrzała się w poszukiwaniu winowajcy. Po korytarzu kręciło się kilka osób, pewnie tak samo jak ona wyproszonych z sali.

– Przepraszam, może wie pani, gdzie znajdę wodę? – zapytała ją jasnowłosa dziewczyna.

Ogromne błękitne oczy, mały nosek, ładnie zarysowane usta, drobna sylwetka. Dziewczyna wyglądała jak porcelanowa laleczka. Matylda pozazdrościła jej nieskazitelnie gładkiej cery. Ona jako młoda dziewczyna znała połowę dermatologów w mieście i okolicy. Dobrze, że Monika odziedziczyła cerę po Romanie.

– Sama się zastanawiam. Nie widziałam nigdzie łazienki. Chyba są w pokojach – odpowiedziała uprzejmie.

Nie jej wina, że ma piękną cerę. Rodzice tak ją zmajstrowali, to ma. W tym momencie poczuła urazę do swoich.

– Pielęgniarka mnie wyprosiła. Zaraz będzie obchód.

– Obchód nie zacznie się jednocześnie we wszystkich salach – uznała Matylda. – Zaryzykuję i napełnię czajnik.

– Świetnie – ucieszyła się blondynka. – Staś prosił o herbatę. Nie przełknie rozpuszczalnej kawy.

– Chyba tylko w prywatnych szpitalach mają ekspresy na korytarzach – stwierdziła Matylda i weszła do najbliższej sali.

Nie zwracając uwagi na leżących pacjentów, wparowała do łazienki, jakby była u siebie. Odkryła, że pewność siebie onieśmiela innych ludzi. Nie pytała zatem o pozwolenie, nie przepraszała za wtargnięcie. Weszła, nalała wody i wyszła. A co!, pomyślała z ułańską fantazją.

– Ma pani herbatę? – zapytała, przelewając wodę z dzbanka do czajnika.

– Och, zostawiłam przy stoliku Stasia. Zaraz przyniosę!

– I słusznie. Herbaty też tu nie rozdają. – Matylda wyjęła notes z przepastnej torby. PROSZĘ NAPEŁNIAĆ CZAJNIK PO UŻYCIU. Wyrwała kartkę i oparła ją o pusty dzbanek. Obejrzała się za swoją towarzyszką. Dziewczyna zniknęła w dwudziestce.

– Oho – mruknęła z satysfakcją. – Chyba coś mamy.

Nie dane jej było długo napawać się sukcesem.

– Pani nalała wodę do czajnika? – zapytał ktoś napastliwym głosem.

– Ja, a co? – Spojrzała z góry na intruza.

A przynajmniej taki miała plan. Jej wzrok zablokował się na wysokości owłosionej klatki piersiowej i brzucha, wystającego zza niedopiętej piżamy. Tłusty palec wskazał na kartkę, którą Matylda przed chwilą własnoręcznie wykaligrafowała.

– Nie umie pani czytać? – zapytał z urazą i sięgnął po czajnik.

– Hola, hola! – zawołała oburzona. – To moja woda!

– Jestem pacjentem, a pani nie. Niech sobie pani przyniesie! – Nalał pełen kubek i odszedł, mamrocząc pod nosem: – Co za babsko.

Patafianie ty!, miała ochotę krzyknąć, ale wtedy pielęgniarki mogłyby ją wyrzucić. Kolejna osoba sięgnęła po jej zdobyczną przegotowaną wodę.

– Chwila! – zawołała, gotowa bronić czajnika własną piersią, ale nagle zmieniła ton na uprzejmy: – Bardzo proszę. Zaraz przyniosę więcej wody.

Kobieta spojrzała na nią jak na wariatkę, ale wodę wzięła. Uprzejmość Matyldy nie wynikała z dobrych manier. Skorzysta z okazji i wparuje do dwudziestki, żeby podsłuchać co nieco. Powściągnęła szeroki uśmiech, złapała pusty dzbanek i dziarskim krokiem ruszyła do sali zajmowanej przez obiekt.

– Paulo, kochanie, prosiłem, żebyś nie przyjeżdżała – mówił Stanisław, poprawiając zagipsowaną po sam bark rękę. – Moje dzieci wkrótce się zjawią, a przecież nie wiedzą o tobie. To nie są odpowiednie okoliczności, by przedstawiać im moją przyszłą żonę.

Ja cię kręcę, pomyślała Matylda z osłupieniem. Panienka na telefon – tak. Kochanka sponsorowana – jak najbardziej. Ale żona? Przecież to dziecko było rówieśnicą Moniki! Stary zboczeniec! Jeszcze tego brakowało, żeby tej małolacie dziecko zmajstrował!

– Staś, ale ty przeze mnie tę rękę...

– Co ty opowiadasz?! – zganił ją, głaszcząc jasne włosy zdrową ręką. – To moja wina. Zgłupiałem i tyle. Promyczku, najlepiej będzie... – Urwał, gdy zauważył Matyldę w otwartych drzwiach.

– O, to pani – speszyła się Paula.

– Ja po wodę. Znowu nas okradli – powiedziała z oburzeniem Matylda.

Oburzeniem, którego nie musiała udawać, bo odczuwała je głęboko w trzewiach. Ciekawe, czy jej rodzice wiedzą, pomyślała. Gdyby Monika przyprowadziła mi takiego absztyfikanta, zastrzeliłabym jak jadowitego węża! A do węży Matylda czuła wyjątkowy wstręt. A także do pająków, jaszczurek oraz wszelkiej maści fauny, która w tropikach włazi człowiekowi do butów albo łazi po ścianach. Dlatego na wakacje jeździła na Mazury. Tam nic człowiekowi nie wpełzało. Nie dla niej Tajlandia, Australia i Afryka. Skandynawia też odpadała, bo za zimnem nie przepadała.

– Oczywiście. Tu jest łazienka. – Paula wstała z łóżka i otworzyła Matyldzie drzwi.

Ta skorzystała z okazji, by napełnić dzbanek. W międzyczasie rozważała, czy pokręcić się tu jeszcze trochę, czy zakończyć zlecenie. Kokosów nie zarobiła. Może chociaż premię dostanie za szybkość. Na miejscu nowobogackiego ojczulka też zastosowałaby metodę kija i marchewki, by postawić potomstwo przed faktem dokonanym i jeszcze zmusić do szczerzenia zębów w uśmiechu. W rzeczywistości każdy rodzic stosuje tę metodę wychowawczą, ale większość ludzi nie dysponuje pieniędzmi na taką skalę jak stary Kopicki, co daje ograniczone możliwości szantażu. Była pewna, że odkryła tajemnicę Kopickiego.

– Dziękuję. – Matylda uwinęła się błyskawicznie. – Lecę pilnować czajnika, zanim znów ktoś się poczęstuje. Zalać pani herbatę?

– Poproszę – odpowiedziała Paula automatycznie.

– Tatuś też się czegoś napije? – zapytała z udawaną słodyczą, z satysfakcją odnotowując zażenowanie dziewczyny i irytację obiektu.

– Nie, dziękuję – burknął.

To nie był pierwszy raz, gdy tak ich potraktowano. Czy mężczyzna w jego wieku nie może się zakochać? Ale babsztyl zrobiłby minę, gdyby wiedział, że lada moment zostanie ojcem! A co!

– To ja nie przeszkadzam – pożegnała się Matylda z jadowitym uśmiechem i pognała na korytarz.

Musi jeszcze strzelić jej fotkę, żeby pokazać młodym Kopickim. I zdecydowanie powinna ją śledzić. Założyłaby się o własną firmę, że tamta pojedzie do apartamentowca. A ona doliczy sobie jeszcze kilka godzin pracy. Rachunki same się nie zapłacą.

Maria długo prosiła szefa, zanim łaskawie wyraził zgodę, by zjawiła się w firmie kilka godzin później. Już dawno powinna złożyć wypowiedzenie i uprzejmie poprosić, żeby pocałował ją w chudy tyłek. Mogłaby się wreszcie wyspać. I nie musiałaby angażować dodatkowej osoby do zarządzania jej małym bistro.

Piotr przywitał ją szerokim ziewnięciem. Pokręciła głową z niedowierzaniem. Ona sama zarywa noce, haruje, zamartwia się i planuje. On się wysypia jak książę, a interes kręci się sam. Zawsze spada jak kot na cztery łapy, pomyślała z urazą.

Zaparkowała jak najbliżej wejścia do szpitala. Dochodziła dziewiąta. Dowiedzą się, czy ojciec zostanie dziś wypisany do domu. Jeśli tak, odbiorą go.

– Ciekawe, dokąd każe się zawieźć – zastanawiała się Maria, gdy szli korytarzem.

– Kto? – zapytał obojętnie Piotr.

– Ojciec. Jeżeli dziś go wypiszą, ciekawe, jaki adres nam poda.

– Firmowy – odpowiedział. – Dobrze wiesz, że pojedzie prosto do pracy.

– Hm... – Brat miał rację.

Nawet delegacje zagraniczne traktował jak urlop. Nie potrafił tak po prostu odpoczywać.

– O dziewiątej chyba zaczyna się obchód... – przypomniał sobie Piotr. – Ta wczorajsza pielęgniarka wspomniała, żeby przyjść najwcześniej o dziesiątej.

– Mówiła też, że zatrzymali go tylko na obserwację. Podejrzewam, że rano lekarz go wypisze. Nie zamierzam się z nim minąć. Może nie tylko my przyjechaliśmy go odebrać? – zasugerowała bratu.

– Aaaaaaaaa – załapał w końcu.

Nigdy nie był rannym ptaszkiem. Zawsze potrzebował co najmniej godziny i z pół litra kawy, żeby oprzytomnieć. Tymczasem siostra wpadła do jego mieszkania i bezlitośnie ściągnęła z niego kołdrę, wyrażając obrzydzenie, że śpi nago, i poganiając go jak zawodowy handlarz niewolników, bo jej zdaniem poruszał się zbyt wolno. Dlatego jego podświadomość rzuciła pracę, nim jego świadomość podjęła decyzję. To też był blady świt i kofeinowa abstynencja.

– No właśnie – oznajmiła z satysfakcją.

Zdumiewała ją ta nieoczekiwana umiejętność konspiracji. Nigdy wcześniej nie zauważyła u siebie tej cechy. Naginanie prawdy przychodziło jej z coraz większą łatwością. Lada moment zacznie kłamać jak zawodowy oszust.

Zażenowana Paula wyszła na korytarz. Przy kąciku z czajnikiem kręciła się kobieta, która wzięła Stanisława za jej ojca. Jak większość ludzi, których spotykali. W jednej ręce trzymała papierowy kubek. W drugiej telefon – chyba pisała wiadomość.

– O, jest pani! – zawołała radośnie Matylda, udając, że dopiero teraz ją zauważyła. W rzeczywistości telefon miała wycelowany w drzwi od kilku minut i czekała na okazję, by pstryknąć fotkę. Schowała aparat do kieszeni. Spełnił swoje zadanie.

– Herbatkę postawiłam na stoliku i pilnuję, żeby nikt jej pani nie podprowadził – poinformowała Paulę. – Widziałam, że tatuś złamał rękę. Wypadek samochodowy? – zapytała pozornie nonszalancko, niby ot tak, dla podtrzymania rozmowy.

– Nie, nie wypadek. To znaczy wypadek, ale nie samochodowy. – Paula czuła, jak rumieniec wypływa jej na twarz.

Dlaczego nie może być jak jedna z tych małolat polujących na mężczyzn z zasobnym portfelem i samochodem większym od ich ego.

– Nic poważnego, mam nadzieję?
– Nie, nic takiego. A pani kogo tu odwiedza? – zapytała, by zmienić temat.
– Ciocię Mańkowską.
– Zwraca się pani do ciotki po nazwisku? – zdziwiła się Paula.
Tak, bo nie znam jeszcze jej imienia, zgodnie z prawdą powinna odpowiedzieć Matylda.
– Jakoś tak zawsze było – odparła. – Właściwie to nie wiem dlaczego. Cała rodzina tak do niej mówiła.
– Naprawdę?
– Mąż też się zwracał do niej po nazwisku – improwizowała.
– To dziwne…
– A wie pani, że teraz też to widzę? To naprawdę dziwne! – Grała swoją rolę. Świetna praca! Płacili jej za wścibstwo i do tego każdego dnia mogła być kimś innym.
Paula spojrzała na nią niepewnie. Ta kobieta z niej kpi?
– Ciocia jeszcze trochę tu pobędzie, niestety – westchnęła. – Ale pani ojca chyba dziś wypiszą. Wyglądał całkiem zdrowo, nie licząc tej nieszczęsnej ręki.
– Tak… – mruknęła speszona, po czym zadarła głowę i patrząc rozmówczyni prosto w oczy, wyznała: – To nie jest mój ojciec. Stanisław to mój narzeczony.
– Ach, tak? Mój błąd. Proszę wybaczyć. To ta różnica wieku mnie zmyliła – przeprosiła nieszczerze Matylda, przywołując na twarz przepraszający uśmiech.
– Dwadzieścia pięć lat – powiedziała Paula.
– Sporo – zauważyła z powagą Matylda.
– Ja mam dwadzieścia pięć lat! – I niedługo zostanę matką, chciała krzyknąć i tupnąć nogą. Jak dziecko.

– Co pani powie? – Tym razem zdziwienie Matyldy było szczere. – Wygląda pani jak nastolatka.

– No cóż, już dawno nią nie jestem.

– Widzę – uśmiechnęła się detektyw, by złagodzić sarkazm.

Dwadzieścia pięć lat! Ho, ho! Cóż za podeszły wiek! Smarkata jest i tyle! To o ile Kopicki jest starszy? Ile to on miał? Pięćdziesiąt pięć? Sześć? Trzydzieści lat różnicy jak nic. Zanim smarkatej stuknie pięćdziesiątka, będzie mu pieluchy zmieniać trzy razy dziennie.

– Matylda jestem – podała jej rękę.

– Paula – odpowiedziała mechanicznie. Widziała, jak kobieta ją ocenia. Wszyscy to robili.

– Bardzo mi miło. No cóż, na mnie już pora – skłamała detektyw.

Musiała dotrzeć do auta przed dziewczyną, by ta nie zorientowała się, że jest śledzona.

– Wszystkiego dobrego – powiedziała na pożegnanie i, nie oglądając się za siebie, ruszyła do windy.

Paula usiadła na krześle na korytarzu. W ręku trzymała plastikowy kubek z gorącą herbatą. Stanisław kazał jej wracać do mieszkania i niczym się nie martwić. Czuł się znakomicie. Był pewien, że zaraz po obchodzie lekarskim dostanie wypis. Obiecał, że zadzwoni, a zobaczą się wieczorem, gdy wróci z firmy. Sekretarka odwołała spotkania, ale tylko przedpołudniowe. Nie widział powodu, dla którego miałby zmarnować resztę popołudnia. Głowa działała bez zarzutu, choć okoliczności, w których doznał złamania, mogły wskazywać na coś przeciwnego.

Westchnęła ciężko i spojrzała w kierunku, skąd dobiegał stukot obcasów. Zbladła z przerażenia. Korytarzem szły dzieci Stanisława. W pierwszym odruchu chciała pobiec i go uprzedzić, ale było za późno. Oboje dochodzili już do sali, w której leżał Stanisław. Siedziała cichutko jak mysz pod miotłą, nie mając śmiałości podnieść kubka do ust, by nie zwrócić na siebie uwagi.

– Proszę zaczekać. Trwa obchód – przegoniła ich pielęgniarka, gdy próbowali wejść do ojca.

– Oczywiście, przepraszamy. – Maria uśmiechnęła się zdawkowo.

Piotr mruknął coś niechętnie. Nadal był zaspany. Przydałaby się jakaś kawa, ale nigdzie nie widział automatu.

– Idę się przewietrzyć. Wrócę za kwadrans – oznajmił siostrze i zawrócił do windy.

– Mężczyźni – prychnęła Maria kwaśno, rozglądając się po korytarzu.

Tuż przy wnęce, w której stał czajnik, a obok mikrofalówka, stało pod ścianą kilka krzeseł. Na jednym siedziała młodziutka dziewczyna. Śliczna blondyneczka, blada jak ściana. Kolana jej drżały. Maria popatrzyła na nią ze współczuciem i usiadła obok.

– Dobrze się pani czuje? – zatroszczyła się.

– Tak – szepnęło dziewczę.

– Ktoś bliski tu leży? – Pytanie było głupie, ale może rozmowa pomoże jej choć na chwilę zapomnieć o problemach.

Paula gorliwie pokiwała głową, nie mając śmiałości popatrzeć na przyszłą pasierbicę.

– Któreś z rodziców? – indagowała dalej Maria, której do głowy nie przyszło, że sama jest powodem przerażenia tej młodej osoby.

– Ciocia Mańkowska – skłamała rozdygotana Paula, która w panice pożyczyła sobie krewną Matyldy.

– Mówi pani do ciotki po nazwisku? – zdziwiła się Maria.

– Wszyscy tak do niej mówią – wyjaśniła z rozpaczą. – Przepraszam, źle się czuję. Muszę już jechać. – Zerwała się z miejsca, rozlewając herbatę. Kilka kropli skapnęło na spodnium Marii.

– O Boże, ależ ze mnie gapa. Tak mi przykro...

– Nic się nie stało. – Maria była zaskoczona zachowaniem swojej rozmówczyni. – To tylko kilka kropli. Nie będzie plamy.

– Tak. Dziękuję. Przepraszam. Do widzenia. – Paula czuła się jak papuga powtarzająca wyuczone zdania, ale nie mogła opanować nerwów. Do tego jeszcze ten napad mdłości. To było za dużo. Odwróciła się na pięcie i pędem ruszyła przed siebie.

– Hola! Panienko! – Piotr w ostatniej chwili uskoczył w bok, gdy mała blondynka wpadła do windy. – Nie tak szybko!

– Przepraszam. Nie widziałam pana. – Paula podniosła wzrok wyżej i rozpoznała Piotra Kopickiego. – O mój Boże – jęknęła, a później pochyliła się i zwymiotowała.

Dokładnie na buty Piotra Kopickiego.

Matylda obserwowała główne wyjście ze szpitala jak sokół wypatrujący z nieba małej myszki. Kwadrans później wreszcie się doczekała. Paula zbiegała po schodach, jakby sam diabeł ją gonił. Policzki miała czerwone, włosy rozwiane. Wsiadła do czerwonego audi z czarnym dachem. Matylda nie znała się na modelach, ale kółeczka z przodu kojarzyła, bo sama miała identyczne. I na tym podobieństwa Dusi i auta, które z rykiem śmignęło przez parking, się kończyły.

– Nie martw się, Dusia. Korki są. Prędzej niż trzydzieści nie da rady – pocieszyła Matylda swój stary, skołatany samochód.

Jej pierwsze, kupione za samodzielnie zarobione pieniądze auto. Wierniejsze niż mąż, pomyślała z zadumą. Nigdy jej nie zawiodło. Kiedy dzięcioł stukał jej pod maską, dojechała do mechanika i dopiero tam Dusia – używając fachowego słownictwa – rozkraczyła się.

Paula i jej superaudi jechały zaledwie dwa auta przed nią.

– Właściwie Roman też mnie nie zdradzał – powiedziała z zadumą w głosie. – I to nie z braku okazji. Nie chciało mu się. Był tak leniwy i prozaiczny, że nawet za innymi babami nie chciało mu się oglądać. A drugi raz ożenił się tylko dlatego, że Agata – tak przy okazji, Duśka, poznał ją w pracy, bo przecież on nigdzie indziej nie chodzi – zaciągnęła go przed ołtarz, a jemu łatwiej było zgadzać się i przytakiwać, niż stanąć okoniem i zawalczyć. I wiesz co, Dusia? Jakby tak o nasze małżeństwo zawalczył, tobym pewnie odpuściła sobie ten rozwód! Ale nie! Wiesz, co powiedział, kiedy zażądałam rozwodu? Nic. Popatrzył tylko wzrokiem zbitego psa i poszedł pisać te swoje eseje.

Matylda skręciła na rondzie i znalazła się dokładnie za Paulą. Musiała przyznać, że mimo wzburzenia auto prowadziła spokojnie. Kopicki ją pogonił czy co? Niemożliwe. Gruchali jak dwa gołąbki. Pewnie nie spodobało jej się, że musiała wyjść z sali, a może... No tak! Klepnęła się ręką w czoło. Dzieci przyszły odwiedzić chorego tatusia i mała syrenka musiała się ewakuować!

– Wiesz, Dusia, pojęcia nie mam, dlaczego pięć lat po rozwodzie przypomniałam sobie o Romanie. Dziwne. Może to przez te wszystkie sprawy rozwodowe, które prowadzę. Narzeczony, powiedziała Paula. Narzeczony. Ja wiem, że różnie się mówi na kochanka – partner, przyjaciel, sponsor. Ale takim pierścionkiem to mogłaby człowieka w odległej galaktyce oślepić. Zaręczynowy, jak nic. Trzeba powiedzieć klientom, Duśka. I po sprawie – westchnęła z żalem.

– Kurde melek, Duśka! Ja jestem zajebisty detektyw! Wczoraj dostałam sprawę, a dziś już ją rozwiązałam! Powinni mnie zatrudnić w Archiwum X! – wykrzyknęła radośnie, gdy zobaczyła, jak samochód Pauli zjeżdża do podziemnego garażu, do którego wczoraj zjechał samochód Kopickiego.

Brama uniosła się. Paula wjechała. Brama opadła.

– I wszystko jasne – uznała, sprawdzając, czy udało jej się nagrać wjazd dziewczyny do garażu, podczas gdy ona powoli sunęła ulicą i rozpętała kanonadę klaksonów.

Piotr stał w łazience w bokserkach i koszulce polo. I w skarpetkach. Buty nie nadawały się do niczego. Spodnie też wrzucił do kosza.

Dziewczyna, która na niego zwymiotowała, rozpłakała się rzewnie i uciekła schodami. Był zszokowany, wściekły i jednocześnie było mu jej żal. A teraz miał poważniejszy problem. W tym stanie nie mógł paradować po szpitalu. Nie mógł opuścić toalety i pójść na parking do samochodu siostry. Mógł tylko siedzieć w kabinie i dumać nad swoim żałosnym położeniem.

– Maria – szepnął do telefonu, gdy siostra odebrała. – Jestem w toalecie. Musisz tu przyjść.

– Gdzie jesteś? Nie słyszę.

– W toalecie! – syczał do telefonu.

– Dlaczego szepczesz? – Maria nadal siedziała na korytarzu, gdzie czekała na koniec obchodu.

– W toalecie jestem! – krzyknął. – Błagam cię, przyjdź!

– Matko Boska – jęknęła zdeklarowana ateistka.

Jej brat do reszty zgłupiał. Co ją to, u licha, obchodzi? Papieru mu zabrakło?!

– Błagam cię, przyjdź! – powtórzył błagalnie.

Z niedowierzaniem popatrzyła na telefon, zanim przyłożyła go z powrotem do ucha.

– Mam przyjść do toalety?

– Tak!

– Męskiej?

– A jakiej?!

– A po co?

– Błagam cię. Siedzę tu w samych gaciach!

Maria zakończyła połączenie i utkwiła wzrok w drzwiach sali numer dwadzieścia.

– No nie! – jęknął z rozpaczą.

Nie może stąd wyjść w samych bokserkach i koszulce. Ponownie zadzwonił do siostry.

– Tak? – zapytała.

– Pierwsze piętro. Toaleta. Przyjdź.

– Ale po co? – Maria nic nie rozumiała. – Nie masz papieru? – Ściszyła głos do szeptu.

– Nie mam spodni!

Maria położyła telefon na kolanach. Z urządzenia wciąż dobiegał głos brata, ale nie rozumiała słów. Rozłączyła się i schowała telefon do torebki. Piotr nie zamierzał się poddawać. Musi się stąd wydostać. Zadzwonił do niej. Maria zignorowała połączenie, a gdy telefon zadzwonił ponownie, wyciszyła dźwięk, by nie zwracać na siebie uwagi.

Jak tylko rozmówi się z ojcem, wsiada do samochodu i odjeżdża. Nie interesuje jej, co Piotr robi w toalecie. W samych gaciach. Cokolwiek zmalował, musi sobie z tym poradzić. Normalny człowiek ponosi konsekwencje swoich czynów. On też powinien.

– Błagam, odbierz – zaklinał siostrę.

Bezskutecznie. Za każdym razem – po kilku sygnałach – zgłaszała się poczta głosowa.

Maria z ulgą powitała konsylium lekarskie, które w końcu przeszło do pokoju numer dwadzieścia jeden. Wstała i weszła do sali. Ojciec siedział na łóżku i jedną ręką usiłował nałożyć skarpetki.

– Cześć, tato – przywitała się pogodnie. – Zostaw, pomogę ci. – Torebkę położyła pod ścianą i podeszła do niego.

– Maria! – Ucieszył się na jej widok. – Kto by pomyślał, że człowiek z jedną sprawną ręką może być tak upośledzony ruchowo.

– Przyzwyczaisz się. Ponosisz to kilka tygodni – oznajmiła, całując go w policzek na powitanie. Przykucnęła i sprawnie nałożyła mu skarpetki.

– Ze spodniami dam sobie radę – powiedział. – Pomożesz mi tylko z koszulą i krawatem.

– Po co ci krawat? – zdziwiła się.

– Jak to: po co? Do pracy zaraz jadę.

– Ależ tato! – zaprotestowała.

– Daj spokój, nic mi nie jest!

– Masz złamaną rękę!

– To nie choroba. To uraz. I zrośnie się.

– Jak zamierzasz radzić sobie z jedną ręką? – Zastawiła drzwi do łazienki, w której ojciec próbował się schować, by dokonać zmiany stroju – ze szpitalnego na służbowy.

– W pracy pomoże mi Arleta, a do domu zatrudnię opiekunkę z agencji. Żaden problem – oświadczył zdecydowanie. – Nie potrzebuję waszej pomocy – dodał na wypadek, gdyby córka nie zrozumiała przekazu. – Masz firmę do prowadzenia, a nie ojca do niańczenia. Nie jestem taki stary, jak wam, młodym, się wydaje. A właśnie, gdzie Piotr? Przyjechałaś sama?

– Z Piotrem, ale gdzieś mi się zapodział. – Co miała powiedzieć? Że siedzi w szpitalnej toalecie bez spodni, które stracił w niejasnych dla niej okolicznościach?

– Ach, tak... No cóż... – Minął córkę i wszedł do łazienki.

– Dostałeś wypis? – Podniosła głos, by ojciec mógł słyszeć ją przez drzwi.

– Przygotują za godzinę, ale nie mam zamiaru czekać. Kazałem przesłać pocztą!

– Tato!

– Co?! – zdenerwował się Kopicki, walcząc ze spodniami.

Siedział na toalecie. W zdrowej ręce trzymał spodnie. Nogami starał się trafić w nogawki.

– Tak nie można!

– Oczywiście, że można! To nie więzienie, nie potrzebuję zgody na opuszczenie budynku!

Nogi trafiły we właściwe miejsce. Wstał i nieudolnie podciągał spodnie na tyłek. Za nic nie chciały trzymać się na miejscu. Co sięgnął do rozporka, by go zapiąć, zjeżdżał mu cały tył.

– Gdzie jest Piotr?! – krzyknął.

Przecież nie poprosi córki o zapięcie mu spodni!

– Nie wiem! – odkrzyknęła.

Kopicki naciągnął spodnie, pośladki przycisnął do ściany i w końcu – jedną ręką – udało mu się zapiąć guzik i zaciągnąć rozporek.

– No – westchnął z ulgą. – Jeszcze koszula.

Popatrzył na nią z niechęcią. Nie miał pojęcia, jak się do niej zabrać. Nie da rady naciągnąć jej na ten gips. Otworzył drzwi.

– Musisz mi pomóc – powiedział z desperacją.

– Niby jak? – zapytała Maria, wskazując na zagipsowaną po sam bark rękę.

– Jak, jak – zirytował się. – Jakbym wiedział, tobym powiedział!

– To nie ja złamałam ci rękę, tato! – Maria mogła obawiać się ojcowskich knowań, ale ojca nie bała się nigdy. Nerwy nie usprawiedliwiają takiego zachowania. Popatrzyła na niego z wyrzutem. – Powiedz, co się stało.

Kopicki umknął spojrzeniem w bok. Akurat o tym nie zamierzał z nią rozmawiać, ale wiedział, że córka nie odpuści.

– Poślizgnąłem się na mokrych płytkach.

– Ach, tak – odparła sarkastycznie. Łazienka w jego domu nie była używana, zatem gdzie niby poślizgnął się na tych płytkach?

– Wychodziłeś z wanny czy spod prysznica?

– A co za różnica? Głupi wypadek i tyle. Każdemu mógł się zdarzyć. Pomożesz mi czy nie? I gdzie jest Piotr?

– Pomogę, a Piotr szuka swoich spodni. Nie mam pojęcia gdzie – wyjaśniła zgodnie z prawdą.

Koniec końców jakoś pomogła mu się ubrać. Ojciec tylko zaciskał zęby. Jedna ręka weszła ładnie. Druga nie miała szans zmieścić się do rękawa. Lepsza byłaby bokserka albo koszulka polo trzy rozmiary za duża, a nie koszula od garnituru i krawat, ale nie powiedziała tego głośno. Nałożyła koszulę na bark, zapięła może ze dwa guziki, rękaw zwisał bezwładnie. Marynarkę zarzuciła mu na ramiona.

– Krawat do tej kreacji zdecydowanie nie pasuje – podsumowała krótko.

Kopicki ze złością spojrzał na córkę. Odwzajemniła mu się twardym spojrzeniem. Zawsze była uparta i niezłomna. Nie mógł jej ganić za własne cechy. Taki syn już dawno zostałby jego zastępcą. W niektórych sprawach był bardzo staroświecki. Musiał dobrze przemyśleć przyszłość swojej firmy. Pewnego dnia odejdzie na emeryturę. Może wnuk? Rzecz w tym, że na razie jedyną osobą w tej rodzinie, która się rozmnoży, był on sam.

– Pojadę taksówką – oświadczył nieoczekiwanie.

– Nie ma mowy – zaprotestowała Maria. – Nie po to wzięłam część dnia wolnego, żebyś teraz wracał taksówką do domu.

Kopicki chciał wyjaśnić, że nie wybiera się do domu, tylko do firmy, ale uświadomił sobie, że w takim stanie nie może się tam pokazać. Może jakiś sweter dałoby radę na siebie wcisnąć, ale – do licha – był czerwiec! Może jakaś bluza? Poprosi Paulę, żeby mu coś kupiła. Na razie jednak musi pozbyć się córki.

– Doceniam twoją pomoc.

– I słusznie – ucięła temat.

Doskonale orientowała się w machinacjach ojca. Nie chciał, by go odwoziła do domu, bo tam nie mieszkał.

Pytanie tylko, czy on sam uważa się za takiego spryciarza, czy ich za takich głupców?

Zatrudnienie Matyldy było doskonałym pomysłem. Nadal podejrzewała, że okoliczności, w jakich brat poznał detektyw, były co najmniej niejasne, w przeciwnym wypadku trąbiłby o tym na prawo i lewo, a nawet w poprzek, gdyby miał taką opcję. Niemniej kobieta spisywała się świetnie.

Matylda wróciła do firmy i sporządzała raport dla klientów wraz z nagraniem młodej kobiety wychodzącej z pokoju Kopickiego oraz wjeżdżającej na podziemny parking apartamentowca. Do ustalenia zostało kilka spraw, jak choćby dane osobowe dziewczyny, jej stan majątkowy i przeszłość, ale to musi najpierw uzgodnić z klientami. Mogą uznać dotychczasowe informacje za wystarczające i nie życzyć sobie, by ich rachunek rósł.

Uporała się z zadaniem w kilka minut i przeszła do sekretariatu. Za biurkiem siedział wczorajszy trup. Tym razem nie miał keczupu we włosach. Wręcz przeciwnie, był starannie uczesany.

– Czy to część eksperymentu? – zapytała córkę, która ze skrzyżowanymi nogami siedziała na biurku i przyglądała się manekinowi.

– Zastanawiam się, czy gdyby zrobić Jadzi makijaż, byłaby mniej plastikowa – odparła córka.

– Nie, skarbie. Ona nie zamieni się w żywą istotę. Nadal będzie manekinem, tyle że z rumieńcem na twarzy. Nadal nie wiem, jaki jest cel tych działań? – Obeszła biurko, by spojrzeć córce w twarz.

– Żaden. Zastanawiam się także, jak to możliwe, że wszyscy, którzy ją widzieli, uznali za trupa z powodu sztucznej krwi, skoro na pierwszy rzut oka widać, że to plastikowa lala. Odnoszę wrażenie, że ludzie skupiają się na jakimś detalu, na przykład krwi, a resztę wizualizują, ale nie jest to wizualizacja zgodna z rzeczywistością, lecz z ich obawami. Co o tym sądzisz?

– Nie mam pojęcia, dziecko drogie. Czy w ten sposób chcesz mi powiedzieć, że jednak idziesz na studia?

– Oczywiście, że idę, ale ponieważ nie wiem, co chcę robić w życiu, dam sobie czas na podjęcie decyzji, a na razie popracuję u ciebie. No i mam wolontariat na komisariacie – popatrzyła z urazą na matkę. – Dzięki tobie, że pozwolę sobie zauważyć.

– Będziesz miała dzieci, to będziesz podejmować trudne decyzje. Na razie pozbądź się tego manekina i zasiądź godnie na jego miejscu. Wychodzę, a ty masz pilnować biura – poleciła córce.

– Mam też zakaz zaglądania w akta i oglądania nagrań. Nie musisz mi przypominać – westchnęła ponuro.

– Nie zamierzałam. Na pewno zapamiętałaś za pierwszym razem. No i mam tu kamerę, więc i tak się dowiem, co kombinujesz.

Popukała się palcem w łuk brwiowy, na znak, że matka wie wszystko i słyszy wszystko, ale dzieci w pewnym wieku odkrywają, że rodzice nie są wszechmocni. Nic dziwnego, że córka popatrzyła na nią z politowaniem.

– Kamera jest ustawiona na drzwi, żebyś widziała, kto wchodzi. Wiem o tym, bo sama pomagałam ci ją ustawić.

– A tak... Fakt. – Matyldzie wyleciało z głowy, że wykorzystała Monikę w charakterze statystki, gdy montowała ukrytą kamerę.

– Ale nie wiesz, czy od tamtej pory nie zmieniłam ustawienia. – Uśmiechnęła się zwycięsko i wyszła.

– Jak myślisz, Jadziu? Mama wpadła na to, że baterie nie zmieniają się same? – Monika nie ośmieliła się jednak powiedzieć tego na tyle głośno, by matka usłyszała.

Zeskoczyła z biurka i wyjrzała na korytarz. Szum windy był sygnałem, że mama odjechała. Z zawadiackim uśmiechem podbiegła do drzwi gabinetu, gdzie znajdowały się akta i nagrania. Uśmiech spełzł jej z twarzy sekundę później. Może i szanowna rodzicielka nie pamiętała o bateriach w kamerze, ale drzwi na klucz zamknąć nie zapomniała.

– To będzie kolejny nudny dzień. Wiesz, Jadziu, nawet zaczynam się cieszyć na to mycie radiowozów – powiedziała, spychając manekin z fotela na podłogę. – Chłopaki mają sporo fajnych historii do opowiedzenia, a rzygowiny posprzątali sobie sami. Pewnie się bali, że dołożę tam swoje, gdy pozieleniałam na twarzy.

Zdesperowany Piotr od dwudziestu minut siedział zamknięty w toalecie. Siostra uparcie nie odbierała. Teraz nawet nie było sygnału, od razu zgłaszała się poczta głosowa. Możliwości były trzy: rozmawiała przez telefon, rozładowała się bateria, zablokowała jego numer. Obawiał się, że ostatnia opcja jest najbardziej prawdopodobna.

Zamknął oczy, zacisnął zęby, odetchnął trzykrotnie, jak podpatrzył na jodze, i gotów do poniesienia konsekwencji za kogoś – w końcu sam na siebie nie zwymiotował – otworzył oczy i zadzwonił do Magdy. Menedżerka zastała go w znacznie bardziej krępującej sytuacji. Już bardziej nie mógł pogrążyć się w jej oczach.

Maria nie tylko odwiozła ojca, ale i osobiście zaprowadziła go do domu. Wyraźnie widziała pulsującą na jego skroni niebieską żyłkę. Do tej pory uruchamiała się tylko podczas rozmów z byłą żoną, musiał być więc naprawdę wściekły. Ona też była na niego zła, a nawet nie mogła tego okazać. Przyznanie się do wynajęcia detektywa nie wchodziło w grę. Z tego wszystkiego zostawiła Piotra w szpitalu, gdzie wciąż pewnie poszukiwał swoich spodni. Oszalał? Jeśli tak, jest we właściwym miejscu. Ktoś na pewno udzieli mu pomocy. Ona spieszy się do pracy.

Pomogła ojcu usiąść na sofie w salonie.

– Potrzebujesz czegoś, tato? – zapytała ze sztucznym śmiechem.

– Mam wszystko. Dziękuję.

– Na pewno? Może zrobię ci zakupy?

– Nie ma potrzeby. Dziękuję – wycedził przez zęby.

– Może zajrzę do lodówki i sprawdzę, czy…

– Nie! – prawie krzyknął.

Maria wiedziała dlaczego. Lodówka była pusciutka i odłączona. To też wczoraj zauważyła Matylda Dominiczak, prywatny detektyw. Czego ojciec się spodziewał? Że wejdzie do domu i nie zorientuje się, że coś jest nie tak?

– Poradzę sobie. Nie rób ze mnie kaleki – powiedział już spokojniej, ale nadal siedział jak na szpilkach.

Maria była gotowa przysiąc, że gdyby teraz ruszyła do kuchni, ojciec zerwałby się z fotela i własnym ciałem zatarasował przejście.

– Na pewno? Może chociaż na obiad wpadniesz do mojej…

– Mario, kochanie, ja wiem, że chcesz dobrze, ale nie zamieniaj się we własną matkę. Ja jedno, ona drugie, wreszcie sąd nas pogodził.

– Przecież się rozwiedliście...

– Właśnie, dopiero tam wreszcie doszliśmy do porozumienia.

– Tato, ze mną nie możesz się rozwieść. Jestem twoim dzieckiem. Utknąłeś ze mną na wieczność. – Mimowolnie zaczęła się uśmiechać. Groźby? Naprawdę? Wykreśli się z jej aktu urodzenia?

– Widzę właśnie. – Kopicki odwzajemnił uśmiech.

Pokręcił głową z zażenowaniem. Bycie nieuprzejmym nie leżało w jego naturze. Był opiekuńczy, a przy Hance czuł, że za każdym razem głaszcze kota pod włos. Co do dzieci, starał się je wychować na samodzielne osoby, niezależne i odpowiedzialne, dlatego nie rozpieszczał ich, ale też nigdy nie podnosił głosu. Nawet na Piotra, a to bywało niełatwe. Był żywym dzieckiem i nadaktywnym nastolatkiem. Przy Pauli wreszcie czuł się... sobą.

– Kochanie, jedź do pracy, do restauracji czy gdzie tam musisz, a ja podzwonię, zorganizuję sobie kogoś do pomocy i tyle. Nie po to tyle pracuję, żeby teraz samemu borykać się z posmarowaniem masłem kromki chleba. Jedź! – powiedział z naciskiem.

– No dobrze – westchnęła z udawaną rezygnacją.

W rzeczywistości zamierzała go śledzić i sprawdzić, dokąd się wybiera. Szef się wścieknie, bo obiecała, że zjawi się w pracy do dziesiątej, czyli jakiś kwadrans temu. A co tam, zwolni ją i tyle. Wtedy wreszcie będzie robiła w życiu to, czego pragnie, a nie to, co musi. Wreszcie czeka ją sukces. Albo zasiłek dla bezrobotnych.

Magda niepewnie weszła do męskiej toalety.

– Panie Piotrze? – zawołała nieśmiało.

Tego punktu nie miała zapisanego w umowie o pracę. Szef brzmiał tak żałośnie, gdy prosił, żeby przywiozła mu spodnie z biura, że nie mogła odmówić. No dobrze, mogła, ale była zbyt ciekawa, by to zrobić.

– Tutaj – rozległ się stłumiony głos z jednej z kabin.

– Gdzie?

– Tu! – Nad drzwiami jednej z nich ukazała się męska ręka. – Niech pani rzuca!

Magda bez ceregieli wykonała polecenie. Chwilę później drzwi kabiny otworzyły się i ukazał się w nich zaczerwieniony szef.

– Pani Magdo, bardzo pani dziękuję. Bardzo. I bardzo proszę o dyskrecję, dobrze? – Patrzył na nią błagalnie.

– Oczywiście – przytaknęła, krzyżując szybko palce za plecami.

Za późno, pomyślała. Zdążyła już się wygadać dziewczynom od masażu i Ance z recepcji. A matka ją przestrzegała, że zgubi ją ten za długi jęzor.

– Zdarzył się wypadek i... Spodni nie dało się doczyścić. Zwymiotowała na mnie pewna kobieta – wyjaśnił, bo miał przeczucie, że ta kobieta stworzy jakąś niewiarygodna historię, która będzie ciągnąć się za nim latami.

Chociaż półnagiego Dominika w biurze raczej nic nie przebije, pomyślał zdruzgotany.

– Jasne – powiedziała, choć nie wyglądała na przekonaną.

– Mogę to udowodnić. Proszę. – Podszedł do kosza w rogu pomieszczenia. – Wyrzuciłem je tutaj razem z butami i...

Kosz był pusty. A zatem szuranie, które słyszał, gdy usiłował dodzwonić się do siostry, to była sprzątaczka.

– Zawieźć pana gdzieś? – zapytała uprzejmie.

– Tak, dziękuję. Wracajmy do firmy, pani Magdo, i jeszcze raz bardzo dziękuję za pomoc.

– Oczywiście – odparła machinalnie w nadziei, że dziewczyny zachowały dla siebie ten smakowity kąsek, którym je uraczyła. Jakie były na to szanse? Mniej niż zero, przyznała uczciwie.

Maria wpadła do biura jak burza. Niestety, wściekły dyrektor już czekał obok jej biurka.

– Pani Mario, od godziny czekam na raport! Zrobiłem z siebie idiotę na zebraniu zarządu, bo pani nie raczyła się zjawić! – huknął.

– Raport od wczoraj leży na pańskim biurku, panie dyrektorze – odparła zdyszana.

– Czy pani dała mi go do ręki? – wycedził przez zaciśnięte zęby.

– Położyłam go na biurku.

– Więc go nie dostałem. Jest pani zwolniona! – wrzasnął.

Maria podskoczyła nerwowo, ale jej życie wcale nie legło w gruzach.

– Od razu? – zapytała tylko.

– Jeszcze pani pyta?!

– Tylko się upewniam. Było mi bardzo miło z panem pracować – wyrecytowała wyuczoną formułkę, odwróciła się na pięcie i radosnym krokiem, lekka o tonę, wybiegła na ulicę.

Wyjęła telefon z torebki i zadzwoniła do Daniela.

– Cześć, kochany! Zwolnili mnie! – zawołała radośnie, czując, jak serce mocno bije w klatce piersiowej.

– Tak mi przykro – powiedział automatycznie. – Co się stało?

– Mój dyrektor to debil, oto co się stało!

– Możesz ich zaskarżyć, jeżeli zwolnienie było nieuzasadnione. Mogę polecić ci dobrego prawnika, specjalistę od prawa pracy.

– Nie ma potrzeby. To najlepsza rzecz, jaka mi się dziś przydarzyła, nie licząc tego, że przyłapałam ojca na kłamstwie. Cokolwiek planował, zyskałam kilka dni, bo teraz będzie miał wyrzuty sumienia, że kłamie, manipuluje, oszukuje i w dodatku był nieuprzejmy.

Daniel ze zdumieniem słuchał tego słowotoku. To było zachowanie tak niepodobne do obowiązkowej Marii, że nie wiedział, co powiedzieć.

– Szefa nie znosiłam od tylu lat, że przywykłam do tego stanu i przestałam go sobie uświadamiać. Kiedy zostałam swoim własnym szefem, dotarło do mnie, że nie pozwolę dłużej traktować się jak podnóżek! I wiesz co? – Wpadła na pomysł tak zuchwały, że serce łomotało jej w piersi. – Zwolnił mnie słownie, i to bez świadków. Zaraz pójdę do kadr i sama się zwolnię! A jako powód podam mobbing! Dość poniżania! Dość stawania na baczność! I ojcu też się nie dam! Czy ty wiesz, jakie to straszne odkryć w moim wieku, że ojciec to kłamca i oszust?!

– Nie bardzo – przyznał.

– Harowałam jak wół, a „dziękuję" to mówiłam sama sobie na pocieszenie. Daniel, masz całkowitą rację!

– A z czym? – Jego poczucie wartości jako mężczyzny spadało w zastraszającym tempie.

Wiedział, że płaczącą kobietę należy przytulić – ale nie daj Boże ciągnąć do łóżka – wysłuchać, a na koniec zapewnić, że nadal pięknie wygląda, mimo obrzęku na twarzy, rozpływającego się makijażu i purpurowego nosa.

Wściekłej kobiecie należy schodzić z drogi.

Tyle ojcowskich nauk, resztę musiał odkryć sam. Stan emocjonalny Marii napawał go przerażeniem i obawiał się, czy dziewczyna ma rozszczepienie osobowości. Gdzie się podziała tamta poważna, konsekwentna kobieta, z którą się spotykał? Kim jest ta emocjonalna bomba?

– Podczas ostatniej rozmowy powiedziałeś, że twoim zdaniem powinnam skoncentrować się na realizacji marzeń, zwłaszcza że mam taką możliwość. Zrezygnować z pracy i poświęcić się mojej restauracji. Tak właśnie zamierzam zrobić! – perorowała, wbiegając z powrotem do firmy. Szef z pewnością jeszcze nic w tej sprawie nie zrobił. Jeśli nie zapomniał, zleci to sekretarce.

– Chyba zapomniałem o tym wspomnieć, ale każda podejmowana decyzja wymaga zastanowienia, rozważenia konsekwencji i... – Do Daniela dotarło, że za chwilę będzie odpowiedzialny za wielki życiowy błąd Marii.

– Właśnie to zrobiłam.

– Odnoszę wrażenie, że nie przemyślałaś sprawy gruntownie. Powinnaś być pewna... – Czuł, że bawi się w adwokata diabła.

– Decyzja została niejako podjęta za mnie. Mogę tylko zawalczyć w moim najlepiej pojętym interesie. Weźmy pod uwagę, że podam ich do sądu i zażądam przywrócenia do pracy. Sprawa potrwa w najlepszym razie kilka miesięcy. W tym czasie poświęcę się restauracji i nie wiem, czy wówczas będę chciała wrócić do firmy, z której mnie wylano. Zmarnuję jedynie czas na batalię sądową i adwokata.

– Owszem, ale...

– Jeżeli teraz pójdę i złożę wypowiedzenie, a coś pójdzie nie po mojej myśli, jeśli chodzi o restaurację, w moim CV znajdzie się informacja o rozwiązaniu przeze mnie umowy o pracę, a nie o dyscyplinarnym zwolnieniu. Zostawię sobie otwarte drzwi, by wrócić na ścieżkę zawodową.

Daniel nie miał pojęcia, że zabezpieczała się jeszcze w inny sposób. Otwierając małe bistro z pizzą i kebabem. Nie potrafiła powiedzieć, dlaczego mu się do tego nie przyznała.

– Hm… – mruknął, zerkając znad komputera, czy nikt nie zwraca uwagi, że prowadzi prywatną rozmowę w czasie, gdy sercem i duszą powinien być oddany firmie, która co miesiąc przesyła mu całkiem niezłą pensję. – Z tego punktu widzenia masz absolutną rację – oświadczył.

Argumentacja Marii była przekonująca i dokładnie w jej stylu, chociaż decyzja została wymuszona, a nie podjęta samodzielnie.

– Śledziłam ojca i pojechał do tego apartamentowca, co do którego nie przyznał się, że tam mieszka z jakąś kobietą – poinformowała go szeptem, bo stała już przed pokojem, w którym zasiadała kadrowa.

– Skąd wiesz, że mieszka w apartamentowcu?

– Od detektywa.

– Jakiego detektywa? – zdumiał się.

– Nie mówiłam ci? Zatrudniliśmy z Piotrem detektywa. Kobietę. Od wczoraj sporo się dowiedziała. Właśnie, muszę do niej zadzwonić. Odpuszczam ojca. Dowiem się, co to za baba i dlaczego ojciec ją ukrywa. Mam złe przeczucia. Normalnie ojciec nie afiszował się przed nami swoim życiem prywatnym, ale też nigdy go nie ukrywał. Cokolwiek się dzieje, na pewno ma związek z nią. Wchodzę do kadr! Pa! – Pożegnała się szybko i zdecydowanie wkroczyła do środka, gotowa stawić czoło kolejnemu wyzwaniu. W natłoku emocji nie zorientowała się nawet, że przyznała się Danielowi do szpiegowania ojca, i to w dodatku za pośrednictwem osób trzecich.

Piotr chyłkiem przemykał do swojego gabinetu. Jak to jest, że muszę kryć się jak szczur we własnej firmie?, zżymał się w duchu. Anka z recepcji z dziwną miną zmierzyła go od stóp do… pasa. Spodnie dresowe nie pasowały do koszuli w drobną kratkę, którą miał na sobie, i klapek basenowych, które kupił w szpitalnym sklepiku. On sam miewał taki wyraz twarzy, gdy próbował za wszelką cenę powstrzymać wybuch śmiechu. I tyle z mojej prośby, by menedżerka trzymała buzię na kłódkę, pomyślał z rozgoryczeniem.

– Ja tylko powiedziałam, że wychodzę zawieźć ci spodnie. Przysięgam! – zawołała Magda, widząc jego reakcję.

Spojrzał na nią sceptycznie. Dobrze znał kobiety. Już słyszał ten ton, którym to powiedziała. Widział tę wieloznaczną minę, dającą do zrozumienia, że za tą niewinną prośbą kryje się wielka afera.

– A potem już nic, tak jak prosiłeś – dodała skruszona.

Potem to już nie było trzeba. Wszystkie babska dodały dwa do trzech i wyszło im piętnaście. Nie ukróci plotek, choćby podłączył się do wariografu. Nie zdążył jednak nic powiedzieć, gdy zadzwonił telefon.

– Witaj, Mario, ja zawsze odbieram, kiedy dzwonisz – burknął z pretensją.

– Matylda będzie w restauracji za pół godziny. Przychodź szybko! – poleciła. – Ma informacje!

– Za pół godziny? – Spojrzał na zegarek. Zbliżała się trzynasta. – Nie jesteś w pracy?

– Ja już nie mam pracy – obwieściła triumfalnie, niemal tańcząc z radości.

– Zwolniłaś się? – zapytał ze zdumieniem.

– Tak jakby – potwierdziła radośnie. – Człowiek nie uświadamia sobie, w jakim jarzmie żyje, póki się z niego nie uwolni. Świat jest piękny!

Piotr ze zdumieniem słuchał siostry. To nie była Maria, którą znał. Co oni jej robili w tej pracy?!

– Kamień spadł mi z serca. Niewiarygodne. Wreszcie zacznę się wysypiać i skoncentruję się na mojej restauracji. Rozważamy catering. Musimy uzgodnić menu i kupić samochód. Zdobyć klientów. I wreszcie ruszę z miejsca z... – Urwała. Chciała powiedzieć: z bistro, ale brat też nie wiedział o jej sekretnym planie.

– Z czym ruszysz z miejsca?

– Po prostu ruszę z miejsca. – Maria odkrywała, że najpierw są małe kłamstewka, przemilczenia, potem półprawdy oraz duże kłamstwa, i nagle kłamiesz i lawirujesz bez zająknięcia.

To tak jak z seryjnymi mordercami. Najpierw muszka, potem wróbelek, gdzieś pomiędzy moczeniem łóżka a skłonnością do piromanii piesek, a potem człowieka im nie żal poszatkować, poćwiartować i zakopać.

– Już do ciebie jadę – zadecydował.

Nie zamierzał czekać pół godziny. Sam nie ćpał, siostra też, ale może ktoś jej coś podrzucił. Z tego, co pamiętał, po amfie źrenice są rozszerzone, po kokainie – jak łepek od szpilki. Na tym jego wiedza się kończyła.

Matylda z uznaniem rozglądała się po przytulnym wnętrzu. Gdyby była romantyczką i umawiała się na randki, miejsce byłoby idealne. Ale nie miała czasu na randki. Ledwo znajdowała czas na seks z równie zajętym lekarzem. Obojgu pasował ten układ, a jej dietetyczka była z tego powodu przeszczęśliwa. To ona radziła jej uprawiać seks dla lepszego samopoczucia, bo uważała, że pomaga na napięcia mięśniowe, z którymi Matylda miała problem. Rehabilitant natomiast poradził jej kupić roller do masażu. No cóż, Matylda oboje ich ceniła, skorzystała więc z jednej i drugiej rady.

Jej klienci siedzieli w kącie za jakimś zielonym fikumiku. Matylda nie znała się na roślinach. U niej żadna się nie uchowała. Póki Roman z nimi mieszkał, jakoś to wszystko żyło i przesadzało się do większych doniczek, gdy urosło. Kiedy Romana zabrakło, zmarniały z tęsknoty za nim. Gdyby Matylda podlewała je nieco częściej, a potem nie wyjechała z córką na miesiąc do przyjaciółki na Mazury, pewnie nadal by marniały w jakimś kącie.

Bez zaproszenia usiadła na wolnym miejscu. Klientka wyglądała na podekscytowaną, klient na niepewnego. O cokolwiek toczyli batalię, jej to nie dotyczyło. Oby, pomyślała z niepokojem. Poza zaliczką, którą dostała za przyjęcie sprawy, był jeszcze rachunek do zapłacenia, który im wypisała.

– Witam serdecznie, mam dla państwa informacje – przywitała się.

– Ojciec ma babę! – triumfalnie oznajmiła Maria Kopicka.

– Zgadza się. Paula ma dwadzieścia pięć lat i na palcu pierścionek zaręczynowy wartości mojego mieszkania – dokończyła z uśmiechem Matylda.

Kopicki opluł się kawą. Jego siostra usiłowała coś powiedzieć, ale tylko łapała powietrze jak ryba. Dominiczak zrzuciła im na głowę prawdziwą bombę, podczas gdy Maria spodziewała się co najwyżej granatu.

– Ile lat? – zapytał Piotr zdławionym głosem, zanosząc się jeszcze od kaszlu. Oczy miał załzawione. Nos zapchany.

– Zaręczynowy? – odezwała się jednocześnie Maria. Po triumfie nie pozostał nawet ślad. Życiowe brzemię znów przygniotło ją do ziemi.

– Dwadzieścia pięć. Tak – odpowiedziała po kolei. – Z przeprowadzonego przeze mnie dochodzenia wynika, że oboje mieszkają w apartamentowcu. Byłam dziś rano w szpitalu i słyszałam ich rozmowę. Stąd wiem, że są zaręczeni. Zamieniłam też kilka zdań z Paulą, która powiedziała mi, ile ma lat. Dokładnego adresu ani danych kobiety nie znam.

– To na co pani czeka? – zapytał Piotr, któremu udało się w końcu odzyskać głos.

– Na dalsze instrukcje. Miałam ustalić, co ukrywa Stanisław Kopicki. Otóż ukrywa plany matrymonialne. Pytanie zatem brzmi, czy życzą sobie państwo, bym na tym zakończyła pracę, czy mam prowadzić dalszą inwigilację. – Matylda była dumna, że nie poprzekręcała sylab w słowie inwigilacja, bo czasami zdarzało jej się powiedzieć ingwilacja; jedna literka, a czyni wielką różnicę.

– Oczywiście, że tak – oświadczyła zdenerwowana Maria. – Dwudziestoparolatka? Ślub? To na pewno naciągaczka! Ojciec jest bogaty!

– Nie wierzę, że się żeni! Co ta kobieta ma między nogami? Singapurski pocałunek?! – denerwował się Piotr.

Życzył ojcu długiego życia, ale nagle zobaczył oddalający się od niego milowymi krokami spadek. To nie była przyjemna wizja.

Obie spojrzały na niego z zażenowaniem.

– No co? Tajskie prostytutki podobno mają…

– Nie chcę tego wiedzieć i nie chcę wiedzieć, skąd ty to wiesz – przerwała bratu Maria. – Cokolwiek ich łączy, to nie może być zdrowa relacja. Ta kobieta go opętała.

– No nie wiem… – Matylda przymrużonymi oczami przyglądała się Piotrowi.

Wczoraj obejrzała tamto nagranie sprzed kilku miesięcy. Jej lekarz też coś wspominał o mięśniach Kegla. I to nie ginekolog, dla jasności. Lekarz, z którym sypiała, był dermatologiem. To też ma swoje plusy. Może powinna je poćwiczyć? Mężczyźni mają coraz większe oczekiwania wobec kobiet. Otrząsnęła się szybko z tych myśli.

– Podsłuchałam część ich rozmowy. To dwa ciumkulki.

– Co takiego? – Maria nie znała tego określenia.

– Takie miziające się misiaczki. Ciumkulki. To od ciumkania. Nie zna pani tych określeń? – zdziwiła się Matylda. – Nie szkodzi, nagrałam ich rozmowę. Chcecie posłuchać?

Oboje bez słowa skinęli głowami. Nagranie wprawiło ich w osłupienie. Było gorzej, niż myśleli.

– Promyczku? – zapytała Maria, czując łzy zbierające się pod powiekami. – Nazywał mnie tak, kiedy byłam mała.

– Do niej mówi to w innym kontekście – nieudolnie pocieszył ją Piotr. – Niezła pani jest – przyznał, przenosząc spojrzenie na detektyw. – Chciałbym widzieć minę ojca, gdy został nazwany tatusiem. Bezcenna.

– Przestań. Sytuacja nie jest zabawna – zganiła go Maria. – Ojciec wpadł w sidła jakiejś harpii. Musimy działać!

– Niby jak? Takie znają tylko mowę pieniądza. Nie stać nas na nią – całkiem rozsądnie w swoim mniemaniu zauważył Piotr.

Matylda nie brała udziału w dyskusji. W jej opinii dziewczyna nie wyglądała na naciągaczkę, ale mogła być niezłą aktorką. Obstawiała naiwną małolatę, której zaimponował starszy, doświadczony i majętny mężczyzna. Oj, będzie jeszcze płakać, pomyślała. Gdyby Monika wywinęłaby jej taki numer, osobiście popędziłaby gościowi kota.

– Nie wierzę. Ojciec zawsze był rozsądny – lamentowała Maria.

– Pani Kopicka... – Matylda zwróciła się do niej, bo słusznie odgadła, kto tu dowodzi. – Czego państwo teraz oczekują ode mnie?

– To oczywiste. Trzeba ją przegonić – odpowiedział Piotr.

– Ty i te twoje pomysły! Co niby miałaby zrobić? Walnąć ją w łeb łopatą i wywieźć do lasu? – zapytała z politowaniem, zirytowana głupotą brata. – Pani Matyldo, musimy się dowiedzieć, kim jest ta kobieta. Im więcej, tym lepiej.

– A jeśli okaże się, że to prawdziwa miłość? – rzuciła Matylda od niechcenia.

Nie zamierzała nikogo walić po głowie łopatą i zakopywać w lesie. Brzydziła się pracą fizyczną. Pod tym względem była patentowanym leniem.

– Wtedy osobiście złożę ojcu gratulacje – zakpiła Kopicka.

– Musimy działać, zanim ta kobieta się rozmnoży – powiedział Piotr. – Wtedy już nic nas nie uratuje.

– Oczywiście, jak sobie państwo życzą. – Matylda nie kryła zadowolenia.

Miała jeszcze zdjęcie dziewczyny. Dałaby je Kopickim, gdyby nie przedłużyli zlecenia. Wynajęli ją ledwie dzień wcześniej, a ona już dostarczyła im sporo informacji. Jeśli znowu oczekują błyskawicznych wyników, niczego nie mogła im obiecać. Ale na pewno się postara. W razie czego ma przynajmniej to zdjęcie.

– Tu jest rachunek za dotychczasową pracę. Sporządzę aneks i...

– Nie trzeba – przerwała jej Maria. – Rachunek zaraz zapłacę i prześlę pani kolejną zaliczkę. Sprawa nadal dotyczy naszego ojca, więc nic się nie zmienia. Proszę działać dalej.

– Oczywiście. – Detektyw powstrzymała uśmiech zadowolenia.

Nie była pazerna. Nie oszukiwała klientów. Ale żyć trzeba!

– Zajmę się sprawą niezwłocznie – zapewniła ich, wstając od stolika. Spojrzała jeszcze na Kopickiego. – To wdzianko nie pasuje – oznajmiła i odeszła.

W innych okolicznościach Maria roześmiałaby się na widok miny brata, tym razem nie było jej do śmiechu.

– Paula? Co to za imię? – powiedziała.

– Pewnie od Pauliny. Co za różnica? Równie dobrze może nazywać się Kaśka albo Danka. Co z nią zrobimy? – zapytał markotnie, chowając pod stolik stopy w turkusowych klapkach basenowych.

– Nie wiem. Ale przynajmniej wiemy, dlaczego ojciec ją ukrywa. – Zdenerwowana Maria wybijała palcami jakiś rytm. Być może marsz pogrzebowy. – Dał nam marchewkę, żebyśmy ją grzecznie przyjęli w rodzinie. Co za… kombinator – dokończyła ze złością.

– Mamy związane ręce.

– Ojciec związał nam ręce i zawiązał oczy. Mamy być ślepi, głusi i klaskać na zawołanie. Niedoczekanie! – złościła się. – Jadę do mamy.

– Oszalałaś?! – wystraszył się Piotr. – Matka narobi takiego dymu, że wszystko się wyda! To znaczy nas wyda! Nie utrzyma języka za zębami!

– Mama przede wszystkim kocha swoje dzieci, czyli nas. Na wieść, że ojciec może nam sprezentować jeszcze rodzeństwo, wpadnie w szał. Możesz być pewien, że do tego nie dopuści!

– Czyli to ona walnie dziewczynę łopatą w łeb i zakopie w lesie? – zapytał z ironią.

– Coś wymyśli. Najważniejsze to wiedzieć, kim ona jest, a wtedy będzie łatwiej się jej pozbyć. I Piotr! – Spojrzała na niego groźnie. – Koniec z praworządną uczciwą Marią, która brzydzi się kłamstwem. Wszystkie chwyty dozwolone!

Spojrzał na nią z powątpiewaniem.

– No, te dopuszczalne prawnie – poprawiła się szybko.

Istnienie piekła stało pod znakiem zapytania. Istnienia więzień dla kobiet była natomiast pewna.

Matylda zajechała drogę jakiemuś facetowi, który chciał zająć jej miejsce parkingowe. Koleś mógł nie wiedzieć, że to jej miejsce, bo miejsce zasadniczo było publiczne.

Ale to było jej miejsce! Niemal zazgrzytała zębami.

Pod drzewem – ale takim bez ptasiego gniazda i owoców, które paćkają maskę. To było dobre drzewo, bo niskie i rozłożyste, z chudymi gałęziami, więc w razie kataklizmu meteorologicznego złamana gałąź nie zagrozi Dusi. To było dobre drzewo, dobre miejsce parkingowe i należało do niej! A jak komuś to nie pasuje, to jego problem!

– Kurde melek! – jęknęła, gdy rozległo się wściekłe trąbienie.

Zdaje się, że jednak to ona miała problem. Z kolesiem, który wyglądał na tak wściekłego, jakby miał eksplodować. Na razie nadął się i nabrzmiał. Sądząc z gabarytów, które wystawały nad kierownicą, konieczne może być użycie siły. Matylda nie zwykła uciekać przed problemami, toteż wysiadła z Dusi, wcześniej wyjmując z torebki silikonowy odmrażacz do zamków w sprayu.

Facet również wysiadł.

– Ty głupia babo! Zajechałaś mi drogę! – huknął, machając potężnymi, sięgającymi kolan łapskami.

– Kto pierwszy, ten lepszy – odszczeknęła się Matylda.

– Ktoś powinien obić ci buźkę, ty jeban...

– O, tylko bez takich! Zbliż się tylko, koleś, dostaniesz gazem po oczach! – Dominiczak wycelowała w niego pojemnik. – Jak się nie umie jeździć, to się nie schodzi z drzewa!

Koleś nadął się jeszcze bardziej, ale przezornie trzymał się poza zasięgiem „gazu".

– Wariatka! – Wycofywał się do auta.

– Ale przynajmniej normalnie zbudowana! Po siłowni trzeba się rozciągać, gorylu!

Nie mogła sobie darować tej złośliwości. Dobrze znała taki typ. Pakują na maszynach, ile wlezie, mięśnie brzucha się skracają, bo o rozciąganiu to żaden nie słyszał, a potem sięgają łapskami kolan. Kołyszą się z boku na bok i jeszcze mają czelność zaczepiać na ulicy spokojne kobiety!

– Idiotka... – warczał, wsiadając do samochodu.

Jakaś niezrównoważona! Podskakiwała w miejscu jak kogut i wymachiwała gazem.

Matylda z satysfakcją obserwowała odjeżdżający samochód. Koleś, skręcając na ulicę, wyciągnął przez otwarte okno ogromne, wytatuowane łapsko i pokazał jej środkowy palec, że niby to on ma ostatnie słowo.

Matylda w odpowiedzi pokazała mu, gdzie babcia koszyczek nosiła, czyli to, co reszta społeczeństwa nazywa gestem Kozakiewicza. Wrzuciła odmrażacz do torebki, postanawiając jednak zaopatrzyć się w pojemnik z gazem. A może granat-straszak?, zastanawiała się. Nie, lepiej nie. Wtedy mogą zadzwonić po policję, że po ulicy lata wariatka z bombą. Przyjadą antyterroryści i ją odstrzelą. Albo jeszcze gorzej. Obciążą kosztami akcji.

– Monika! – wrzasnęła, wpadając do biura.

Córki oczywiście nie zastała za biurkiem. Jadźki też nie było, za to była szansa, że wykonała polecenie w połowie. Pozbyła się manekina. Albo jeżdżą drugą windą.

– Jestem! – usłyszała głos za swoimi plecami. – W toalecie byłam.

– W tym czasie każdy mógł wynieść z biura laptopa – zwróciła jej uwagę matka.

– Po pierwsze, jest kamera, więc namierzyłabyś gościa od razu. Po drugie, klienci przychodzą tu w innym celu niż okradanie detektywa. – Roztropnie zauważyła pyskata córka.

– Robotę mam dla ciebie! – oznajmiła zadowolona z siebie Matylda, pojednawczo zmieniając temat.

– Naprawdę? – Monika spojrzała nieufnie na matkę. – Mówiłaś, że nie mam uprawnień…

– Bo nie masz.

– I jestem za smarkata.

– Bo jesteś.

– I nie pozwolisz, żeby jakiś facet mnie obmacywał.

– Bo nie pozwolę. Chcesz tę fuchę czy nie?

Monika z namysłem zmrużyła oczy.

– Zapłacę dodatkowo – dodała z przymilnym uśmiechem Matylda.

– Co miałabym robić? – poddała się w końcu Monika.

Nie chodziło o zarobienie paru groszy więcej. Praca w sekretariacie matki to odkurzanie pajęczyn i umawianie spotkań. Czasami musiała znaleźć w internecie jakiś adres albo telefon. Czyżby w końcu trafiło się coś ciekawszego?, pomyślała z nadzieją. E, nie, uznała, spojrzawszy na matkę. Zbyt dobrze ją znała, by uwierzyć, że będzie to ekscytujące i niebezpieczne zadanie.

– Nasza praca wymaga dyskrecji i poufności – wyliczała kolejno na palcach Matylda.

– To wiem. – Monika przewróciła oczami. – Podpisałaś ze mną umowę. Klauzulę poufności też. Jesteś jedynym rodzicem, który legalnie zatrudnia własne dziecko. Proponuję przejść do kolejnego punktu. Gróźb. Uprzedzam tylko, że znam je na pamięć. Zatem kolejny etap to zadanie. Zamieniam się w słuch. – Dziewczyna usiadła na biurku ze skrzyżowanymi nogami, ręce założyła na piersi i wyczekująco patrzyła na matkę.

– Po kim ten sarkazm odziedziczyłaś, to ja nie mam pojęcia – zdumiała się Matylda.

– Na potrzeby dyskusji możemy przyjąć, że w moim przypadku nie jest to cecha wrodzona, lecz nabyta w toku ewolucji szkolnej.

– Do tego pyskata i bezczelna – westchnęła Matylda.

– Nie czepiaj się wad, które sama posiadasz.

– Może zostaniesz prawnikiem? – z nadzieją zapytała matka. – To dobry zawód.

– Bardziej podoba mi się twój, ale przemyślę to. Przejdziemy wreszcie do rzeczy?

– To znaczy? – Matylda zupełnie zapomniała, od czego zaczęła się ich dyskusja.

– Miałam coś dla ciebie zrobić. – Popatrzyła na matkę z ubolewaniem. Czy to już ten czas, kiedy zaczynają się problemy z rodzicami? Najpierw nie pamiętają, o czym mówią, a potem gdzie mieszkają?

– Tak. Zgadza się. Zadanie. Dla ciebie. – Matylda położyła na biurku teczkę, którą zabrała na spotkanie z klientami. – To jest Paula. – Pokazała córce zdjęcie dziewczyny wychodzącej ze szpitala. – Wiek: dwadzieścia pięć lat. To jest Stanisław Kopicki. – Wyjęła z teczki kolejną fotografię. – W teczce masz jego dane osobowe, nazwę firmy, którą prowadzi, adres. Musisz poszukać na Facebooku danych o dziewczynie. Potrzebuję jej nazwisko, informacje osobiste, znajomych.

– Skąd wiesz, że będzie na fejsie?

– Ma dwadzieścia pięć lat. Będzie.

Tego akurat Matylda była pewna. Ona sama też dała się porwać tej fali ekshibicjonizmu, ale zlikwidowała profil, kiedy napisał do niej kolega z ogólniaka. Właściwie po tym, jak zgodziła się z nim spotkać, a on próbował ją obmacywać tłustymi łapskami i chuchał na nią piwnym oddechem, by ją zamroczyć i zniewolić. Uznała wtedy, że nie chce mieć kontaktu z tymi wszystkimi ludźmi, o których zapomniała przez ostatnie dwadzieścia lat, a którzy dwadzieścia lat temu też średnio ją obchodzili.

– No dobrze. Postaram się – obiecała Monika.

– Spodziewałam się więcej entuzjazmu – stwierdziła zawiedziona Matylda.

– Nie jest to porywające zadanie, nie możesz więc oczekiwać ode mnie, że będę skakać z radości – z powagą oświadczyła dziewczyna, ale w duchu skakała z radości i wywijała piruety.

Wreszcie koniec nudy! Ma prawdziwą teczkę prawdziwych klientów i prawdziwe zadanie! Juhu!

– A co ty będziesz robić w tym czasie? – zapytała matkę.

– Muszę ustalić numer mieszkania tej parki i jakoś się tam dostać.

– Wiedziałam, że lepszy kąsek zostawisz dla siebie.

– Dziecko kochane, to nie ty będziesz robić z siebie idiotę, więc nie ma czego zazdrościć.

– Kim jest ta dziewczyna? – z ciekawością zapytała Monika.

– Jeśli dobrze wykonałam swoją pracę, a to przecież oczywiste, to przyszła pani Kopicka – poinformowała córkę.

– Ona chce wyjść za niego? Ale czad! – zachichotała Monika. – Jak poluje na dziadków, to powinna wyjść za osiemdziesięciolatka. Nie musiałaby długo czekać na spadek. Ten jest dla niej za młody!

– Skąd w twoim pokoleniu tyle cynizmu?

– To wina telewizji, mamo – zakpiła dziewczyna.

– Kochane z ciebie dziecko – rozczuliła się Matylda. – Mogłaś obarczyć winą moje złe metody wychowawcze.

– Nie ośmieliłabym się – zapewniła matkę z uśmiechem, siadając do laptopa. Na pewno nie teraz, gdy wreszcie dostała prawdziwe zadanie. Dziś grzebactwo internetowe, jutro prawdziwe śledztwo. Hura!

Hanna Kopicka złapała się za serce i usiadła za ladą. W drzwiach sklepu pojawiła się jej córka, która o tej godzinie powinna być w pracy, zatem wniosek mógł być tylko jeden. Coś się komuś stało! Skoro Maria tu była. Cała i zdrowa. To musiał być…

– Piotr? – zapytała ledwo słyszalnym szeptem.

– Siedzi u mnie w restauracji, bo boi się wrócić do swojego centrum odnowy, które stało się bardzo modnym miejscem, od czasu, gdy ktoś nagadał głupot na temat jego rzekomego gejostwa. Walą drzwiami i oknami. I to nie tylko kobiety – powiedziała zgryźliwie. – Dobrze się czujesz? – Dopiero teraz zwróciła uwagę na zielonkawy odcień matczynej cery, godny kilkudniowego topielca, i krople potu na czole.

– Teraz już tak – odetchnęła Kopicka. – W takim razie coś się stało ojcu – uznała już spokojniej.

Mąż nie był mężem od tylu lat, że wprawdzie byłoby jej przykro z powodu jego zgonu, ale świat by się z tego powodu nie zawalił. Świat gorsze rzeczy przetrwał.

– Złamał rękę, ale to nieistotne. – Maria zbagatelizowała sprawę, którą wczoraj była tak przejęta. – Istotne jest to, że… Mamo, może zamknij na chwilę sklep i przejdźmy na zaplecze, dobrze?

– Powinnaś być o tej porze w pracy. – Hanna Kopicka nie ruszyła się z miejsca. Musi dowiedzieć się najgorszego, póki siedzi. Jeśli zemdleje, będzie miała blisko do podłogi.

– Zwolniłam się. Nie mogę robić wszystkiego na pół gwizdka. Zajmę się restauracją – wyjaśniła Maria mniej więcej zgodnie z prawdą.

Nie zamierzała wdawać się w szczegóły i opisywać historii, która zupełnie nie miała znaczenia z perspektywy głównego problemu.

– To mów, dlaczego złamanie ręki przez twojego ojca jest nieistotne. Z mojego punktu widzenia to i owszem. Pieniądze same się do mnie wysyłają z jego konta, więc póki ta ręka nie będzie mu potrzebna do wypisania czeku dla mnie...

– Mamo! – przerwała jej Maria. – Dasz mi dojść do słowa?!

– Ależ oczywiście. Mów, co się dzieje – zażądała spokojniej Kopicka, odzyskując kolory.

– Ojciec ma babę – obwieściła triumfalnie córka.

– Zawsze jakąś ma. – Hanna wzruszyła ramionami. – Też mi nowina. Ojciec zawsze miał spore zapotrzebowanie.

– Mamo!

– No co? Dorosła jesteś!

– Nie interesuje mnie zapotrzebowanie ojca! Problem w tym, że baba ma dwadzieścia pięć lat!

– Stary kretyn. W jego wieku to już pewnie na niebieskich pigułkach jedzie – skomentowała złośliwie, po czym zachichotała szatańsko. – Mężczyźni nigdy nie wiedzą, kiedy przestać. Od tych prochów coś mu w końcu stanie, ale to może być serducho, a nie...

– Żeni się z nią! – wrzasnęła Maria, nie rozpoznając własnego głosu.

Nie należała do tych krzyczących kobiet, które myślą, że głośniejszy ma rację, a dyskusję wygrywają tylko dlatego, że oponent ogłuchł.

– No proszę, i do tego się żeni – wzgardliwie prychnęła Hanna. – Co za dureń. Panienka leci na jego kasę, a ten... – Zerwała się z miejsca tak gwałtownie, że obfity biust zafalował pod białą bluzką.

– Co robi?! – krzyknęła głosem tak piskliwym, że Maria skrzywiła się z bólu, czując, jak coś świdruje jej w lewym uchu. – I ty mówisz to tak spokojnie?! Zamknij drzwi! Musimy porozmawiać! I jak to: Piotr nie jest gejem?! Wszystkim o tym rozpowiedziałam! Prawie na randkę go umówiłam! A on mi taki numer wycina?! Co za niewdzięczność!

Maria ze zdumieniem patrzyła na rozgorączkowaną matkę.

– Bardziej martwi cię orientacja seksualna twojego syna niż ślub taty?!

– Oczywiście, że nie! Chwilowo nie jestem gotowa zmierzyć się z takim problemem, więc zacznę od mniejszego kalibru! Prosiłam, żebyś zamknęła drzwi! Człowiek wszystko musi robić sam!

Zdenerwowana do granic możliwości minęła córkę i pomaszerowała zamknąć drzwi. Odwróciła zawieszkę z napisem OTWARTE na ZAMKNIĘTE i opuściła zewnętrzne rolety do połowy.

Maria dyplomatycznie milczała. Z westchnieniem skierowała się na zaplecze, do niewielkiego biura, gdzie matka ucinała sobie drzemkę w trakcie pracy.

– Co się stało z Sonią? – zapytała Maria, gdy Hanna dołączyła do niej. Zupełnie zapomniała o jej pracownicy.

– Ma wolne. Co tam Sonia, mów, co z ojcem! – zażądała Kopicka, opadając bezładnie na sofę.

Maria usiadła w wygodnym fotelu. Odchyliła się do tyłu i przymknęła oczy. Emocje trochę z niej zeszły, więc teraz czuła się po prostu zmęczona. Bardzo zmęczona.

– Wynajęliśmy detektywa.

– I słusznie.

– A ona odkryła, że ojciec nie mieszka w swoim domu, tylko ma mieszkanie na mieście w strzeżonym budynku i jest zaręczony z niejaką Paulą, lat dwadzieścia pięć.

– I tyle? – zapytała zawiedziona Hanna. – Nic więcej o niej nie wiecie?

– Mamo! – Maria otworzyła oczy. – Matylda pracuje dla nas od wczorajszego popołudnia. Mniej niż dwadzieścia cztery godziny. Nie sądzisz, że na tak krótki czas to aż nadto?

– Słusznie – przyznała matka ze skruchą. – Dowiedziała się czegoś jeszcze?

– Niestety, nie. Ale wciąż szuka. Da nam znać.

– Słusznie.

– Przestań to powtarzać – poprosiła córka. – Irytuje mnie to.

– I słusznie.

– Błagam cię! – zawołała Maria. – Powtarzasz się jak zacięta płyta!

– Bo myślę, moje dziecko. Myślę intensywnie – zapewniła córkę Hanna.

– Na to właśnie liczę, mamo.

– Najpierw musimy dowiedzieć się, kim ona jest.

– Zajęłam się tym – powiedziała zrezygnowana Maria.

Nie wyglądało na to, by matka mogła się do czegoś przydać. Nic odkrywczego jak dotąd nie wniosła.

– Moja krew – pochwaliła ją Kopicka. – Muszę przyznać, że takiej inwencji spodziewałabym się raczej po Piotrze niż po tobie. Trzymasz się tych swoich zasad jak trędowaty kręgosłupa.

– Nie zamierzam udawać, że zrozumiałam porównanie. Co dalej?

– Co dalej, co dalej? Skąd mam wiedzieć, co dalej? Trzeba ją jakoś zdyskredytować w oczach ojca. Przekupić się nie da. Oferty Stasia nie przebijemy.

– To prawda – przyznała Maria. – Co dokładnie masz na myśli z tą dyskredytacją?

– Ta detektyw musi wygrzebać coś takiego z jej przeszłości, co Stasia zniechęci, zniesmaczy, a nawet obrzydzi.

– A jeśli nic takiego nie będzie?

– No cóż, wtedy coś spreparujemy. – Kopicka była zdeterminowana.

Nie pozwoli jakiejś siksie zrujnować przyszłości swoich dzieci. Ta harpia gotowa jeszcze się rozmnożyć i wtedy cały majątek Stasia zostanie dzielony na trzy. A jak rozmnoży się więcej niż raz? O nie, nie pozwoli, by jej dzieciom dostały się ochłapy.

– Więc Piotruś nie jest gejem?

– Nie, nie jest. Musimy do tego wracać? – niecierpliwiła się Maria. – Mamy ważniejsze rzeczy niż…

– W takim razie Piotruś ją poderwie, przeleci, a ta detektyw zrobi zdjęcia. Żebyś ty wiedziała, jaki był zazdrosny, kiedy raz dosiadł się do mojego stolika jakiś facet, a ja byłam w ósmym miesiącu ciąży, palce mi tak spuchły, że obrączka ginęła w fałdach, a twój ojciec jak się nabzdyczył! Myślałam, że wyciągnie go za kudły z tej knajpy, ale…

– Mamo! Nie możemy zrobić czegoś takiego!

– Oczywiście, że możemy. Ojciec czegoś takiego jej nie wybaczy! – zapewniła córkę.

– Chyba Piotrowi – jęknęła Maria, łapiąc się za głowę.

– Przecież oficjalnie ta kobieta nie istnieje, czyż nie? Skąd niby Piotr miałby wiedzieć, że śpi z babą ojca? Na czole jej podpis złożył? Nie sądzę. Tylko ona będzie sobie winna. Nie dość, że zagięła parol na ojca, to jeszcze dobrała się do syna.

– Mamo, to jest... – Szukała właściwego słowa.

– Genialne?

– Podłe. Obrzydliwe.

– Jesteś pewna, że właśnie tych wyrażeń chciałaś użyć? – skrzywiła się Kopicka. Uznała, że Maria jednak nie dorosła jeszcze do tego poziomu, który był potrzebny w tej sprawie. Postanowiła porozmawiać z synem.

Córka spojrzała na nią bez słowa.

– No tak. Właśnie tych. Rozumiem. Wiesz, Piotr nie musi z nią spać. Wystarczy, że detektyw pstryknie parę zdjęć w dwuznacznej sytuacji. To powinno wystarczyć. Do tego Piotr powie...

– To ty zrobiłaś z niego geja przed ojcem – wypomniała jej Maria. – Ciekawe, jak z tego wybrniesz?

– Nijak. Powiem, że coś mi się pomyliło, i tyle. Staś i tak uważa, że mam nierówno pod sufitem, a przecież nie o mnie tu chodzi. Ja mam z czego żyć. – Wzruszyła ramionami.

Opinia Stasia na jej temat po tylu latach od rozwodu – choćby czasami twierdziła inaczej – była jej doskonale obojętna. Nie związała się z nikim z dość prozaicznego powodu – nie chciało jej się od nowa zaczynać tej całej szopki z randkowaniem, spotykaniem się, obmacywaniem i spółkowaniem. Gdyby Staś rozwiódł się z nią wcześniej, to może jeszcze by ją korciło. Początkowo była zajęta dziećmi i składaniem życia na nowo, w czym Staś – cokolwiek by o nim mówić – pomógł jej finansowo. A potem miała tak wypełniony czas, że nie bardzo jej się chciało.

Maria westchnęła głęboko. Rozmowa z matką była niezbyt pomocna strategicznie, ale przynajmniej pomogła jej zebrać myśli i ochłonąć.

– Mamo, nic nie kombinuj na własną rękę. Zobaczymy, czego dowie się Matylda, a potem obierzemy jakąś strategię. Może ta kobieta naprawdę kocha tatę. W takim wypadku nie możemy ingerować.

Matka spojrzała na nią z politowaniem.

– Wiesz, co mężczyźnie zostaje na starość? Worek wrażeń i wypisany długopis. Jedyna wartość, jaką wasz ojciec może mieć dla takiej młódki, to wartość finansowa.

– Ojciec nieźle wygląda, dba o siebie i…

– Przestań. To twoje sumienie zaprowadzi cię kiedyś do klasztoru.

– Jestem ateistką, mamo.

– Ateiści też gdzieś się zamykają przed światem.

Zabrakło jej argumentów. Tych racjonalnych. Idiotyczna rozmowa na ogół nie ma końca. Kiedy tu jechała, widziała w tym sens. Teraz widziała wyłącznie wpływ gwałtownych, chaotycznych emocji.

– Piotr nikogo nie będzie uwodził. Nie sprowadzisz własnego dziecka do takiego poziomu – oświadczyła groźnie. – Wykorzystamy informacje Matyldy. Jak będzie trzeba, opłacimy kogoś, kto ją uwiedzie, ale na pewno nie będzie to mój brat.

– Wiesz, Mario, jest wiele innych sposobów, by ta kobieta nie dotarła przed ołtarz – zasugerowała Hanna.

– Nie chcę znać nawet jednego – zastrzegła. – Wychodzę. I nie waż się mówić tacie, że wiesz!

– Oczywiście, że nie – oburzyła się. – Musiałabym powiedzieć, skąd wiem, a przecież własnych dzieci nie wydam. Nie po to karmiłam was własną piersią, by teraz rzucić na pastwę kruków i wron – oznajmiła patetycznie. – Ta detektyw to bardzo dobry pomysł. Nie licząc szantażu, oczernienia, porwania i jeszcze kilku innych, które…

– Prowadzą prosto do więzienia. Mamo, poradzimy sobie, ale nie w ten sposób, dobrze?

– No dobrze – zgodziła się łaskawie Hanna.

Miała kolejny pomysł, którym nie zamierzała dzielić się z córką. Pewnie też by jej zabroniła. Czule pocałowała ją w policzek, obiecała solennie, że nie będzie w nic angażować Piotra i wspomoże ich emocjonalnie, cokolwiek się wydarzy. Gdy tylko zamknęła za córką drzwi sklepu, popędziła z powrotem na zaplecze. Postronny obserwator mógłby się zdziwić, że osoba XXL potrafi pomykać po sklepie równie lekko i szybko jak sarenka po lesie.

– Dorota? – To było oczywiste, że zadzwoni do swojej najlepszej przyjaciółki. – Masz ochotę przespać się z moim byłym mężem? Wiem, że zawsze się Stasiowi podobałaś! – oświadczyła bez zbędnych wstępów.

– Trzydzieści lat temu! – jęknęła Dorota. – Miałam wtedy nie tylko trzydzieści lat mniej, ale i trzydzieści kilo mniej!

– Jak szybko zdołasz schudnąć? – zapytała Hanka, ale już z mniejszym entuzjazmem.

– Szalona kobieto! Lepiej powiedz, o co chodzi, zamiast wysyłać mnie do wyra ze swoim byłym. Poza tym od czasu, jak lekarze wywalili mi macicę, te sprawy mnie nie kręcą. Wolę zjeść ptysia albo rurkę z kremem.

– Moja macica też lubi ptysie – wyznała żałośnie Hanka.

– Dlaczego ty się z nim nie prześpisz? – zapytała podejrzliwie Dorota.

– Bo nie mam dwudziestu pięciu lat. I nie mam ochoty wracać do tego: dotknij mnie tu, poliż mnie tam, nie chce mi się. Nie wygnę się już w żadnym kierunku. Po cholerę mi to?

– A mnie chciałaś go wcisnąć – powiedziała z urazą Dorota. – Ładna z ciebie przyjaciółka.

– Ja bym się z twoim mężem przespała, gdybyś mnie poprosiła – zaperzyła się Hanka.

– No i gdyby nie odwalił kity na sesji z seksmasażystką. Nie wiem, co mu zrobiła, ale serce też mu stanęło – oznajmiła kwaśno Dorota. – A teraz mów jak na spowiedzi, co się dzieje i dlaczego twój mąż potrzebuje seksu do tego stopnia, że bawisz się w stręczycielkę.

– Bo mój mąż nie tylko ma seks, ale jeszcze zamierza go poślubić!

– O! – Ten okrzyk zawierał wszystko, co powinna wyrazić prawdziwa przyjaciółka. Zaskoczenie i oburzenie.

– A seks ma dwadzieścia pięć lat – kontynuowała Kopicka.

– O?! – Tym razem doszedł tam jeszcze szok i wstręt.

– No – potwierdziła markotnie Hanka.

– I ja w wieku pięćdziesięciu pięciu lat miałabym przebić waginę dwudziestoparolatki? Kochana, zejdź na ziemię! Nie wyciągniesz go z jej majtek, chyba że mu odpadnie i uschnie.

– Ona może jeszcze się rozmnożyć. I to wiele razy. Moje dzieci dostaną ochłapy – poskarżyła się.

– Kochana, Staś mógł się ożenić i rozmnożyć wiele razy w ciągu tych ostatnich dwudziestu lat.

– Osiemnastu – oschle poprawiła ją Hanka.

– Myślisz, że teraz chce ponownie zostać ojcem? Babrać się w pieluchach? Ścierać wymiociny z garnituru?

Kochana, on chce wtulić swojego małego kumpla w ciepłe ciasne gniazdeczko! Czym ty się martwisz?

– Wspólnotą majątkową?

– Tym bym sobie nie zawracała głowy. Raczej obawiałabym się, że Staś wykopyrtnie tak jak mój wódz, a siksa odziedziczy więcej, niż wyda za jego życia. To jest problem, a nie jakieś tam cudowne rozmnożenie Stasiowych plemników.

– To co ja mam robić?

– Trzeba się jej pozbyć – oświadczyła zdecydowanie Dorota.

– Dzieci wynajęły detektywa, który ma znaleźć na nią jakieś brudy.

– Dobry początek, ale to może być za mało. Musimy albo Stasiowi wsadzić do wyra coś lepszego niż ta wywłoka, albo podrzucić jakiegoś fagasa wywłoce.

– Miałam identyczny pomysł, ale Maria się nie zgodziła.

– Kochana, są chwile w życiu rodzica, gdy musi podejmować decyzje za swoje dzieci, bez ich wiedzy i często na przekór. To dla ich dobra. Dopilnujmy tylko, by Maria o niczym się nie dowiedziała.

– My? – z nadzieją w głosie zapytała Kopicka.

– No jasne, że my. Chyba nie sądziłaś, że zostawię cię samą z takim problemem? Ja też mam dzieci. Przysięgam ci, Haniu, że gdyby mój miał je pozbawić czegoś, co im się słusznie należy, utłukłabym drania i poszła za niego siedzieć.

– No wiesz, Dorotko, takie działanie to ostateczność. Bądź co bądź to ojciec moich dzieci. – Ten ostatni pomysł zdecydowanie nie przypadł jej do gustu.

– Przylecę jutro. Wyjedź po mnie na lotnisko.

– O której?

– Wyślę ci esemeska. Pa!

– Pa – powiedziała Kopicka do głuchej ciszy w telefonie.

Dorota zawsze była w gorącej wodzie kąpana, ale była jej najlepszą przyjaciółką. Na pogrzebie męża miała taką minę, że gdyby ten jeszcze żył, natychmiast popełniłby samobójstwo.

Ze strzeżonymi budynkami jest taki problem, że są strzeżone, pomyślała udręczona brakiem pomysłu Matylda. Kamery. Ochroniarz. Może i psy obronne w piwnicy, pomyślała, na wszelki wypadek spoglądając jeszcze w niebo, by upewnić się, czy dron nad nią nie lata. W dzisiejszym świecie wszystko jest możliwe.

Łącznie z tym, że ktoś podgląda cię w sypialni, uśmiechnęła się do siebie, ale tym to akurat ona się zajmowała. Między innymi. Nie wyłącznie. Nie była pospolitym podglądaczem. Nie robiła tego dla przyjemności, lecz dla pieniędzy. I była to znacznie ciekawsza praca niż w bibliotece. Co ją pokusiło, żeby taki kierunek studiów sobie wybrać, do dziś nie miała pojęcia.

Na ogół udawała kuriera albo doręczyciela pizzy. I wchodziła. Tutaj to nie przejdzie. Na dole zatrzyma ją ochroniarz, który zapyta, pod który numer idzie, i zadzwoni, by to potwierdzić. Jedyną opcją było zmalowanie na zewnątrz czegoś, co zmusiłoby ochroniarza do wyjścia z budynku, i dopilnowanie, by zdążyć przemknąć za jego plecami, zanim drzwi się zatrzasną. Niestety, do tego potrzebna była druga osoba, która odwróciłaby uwagę ochrony.

Trudno, pomyślała udręczona. Klienci nie powinni narzekać na nadmiar godzin, jeśli dostarczy im cennych informacji. Paula w końcu opuści budynek, a Monika znajdzie na Facebooku coś, co da się wykorzystać.

To był stresujący dzień, ale Maria wreszcie miała poczucie, że wszystko znalazło się na swoim miejscu. Dzięki matce poukładała sobie wszystko w głowie na właściwych półeczkach. Maria zamierzała podjąć niezbędne działania – w granicach prawa i rozsądku, rzecz jasna – by ratować ojca przed tym nieszczęsnym związkiem. Dopuszczała jednak możliwość, że to prawdziwa miłość. Takie związki przecież się zdarzają. Może to jeden z nich.

Póki się nie przekona, na czym stoi, nie podejmie żadnych działań. Poczeka na efekty pracy Matyldy. Kobieta działała błyskawicznie. Maria nie byłaby zaskoczona, gdyby tamta już następnego dnia przekazała im pełne dossier Pauli, łącznie z rozmiarem jej stanika i buta.

Umówiła się z Danielem, że odbierze ją z restauracji i pojadą do niej. Zbliżała się północ i ostatni pracownik opuścił lokal. Maria nalała kieliszek wina i usiadła przy stoliku na tarasie. Nie chowali ich na noc. Noc była ciepła, gwiazdy świeciły jasno. Znad rzeki wiał rześki wiatr. Rozpuściła włosy i przymknęła oczy.

Nadal była lekko oszołomiona tym, że odeszła z pracy. Szef dzwonił do niej dziś dwukrotnie, ale nie odebrała. Zwolniła się bez wypowiedzenia, jako powód podając mobbing. Kadrowa była tak przerażona, że pobiegła z pismem do prezesa. W efekcie Maria dostała piękne referencje, umowę rozwiązano za porozumieniem stron ze skutkiem natychmiastowym. Z szefem działu nie musiała już rozmawiać. Jeśli chciał ją przeprosić – a z pewnością nie chciał – mógł nagrać wiadomość. Skoro tego nie zrobił, pewnie zamierzał ją zbluzgać.

Upiła łyk wina. Jutro zajmie się swoim bistro. Jeśli dobrze pójdzie, ruszy od lipca. Zostały jej tylko dwa tygodnie, ale nie ma rzeczy niemożliwych. Na koncie miała dość pieniędzy od ojca. Nie zamierzała inwestować horrendalnych sum w wystrój. To nie Beatrice, tylko plan awaryjny.

W głębi lokalu usłyszała hałas. Zmarszczyła brwi. Była przekonana, że została sama. Adrianna wyszła kwadrans wcześniej, ktoś z kuchni miał jeszcze wynieść śmieci i wyjść od zaplecza. Może nie zamknął drzwi?, pomyślała z niepokojem i wstała, po czym weszła do restauracji.

Wewnątrz panowała cisza. Dźwięk, który ją zaniepokoił, ucichł. Niepewnie, z bijącym mocno sercem, skierowała się na tyły, do kuchni.

Drzwi prowadzące z kuchni na dziedziniec, gdzie znajdowały się kosze na śmieci, były zatrzaśnięte. Rozejrzała się po kuchni. W pomieszczeniu panował półmrok. Nie zapaliła światła. To, które wpadało z zewnątrz, było wystarczające.

Wydawało mi się, odetchnęła z ulgą. A może hałas dobiegł z zewnątrz? Wychodząc z kuchni, zauważyła niedomknięte drzwi spiżarni. Zmarszczyła czoło. Przechowywali tam żywność. Stały tam również dwie ogromne zamrażarki. Pomieszczenie było dodatkowo chłodzone klimatyzacją. Powinno być zamknięte. Z irytacją podeszła do drzwi i pchnęła je mocno, ale się zablokowały. Maria zapaliła światło. Pomiędzy drzwiami i futryną coś wystawało. Czarny worek.

– Co to, u licha, jest? – zdziwiła się, pchając drzwi, by przesunąć zawalidrogę.

– Matko Boska! – jęknęła, przykładając rękę do ust.

W czarnym worku leżała kobieta. Martwa. Leżała sobie na wznak i tępo patrzyła w sufit nieruchomymi oczami. Jasne krótkie włosy ciasno przylegały do głowy. Nie było na nich keczupu. Nic na nich nie było.

Dżinsy i koszulka w kratkę. Butów nie było widać, bo worek częściowo oplatała czarna taśma. Najwyraźniej ktoś próbował ją opakować. Maria odwróciła się na pięcie i powoli wyszła z kuchni, nie odwracając się za siebie i zostawiając zapalone światło. Oraz niedomknięte drzwi.

Sztywno jak manekin pomaszerowała na taras, gdzie usiadła przy stoliku i upiła łyk wina. Wczoraj przydarzyła jej się podobna sytuacja. Wydawało jej się, że widzi trupa. A to był tylko manekin.

Ale widziałam go na własne czy, pomyślała. Zatem to, co leży w mojej spiżarni, nie jest halucynacją. Wstała od stolika i zamknęła za sobą drzwi na taras. Miała wrażenie, że ktoś wyłączył jej emocje. Upiła kolejny łyk wina, a potem kolejny, zanim w końcu zdobyła się na to, żeby sięgnąć po telefon. W tej sytuacji powinna zawiadomić policję. Na pogotowie już raczej za późno. Klatka piersiowa kobiety była nieruchoma jak jej oczy. Pamięta, że zwróciła na to uwagę.

Wybrała sto dwanaście i czekała na połączenie.

– Dobry wieczór. Chciałam zgłosić zwłoki kobiety.

– ...

– Nie wiem, jak się nazywa. Pierwszy raz ją widzę.

– ...

– Aha! Pan pyta, jak ja się nazywam? To ja się nazywam Maria Kopicka.

– ...

– Adres? Restauracja Beatrice, Rzeczna piętnaście.

– …

– Tak, jestem pewna, że nie żyje.

– …

– Nie sprawdzałam, ale wygląda na bardzo martwą i leży w czarnym worku w spiżarni mojej restauracji. Sama nie przyszła. Ktoś ją pewnie podrzucił.

– …

– Nie wiem kto. Może konkurencja. Nikogo nie widziałam.

– …

– Oczywiście, że zaczekam. Za kogo mnie pan uważa? – oburzyła się Maria właściwie bez przyczyny. Dyspozytor wcale jej nie pytał, czy zostanie, wręcz przeciwnie – kazał jej czekać.

Mężczyzna jeszcze napomknął coś o bezpiecznym miejscu, w którym powinna zaczekać, a potem połączenie zostało przerwane. Niby gdzie miała się ukryć? W restauracji? Dotarło do niej, że przecież martwa kobieta nie przyszła tu o własnych siłach z workiem pod pachą, by wskoczyć do niego i godnie umrzeć. Ktoś ją zabił i przytargał do spiżarni. Dlaczego tutaj? Tego Maria nie wiedziała. Może miał po drodze, a może kucharz nie zatrzasnął za sobą drzwi, gdy wychodził, i zabójca skorzystał z zaproszenia.

Maria dolała sobie wina z butelki, którą wzięła ze sobą po drodze z kuchni. Upiła łyk i dumała. Gdyby ona kogoś zabiła, z pewnością nie afiszowałaby się z trupem. Postarałaby się go ukryć, a nie komuś podrzucać. Czy to możliwe, że zabójca nadal gdzieś tu był, a ona go tylko spłoszyła? Tak, jak najbardziej, uznała. To brzmi logicznie.

Dlatego siedziała ukryta na tarasie, a jedyne drzwi, które tu prowadziły, były zamknięte. Na taras, będący wprawdzie podwyższonym parterem, dałoby się wspiąć, ale czy w tej chwili istniało dla niej bezpieczniejsze miejsce? Taras znajdował się od ulicy i oświetlony był rzędem lamp stojących przy nadrzecznej promenadzie. Ktoś by z pewnością zauważył, gdyby jakiś Romeo z nożem w zębach próbował wspiąć się po murze.

Zakręciła w kieliszku resztką wina i przełknęła jednym haustem. Zabójca z pewnością już się ulotnił. W przeciwnym wypadku napadłby ją w kuchni, zamordował i dopakował do czarnego worka. Nalała sobie kolejny kieliszek. Pomagał jej na nerwy. Alkohol faktycznie ma działanie znieczulające.

Zaraz, zaraz, zdenerwowała się nagle, czy ten trup nie ściągnie jej na głowę sanepidu?! Opróżniła kieliszek i w tym momencie błyskające światło śmignęło po tarasie, a przed restauracją zatrzymał się radiowóz.

Ten widok uruchomił w niej wszystkie emocje, które zapodziały się gdzieś pomiędzy kuchnią a tarasem. Nieoczekiwanie zalała się łzami i z pustym kieliszkiem w ręce wpadła do restauracji, nie bacząc na niebezpieczeństwo. Otworzyła drzwi wejściowe i rzuciła się w ramiona funkcjonariusza.

– Ona tam leży zupełnie martwa! – łkała żałośnie, wczepiona w mężczyznę. – W mojej restauracji! I to bez keczupu!

– Proszę się uspokoić. – Policjant odsunął ją od siebie stanowczo. – To pani dzwoniła pod sto dwanaście?

– Tak, to ja. – Pokiwała gorliwie głową, a łzy nie chciały przestać lecieć.

Toczyły się wielkie jak grochy i spływały na szyję, moczyły bluzkę.

– Powinnam zawiadomić sanepid?

– Sanepid? – Przyjrzał się jej podejrzliwie.

Czuł alkohol. Kieliszek od wina mówił sam za siebie.

– Czy w środku ktoś jest?

– Tylko martwa kobieta w spiżarni, ale my nie podajemy takich dań! – plotła trzy po trzy.

– Proszę tu zostać. Sprawdzimy. – Skinął na kolegę i weszli do środka.

Kopicka patrzyła za nimi niepocieszona. Nadal nie wiedziała, co z tym sanepidem. Do tego policjanci kręcili się między stolikami, a przecież powiedziała wyraźnie, że ciało jest w spiżarni.

Niezdecydowana, co robić, zobaczyła zatrzymujący się przed Beatrice samochód Daniela. Ulga, którą poczuła na jego widok, była nieporównywalna z żadnym uczuciem, jakiego kiedykolwiek doświadczyła. Pobiegła do niego jak na skrzydłach.

Zaniepokojony widokiem radiowozu mężczyzna wjechał częściowo na chodnik, nie zawracając sobie głowy prawidłowym parkowaniem. Ledwo zdołał wysiąść, gdy Maria wpadła na niego z impetem. Oczy miała spuchnięte, a twarz zaczerwienioną od płaczu. Machała przy tym gwałtownie ręką.

– Już dobrze, kochanie, uspokój się.

Próbował ją przytulić, przez co omal nie stracił oka, które – oby przypadkiem – Maria usiłowała wydłubać mu kieliszkiem od wina.

– Wcale nie jest dobrze – łkała, obejmując go za szyję i wbijając mu kieliszek w kark. – Mam w restauracji trupa!

– Ludzkiego? – zapytał głupio, dopiero poniewczasie uświadamiając sobie, że z powodu zwierzęcego truchła Maria nie wpadłaby w histerię, a policja nie zainteresowałaby się padliną.

– Oczywiście, że ludzkiego. – Płakała, ściskając go coraz mocniej. – Sanepid zamknie mi moją Beatrice.

– Sanepid też tu jest? – zdziwił się.

– A powinien? – Maria wreszcie oderwała się od niego, co mężczyzna przyjął z ulgą.

– Nie mam pojęcia. Nic nie rozumiem. Co się właściwie stało?

– Skąd mam to wiedzieć? – Pociągnęła mocno nosem. Torebka z chusteczkami została przy stoliku na tarasie. – Weszłam do kuchni, a tam trup.

– Kucharza?

– Dlaczego kucharza? – Zaskoczona pytaniem Maria w końcu przestała płakać.

– Nie wiem, dlaczego kucharza. Może z powodu tego sanepidu. Maria, ja nic nie rozumiem. Zacznij od początku – poprosił zdezorientowany.

Rozmowa osiągała poziomy absurdu, na które wzniósłby się jedynie Gombrowicz. Może również Kafka by się w nim odnalazł, ale on zawsze rozumiał rzeczy oczywiste i z interpretacjami miał spory problem. Zarówno w szkole, jak i w życiu osobistym.

– Wchodzę do kuchni, a tam ze spiżarni wystaje trup kobiety. Jaśniej nie mogę tego wyjaśnić, bo nic więcej nie wiem. Wszystko było zamknięte na cztery spusty, a trup był. No, sam nie przyszedł. Ktoś go przyniósł!

– Ale po co?

– Skąd mam wiedzieć: po co? Bardziej się martwię: kto! I czy on tu jeszcze był, gdy i ja byłam? Na pewno był, bo kucharz wyszedł jako ostatni, a wtedy on wślizgnął się do mojej Beatrice! I zostawił mi tu trupa! Czy to jakieś ostrzeżenie od mafii?

– Nie sądzę, skarbie. Zostawiliby ci końską głowę, o ile dobrze pamiętam. Albo rybią. – Widząc minę Marii, stwierdził w duchu, że to nie czas ni miejsce, by dzielić się z nią wiedzą na temat klasyków kina gangsterskiego. – Uspokój się, skarbie. Policja wszystkim się zajmie – powiedział zatem stanowczo, widząc wychodzących z lokalu umundurowanych funkcjonariuszy, którzy z poważnymi minami zmierzali w ich kierunku.

Daniel rzucił okiem na auto. Mandat należał mu się jak nic. Może nie zwrócą uwagi. Trup to znacznie poważniejsza sprawa, pomyślał z nadzieją.

– Pani Kopicka, tak? – zapytał starszy z mężczyzn, ten, któremu rzuciła się na szyję.

Drugi policjant wsiadł do radiowozu i rozmawiał przez telefon, zerkając w ich stronę.

– Tak. – Pokiwała gorliwie głową.

– W lokalu nikogo nie ma.

– Jak to: nie ma? Wiem, co widziałam! – zdenerwowała się Maria. – Weszłam do kuchni, a tam ze spiżarni wystawał trup! Płci żeńskiej! To gdzie jest ten trup?!

– Nie wiem, proszę pani, ale sprawdziliśmy restaurację i nie ma żadnych śladów, które by wskazywały na jakiekolwiek nielegalne działania.

– Na litość boską! – zawołała. – Przecież nie mogliście przegapić ludzkiego ciała!

– Zgadza się, proszę pani. Widzę, że trzyma pani kieliszek w ręku. Ile pani wypiła?

– No wie pan co?! – oburzyła się. – Nie jestem pijana!

Zarówno policjant, jak i Daniel spojrzeli na nią z powątpiewaniem.

– Nie jestem! – upierała się. – Dwa kieliszki wypiłam po znalezieniu trupa. Z nerwów!

– A wcześniej?

– Jeden i to raczej niecały. Wiem, co widziałam. Pokażę panu!

Maria lekko chybotliwym krokiem ruszyła w stronę wejścia do lokalu. Daniel bez słowa pospieszył za nią. Policjant wzruszył ramionami i dołączył do nich. Drugi został w radiowozie i nadal rozmawiał przez telefon.

Skierowała się prosto do kuchni. Zapaliła światło. Drzwi spiżarni były zamknięte. Szarpnęła uchwyt i otworzyła je na oścież. Półki z produktami spożywczymi. Kosze. Dwie ogromne skrzyniowe zamrażarki. Trupa nie było. Oniemiała mrugała oczami. Spojrzała bezradnie na Daniela, który w odpowiedzi równie bezradnie wzruszył ramionami.

– Sprawdzał pan w zamrażarkach? – niepewnie zapytała policjanta.

Ten bez słowa pokiwał głową. Maria niczym niewierny Tomasz sprawdziła obie. Wypełnione po brzegi. Każde opakowanie mięsa starannie opisane, łącznie z datą ważności. Trup za nic by się tam nie zmieścił. Nawet w częściach. A ćwiartowanie musiałoby pozostawić ślady.

– Wie pani, że za fałszywe zgłoszenie grozi odpowiedzialność karna? – zapytał ją surowo policjant.

– Fałszywe?! – zatchnęła się z oburzenia. – Wiem, co widziałam! Siedziałam na tarasie, gdy usłyszałam hałas. Weszłam do środka, bo pomyślałam, że kucharz, wynosząc śmieci, nie zatrzasnął tylnych drzwi. Były zamknięte, a te od spiżarni uchylone! Gdy chciałam je zamknąć, znalazłam zwłoki!

– Więc gdzie one teraz są?

– Może ten, co je przyniósł, poszedł sobie z nimi tam, skąd przyszedł? – zasugerowała z rozpaczą.

– Drzwi na dziedziniec były zamknięte, a z tego, co zauważyliśmy z kolegą, zatrzaskują się automatycznie. By je otworzyć z zewnątrz, trzeba mieć klucz.

– Zgadza się – potwierdziła Maria.

– A wewnątrz nikogo pani nie widziała? Tak?

Skinęła głową.

– Zatem osoba, która podrzuciła zwłoki i potem je zabrała – pani zdaniem oczywiście – musiałaby mieć klucz – zauważył policjant.

– Niby tak... – mruknęła, tracąc pewność siebie.

– Chyba że cały czas tu była, a ulotniła się dopiero wtedy, gdy Maria wróciła na taras – zasugerował Daniel. – Wówczas wystarczyłoby, gdyby ta osoba po prostu sobie poszła. Ze zwłokami.

– A pana zdaniem po co ta osoba tu przyszła? – zapytał policjant z ironią.

– Skąd mam to wiedzieć? Mówię tylko, że przebieg zdarzeń podanych przez panią Kopicką jest prawdopodobny.

– Oczywiście – przytaknął zjadliwie. – Zapraszam panią na zewnątrz. Chciałbym przeprowadzić badanie alkomatem.

– Nie jestem pijana!

– Czy pani Kopicka może odmówić? – zapytał Daniel.

– Może, ale wówczas przewieziemy ją na badanie krwi do szpitala. Radzę dmuchnąć i mieć to z głowy – poradził surowo.

– Nawet jeśli wypiłam, nie znaczy, że mam halucynacje! Wczoraj też widziałam zielonowłosego trupa i to wcale nie były omamy!

– Czyżby? – zainteresował się policjant. – A gdzież pani widziała tę rusałkę?

– W biurze detektywistycznym – odparła z godnością.

– W takich miejscach to dość częste – odparł pozornie bez sarkazmu, ale wyraźnie miał dość tej rozmowy.

Pospolitego pijaczka pewnie by już skuł i zawiózł na izbę wytrzeźwień. Elegancko ubrana młoda kobieta, właścicielka restauracji, raczej nie należała do kategorii pospolitych pijaczków wożonych na tylnym siedzeniu radiowozu.

– Zapraszam na badanie. Dowód osobisty proszę przygotować. Spiszemy protokół – oświadczył zdecydowanie.

Nie wierzył jej. A współczucie na twarzy Daniela wskazywało, że i on wątpi w jej słowa.

– Kochanie, jesteś przemęczona – powiedział. – Może przeproś za zamieszanie i odwiozę cię do domu, dobrze?

– Nie mów do mnie jak do dziecka. Wiem, co widziałam! – upierała się Maria.

Nie zrobią z niej wariatki. W spiżarni leżała martwa kobieta.

– Za trzy godziny będę trzeźwa i powtórzę dokładnie to samo!

Mimo starań Daniela Maria nie odpuściła. W końcu zdenerwowany policjant – po badaniu alkomatem, które wykazało niewiele ponad pół promila alkoholu we krwi – wezwał na miejsce techników policyjnych, ale uprzedził ją, że jeśli niczego nie znajdą, zostanie obciążona kosztami.

Matylda wróciła do domu około północy. Monika spała snem sprawiedliwego. Ot, młodość, pomyślała z rozrzewnieniem, gdy patrzyła na śpiącą córkę. Młodzi nie mają problemów, które nie pozwoliłyby im zmrużyć oka. Wróciła do kuchni i wyjęła z lodówki chłodne piwo imbirowe. Zrobiła sobie dwie kanapki z majonezem i tuńczykiem. Dietetyczka pewnie kazałaby jej majonez zastąpić pomidorem czy ogórkiem, ale dietetyczki tu nie było, a wielki głód tak. Przeniosła się do pokoju, który pełnił w ich trzypokojowym mieszkaniu funkcję gościnnego, jadalni i kącika telewizyjnego. Rozsiadła się na sofie, nogi oparła na niskim stoliku kawowym i rozłożyła na kolanach notes. W zębach trzymała kanapkę, w lewej ręce piwo.

Spędziła przed apartamentowcem całe popołudnie, wieczór i część nocy. Dotychczas nie udało jej się znaleźć skutecznego sposobu na wtargnięcie do środka, zwłaszcza że nie miała zielonego pojęcia, pod jakim numerem mieszka obiekt i jego narzeczona. Właściwie to narzeczona jest obiektem od chwili, gdy obiekt przestał być obiektem, uzmysłowiła sobie Matylda.

Wymyślne nazwy na prozaiczne czynności. Obserwacja, inwigilacja, obiekt. Zwykłe papranie się w czyimś życiu i już, ale nie, profesjonalizm wymaga fachowego słownictwa. Matylda miała to gdzieś. Egzamin zdała, a teraz mogą jej naskoczyć. Będzie mówić, jak jej się podoba. Wystarczy, że prawnicy używają żargonu, którego połowa społeczeństwa nie rozumie. Dorosła połowa społeczeństwa. Nie licząc dzieci i osób w wieku poprodukcyjnym. O, kolejne wyrażenie bez sensu, a kryje w sobie biedaka, który całe życie ciężko harował, aż przestał się do czegokolwiek nadawać. W ten sposób stał się poprodukcyjny.

Matylda, skup się, zganiła się za te dywagacje. Nie dość, że niczego nie odkryłaś, to teraz tracisz czas na dyrdymały. Wiesz, kiedy zmienia się ochrona. Jak działa brama od garażu. Gdzie są kamery. To już coś. Musisz wyczaić zmianę bez ochroniarza, który cię pogonił, i pod pozorem dostarczenia dokumentów dostać się do budynku. Albo pod jakimś innym.

Nagle do głowy wpadł jej pewien pomysł. Z wrażenia aż usiadła. Listonosz! To jest myśl! Listonosz zna wszystkich! Dorwać listonosza, napisała wielkimi literami w swoim notesie. Z wrażenia zapomniała o piwie, które trzymała w ręku. Część pociekła na kanapę, część na nią. Nie pierwszy raz, dlatego Matylda już dawno zainwestowała w kanapę ze sztucznej skóry. Dało się ją wytrzeć i nie śmierdziała. Udało jej się tylko dowiedzieć, że żadne z nich – ani Paula, ani Kopicki – tego dnia nie opuściło już mieszkania.

Dorota zadziałała błyskawicznie. Znalazła nocny lot. O siódmej rano Hanka Kopicka krążyła po hali lotniska. Prawdziwych przyjaciół nie rozdzieli żadna odległość, pomyślała z rozrzewnieniem. Chociaż telefony komórkowe, internet i samoloty znacznie ułatwiają podtrzymywanie takich znajomości.

– Hania! – Piskliwy głosik mógł należeć tylko do jednej osoby.

Kopicka odwróciła się z szerokim uśmiechem i stanęła oko w oko z pulchną kobietą po pięćdziesiątce z podwójnym podbródkiem i wydatnym brzuchem. Mocny makijaż krył pozostałe niedoskonałości.

– Dorota? – zapytała niepewnie.

– Dorota! Dorota! – Przyjaciółka roześmiała się dźwięcznym śmiechem nastolatki. – Mówiłam ci, że mam trzydzieści kilo za dużo na twojego Stasia!

– Co ci się stało? – Hanka nie wierzyła własnym oczom.

Dorota całe życie miała posągową figurę. Ostatni raz widziały się zaledwie dwa lata temu!

– Konowały dały mi sterydy i oto skutek! Masz dymka?

– Rzucam palenie – odparła automatycznie, sięgając do torebki po paczkę papierosów. – Ale okoliczności temu nie sprzyjają – wyjaśniła, wyjmując również zapalniczkę.

– Chodźmy stąd, bo zaraz nas pogonią za samo posiadanie papierosków. Mam tylko bagaż podręczny. Resztę dostarczą pod twój adres za dzień lub dwa – poinformowała ją przyjaciółka, lawirując zwinnie między ludźmi ciągnącymi za sobą walizki na kółkach.

– Nie mogę uwierzyć – powtarzała wciąż to samo Hanka.

Teraz – ze swoimi dziesięcioma kilogramami nadwagi – czuła się przy Dorocie nie jak Kopciuszek, ale Królewna Śnieżka. Do tego ten ordynarny makijaż. Co jej do głowy strzeliło?!

– Nie dobijaj mnie – poprosiła tamta i odwróciła się, by spojrzeć na Hankę z wyrzutem. – Wiesz, jak się czułam, kiedy spuchłam? Do tego jakieś świństwo wyskoczyło mi na twarzy, więc je zamalowałam. Lekarz zabronił, ale nie będę ludzi krostami straszyć. Zaraz to zmyję, bo już mnie skóra swędzi. Jestem na diecie, ale ci dietetycy… Na litość boską, ktoś powinien im dupę skopać! Ja jestem wychowana na kluchach, sosach i smażonym mięsie, a oni, że to wszystko fuj! I be! Szkoda słów. – Machnęła ręką. – A co u ciebie? Nie licząc erotycznych zapędów Stasia?

– Raczej matrymonialnych – westchnęła, z trudem dotrzymując jej kroku. Tempo Doroty akurat nie uległo zmianie.

– Erotyka jest przyczyną tego całego matrymonialnego ambarasu, który wyniknął z jego zapędów. Że też te chłopy nie wiedzą, kiedy przestać. Natura obdarzyła ich łaskawszą forma starzenia się, jak się który postara, rzecz jasna. Stracić zęby i dorobić się brzucha, to potrafi już trzydziestolatek. Kiedy my się kończymy rozmnażać, oni dopiero zaczynają swoje seksualne ekscesy. I za co te fory, ja się pytam? No za co? Gdzie masz auto?

– Idziesz w dobrym kierunku – powiedziała rozbawiona Hanka.

Tak, to cała Dorota. Charakterek nie zmienił się jej ani na jotę. Staś zawsze patrzył na nią z jakąś dziwną fascynacją. Z jednej strony odrzucało go wszystko, co miała do powiedzenia, z drugiej – emanowała drapieżną seksualnością, która przyciągała każde portki w promieniu stu metrów. I co najdziwniejsze, była lubiana przez kobiety, bo często mówiła to, co tamte same myślały, a czego nigdy nie odważyły się powiedzieć głośno, a po chłopach jeździła jak po łysej kobyle.

– Czym teraz jeździsz?

– Tym samym od lat. – Wskazała dziesięcioletniego poobijanego opla astrę zaparkowanego na obrzeżach parkingu.

– Myślałam, że już dawno wymieniłaś tego rzęcha na coś nowszego.

– A po co? – zapytała ze stoickim spokojem. – Dorotko, kup mi nowego mercedesa, a za rok będzie wyglądał tak samo. Wiesz, że jeździć mogę, tylko z parkowaniem mam problem.

– Najwyraźniej – zgodziła się z nią przyjaciółka, patrząc na pęknięcie na zderzaku i wgniecenie na tylnych drzwiach.

– A to mi drzewo wyrośnie za samochodem, a to zapomnę, że słupek mijałam, jak wjeżdżałam, więc zahaczam go, jak wyjeżdżam, a to mi się zarysuje, jak stanę za blisko innego auta. Szkoda pieniędzy na coś nowego, skoro toto jeszcze jeździ. Mechanik mówi, że silnik jak pszczółka.

Dorota uśmiechnęła się szeroko i uścisnęła Hankę serdecznie.

– Dawaj papierocha, bo zaraz zdechnę. Wiesz, że w samolotach nie pozwalają palić nawet w toalecie? Skandal. Palacze są dyskryminowani!

– Poniekąd słusznie. Póki nie zaczęłam palić, też mnie wkurzali – wyznała Hanka.

– Może i racja. – Dorota z lubością zaciągnęła się papierosem.

Po chwili zaniosła się ostrym kaszlem, ale papierosa nie zgasiła.

– Cholerna astma – wystękała. – Ale papierosów nie oddam – dodała na widok miny Hanki, która nieoczekiwanie parsknęła śmiechem. – Co?

– Wiesz, Dorotko, myślę, że gdybyś teraz chciała przelecieć mojego Stasia, to zszedłby na zawał z przerażenia – powiedziała i wsiadła do samochodu.

– Ładna z ciebie przyjaciółka! – zawołała za nią Dorota. – Dozuj mi prawdę małymi kroplami. Wystarczy, że spojrzę w lustro, a już mi słabo. Ale nic się nie martw. Za pół roku wrócę do formy. Wtedy Staś będzie mnie na kolanach błagał, żebym na niego spojrzała – oświadczyła, zajmując miejsce pasażera.

– Rzecz w tym, że my nie mamy pół roku.

Hanka uruchomiła silnik i zaczęła powoli wycofywać auto, uważnie patrząc w lusterka.

– Nie mamy. Ale twoja Maria ma detektywa. A my mamy Arletę – powiedziała.

– Arleta słowa nie piśnie – zapewniła ją Kopicka.

– Dopadniemy ją we dwie i wyciśniemy jak cytrynę. Musi pęknąć… – Huk przerwał jej wypowiedź w połowie, a wstrząs sprawił, że papieros wypadł jej z ust. – Co, u licha? – zdenerwowała się.

– A nie mówiłam? – Zrezygnowana Kopicka oparła głowę na kierownicy. – Znów mi coś wyrosło za samochodem.

W tym samym czasie Maria siedziała na lokalnym posterunku i czekała, aż pojawi się ktoś z ekipy kryminalnej, która w nocy dokonała najazdu na jej restaurację. Z tego, co zdołała podsłuchać z rozmowy techników policyjnych, nie znaleziono na miejscu śladów potwierdzających jej słowa.

Spiżarnia była czysta. Żadnych tkanek ani śladów krwi. Sprawdzili dokładnie główne wejście do restauracji oraz tylne drzwi prowadzące z kuchni na wewnętrzny dziedziniec. Ani śladu włamania. Zerkali na nią raz po raz wyraźnie wkurzeni, że ściągnięto ich w nocy do roboty głupiego, jak burknął jeden z nich.

Daniel towarzyszył jej całą noc. Rano zadzwonił do pracy i poprosił o urlop na żądanie. Byłaby mu wdzięczniejsza za wsparcie, gdyby jej wierzył. Jego sceptyczna mina mówiła jej wszystko. Mimo to cieszyła się, że nie jest tu sama.

– Pani Kopicka? – Stanął przed nią wysoki mężczyzna w cywilu.

– Tak, to ja – potwierdziła słabo.

– Podkomisarz Antoni Marecki. Musimy porozmawiać.

Otworzył drzwi pokoju, obok którego siedzieli, i gestem zaprosił ją do środka.

– Pan zostaje – polecił, gdy Daniel wstał, by do niej dołączyć.

Maria pokornie weszła do gabinetu. Raz kozie śmierć, pomyślała. W tej chwili bardziej martwiło ją to, że może zostać oskarżona o fałszywe zawiadomienie, niż to, że zwłoki pojawiły się, a potem zniknęły w niejasnych okolicznościach.

– Może pan zaczekać tutaj. – Komisarz wszedł za nią do pokoju i zamknął drzwi.

Daniel, chcąc nie chcąc, wrócił na krzesło i ziewnął szeroko. Nie tak planował spędzić czas z Marią, ale przecież nie zostawi jej samej z piwem, którego sobie nawarzyła. Czy naprawdę widziała trupa? Byłby skłonny jej uwierzyć pomimo wina, które wypiła, ale przemęczenie ostatnich tygodni, problemy z ojcem, ta nagła decyzja o rzuceniu pracy…

Zmęczenie plus alkohol to nie jest dobre połączenie. Może zdrzemnęła się przy stoliku i coś jej się przyśniło? To było bardziej prawdopodobne niż zwłoki, które nie pozostawiły po sobie żadnego śladu. Pojawiły się w sposób równie tajemniczy jak kręgi w zbożu, i w równie tajemniczy zniknęły.

Policjant miał około czterdziestu lat, okulary w grubych oprawkach, kraciastą koszulę z rękawami podwiniętymi do łokci, dżinsy i sznurowane buty. Tylko odznaka na pasku świadczyła o jego randze. No i kabura z pistoletem doczepiona do pasa.

– Pani Maria Kopicka.

Kiwnęła głową.

– To pani zadzwoniła pod numer alarmowy i zgłosiła znalezienie ciała martwej kobiety w swojej restauracji, zgadza się?

– Tak.

– Funkcjonariusze nic nie znaleźli.

– Wiem, że nie, ale miałam ledwie ponad pół promila – oświadczyła zdecydowanie.

– Zgadza się.

– To nie jest aż tyle, żebym miała pijackie zwidy!

– Pewnie nie – przyznał, przyglądając się jej uważnie.

– Więc dlaczego nikt mi nie wierzy?

– Nikt nie powiedział, że pani nie wierzy, na pewno nie ja. A proszę mi wierzyć, w tej chwili tylko moja opinia się tu liczy. Proszę mi zatem opowiedzieć, co dokładnie się wydarzyło.

Rozparł się wygodnie na krześle, założył ręce przed sobą i wpatrywał się w Marię z zainteresowaniem, jakby naprawdę obchodziła go ta historia i wcale nie zamierzał jej straszyć sprawą karną za fałszywe zgłoszenie.

– Siedziałam na tarasie i piłam wino – zaczęła.

– Dlaczego na tarasie?

– Pracownicy kończyli sprzątanie i nie chciałam przeszkadzać. Noc była ciepła, a ja czekałam na mojego przyjaciela.

– Długo pani tam siedziała?

– Czy ja wiem? Może z kwadrans? – zastanawiała się głośno. – Trudno powiedzieć.

– Co było dalej?

– Popijałam wino, gdy usłyszałam jakiś hałas.

– Co to był za hałas?

– Jakby trzaskanie drzwiami.

– Co było w tym dziwnego? Przecież pracownicy sprzątali lokal.

– Byłam przekonana, że już nikogo nie ma. Główne wejście zamykamy zaraz po ostatnim gościu, a pracownicy wychodzą od zaplecza. Został tylko kucharz, który jako ostatni wynosi śmieci. Pomyślałam, że nie domknął drzwi.

– Co pani zrobiła?

– Poszłam je zamknąć. To znaczy poszłam zobaczyć, co tam hałasuje – poprawiła się. – Ale szłam w przekonaniu, że pewnie to kucharz zostawił uchylone drzwi.

– Weszła pani do kuchni.

– Tak, weszłam do kuchni. Zapaliłam światło. Podeszłam do drzwi. Były zamknięte. Odwróciłam się, by wrócić na taras, i wtedy zobaczyłam, że drzwi do spiżarni nie są domknięte. Chciałam je zamknąć. – Urwała, by nabrać tchu, po czym kontynuowała: – Drzwi napotkały opór. Otworzyłam je, by sprawdzić, co blokuje, i wtedy ją zobaczyłam.

– Zielonowłosą kobietę?

– Tak. To znaczy nie. Zobaczyłam martwą kobietę. Nie była zielonowłosa.

– Powiedziała pani jednemu z naszych funkcjonariuszy, że poprzedniego dnia widziała pani zielonowłosą kobietę z keczupem, a teraz zobaczyła martwą kobietę. Czy to była ta sama kobieta?

– Nie! Wtedy to nie była kobieta, tylko manekin! Dziś w nocy widziałam martwą kobietę. Prawdziwą! To znaczy tamta zielonowłosa też była prawdziwa, ale ta martwa była sztuczna. I zielone włosy miała nastolatka, która jeździła windą. Rany, czy pan rozumie, co ja mówię? – Maria czuła, że myśli jej się plączą.

– Jak wyglądała?

– Ta zielonowłosa kobieta? Jej tam nie było! – zawołała z rozpaczą w głosie.

– Ta martwa. Jak wyglądała ta martwa kobieta? – Mareckiemu twarz nie drgnęła, chociaż czuł coraz większe rozbawienie.

– Leżała w worku. Takim czarnym. Nogi były częściowo oplecione taśmą, reszta po prostu sobie leżała bez taśmy – mówiła nieskładnie, ale za wszelką cenę starała się opisać zdarzenie najwierniej, jak to możliwe.

– Była poćwiartowana?

– Poćwiartowana? – zdziwiła się. – Nie, skąd ten pomysł?

– Powiedziała pani, że nogi były oplecione taśmą, a reszta ciała leżała bez taśmy. Czyli została przepołowiona?

– Absolutnie nie. Była w jednym kawałku. Czy pan mnie nie słucha?!

– Coś jeszcze pani pamięta? Jak była ubrana? Jaki miała kolor włosów? – Komisarz nie odniósł się do słów świadka.

– Blondynka. – Patrzyła na niego ze złością. – Krótkie włosy. Takie przylizane.

– Jasne? Ciemne?

– Przecież mówię, że to była blondynka!

– Ale jasna czy ciemna blondynka?

– Jasna, z tym że... chyba... – Wahała się.

– Chyba co?

– Chyba farbowana...

– Nie jest pani pewna?

– Widziałam ją tylko przez moment!

– Co jeszcze pani widziała?

– Miała ciemne dżinsy i koszulę w kratę. Czarno-turkusową albo grafitowo-turkusową...

– Gruba, chuda?

– Nie wiem... Taka normalna raczej.

– Wysoka? Niska?

– Nie wiem. Leżała... – Maria była zmęczona tymi pytaniami. – Naprawdę ją widziałam – zapewniła żałośnie.

– Yhm – przytaknął niezobowiązująco, nie spuszczając z niej oczu. – Co pani zrobiła?

– Nic. Poszłam na taras, usiadłam... To znaczy po drodze wzięłam chyba butelkę wina spod lady... Byłam w szoku. Usiadłam na tarasie i tak siedziałam sobie dłuższą chwilę.

– Jak długą?

– Nie wiem, jak długą. Myślałam.

– O czym?

– Nie wiem. Nie pamiętam. Dziwiłam się tylko, że nie jestem zdenerwowana. Powinnam być, skoro znalazłam ludzkie ciało, a nie byłam. Potem jakoś oprzytomniałam i zadzwoniłam pod sto dwanaście.

– Oprzytomniała pani czy wypiła resztę wina? Nasi ludzie stwierdzili, że butelka była pusta.

– Była już otwarta, gdy ją wzięłam na taras! – zawołała, czując łzy cisnące się jej do oczu.

– No dobrze. – Marecki na razie porzucił temat butelki. – Co dalej?

– Co dalej, co dalej? Nie ma żadnego „dalej"! Zamknęłam drzwi na taras i siedziałam tam do przyjazdu policji! Nie ma nic dalej!

– Proszę się nie denerwować. Jeszcze kilka pytań. Czy wchodząc lub wychodząc z kuchni, słyszała pani coś?

– Czyli co?

– Nie wiem, cokolwiek. Restauracja była pusta. Zatem nie powinno być żadnych dźwięków, zgadza się?

– Tak.

– Więc może słyszała pani jakiś dźwięk, którego nie powinno być?

– Nie, panowała absolutna cisza.

– I potem poszła pani na taras.

– Tak.

– I w drodze nie słyszała pani ani nie widziała nikogo?

– Nie.

– Siedząc na tarasie, widziała pani przejście do kuchni?

– Nie, stamtąd nie widać wejścia do kuchni, tylko część kontuaru.

– Rozumiem. – Marecki zamyślił się.

Kobieta – mimo zdenerwowania i licznych dygresji – wydawała się wiarygodna. Szczegółowo opisała ciało. Nie wymyślała dodatkowych detali, jak zwykli czynić kłamcy. Odpowiadała zwięźle i na temat.

Rzecz w tym, że technicy nie znaleźli kompletnie niczego, co potwierdzałoby jej słowa. Teoretycznie ktoś mógł schować się w jednym z pomieszczeń służbowych na końcu korytarza. Na klucz było zamknięte tylko jedno z nich. Pewnie trzymali tam dokumentację.

Ten ktoś mógł nawet zarzucić sobie ciało na ramię i wyjść, gdy Kopicka schroniła się na tarasie. Nie potrzebował klucza, by wydostać się przez kuchnię. Drzwi otwierały się od środka i zatrzaskiwały automatycznie. Klucz był potrzebny wyłącznie po to, by do kuchni wejść, ale nie po to, by z niej wyjść. Jeden z pracowników? Możliwe. Trzeba zrobić listę zatrudnionych osób.

– Czy pracownicy wiedzieli, że pani została w lokalu?

– Tak, poinformowałam ich, że przyjedzie po mnie przyjaciel i zaczekam na niego na tarasie. Mieli wyjść, jak tylko skończą sprzątanie.

– Rozumiem. – Zatem przynoszenie zwłok do spiżarni ze świadomością, że na tarasie siedzi szefowa, było nonsensowne i ryzykowne. W każdej chwili mogła wejść do kuchni i przyłapać winowajcę z trupem.

Zagadkowa sprawa. Najprościej byłoby uznać, że miała pijacki zjazd i tyle, ale nie wyglądała na taką. Sama spiżarnia również była kiepskim miejscem na ukrycie zwłok. W pozbawionym zakamarków pomieszczeniu ciało zostałoby znalezione następnego dnia rano.

A jeśli sprawcę ktoś spłoszył i skorzystał z niedomkniętych drzwi, by się ukryć? Gdy Kopicka sprawdzała kuchnię, mógł ukryć się w łazience dla pracowników albo pokoju socjalnym. Zakładając, że zarówno sprawca, jak i jego ofiara istnieli w rzeczywistości, a nie wyłącznie w głowie kobiety.

– No dobrze, spiszemy protokół – postanowił. I tak musiał to zrobić, i najlepiej od razu porządnie. Coś może być na rzeczy.

– Teraz? – jęknęła. – Jestem tak zmęczona, że nie spadłam z tego krzesła tylko dzięki oparciu za plecami.

– Przykro mi. – W jego głosie nie było cienia współczucia. – Zrobimy to szybko, a potem będzie pani mogła wrócić do domu.

– Czyli mi pan wierzy? – zapytała z nadzieją.

– Tego nie powiedziałem.

– Zatem mi pan nie wierzy?

– Tego też nie powiedziałem.

– To co pan właściwie mówi?!

– Że spiszemy protokół, a potem ja będę badał sprawę.

– Przeciwko mnie? – zapytała żałośnie.

– Dlaczego tak pani sądzi?

– Policjanci grozili mi karą za fałszywe zawiadomienie i obciążeniem kosztami – pożaliła się.

– Aż tak daleko bym się nie posuwał. – Uśmiechnął się pokrzepiająco. – Na razie przyjmujemy, że coś się wydarzyło, a ja zbadam co. Czy było to fałszywe zawiadomienie, to się dopiero okaże. Na razie przyjmuję możliwość, że ktoś zginął, a tego nie mogę zbagatelizować – poinformował ją sucho.

Spojrzała na niego żałośnie. Równie dobrze mógł na koniec wystawić jej rachunek za przepracowane godziny i zużyte materiały.

Na żądanie policjanta podała mu dowód osobisty i siedziała cichutko jak myszka, gdy wpisywał jej dane do komputera. Karma odwróciła się przeciwko mnie, pomyślała. Robiłam złe rzeczy i teraz spotkała mnie za to kara.

– Zanim spiszemy zeznanie, chętnie się dowiem, o co chodzi z tym zielonowłosym trupem, który nie był trupem? – zapytał, oddając jej dokument.

Maria patrzyła na niego tępo. Powinna się przyznać do posiadania detektywa czy nie? Jeśli się przyzna, będzie musiała wyjaśnić, po co zatrudniła Matyldę Dominiczak. Jeśli się nie przyzna, co właściwie ma mu powiedzieć, żeby nie wyjść na pijaczkę z halucynacjami?

– Kilka dni temu znalazłam się w dziwnej sytuacji. Jechałam windą z dziewczyną o zielonych włosach i z manekinem ucharakteryzowanym na zwłoki. Przestraszyłam się – odpowiedziała w końcu.

– Zaraz, zaraz – zainteresował się komisarz Marecki. – Z Moniką Dominiczak? Córką Matyldy? Pani ją zna?

– Miałam okazję poznać, ale to prywatna sprawa – odparła stanowczo.

Przez twarz mężczyzny przemknął lekki uśmieszek, gdy zerknął na drzwi, za którymi siedział Daniel.

– Pani przyjaciel wygląda na dość przywiązanego do pani.

– Owszem – odparła sucho.

Mimo zmęczenia i towarzyszącego mu otępienia intelektualnego domyśliła się, że policjant sądzi, iż jej znajomość z Matyldą dotyczyła niewierności Daniela. A niech sobie myśli, co chce, uznała. Przynajmniej nie musiała kłamać, do czego potrzebna jej prywatna detektyw, skoro nie zadał pytania.

– Matylda jest rewelacyjna i do tego to świetna babka.

– Na pewno. – Nie wiedziała, jak interpretować jego zachwyty nad prywatną panią detektyw.

– Nic dziwnego, że z córeczki niezłe ziółko. Miała nam myć radiowozy, ale chłopaki sami pucują, a ona im głównie towarzystwa dotrzymuje – zaśmiał się. – No dobrze, przejdźmy do rzeczy – powiedział, widząc poważną minę Marii.

Musi pogadać z Matyldą o tej babce. Szczegółów zlecenia na pewno mu nie zdradzi, ale chociaż kilka słów o charakterze klientki mu przekaże. Oby Kopicka nie okazała się wariatką ze skłonnością do obsesji.

Stanisław starał się zachować pogodny wyraz twarzy, gdy Paula z dumą prezentowała mu zakupy.

– Te spodnie są zielone – powiedział w końcu.

– To butelkowa zieleń. Ta bluza doskonale pasuje.

Podała mu coś, co wyglądało jak upleciona z cienkiej nitki grafitowa firanka. W życiu nie miał na sobie nic sportowego, no może jako dziecko czy nastolatek. Swobodny ubiór składał się u niego ze spodni z kantem i wyprasowanej koszuli z wykrochmalonym kołnierzykiem, tyle że bez krawata. I marynarki przewieszonej przez ramię.

– A te pomarańczowe?

– To łososiowy, Staś, bardzo modny.

– Dla kobiet?

– Dla mężczyzn, Staś, dla mężczyzn też. Mężczyźni wreszcie otworzyli się na kolory.

– W moim otoczeniu takie kolory jakoś nie rzuciły mi się w oczy, Paulo, kochanie – tłumaczył cierpliwie. – Wiem, że miałaś dobre intencje i jestem ci bardzo wdzięczny za ten prezent. Z przyjemnością włożę te pomarańczowe spodnie i...

– Łososiowe – poprawiła go dziewczyna.

– Łososiowe – skorygował posłusznie. – Te koszulki sportowe z napisami również włożę, ale nie do pracy, kochanie.

– W takim razie co ty chcesz włożyć do pracy, Stanisław?

Było jej przykro. Tak się starała, gdy wybierała te rzeczy w sklepie internetowym. Dostawa miała być nazajutrz, i to z samego rana.

– Przecież żadnej koszuli na siebie nie włożysz. O marynarce możesz co najwyżej pomarzyć. W czym ty chcesz wyjść z domu, Stanisław? Urlopu nie chcesz. Na chorobowe się nie zgadzasz. Proponowałam również, byś pracował z domu. Żyjemy w dwudziestym pierwszym wieku, Stanisław. W dobie internetu możesz pracować, siedząc w wannie. Ale byłeś przeciwny każdej mojej propozycji. Zatem pytam raz jeszcze, Stanisław: co ty chcesz na siebie włożyć?

– Ależ kochanie, nie denerwuj się. W twoim stanie może ci to zaszkodzić…

– Ja ci, Stanisław, powiem, co mi szkodzi. – Paula była bliska łez. – Ty mi szkodzisz i te twoje fanaberie. Sam nie wiesz, czego chcesz. Zachowujesz się jak rozwydrzone dziecko, Staś, a ja nie zamierzam wychowywać dwójki dzieci. Przeraża mnie posiadanie tego jednego!

– Ależ Paulo! – zawołał Stanisław, przerażony jej wybuchem.

Wszystko przez te hormony, pomyślał. Hanka zachowywała się identycznie. Była wybuchowa, płaczliwa i co chwila strzelała focha!

– Nie podoba ci się nic, co robię! – Załkała.

– Ależ skąd, wszystko mi się w tobie podoba!

– Mój prezent ci się nie podoba!

– Bardzo mi się podoba! Tylko zrozum mnie, kochanie, ja nigdy nie nosiłem takich rzeczy. To dla mnie ogromna zmiana. Ja nawet nie wiem, jak mam to podobierać – mówił szybko, starając się uspokoić narzeczoną.

– Naprawdę, Staś? Podobają ci się? – zapytała z nadzieją.

– No te łososiowe jakoś mniej, ale te butelkowe jak najbardziej – zapewnił ją niemal szczerze. Mając wybór między zielenią a pomarańczą – on tu żadnego łososia nie widział – ten pierwszy kolor naprawdę mógł się podobać.

– Przyzwyczaisz się, Staś – zapewniła go, ocierając łzy.

Ostatnio błyskawicznie się roztkliwiała. I wciąż była głodna. Przynajmniej od tego incydentu w szpitalu, gdy zwymiotowała na buty Piotra Kopickiego, do czego jeszcze nie przyznała się Stasiowi, mdłości minęły bezpowrotnie. Jego syn na pewno ją rozpozna. Zapamiętuje się osoby, które wyrzucają na ciebie swoje wnętrzności.

– Oczywiście, kochanie – potwierdził pogodnie, w duchu przyznając jej częściowo rację.

Koszuli nie wciśnie na gips. Musiałby kupić kilka rozmiarów większą, ale wtedy jego szyja utonie w kołnierzyku. Pomysł Pauli był dobry, ale te kolory?! Może dla jej równolatka!

– Nic się nie martw. Zaraz przygotuję ci stonowany zestaw. Małymi kroczkami, dobrze?

Paula pociągała jeszcze nosem, ale zgoda narzeczonego zdecydowanie poprawiła jej nastrój. Bardzo chciała się nim opiekować, ale Staś był tak przyzwyczajony do swojej roli rycerza ratującego damę w opałach, że w odwrotnej sytuacji zachowywał się jak prostak.

– To bardzo dobre jakościowo rzeczy, Staś – dodała jeszcze, znając jego upodobanie do luksusowych produktów.

Zapłaciła kartą, którą jej dał, ale – no cóż – teraz, kiedy są zaręczeni i ona spodziewa się dziecka, nie musi czuć się jak utrzymanka, czyż nie?

Staś tylko pokiwał głową. Właśnie uświadomił sobie, że sam zapłacił za swoje rzeczy i, co gorsza, zaraz coś z tego tęczowego stosu będzie musiał na siebie włożyć. I wyjść tak do ludzi. Odwołam spotkania z klientami, uznał. I powiem Arlecie, żeby mi kupiła jakieś ubrania.

Matylda ziewała szeroko jak każdego ranka. Nie była rannym ptaszkiem. Wczoraj nic nie zdziałała. Fatalnie. Może Monice poszło lepiej na fejsie. Przynajmniej będzie miała co ugryźć. Przyjaciółka. Rodzina. Były chłopak. Ktokolwiek, kto udzieli jej paru informacji na temat Pauli.

Ku swemu zdumieniu w kuchni zastała córkę, która uderzała w klawisze laptopa z prędkością światła.

– Co robisz? – zapytała.

– Pracuję. Skończyłabym wczoraj, ale musiałam gnać na komisariat posprzątać radiowozy. Dzięki, mamo. – Odwróciła na chwilę wzrok od monitora i spojrzała z wyrzutem na Matyldę.

– Wychowanie to pasmo wyrzeczeń. I pomyłek. Musisz się z tym liczyć, gdy zostaniesz matką.

– Wolę psy.

– Jesteś uczulona na sierść.

– Są psy bez. Jestem też uczulona na dzieci – poinformowała matkę.

– Od kiedy?

– Od kiedy Danka urodziła i gada tylko o kupach i wymiocinach.

– W kogo ty się wdałaś? – westchnęła detektyw, siadając naprzeciwko córki i przyglądając się jej uważnie.

– Namierzyłam Paulę na fejsie, gdyby cię to interesowało, pani detektyw. – Dziewczyna zmieniła temat.

Najwyższy ku temu czas. Matka zaraz zacznie wspominać wszystkich krewnych, również martwych. Wiedza, że prababcia miała hemoroidy i przykładała sobie tam liście kapusty, nie była Monice do niczego potrzebna.

– Naprawdę? – Matylda oprzytomniała w ułamku sekundy. – Jakim cudem? Nie miałaś nazwiska!

– Przejrzałam tyle zdjęć, że chyba się porzygam. Chociaż nie, nie zrobiłabym ci tego. Nie po tym, co widziałam wczoraj w jednym z radiowozów. Nie pojmuję, jak Danka może pasjonować się kolorem i konsystencją kału. To obrzydliwe. – Wzdrygnęła się.

Jej koleżanka zaliczyła wpadkę ze swoim chłopakiem. Efektem był Kazio. Mały Kazimierz był dzieckiem idealnym, z idealnymi kupkami i wymiocinami. Monika przemianę Danki w nastoletnią matkę Polkę przyjęła ze zgrozą i w torebce zamiast prezerwatyw nosiła paralizator. Wprawdzie nie miała chłopaka, ale gdyby jednak jakiś się znalazł – to samą siebie porazi, a bez zabezpieczenia pozwoli sobie co najwyżej na całusa. Przesłanego esemesem.

– Możemy pominąć kwestie macierzyńskie i przejść do rzeczy? – zapytała podekscytowana Matylda.

– Ależ oczywiście. Wyliczenie roboczogodzin przesłałam ci mejlem – oświadczyła z powagą Monika.

Owszem, siedziała przy kuchennym stole i zajadała płatki kukurydziane z mlekiem, ale wciąż była w pracy.

– Przejrzałam wszystkie osoby z naszego miasta o imieniu Paula i Paulina w nadziei, że nie jest to żaden pseudonim ani więzienna ksywka. I tak dzięki mrówczej pracy i wielkiemu szczęściu natrafiłam na zdjęcie naszej Pauli. – Zerknęła na matkę, która słuchała jej z takim nabożeństwem jak wierni kazania biskupa. – Paula to Paulina Mrówczyńska.

– Adres? – zapytała z nadzieją Matylda.

– Tym sama musisz się zająć. Większość ludzi nie jest aż tak bezmyślna, by zamieszczać swój adres w internecie, chociaż sporo z nich udostępnia swój numer telefonu.

– Paula też?

– Paula nie.

– Mamy imię i nazwisko. To już coś.

– Nie tylko. Paula lubi zwierzęta, filmy romantyczne i książki obyczajowe.

– Lubi też starszych panów.

– Pewnie masz rację, ale nie zapisała się do grupy „Dopadnijmy staruszka.pl”.

– Jest taka grupa?

– Żartowałam, mamo. Paula skończyła socjologię.

– To nam nic nie daje. Jacyś znajomi?

– Do tego zmierzam. – Z wyższością spojrzała na matkę. – Niewielu, co znaczy, że nie jest osobą, której zależy na popularności. Ma dwie siostry i pięciu braci. Wszyscy mają profile na fejsie.

– Ilu? – zapytała ze zgrozą.

– Łącznie siedmioro rodzeństwa.

– Kurde melek, trzeba mieć macicę ze stali i pochwę z wanadu, żeby wypluć z siebie takie stado!

– Mamo! – zawołała zbulwersowana Monika. – Przysięgam, że jeśli nigdy nie zdecyduję się na dziecko, to będzie to twoja wina!

– Dziecko kochane, ja do dziś pamiętam każdą sekundę porodu. I tę głupią minę twojego ojca, mówiącego: Ależ Matyldo, nie denerwuj się tak. Jak miałam się nie denerwować, skoro próbowałaś rozerwać mnie na pół i unicestwić moje życie seksualne? Ale tak poza tym to cię kocham – dodała pospiesznie.

– Na pewno. Gdybym wypchnęła z siebie arbuza, też musiałabym go kochać – powiedziała zgryźliwie Monika. – Człowiek potrzebuje poczucia sensu w bezsensie życia. A wracając do moich ustaleń, przesłałam ci mejla z moimi roboczogodzinami, ale chyba już o tym wspominałam?

– Zaraz dostaniesz kasę – solennie obiecała Matylda.

– Cudownie – rozpromieniła się dziewczyna. – Paula bardzo mało pisze na swojej tablicy. Nie jest wylewna. Rodzeństwo Pauliny też nie, ale za to… – Zawiesiła głos w oczekiwaniu na aplauz, ale matka gapiła się na nią jak cielę na malowane wrota.

– Mam namiary na dwie koleżanki ze studiów, które udostępniły swoje numery telefonów. Możesz do nich zadzwonić i się umówić, albo ja będę udawać ich młodszą koleżankę.

– Dzięki, kochanie, ale zrobiłaś aż nadto. Resztą zajmę się sama – zapewniła córkę i czule pocałowała ją w czoło.

– Tego się obawiałam – westchnęła Monika. – Najlepszą zabawę zostawiasz dla siebie.

– Pomożesz mi za to dostać się do ich mieszkania. Potrzebuję zasłony dymnej – pocieszyła córkę.

– Hura – zawołała słabo Monika.

Już ona dobrze znała te zasłony dymne. Będzie siedzieć w aucie i trąbić, albo dzwonić i rżnąć głupa. Dosłownie. A matka w tym czasie będzie się skradać, zakradać albo kraść. W zależności od sytuacji. I zapotrzebowania.

Zmęczona i sfrustrowana Maria poszła prosto do łóżka. Daniel chciał zaproponować prysznic, i to nawet nie wspólny, tylko zwyczajny, jednoosobowy, dla poprawy samopoczucia. Miał dość przyzwoitości, by nie pchać się z łapami, gdzie go nie zapraszają. Wykorzystywanie półprzytomnej kobiety również nie leżało w jego naturze. Jakoś tak w przeciwieństwie do pigułkowych gwałcicieli lubił, żeby kobieta była świadoma jego poczynań.

Mieli jechać do niego, ale uznał, że w tych okolicznościach lepiej jej będzie we własnym łóżku. Maria zrzuciła buty zaraz po wejściu do mieszkania. Pomaszerowała do sypialni i, tak jak stała, runęła na łóżko.

Po rozmowie z Mareckim była wyraźnie przygnębiona i odpowiadała monosylabami na wszystkie pytania. Ostatecznie odpuścił. Usłyszał dość od policji, by wiedzieć, że Maria może mieć kłopoty. Sam nie był pewien, czy jej wierzy. W normalnych okolicznościach nie miałby wątpliwości, ale ostatnie dni dały mu do myślenia. Przemęczona, przepracowana, niewyspana i do tego alkohol... Mieszanka wybuchowa.

Po namyśle, gdy przyglądał się lekko pochrapującej kobiecie, zdecydował się poinformować o sytuacji jej brata. Maria potrzebowała wsparcia bliskiej osoby, a oni znali się zbyt krótko. Poza tym, jak dotąd każdą jego radę interpretowała na opak albo realizowała w sposób, którego nie przewidział. I jeszcze ta sprawa z detektywem. Maria wyrzuciła tę informację w emocjach, ale decyzję podjęła sama, bez jego udziału. On dzielił się z nią wszystkim jak z najlepszym przyjacielem, a ona z nim nie. Zatem kim dla niej był?

I może Piotr mi w końcu wyjaśni, o co chodzi z tym zielonowłosym trupem w windzie?!, pomyślał, wybierając numer w telefonie komórkowym.

Godzinę później Piotr zbagatelizował problem zielonowłosego trupa.

– Tym bym się nie przejmował – oznajmił beztrosko.

– Ktoś powinien. Policja jej nie wierzy, a gadaniem o halucynacjach tylko sobie zaszkodziła.

Brat Marii ku rozczarowaniu Daniela nie kwapił się do wyjaśniania rodzinnych tajemnic. Obojętnie wzruszył ramionami. Wbrew pozorom przejął się odkryciem siostry. Manekin z windy nie mógł rywalizować z prawdziwymi zwłokami.

– Trup był czy go nie było? – drążył Daniel.

– Ja mam to wiedzieć? – zdumiał się brat śpiącej snem sprawiedliwego kobiety.

– A kto? Ja?! – denerwował się Daniel.

– Przecież powiedziałeś, że policja ustala, czy trup był, czy go nie było... – Piotr włączył ekspres. Za to budzenie go bladym świtem – kolejny dzień z rzędu – należała mu się chociaż filiżanka kawy.

– Nie ten trup!

– To był jeszcze jeden?!

– Człowieku, pytam o trupa z windy!

– To nie był trup. Tylko manekin. – Piotr zdecydował się w końcu wyjaśnić tę sprawę, by mogli zająć się ważniejszą. – Córka naszej detektyw przeprowadzała eksperyment społeczny i przypadkiem nastraszyła Marię. Bez znaczenia i bez związku z trupem z restauracji. Jak to możliwe, że Maria prowadzi restaurację, a w domu nie ma nic do jedzenia? – Rozczarowany wpatrywał się w pustą lodówkę.

– Przecież nie gotuje – wyjaśnił automatycznie Daniel, borykając się z wiadomościami, którymi uraczył go Piotr.

Nie miał pojęcia o detektywie. O córce tym bardziej. Zielony trup też jakoś nie pojawił się w rozmowie. Maria nie dzieliła się z nim ważnymi aspektami swojego życia. Co to znaczyło dla ich związku?

– Kiedy wynajęliście detektywa? – zapytał.

– Dwa dni temu, a co? Maria ci nie powiedziała? – Piotr znalazł wreszcie w zamrażalniku pierogi z truskawkami. Skrzywił się, ale lepsze to niż nic. Rzucił je na szafkę, by przeczytać instrukcję obsługi mrożonki.

– Rozumiem – powiedział cicho Daniel. A więc nie ufała mu na tyle, by o tym powiedzieć. Rozmawiali wielokrotnie. Ale nie o tym.

– Nie wiedziałeś? – Piotr poniewczasie załapał, że jak zwykle coś chlapnął nie w porę. Albo nie tej osobie co trzeba.

– Czego się dowiedzieliście? – Gdy Piotr milczał, dodał: – Daj spokój. Mleko i tak już się rozlało. Poza tym Maria w nerwach przyznała się do tego detektywa, tylko nie znam szczegółów. I komu miałbym wygadać? Waszemu ojcu?

Piotr przyjrzał mu się uważnie, po czym znowu wzruszył ramionami.

– Ojciec ma dwudziestopięcioletnią narzeczoną – oznajmił.

– Narzeczoną?

– Tak, to taka kobieta z pierścionkiem zaręczynowym – wyjaśnił uprzejmie, stawiając na palniku garnek z wodą.

– Ja pierniczę – sapnął Daniel. – Nic dziwnego, że mi nie powiedziała. Musiała najpierw wszystko przetrawić. – To był w stanie zrozumieć. I było to znacznie lepsze dla ich związku niż zatajanie przed nim istotnych wydarzeń z jej życia.

– Cała Maria – zgodził się z nim Piotr. – Teraz ta detektyw ustala, kim jest ta narzeczona i czego chce od ojca. Plan jest taki, że trzeba się jej pozbyć.

– No wiesz... Różne związki się zdarzają... – Sam nie wiedział, co o tym myśleć.

Poznał ich ojca. Kopicki nie był latającym za spódniczkami idiotą. Nie dałby się w nic wmanewrować. Czyżby ta cała afera rozchodziła się o przyszłą macochę? Tak mu na niej zależało, że zamierzał szantażować własne dzieci?

– Może i tak, ale daj spokój. Co ona może widzieć w takim dziadku? Kocham ojca, ale kiedy ta laska wejdzie w szczyt swoich możliwości seksualnych, jemu już nie będzie stawał. A jak stanie na pigułkach, to jeszcze nam stary na zawał zejdzie. Ciężka sprawa, ale trzeba się tego babska pozbyć.

– Co zamierzacie zrobić?

Piotr spojrzał na niego nieufnie.

– Nie wygadasz?

– Postaram się – mruknął niezobowiązująco Daniel.

– Pomysłów było kilka, łącznie z zakopaniem w lesie, porwaniem, szantażem i przekupstwem.

Daniel patrzył na niego z przerażeniem. Piotr mówił o tym tak spokojnie, jakby codziennie kogoś porywał, szantażował albo zakopywał w lesie.

– Maria się nie zgodziła – wyznał z żalem. – No owszem, pomysł z zakopaniem w lesie głupi był. Ale takie uwiedzenie? W sam raz. Wydałoby się, co z niej za ziółko.

Daniel odetchnął z ulgą.

– A teraz nie dość, że mamy kłopoty z tą panienką lekkich obyczajów, to jeszcze Maria wmanewrowała się w znikającego trupa.

– Nie wierzysz jej?

– Wierzę, nie wierzę, co za różnica? Trupa nie ma, a policja jest. Jeśli nie znajdą żadnego dowodu, że mówiła prawdę, będzie miała kłopoty. Sam nie wiem, czym bardziej się martwię. Tym, że miała zwidy, czy tym, że ktoś naprawdę podrzucił jej zwłoki do restauracji – zastanawiał się Piotr.

– Podobno mają zbadać sprawę, żeby ustalić, co się właściwie wydarzyło – powiedział bez przekonania Daniel.

Na własne oczy widział miny policjantów. I jeszcze to badanie alkomatem. Dużo nie wykazało, ale jednak. Maria była niezbyt wiarygodna.

– Powiem ci, że sam jestem ciekaw, co z tego wyniknie. Jak sądzisz, dobre już są? – Odsłonił garnek.

– Jak długo mają się gotować? – Daniel nie kwapił się do pomocy.

– Czy ja wiem? Osiem minut chyba.

– A ile czasu już się gotują?

– Skąd mam wiedzieć?

– Nie spojrzałeś na zegarek?

– Nie, a ty?

– Ja nie miałem powodu. To ty gotujesz pierogi.

– Nie będziesz ich jadł?

Daniel podszedł i zajrzał do garnka. Pierogi wyglądały jak zbita masa. Może należało wrzucać je kolejno, a nie całą paczkę naraz. I chyba trzeba najpierw zagotować wodę.

– Zdecydowanie dziękuję – oświadczył. – Ale ty się nie krępuj.

Piotr ze sceptyczną miną zajrzał do garnka.

– Chyba nie jestem aż tak głodny – stwierdził po namyśle. – Może coś zamówimy?

Daniel z trudem powstrzymywał ziewanie. Ostatni posiłek jadł poprzedniego wieczoru, a potem jakoś nie było okazji.

– Wolałbym się zdrzemnąć – przyznał. – Może pojedź do Beatrice.

– Po co? – zdumiał się Piotr.

– Policjant zażądał od Marii listy wszystkich pracowników. A oni nie wiedzą, co się stało. Jesteś jej bratem. Znają cię. Powinieneś ich uprzedzić.

Piotr po raz ostatni spojrzał na kleik, który udało mu się ugotować. Kleik z glutami, ściśle mówiąc. Popatrzył tęsknie na świeżo zaparzoną kawę. Nie lubił pić na chybcika. To napój, którym należy się delektować. W restauracji Maria ma doskonały ekspres i rewelacyjną kawę, nie jakąś tam marketową plujkę.

– Wypiję w restauracji – postanowił.

– Chcesz ją zabrać ze sobą? – zdziwił się Daniel. – Nie wiem, czy Maria ma kubek termiczny. Nie możesz wypić kawy w restauracji?

– Właśnie to powiedziałem.

– Nie, powiedziałeś, że... No dobrze, może i to właśnie powiedziałeś. Tyle że ja zrozumiałem, że chcesz wypić w restauracji tę kawę, a nie tamtą.

– Nie jestem pewien, o co ci chodzi, ale na twoim miejscu bym się położył – delikatnie zasugerował Piotr.

Dopiero teraz do niego dotarło, że Daniel towarzyszył jego siostrze całą noc, a poranek spędził z nią na komisariacie.

– Powiedz Marii, jak wstanie, że wszystkim się zająłem – poprosił jeszcze, zanim wyszedł.

Matylda jechała na spotkanie z nowym klientem. Liczyła na to, że nie będzie potrzebował jej usług od zaraz albo nowa sprawa pozwoli na pogodzenie obu zleceń. To już się zdarzało w przeszłości.

Upał był taki, że Dusia ciągnęła ostatkiem sił, a konkretnie klimatyzacja. Matylda nie pamiętała, kiedy ostatnio ją nabijała. Chyba już dawno powinna to zrobić.

– Dusia, obiecuję, że zadzwonię do mechanika. – Poklepała ją czule po masce, gdy wysiadła.

– Tak mi się zdawało, że to twoje audi. – Marecki z uśmiechem przyglądał się znajomej sylwetce. – Schudłaś?

– Częściowo. Cycki trochę mi oklapły, ale wiesz, my, kobiety po czterdziestce, już tak mamy – odparła, odwzajemniając uśmiech. – Skończ już tę grę wstępną i przejdź do rzeczy. Z tego, co pamiętam, właśnie to drugie było twoją mocną stroną. Czego chcesz?

– Auć. – Udał, że pociera obolałe ramię. – Nie narzekałaś.

– Nie dałeś mi szansy. Uciekłeś bladym świtem – zachichotała Matylda.

– A gdybym przeprosił? – zapytał ponuro.

– Żartujesz? Zaoszczędziłeś nam obojgu zażenowania. Zakładam, że nie jesteś tu z powodu mojej urody, zatem zamieniam się w słuch.

Marecki spojrzał na nią uważnie. Wspólna noc sprzed roku trochę skomplikowała ich relacje. Oboje byli porządnie wstawieni. Matylda miała prawo być wkurzona, ale chyba miała to w głębokim poważaniu. Albo była doskonałą aktorką. Odchrząknął, by zyskać chwilę na ochłonięcie. Zamiast cieszyć się, że nie robi mu wymówek, wbrew sobie poczuł się urażony.

– Maria Kopicka.

– Co z nią? – zapytała obojętnie.

– Znasz?

– Znam.

– Aha... – Czyli schody, pomyślał. Tak łatwo nie pójdzie.

– Jest twoją klientką?

Matylda spojrzała na niego z wyrzutem.

– Tyle możesz mi powiedzieć! – Dał upust irytacji.

– To oficjalne przesłuchanie?

– Jasne, że nie.

– Zatem nie muszę odpowiadać.

– Nie, nie musisz, ale liczyłem na małą pomoc.

– A zrewanżujesz się tym samym?

– Zależy.

– Od czego?

– Co potrzebujesz.

– Lepszych cycków i jędrnego tyłka. Kurde melek, Antek. Skończ z tymi podchodami i po prostu powiedz, co jest grane – zażądała. Oby Kopicka nie ukatrupiła ojca!, pomyślała w panice. Nie wyglądała na zabójczynię, ale to normalka. O większości seryjnych morderców sąsiedzi mówili: To był taki miły chłopiec.

– Dziś w nocy zadzwoniła pod numer alarmowy i zgłosiła trupa w swojej restauracji. Niczego nie znaleźliśmy. Najmniejszego śladu krwi ani tkanki. Była trochę wcięta, zastanawiam się więc, czy uznać ją za wiarygodną – wyjaśnił.

– Kurde melek, ale się porobiło. Czyje zwłoki?

– Nie wiemy, czy w ogóle były jakieś. Zdaniem Kopickiej należały do kobiety.

– Nie wierzysz jej?

– Sprawa jest dziwna. Ktoś podrzucił zwłoki do knajpy i wyniósł przed przyjazdem policji? Po co?

– Nie wiem, po co. Może ktoś przejazdem tylko był – zasugerowała.

Spojrzał na nią, nie kryjąc niezadowolenia. Matylda i te jej teorie!

– Skąd właściwie wiesz, że to moja klientka? Powiedziała ci?

– Mamrotała coś o keczupie i zielonowłosym trupie. W skrócie rzecz ujmując, skojarzyłem ją z twoją córką i jej eksperymentem społecznym – odparł krótko, nie wdając się w szczegóły.

– Tak, to moja klientka – przyznała obojętnie. Tyle mogła mu zdradzić, skoro i tak wiedział. – Miała pecha i wpadła na moją córkę. Ździebko zaniemówiła na jakiś kwadrans. Sądziła, że to prawdziwe zwłoki. Czy jest wiarygodna w sprawie tych zaginionych? Trudno powiedzieć. Sprawia wrażenie realistki. Nie sądzę, żeby wymyśliła sobie kolejnego trupa. Z drugiej strony... – Myślała na głos. – Spore obciążenie emocjonalne, alkohol, manekin Moniki... Nie jestem psychologiem. Może doznała jakiejś halucynacji. Ale na pewno nie kłamie. Tego jestem pewna.

– Dobra. Dzięki.

Na nic więcej nie potrafił się zdobyć. Liczył na krótkie tak albo nie. Tyle to on sam wiedział.

– Zamieciesz tę sprawę pod dywan? – zaniepokoiła się Matylda.

– No co ty! – oburzył się. – Znasz mnie przecież.

– Jeśli nie ustalisz prawdy, a prokurator będzie nie w sosie, bo żona miała okres, to Kopickiej grożą zarzuty o fałszywe zawiadomienie o popełnieniu przestępstwa – zaniepokoiła się Matylda.

– Nie odpowiadam za działania prokuratora!

– Ale za własne tak!

– O co ci właściwie chodzi? – zdenerwował się. – Każdą sprawę traktuję równie poważnie. Za kogo mnie uważasz?

Matylda spojrzała na niego krzywo. Mógłbyś chociaż zadzwonić, a nie znikać z podkulonym ogonem, pomyślała zgryźliwie. Teraz spotykała się z lekarzem, który regularnie dzwonił, interesował się jej życiem (ale bez przesady) oraz stanem zdrowia – głównie jej libido.

– Za przepracowanego policjanta, który ma ważniejsze sprawy na głowie niż wędrujący po restauracji trup – odpowiedziała krótko.

– Niech będzie – burknął niezadowolony.

Rozmowa nie potoczyła się po jego myśli, chociaż nie miał pojęcia, czego od Matyldy oczekiwał. Z pewnością nie musiał się obawiać, że rzuci mu się na szyję z radości, że go widzi, albo przywali mu prawym sierpowym. To nie było w stylu Matyldy. Co było w jej stylu – też nie wiedział. Koledzy, którzy wpadli na nią przy okazji paru spraw, uważali ją za kosmitkę. Miała nos jak pies tropiący. Zawsze coś wywęszyła.

– Jadę do restauracji. Pogadam z pracownikami. Nie chcę ciągać wszystkich na komisariat. Mam co robić – oświadczył i odwrócił się, by odejść.

– Zaraz, zaraz, kolego, chyba o czymś zapomniałeś! – zatrzymała go Dominiczak.

– Przecież podziękowałem...

– A przysługa dla mnie?

– Żartujesz? Nic konkretnego mi nie powiedziałaś!

– Powiedziałam, co wiedziałam. Miałam kłamać? Twoja kolej!

– Dobra, czego chcesz?

To jednak pospolity cham jest!, pomyślała rozgniewana Matylda.

– Potrzebny mi jeden adres.

– Nie, no, błagam cię...

– Wiem, gdzie gość mieszka, ale nie dostanę się tam bez numeru mieszkania. Pomożesz mi czy nie? Pewnie nie, jak cię znam – prowokowała.

– W ogóle mnie nie znasz! – wkurzył się.

Matylda w odpowiedzi uniosła tylko brew z ironicznym uśmiechem.

– Dobra, dawaj, co potrzebujesz – burknął niechętnie. Mało kto działał mu na nerwy tak jak ona.

Matylda uśmiechnęła się szeroko i szybko sięgnęła do torby po notes. Zapisała mu dane Kopickiego i Pauli. Mieszkanie równie dobrze mogło należeć do dziewczyny.

– Dokładny numerek poproszę – powiedziała, wręczając mu kartkę.

W restauracji wrzało już jak w ulu, choć klientów jeszcze nie było. Za kontuarem tłoczyła się grupka dziewcząt i nadawały jedna przez drugą.

Sfrustrowany Piotr wypuścił powietrze z płuc. Jazda samochodem przez pół miasta pozwoliła mu odrobinę dojść do siebie, chociaż nadal nie dostał swojej dawki kofeiny. W głowie również mu się rozjaśniło i nieoczekiwanie dotarła do niego groza sytuacji, której niewyspany Daniel nie zdołał mu odpowiednio zrelacjonować.

Jeśli trup rzeczywiście istniał, to zabójcą mógł być jeden z pracowników restauracji. Czyżby kucharz?, pomyślał przygnębiony. Dziewczęta była młode, drobne, nie dałyby rady wynieść zwłok. Kucharz jako jedyny mężczyzna w tym gronie pretendował do miana ewentualnego porywacza ciał. Miłosz był kucharzem doskonałym. Bez niego Beatrice upadnie. Chronić kucharza za wszelką cenę? Odpada. Maria nie musiała mu ciosać kołków na głowie, by ustawić prawidłowo jego kompas moralny.

– Dzień dobry! – zawołał, dziarsko wkraczając do środka.

Nikt nie zwracał na niego uwagi. Dziewczęta przekrzykiwały się nawzajem, nawet kierowniczka uczestniczyła w ogólnym poruszeniu, zamiast stłumić te zamieszki.

Piotr włożył więc dwa palce do ust i gwizdnął przeraźliwie. W lokalu momentalnie zapadła cisza.

– Witam panie, cieszę się, że udało mi się zwrócić waszą uwagę. Poproszę podwójne espresso do stolika w kącie za wysoką donicą z tym czymś fikuśnym. – Palcem wskazał miejsce. – Na rozmowę zapraszam panią Adę, a reszta wraca do pracy. Maria została w domu, musi odpocząć. Tymczasem ja postaram się wyjaśnić sytuację, bo widzę, że od plotek aż blaknie farba na ścianach.

Dla podkreślenia swego autorytetu spojrzał surowo na personel. Dziewczyny rozpierzchły się w różnych kierunkach. Ada lekko uniosła brew do góry, ale nie skomentowała jego słów, za to sięgnęła po dwie filiżanki i podstawiła je pod dysze ekspresu. Piotr, widząc, że jego polecenie zostało wykonane z mniejszym lub większym entuzjazmem, poszedł zająć miejsce w kącie, w którym zwykle zasiadali z Marią i spiskowali.

Kilka minut później Ada przyniosła na tacy dwie kawy i dwie kanapki na dwóch talerzykach.

– Nie jadłam śniadania – poinformowała brata szefowej, stawiając jeden talerz przed nim, po czym usiadła naprzeciwko. – Rozumiem, że chcesz pogadać o tym trupie znalezionym przez szefową?

Ciekawe, dlaczego do Marii wszyscy zwracają się per pani, a do mnie od razu na ty, pomyślał z irytacją Piotr, ale tylko skinął głową.

– Odjazd. Od samego rana o niczym innym nie mówimy – powiedziała, wgryzając się w kanapkę. – Nie wiem, jak pani Maria dała radę. Ja bym chyba zemdlała! – Nie przerywając przeżuwania, mówiła dalej: – Przecież zabójca był tutaj w tym samym czasie! Cud, że nic jej nie zrobił!

Piotr upił łyk kawy. Tego nie wziął pod uwagę. Skoncentrowali się z Danielem na tym, czy trup znaleziony przez Marię był prawdziwy czy urojony, a nie wzięli pod uwagę ewentualnego niebezpieczeństwa, jakie mogło jej grozić.

– Policja podobno całą noc tu była. – Głośno przełknęła i spojrzała na telefon. – Mam kilka spraw do ogarnięcia. Pani Maria przyjdzie dziś do restauracji?

Piotr nabrał powietrza, by odpowiedzieć, ale Adrianna go ubiegła.

– Ja na jej miejscu zagrzebałabym się pod kołdrę i nosa nie wyściubiła, ale pani Maria taka nie jest. Pewnie odpocznie i przyjdzie. Podobno jeszcze na komisariat ją zaciągnęli jak jakiegoś przestępcę. Wzięli od niej odciski palców? – Patrzyła na niego z przejęciem.

– Nie wiem – przyznał, zdumiony, że kobieta wreszcie dopuściła go do głosu.

– Ale akcja! Nie możemy się uspokoić. To znaczy… – podjęła szybko, bo przypomniała sobie, że jest w końcu kierowniczką i do jej obowiązków należy uspokojenie nastrojów i zapewnienie zespołowi warunków do pracy – …kiedy wszedłeś, właśnie tłumaczyłam pracownikom, że restauracja jest bezpieczna i pracujemy jak zawsze. Cokolwiek się wydarzyło, otwieramy dzisiaj, prawda?

Piotr patrzył w pełne wyczekiwania oczy Adrianny. Nie miał zielonego pojęcia. Takie sprawy znał dotąd tylko z kroniki kryminalnej. Nawet nie wziął pod uwagę, że lokal mógłby nie funkcjonować. Był tylko księgowym, do licha!

– W chwili obecnej nie widzę przeciwwskazań – odpowiedział powoli. – W przeciwnym razie odgrodziliby nas żółto-czarną taśmą. Nie ma taśmy, nie ma problemu, jak sądzę.

– Tak sądzisz? – zapytała nieufnie. – Więc nie wiesz?

– A ty wiesz? – Odbił piłeczkę.

– A powinnam? Nie mam tego w zakresie obowiązków!

– Praca w sytuacji kryzysu dotyczy każdego, kto zajmuje stanowisko kierownicze, zatem i ciebie – oświadczył zdecydowanie.

– Mamy kryzys? – wystraszyła się.

– Nie, ale z pewnością będziemy mieli, jeśli nie zapanujesz nad nastrojami, zanim Maria wróci do pracy. A teraz powiedz mi wszystko, co wiesz o tej sprawie i skąd wiesz o tej sprawie. Ja dowiedziałem się od Daniela. Pytanie brzmi: skąd o tym rzekomym trupie wie cała reszta.

– Pani Maria zadzwoniła i powiedziała, że w restauracji był trup, ale już sobie poszedł. Mam nie przejmować się plotkami i robić swoje. Jak przyjdzie ktoś z policji, wpuścić do biura i dać kawę. Współpracować – wyrecytowała. – Właśnie próbowałam to przekazać dziewczynom i naszemu Miłoszowi, kiedy wszedłeś. Uspokajałam dziewczyny po przekazaniu punktu pierwszego, a ty uniemożliwiłeś mi przejście do punktu drugiego i następnych.

Piotr zachłysnął się kawą. No oczywiście, że Maria pomyślała o wszystkim. Maria nie byłaby Marią, gdyby nie zajęła się najpierw pilnymi sprawami, zanim straciła przytomność. Nawet swój pogrzeb sama dopnie na ostatni guzik. I na pewno jej śmierć nie będzie skutkiem wypadku czy zabójstwa, bo tego nie miała w planach. Co oni sobie z Danielem myśleli, knując za jej plecami, w jej interesie i dla jej dobra, skoro samodzielna, niezależna Zosia Samosia sama wszystkim się zajęła.

Zanim padła.

– To co? Wiesz coś więcej?

– Obawiam się, że niespecjalnie – powiedział ostrożnie.

Wiedział coś więcej, ale to więcej to nie było nic innego jak podejrzewanie Marii o urojenia po nadmiernym spożyciu alkoholu. Adrianna nie negowała możliwości, że trup wywędrował sobie z restauracji wraz z zabójcą. Przyjęła to za pewnik, więc i on przyjmie. Siostra nie może stracić twarzy przed pracownikami.

– A ty wiesz coś więcej?

– Pytasz o coś wiarygodnego?

– Zdecydowanie wiarygodnego.

– To nie!

– Dobra, a w takim razie niewiarygodnego? – zapytał.

– Najpierw ustalmy, co mam na myśli, mówiąc: niewiarygodne – powiedziała z naciskiem.

– W porządku…

– Będziesz jadł?

– Co? – Piotr nie zrozumiał, co to ma do rzeczy.

– Kanapkę. Będziesz jadł? Bo jak nie, to ja ją zjem.

Widząc łakome spojrzenie, bez słowa przesunął talerzyk w jej stronę. Jeżeli kucharz jest niewinny, istnieje szansa, że Piotr dostanie jeszcze jakiś posiłek w Beatrice.

– Super, jestem taka głodna, że mogłabym słonia schrupać.

– Jesteś w ciąży? – zapytał podejrzliwie.

– No wiesz… – Zaczerwieniła się. – Nie pyta się kobiety o takie rzeczy!

– Przepraszam, ja…

– Po prostu jestem głodna!

– Jasne, nie chciałem…

– I wcale nie jestem gruba!

– Nie miałem tego na myśli!

Odpowiedziała mu prychnięciem.

– Może wróćmy do rozmowy – zaproponował. – Ustalmy, co rozumiesz pod pojęciem niewiarygodne.

– Dobra. – Adrianna była osobą kompetentną i profesjonalną, dziś jednak miała spory problem z przywołaniem się do porządku. Nocne perypetie szefowej wystawiły jej nerwy na próbę.

– Niewiarygodne to niesprawdzone albo wyssane z palca pogłoski – wyjaśniła. – Co nie znaczy, że niemożliwe.

– Rozumiem, więc o jakie pogłoski chodzi?

– Pierwsza: zamordowano panią Marię, ale nie wiadomo, kto wezwał policję. Dobrze, że pani Maria sama do mnie zadzwoniła, bo nie wiem, jak bym zareagowała na jej późniejszy telefon.

– Jasne – przytaknął ze zrozumieniem.

– Kocham film *Uwierz w ducha*, ale sam wiesz... Wieści z drugiej strony to nie jest coś, co spotyka cię na co dzień. Nigdy nie wiesz, jak zareagujesz.

– Jasne. Co jeszcze?

– Ta restauracja to pralnia brudnych pieniędzy, przechowalnia narkotyków i prowadzi ją mafia. Dlatego policja zrobiła w nocy najazd i siedziała tu do rana.

– Jezu Chryste! – jęknął. – Kto wpadł na ten pomysł?!

– Stara baba z sąsiedniej kamienicy.

– Jaka baba? Nic nie wiem o żadnej babie.

– Siedzi w oknie od rana do nocy.

– Naprawdę? – zainteresował się Piotr. – Może faktycznie coś widziała.

– Niby gdzie? Ze swojego okna widzi tylko nasz ogródek. To co ona mogła widzieć? – Ada lekceważąco wzruszyła ramionami.

– To wszystko? – zapytał Piotr.

– Jeszcze ci mało? Moim zdaniem aż nadto. Jak się rozejdzie, że to jakaś spelunka jest, to klientów potracimy!

– Nie, no co ty... Poplotkują i ucichnie.

– Bo ja wiem... – Wyglądała na nieprzekonaną.

– Ada, to nie jest mała kilkutysięczna mieścina, gdzie wszyscy się znają i wszystko o sobie wiedzą – tłumaczył. – To kilkudziesięciotysięczne miasto. Plotka naprawdę nam nie zaszkodzi.

– Skoro tak mówisz...

– Dobra, nie zabieram ci więcej czasu. Skoro Maria poinformowała cię o wszystkim, to ja jestem tu zbędny – uznał Piotr. – Zajrzę do siebie i sprawdzę, czy nie jestem potrzebny... u siebie. A ty... kontynuuj rozmowy z personelem. Świetnie sobie radzisz – zapewnił ją.

Dopił kawę i wstał od stolika. Z nawyku sięgnął do kieszeni, ale wzrok Adrianny go powstrzymał. Zażenowany mruknął coś niezrozumiałego i wyszedł pospiesznie, w drzwiach mijając się z wysokim barczystym czterdziestolatkiem.

Marecki w ostatniej chwili ustąpił z drogi młodemu mężczyźnie wybiegającemu z restauracji. Z ubolewaniem pokręcił głową. Ach, ci młodzi, pomyślał nieświadomy, że różnica wieku między nimi to zaledwie dziesięć lat. Zawsze im się spieszy. W jego wieku był dokładnie taki sam. A potem odkrył, że czas przecieka mu przez palce i można go spożytkować na wiele innych sposobów.

Matylda nie odpuściła, póki nie zdobył dla niej tego adresu. Odznaka policyjna otwierała wszystkie drzwi.

Wstąpił do apartamentowca, machnął odznaką ochronie przed nosem i po prostu zapytał, pod jakim numerem mieszka Stanisław Kopicki. Błahostka. Albo nadużycie uprawnień. Zależy, kto na to patrzy. I z której strony.

Podszedł do kontuaru, za którym kręciła się energiczna dwudziestolatka. Okazał odznakę i wylegitymował się, jak go w szkółce policyjnej uczono.

– Komisarz Antoni Marecki. Zastałem szefową? – zapytał. – Albo kierownika?

Z listy pracowników wyrecytowanej mu z pamięci przez Kopicką – co musiał przyznać jej na plus, zważywszy na stan emocjonalny, w jakim się znajdowała, i zmęczenie, które mu towarzyszyło – wiedział, że niejaka Adrianna Paproć jest zatrudniona na stanowisku menedżera.

– Tak, jest pani Ada. Pan w sprawie trupa? – zapytała Ewa.

Pojawienie się Piotra Kopickiego przerwało rozmowę personelu z Adą i poza tym, że pani Maria w nocy znalazła zwłoki, nic więcej się nie dowiedzieli.

– Zgadza się. – Przyjrzał się jej uważnie. – Coś pani wiadomo na ten temat?

– Zupełnie nic. – Uśmiechnęła się uprzejmie.

Adrianna przekazała im tylko tyle, że pani Maria w nocy odkryła zwłoki kobiety w spiżarni i do samego rana policjanci zbierali ślady w restauracji.

– A pani to...?

– Kelnerka. Ewa Kowalik. Miło mi pana poznać – wyrecytowała jak marionetka, nie przestając się uśmiechać.

– Czyżby? – mruknął.

Nikt nie cieszy się, gdy poznaje policjanta, zwłaszcza z wydziału kryminalnego. Tacy jak on wieszczą tylko kłopoty i rzadko przynoszą dobre wiadomości.

– Oczywiście. Podać coś czy poprosić menedżerkę? – zapytała, w dalszym ciągu nie zmieniając wyrazu twarzy.

Czuła, że szczerzy się jak idiotka, ale nie mogła przestać. Nerwy ją roznosiły. Wieść o trupie spadła na nich jak grom z jasnego nieba. Bała się zajrzeć do spiżarni. Pomoc kuchenna również odmówiła. Miłosz nie miał wyjścia. Kucharz musiał gotować, a produkty były w spiżarni.

– Poproszę menedżerkę – powiedział.

– Proszę zaczekać. – Ewie zdrętwiały już policzki. – Zaraz ją poproszę... Właściwie nie ma takiej potrzeby, ponieważ...

– Obawiam się, proszę pani, że jak najbardziej jest taka potrzeba – wyjaśnił surowo uśmiechającej się jak idiotka kelnerce.

– Pani Ada siedzi przy tamtym stoliku. – Ewa wskazała palcem stolik w rogu restauracji, częściowo ukryty za ogromną donicą z równie wielką rośliną o szerokich liściach.

– Dobra, dziękuję – burknął.

Ewa odetchnęła z ulgą, gdy sobie poszedł.

Dorota siedziała za kierownicą opla należącego do Hanki. Uzgodniły, że jako kierowca bezwypadkowy przejmie tymczasowo stery. Gdyby kierownica pozostała w rękach Hanki, byłyby skazane na taksówki albo jeszcze gorzej – na własne nogi.

– Jak zamierzasz wywabić Arletę z biura? – zapytała Hanka z założonymi na piersiach rękoma.

Wiedzieć, że jest się kiepskim kierowcą, a usłyszeć diagnozę od kogoś innego, to nie to samo. Nie pogodziła się jeszcze z degradacją do roli pasażera.

– Tego jeszcze nie wiem. Najpierw ustalmy, czy Stanisław jest w biurze.

– Na pewno jest.

– Ma złamaną rękę. Może dziś nie przyjdzie.

– Oczywiście, że przyjdzie. To Stanisław. Nie zapadł w śpiączkę. Przyjdzie! – oświadczyła Hanka z niezachwianą pewnością.

– Ale gdyby go jednak nie było, to wtedy mogłybyśmy napaść ją w biurze – upierała się przy swoim Dorota.

– Gdyby go nie było, to i owszem – łaskawie zgodziła się Hanka. – Ale możesz być pewna, że on tam jest.

– To zadzwoń i sprawdź.

– Zadzwonię i sprawdzę.

Obie odezwały się jednocześnie. Spojrzały na siebie z szerokim uśmiechem. Hanka sięgnęła po telefon i wybrała numer byłego męża.

– Staś, tu Hania – odezwała się. – Słyszałam, że miałeś wypadek. Jak się czujesz?

– Doskonale, Haniu. Doskonale – zapewnił ją Stanisław, bynajmniej nie zaskoczony. Na pewno zawiadomiło ją któreś z dzieci. Było mu trochę przykro, że Piotr nie zadzwonił i nie przyszedł do szpitala, ale w końcu nic poważnego mu się nie stało, o czym z pewnością Maria poinformowała brata.

– Naprawdę? Masz złamaną rękę.

– Drobiazg.

– Podobno jesteś zagipsowany pod samą szyję.

– Tylko kawałek za łokieć.

– To jak sobie radzisz, Staś, z ubieraniem? Może potrzebujesz pomocy? – zaproponowała, puszczając oko do Doroty, która zwinęła obie dłonie w pięść, wystawiając tylko kciuki na znak uznania.

– Radzę sobie doskonale, Haniu. Dziękuję ci bardzo za troskę. – Stanisław najchętniej wysłałby byłą żonę do diabła, lecz wrodzona i nabyta uprzejmość mu na to nie pozwalała.

– Ale w garniturek to ty się chyba nie wbijesz, Staś? Jesteś na chorobowym, mam nadzieję?

– Ależ Haniu! Co ty opowiadasz?! Jakim chorobowym! Przecież ja nie pracuję przy kopaniu rowów! Z moją głową jest wszystko w porządku, tylko Arleta ma teraz więcej pracy, bo muszę jej wszystko dyktować. Jedną ręką za wiele bym nie napisał.

– Święta Arleta – zakpiła z przyzwyczajenia. – Jak zwykle niezastąpiona.

– Haniu! Ja cię bardzo proszę! Ty znowu nie zaczynaj!

– Ależ ja nic nie zaczynam, Staś. Ja tylko doceniam jej poświęcenie. Cieszę się, że czujesz się na tyle dobrze, by pracować. Założę się, że od rana siedzisz w biurze – powiedziała.

Dorota entuzjastycznie pokiwała głową.

– Od rana to nie. Miałem mały problem z ubiorem – przyznał. – Musiałem ubrać się mniej formalnie, ale cóż, te kilka tygodni w gipsie to nie wieczność.

– Czyli jeszcze jesteś w domu? Może jakieś zakupy ci podrzucić?

– Haniu, błagam cię. Nie potrzebuję pomocy! I nie ma mnie w domu. Dojechałem do biura, tyle że nie od rana. Zajmij się proszę swoimi sprawami, a ja zajmę się swoimi!

– Staś! Ja dobrze ci życzę, a biorąc pod uwagę okoliczności, mogłabym wręcz przeciwnie! Z troski dzwonię! Może i się ze mną rozwiodłeś, ale nadal jesteś ojcem moich dzieci!

– Są dorosłe!

– Nie o to chodzi i ty dobrze o tym wiesz! Ze względu na dzieci staram się być dla ciebie miła, co nie znaczy, że mam na to ochotę!

– Na litość boską, kobieto!

– Widzę, że faktycznie niepotrzebnie się martwiłam. Jesteś w doskonałej formie. Pa! – Rozłączyła się szybko i poinformowała Dorotę: – Siedzi w biurze.

– No to czekamy na Arletę – zadecydowała Dorota. – Dorwiemy ją po pracy.

– Jest jedenasta!

– I co z tego? Masz lepszy pomysł?

– Mam sklep!

– Przyszłość twoich dzieci jest ważniejsza niż sklep! I czy ty przypadkiem kogoś nie zatrudniasz?

– No dobrze, wyjątkowo mogę nie pójść do pracy, ale uprzedzam, że nie zamierzam tu siedzieć do wieczora i grzać się w twoim aucie! Ja nawet na saunę nie chodzę!

– To twoje auto, a nie moje – zauważyła zdziwiona Dorota.

– Faktycznie, z tych emocji wyleciało mi to z głowy – przyznała zakłopotana Hanna.

– Hania, ja wiem, że ty czujesz potrzebę, żeby się z kimś pokłócić. Rozumiem cię. Ale to nie mogę być ja. Ja jestem po twojej stronie. Jak zawsze. Dopadniemy tę sekretarkę i wyciśniemy z niej wszystko, co się da. Po drugiej stronie ulicy jest kawiarnia. Idziemy na kawę i ciastko.

– Nie możemy cały dzień jeść ciastka.

– To nie musi być jedno ciastko.

– A dieta?

– Pieprzyć dietę. – Dorota machnęła ręką. – Potrzebujemy sił i energii, a nie żarcia dla królików. Masz dymka?

– Pewnie, że mam. Myślisz, że w takiej sytuacji mogłabym choć pomyśleć o rzuceniu? – zapytała Hanka z wyrzutem.

– Dawaj!

– A twoja astma?

– Pieprzyć astmę. Mam inhalator, jakby co – zbagatelizowała swoje problemy zdrowotne Dorota.

Od dawna nie była tak podekscytowana. Wreszcie coś się działo! Dzieci wiodły tak nudne i unormowane życie, że nie miała do czego się wtrącać. A tu proszę, okazja sama wpadła jej w ręce!

Matylda z zadowoleniem patrzyła na pełny adres Kopickiego i Mrówczyńskiej. Zdaniem Mareckiego mieszkanie należało do nich obojga. Nie musiała już polować na listonosza. Nie napracowała się, a miała zdjęcie narzeczonej ojca klientów, jej dokładny adres i garść danych osobowych, które zdobyła Monika.

Wejście do ich wspólnego mieszkania w przebraniu nie wchodziło w grę. Paula z pewnością by ją rozpoznała. Kopicki również. Nie było też co pytać sąsiadów. Oczywiste, że mieszkali razem i wszyscy znali ich jako parę. Jeśli chce uzyskać informacje dotyczące przeszłości Pauli, to właśnie tam powinna ich szukać. W przeszłości.

Do tego przyszli nowi klienci w dość nietypowej sprawie. Zatrudnili Matyldę do śledzenia ich syna, ale nie potrafili wyjaśnić, dlaczego chcą znać każdy jego krok. Było to o tyle dziwne, że na ogół klienci przychodzą z jasno sprecyzowanymi oczekiwaniami. Mąż podejrzewa żonę o zdradę. Żona podejrzewa męża. Sekretarka napastowana przez szefa szuka dowodów na molestowanie. A oni po prostu chcieli wiedzieć, jak sprawuje się ich jedynak. Nadopiekuńczy rodzice?

Matyldzie zlecenie się nie podobało, ale wiadomo: pieniądze nie śmierdzą. Nie wiedziała, jak długo potrwa to zlecenie, ale zobowiązali się jej płacić nie za wyniki, lecz za roboczogodziny, zatem mogła dla nich pracować i pracować, i pracować, a oni mieli płacić i płacić, i płacić.

– Na jak długo chcą mnie państwo zatrudnić? – zapytała klientów.

– Czy musimy to precyzować już teraz? – zapytał mężczyzna.

– Tak. Ponieważ nie mogę prowadzić firmy w zawieszeniu. Przyjmuję różne zlecenia, a pracując nad waszym, nie mogę przyjmować innych ani określić ram czasowych, w których mogłabym je przyjąć – odparła twardo Matylda.

– Przyjmijmy w takim razie, że zlecenie potrwa miesiąc. Obserwacja dwudziestoczterogodzinna. Zapłacimy pani z góry za pierwszy tydzień i za każdy kolejny będziemy płacić z góry, plus rozliczenie za poprzedni tydzień – zadeklarowała kobieta, a jej partner potwierdzająco skinął głową. – Proszę tylko podać stawkę.

Matylda rzuciła kwotę bez zastanowienia. Nawet okiem nie mrugnęła. ZUS co miesiąc pobiera swój haracz. Fiskus ślini się na widok jej deklaracji jak pies nad kością.

– Mogę zacząć dopiero w przyszłym tygodniu – oświadczyła.

Niech nie myślą, że jej zaimponowali. Niech myślą, że jest rozchwytywana. Profesjonalizm się ceni, a ona jest profesjonalistką. Albo bywa. Czasami. No dobrze, może pracuje niekonwencjonalnie, ale za to ma wyniki.

Postanowiła najpierw sprawdzić tę parkę. Nie podobali się jej, a płacili tysiącami. Przyda się kasa, bo musi wypożyczyć asystenta z zaprzyjaźnionego biura detektywistycznego do pracy w godzinach nocnych. Najpierw jednak dokończy zlecenie dla Kopickich.

Wyjrzała na korytarz. Tamci już poszli. Monika znów gdzieś przepadła, jak to ona. Oby nie włóczyła się gdzieś z Jadźką, pomyślała Matylda z niepokojem. Musiała koniecznie porozmawiać z córką. Miała dla niej nowe zadanie.

Marecki podszedł do wskazanej przez kelnerkę kobiety siedzącej samotnie przy stoliku w kącie. Sądząc z resztek, które wepchnęła do ust, kończyła jeść kanapkę. Na stoliku stały dwa talerze i dwie filiżanki. Wewnątrz nie było jeszcze klientów. Podejrzewał, że mężczyzna, który w pośpiechu opuszczał lokal, musiał jej towarzyszyć.

– Adrianna Paproć? Komisarz Antoni Marecki. Zajmę pani chwilę. – Nie czekając na zaproszenie, zajął wolne miejsce naprzeciwko niej.

Kobieta spojrzała na niego zdeprymowana, ale on lubił wytrącić ewentualnego świadka z równowagi. Trudniej im było wówczas kłamać.

– Tak, to ja. Pani Maria uprzedziła mnie, że przyjdzie ktoś z policji, i prosiła o pełną współpracę. Zapraszam do biura. – Wstała i stanowczym gestem wskazała mu kierunek.

I tyle z wytrącenia kobiety z równowagi, pomyślał z lekkim rozbawieniem. Wyglądała przy tym stoliku jak kupka nieszczęścia, pracowicie przeżuwająca resztki śniadania, a tu proszę, małe zaskoczenie.

– Proszę iść przodem. Pójdę za panią.

Minęli wpatrującą się w nich kelnerkę, z którą wcześniej zamienił parę słów. Już się nie uśmiechała. I dobrze. Miał wrażenie, że policzki jej pękną. Ludzie różnie reagują na stres. Pracował kiedyś z facetem, który zawsze go prosił o przekazywanie złych wieści rodzinom i przełożonym. W stresie szczerzył się jak idiota. To mogło zostać opacznie zrozumiane.

Delikatnie mówiąc.

Kiedy poinformował naczelnika, że ktoś skasował mu auto stojące na parkingu, nie zobaczył premii przez pół roku. Szef niewłaściwie odczytał jego uśmiech. Kumpel w rzeczywistości był przerażony, gdy wylosował najkrótszą wykałaczkę i został oddelegowany do przekazania tej – jakże tragicznej w skutkach – wiadomości.

Marecki zwolnił, gdy weszli za kontuar, gdzie znajdowało się przejście do kuchni, połączonej z nią spiżarni oraz krótki korytarz prowadzący do biura, schowka na środki czystości i pokoju socjalnego. Zdążył zapoznać się z rozkładem pomieszczeń dziś rano, gdy wysłano go na miejsce rzekomego zdarzenia. Jak dotąd, nie miał powodu, by wątpić w istnienie zwłok, tak samo jak nie miał powodu, by w nie wierzyć. Nos policyjny i lata doświadczenia zupełnie do niego nie przemawiały. Zero przeczucia. Sam był ciekaw faktycznego przebiegu zdarzeń.

Chwilę później wszedł za menedżerką Beatrice do biura. Kobieta usiadła za biurkiem i wskazała mu miejsce naprzeciwko siebie. Zasiadł w fotelo-krześle. Nie był pewien, do jakiej kategorii zaliczyć mebel. Ta nowoczesność często zniechęcała go do zakupów.

– W czym mogę panu pomóc? – zapytała rzeczowo Ada, która najedzona, z odpowiednią dawką kofeiny we krwi, wreszcie opanowała kryzys emocjonalny i przeszła do ofensywy.

W Beatrice dostała swoją szansę, wreszcie mogła wykorzystać wszystkie swoje możliwości. Do niedawna miała wrażenie, że tkwi w miejscu. Teraz, gdy w końcu ruszyła do przodu, wszystko może rozpaść się jak domek z kart. Wysoki, barczysty policjant kojarzył jej się ze złym wilkiem, który tak długo dmuchał i chuchał, aż rozleciała się chatka świnek.

– Chciałbym porozmawiać ze wszystkimi osobami, które były na popołudniowej zmianie. – Wyjął notes i czekał.

– Zaraz dam panu listę – obiecała, odwracając się w stronę komputera.

– Dziękuję, już mam. Pani Maria podyktowała mi ją rano. Z pamięci. Może pani porówna, czy się zgadza ze stanem faktycznym. Rozmowy chciałbym zacząć od osób, które wychodziły ostatnie – oświadczył zdecydowanie.

– Pani Maria z pewnością nikogo nie pominęła. Ale niech pan pokaże, co tam ma, a ja zweryfikuję. Jako ostatni wychodziliśmy ja, kucharz Miłosz i kelnerka Ewa. Pozostali wyszli krótko po dwudziestej trzeciej – poinformowała go rzeczowo i rzuciła okiem na podsuniętą jej przez Mareckiego listę.

– Zgadza się. Pani Maria nikogo nie pominęła. Od kogo chce pan zacząć? – Spojrzała mu prosto w oczy z uprzejmym uśmiechem.

Piotr – nadal głodny – zostawił swój samochód na parkingu przed restauracją i poszedł do firmy pieszo. Po drodze postanowił wstąpić do cukierni i kupić coś niezdrowego na śniadanie. Croissanta albo drożdżówkę. Kawę miał w biurze. Przyda mu się jeszcze jedna. Było już po jedenastej, a on nie przyjął jeszcze swojej codziennej dawki cukru i kofeiny.

Daniel został z Marią, ale było to tylko połowiczne rozwiązanie. Zadba o jej komfort emocjonalny, ale co z nocnymi wydarzeniami? Im więcej Piotr o tym myślał, tym bardziej był przekonany, że Maria nie uległa żadnym przywidzeniom. Ktoś wdarł się do restauracji w niewiadomym celu. Na pewno nie po to, by ukryć zwłoki. Restauracja nie była ku temu odpowiednim miejscem. Niewykluczone, że skorzystał z niedomkniętych drzwi i ukrył się przed kimś, a potem pomaszerował ze zwłokami dalej.

Czy Marii groziło niebezpieczeństwo? Trzeba wziąć to pod uwagę. Uświadomi Danielowi powagę sytuacji. Dobrze by było, gdyby obaj mieli ją na oku. Postanowił zacząć od rozmowy z Matyldą Dominiczak. Może pani detektyw coś mu doradzi.

Tak się zamyślił, że ominął cukiernię i wszedł prosto do firmy. Minął pogrążoną w rozmowie telefonicznej recepcjonistkę. Przeszedł przez korytarz, zdawkowo odpowiadając na pozdrowienia pracowników i klientek. Zabarykadował się w swoim biurze, czyli po prostu zamknął drzwi na klucz, i zadzwonił do Matyldy.

– To ja – powiedział szeptem, gdy odebrała telefon.

– Koleś, uprzedzam, że mam broń. Kiepsko trafiłeś – warknęła. Jeszcze tego jej brakowało. Jakiegoś szepczącego, śliniącego się do telefonu zboczeńca.

– Piotr Kopicki mówi! – obruszył się.

– A, to pan! Proszę wybaczyć, myślałam, że jakiś dewiant – wyjaśniła. – Dlaczego pan się nie przedstawił, tylko szeptał mi namiętnie do słuchawki? Mam faceta i nie sypiam z klientami – poinformowała go.

– Ja nie w tej sprawie! – zirytował się Piotr. – Moja siostra ma kłopoty!

– Nie popadajmy w przesadę. Marecki da radę.

– Kto? – zdumiał się Piotr.

– Komisarz Antoni Marecki. Prowadzi sprawę tego zaginionego trupa – wyjaśniła. – Pani Maria ma jeszcze inne kłopoty?

– Skąd pani o tym wie?!

– Że ma kłopoty? Od pana.

– Nie! O trupie! I Maria nie ma innych kłopotów. To sprawka pani córki?

– Że pani Maria nie ma innych kłopotów?

– Ten zaginiony trup! Pani mnie nie słucha! Pani córka znów przeprowadza eksperyment społeczny?!

– Moja córka nic nie przeprowadza, a pan nie będzie podnosił na mnie głosu! – zażądała Matylda.

– Przepraszam. Martwię się o siostrę – powiedział skruszony. – To skąd pani wie o tej sprawie?

– Trzymam rękę na pulsie, panie Piotrze – skłamała. – W moim interesie jest wiedzieć różne rzeczy. – To akurat była prawda. – Marecki to solidna firma i na pewno dokładnie wyjaśnię tę sprawę. – To też była prawda. – Jest trochę gburowaty, ale ma wielkie serce. – Tu już puściła wodze fantazji.

– Ach, tak... To chyba dobrze...

– Bardzo dobrze. Czy mogę coś dla pana zrobić? Znam adres mieszkania pana ojca i jego narzeczonej. Do tego...

– Tak, tak – przerwał jej z roztargnieniem. – Niech pani działa dalej. Mam tylko prośbę.

– Tak, panie Piotrze?

– Proszę mnie informować na bieżąco, gdyby coś pani wpadło w ucho, dobrze?

– Właśnie to zrobiłam. Pana ojciec...

– Pieprzyć ojca – przeklął, ale miał to gdzieś. – Mówię o sprawie Marii i tego trupa. Gdyby coś pani usłyszała...

– Jasne, dam znać. – Chyba nie skłamała. Podrapała się po głowie. – Czy mam rozumieć, że sprawa państwa ojca jest już nieaktualna?

– Co? Nie, nie sądzę. Doskonale się pani spisała. Do widzenia. – Rozłączył się, zanim Matylda zdążyła zapytać: nie sądzę „tak", czy nie sądzę „nie"?

Umowy nie wypowiedział. Nie odwołał zlecenia. Do tego nie zapracowała jeszcze na pieniądze, które jej wpłacili jako kolejną zaliczkę. Musiałaby je zwrócić. A tego wolała uniknąć.

– Monika! – wrzasnęła. Córka gdzieś tu powinna być. W końcu biuro nie otworzyło się samo.

Marecki zerknął w swoje notatki. Restaurację zamykano o godzinie dwudziestej trzeciej. Sprzątanie zaczynało się wcześniej, dlatego po tej godzinie zostawały tylko trzy osoby. Dziewczyna odpowiedzialna za mycie podłóg. Kucharz odpowiedzialny za kuchnię. I menedżerka lub szefowa, które zamykały restaurację. Dyżur miały na zmianę.

Feralnego wieczoru zamykała pani Maria. Ada wyszła krótko po dwudziestej trzeciej. Ewa miała umyć podłogi. Miłosz dokończyć sprzątanie kuchni, które polegało raczej na sprawdzeniu pracy wykonanej przez pomoc kuchenną. Szykował produkty na kolejny dzień – te wymagające rozmrożenia. I wynosił śmieci. Wychodził od zaplecza, bo na podwórku parkował auto, i zatrzaskiwał za sobą drzwi, które bez klucza można było otworzyć tylko od wewnątrz.

– Klucz miały trzy osoby. Szefowa. Menedżerka. Kucharz – przeczytał jeszcze na głos ostatnie zdanie z notesu.

– Zgadza się. – Adrianna skinęła głową.

– Skoro główne drzwi były zamknięte, którędy pani wyszła?

– Tak jak wszyscy. Tylnymi drzwiami.

– Widziała pani kogoś podejrzanego?

– A jak pana zdaniem wygląda ktoś podejrzany? – odpowiedziała pytaniem.

– Na razie nie wiadomo – przyznał. – Przyjmijmy, że to ktoś kręcący się w miejscu, w którym nie powinno go być, ewentualnie ktoś, kto miał prawo tu być, ale zachowywał się w sposób nienaturalny. Ukrywał twarz, chował się w cieniu. Obserwował?

– Nie – westchnęła. – Nikogo nie widziałam.

– Może ktoś czaił się za samochodami? Macie tam parking.

– Owszem, ale stały tylko dwa auta. Pani Marii i Miłosza. Ja zaparkowałam bliżej głównej ulicy. Ale wie pan... Tam przy ulicy jest skwerek i dopiero zaczynają się kamienice. Tam ktoś mógł się ukryć, ale ja nikogo nie widziałam. I niczego nie słyszałam – dodała po namyśle.

– Jest pani pewna?

– Raczej tak. Zwróciłabym uwagę, gdybym coś usłyszała. Pamiętam, że wyszłam, zatrzasnęłam za sobą drzwi i zaraz skręciłam w prawo, by obejść budynek i wsiąść do auta. Pani Maria mogła mnie widzieć z tarasu.

– Rozumiem... – Zastanawiał się jeszcze chwilę. – A może kojarzy pani kobietę, lat dwadzieścia parę, góra trzydzieści, krótkie, jasne włosy? Średniego wzrostu? – zaryzykował ostatnie pytanie. Kopicka nie była w stanie określić gabarytów zmarłej. Z pewnością zwróciłaby uwagę, gdyby miała do czynienia z karlicą albo kobietą wyjątkowo wysoką. Może to jest myśl, poprosić Kopicką, żeby wskazała miejsce, w którym znajdowały się stopy i głowa. Zmierzą fantoma.

– Panie policjancie, działamy od kilku tygodni i przychodzi tu sporo osób. Część z nich to stali klienci. Wie pan, ile osób pasuje do tego rysopisu?

– Obawiam się, że tak – przyznał. – A może była tutaj wczoraj kobieta w dżinsach i koszuli w kratę?

– Nie widuję wszystkich klientów. Zajmuję się też zaopatrzeniem i bieżącą dokumentacją. Przykro mi... – Naprawdę chciała pomóc.

– No dobrze. Porozmawiam jeszcze z tamtą kelnerką. Proszę jej powiedzieć, że nie gryzę. Wydaje się przestraszona.

– Nie tylko Ewa. Wszyscy jesteśmy. Wczoraj ktoś podrzucił do nas trupa, a potem z nim uciekł!

I to był moment, w którym powinien zapytać o wiarygodność Kopickiej, ale nie chciał dyskredytować młodej szefowej przed jej pracownikami.

– To zrozumiałe – powiedział, zamiast zadać kolejne pytania. – Poprosi ją pani?

– Oczywiście, już po nią idę. Proszę niczego nie dotykać – zażądała. – Nie mamy nic do ukrycia, ale nie chcę, żeby mi pan papiery poprzekładał.

Marecki nic nie odpowiedział. Uśmiechnął się tylko, gdy wyszła na korytarz i pozostawiwszy otwarte drzwi, głośno zawołała dziewczynę.

– Nie musisz tak wrzeszczeć. – Monika weszła do biura matki. – Byłam obok.

– Jak przyszłam, to ciebie nie było.

– Widziałam, że rozmawiałaś z jakimś barczystym facetem. Chciałam podsłuchać, ale nie zdążyłam zejść na dół – przyznała bez śladu skruchy.

– Czy ja ciebie szpieguję, dziecko kochane? – zapytała Matylda ze zdziwieniem.

– Mam nadzieję, że nie, ale nie wykluczam – odparła Monika zgodnie z prawdą. – Wierzę jednak, że szanujesz moją prywatność.

– Oczywiście, że tak. – Matylda była oburzona powątpiewaniem w głosie córki. To, że bez jej wiedzy zamontowała lokalizator w telefonie, nie oznaczało, że ją podsłuchuje albo obserwuje. – Dlaczego chciałaś podsłuchać moją rozmowę z komisarzem?

– Komisarz… Możliwe… Sylwetka wydała mi się znajoma – powiedziała Monika. – Myślałam, że to jakaś twoja podrywka, i byłam ciekawa.

– Dziecko kochane, twoja matka nie szlaja się po spelunach i nie bawi w żadne podrywki. Twoja matka ma jednego przyjaciela i się go trzyma.

– To wymoczek.

– Ale mój wymoczek. Będziesz komentować, jak dorobisz się własnego – oświadczyła zdecydowanie Matylda. – Chociaż nie, to ja będę komentować. Teraz mi powiedz, dlaczego cię nie było, kiedy przyszli nowi klienci? Tyle czasu nie szłaś po schodach. Siedzieli tu pół godziny co najmniej.

– Widziałam ich. Garniturek. Garsonka. I dwa kije wepchnięte w tyłek. Jadźka jest mniej sztywna.

Matylda posłała córce groźne spojrzenie.

– Wolałam nie rzucać im się w oczy. – Monika wskazała palcem na swoje włosy. Obok pasemek zieleni pojawiła się odrobina różu.

– Może i racja – przyznała matka z westchnieniem, przypominając sobie spojrzenia, jakimi obrzucili jej wyświechtane spodnie i koszulę w drobną kratę. – No dobra. Zadanie dla ciebie mam.

– Prawdziwe? – zapytała dziewczyna z nadzieją.

– Tak. Pożyczyłam sobie Cześka. Pamiętasz go?

– Ten ciołek, który wyjadł mi wszystkie płatki?

– We własnej osobie. I nie nazywaj go ciołkiem. Przynajmniej nie przy nim. Będzie nam potrzebny na kilka tygodni. – Matylda zamierzała go zatrudnić do pomocy również przy nowym zleceniu.

– Mam go pilnować?

– Tak jakby. Pomożesz mu zainstalować kamerkę w mieszkaniu Mrówczyńskiej i Kopickiego.

– Hura! – Monika z radości pofrunęła przez biurko do matki i rzuciła jej się na szyję.

– I właśnie dlatego nie powinno się zatrudniać rodziny – wyjąkała przyduszona Matylda, uśmiechając się od ucha do ucha.

Zawsze chciała mieć takie relacje z matką, jakie sama miała z córką, ale jej matka to było inne pokolenie. Nie akceptowała stylu życia Matyldy, jej rozwodu, jej kochanka i metod wychowawczych.

– Weźmiesz laptop i staniesz na czatach. Czesiek

wejdzie jakoś do mieszkania, a ty upewnisz się, że kamerka rejestruje pomieszczenie, a nie spód doniczki, zrozumiano?

Zachwycona Monika energicznie pokiwała głową. Matylda w tym czasie zamierzała zadzwonić do koleżanek z roku Pauli i umówić się na spotkanie. Pod jakim pretekstem? Będzie improwizować. Jak zawsze.

Miłosz był wysokim, przeraźliwie chudym chłopakiem przed trzydziestką. Albo przeraźliwie chudą, wysoką dziewczyną przed trzydziestką o imieniu Miłosz. Ten typ urody określa się mianem androgynicznej czy jakoś tak. Cera bez skazy, facet wyglądał, jakby nigdy się nie golił, włosy asymetrycznie ścięte z jednej strony sięgały ledwie do ucha, z drugiej do podbródka. Miał na sobie luźne dżinsy na gumce i białą koszulkę wciśniętą tylko odrobinę z przodu za pasek spodni. Do tego białe trampki z czerwonymi paskami.

– Dzień dobry – odezwał się wysokim głosem, który mógł należeć równie dobrze do kobiety.

– Dzień dobry. Proszę usiąść – zaprosił go uprzejmie komisarz.

Ostatecznie kucharz nie był podejrzanym, a on nie prowadził oficjalnych przesłuchań. Potem i tak każde z nich zostanie zaproszone na komisariat, aby złożyć oficjalne zeznanie do protokołu. Siedzieli w biurze, do którego zaprosiła go menedżerka. Nie musiał jej prosić o pozostawienie ich samych. Sama wyszła.

– Pan Miłosz Rudecki? – Zadał standardowe pytanie, wpisując jego dane do notesu.

Chłopak kiwnął głową i zajął miejsc naprzeciw niego. Marecki siedział za biurkiem na miejscu Adrianny. I nie zamierzał niczego dotykać.

– Kto wczorajszego wieczoru ostatni opuszczał lokal?

– Ja.

– Którędy?

– Przez kuchnię. Wziąłem ostatni worek ze śmieciami i poszedłem najpierw do kontenera, a potem prosto do samochodu i odjechałem.

– O której godzinie?

– Około dwudziestej trzeciej trzydzieści. Może trochę później, ale na pewno przed północą.

– W pół godziny sprzątnął pan całą kuchnię? – Policjant uniósł brew.

– Kuchnię sprząta się na bieżąco. Nie gotuję w syfie. Poza tym po dwudziestej już nie przyjmujemy zamówień na gorące potrawy i zaczyna się sprzątanie.

– Zamknął pan za sobą drzwi?

Miłosz zakłopotał się. Zerknął w stronę gabinetu należącego do szefowej i menedżerki.

– Mogłem nie domknąć – przyznał niechętnie. – Worek niosłem, spieszyłem się, machnąłem nogą... Nie zwróciłem uwagi, czy trzasnęły. Byłem umówiony z dziewczyną. Długo pracuję...

Marecki zaznaczył w swoim notesie, że okazja do wtargnięcia mogła faktycznie powstać. Tyle tylko, że bez śladów to zupełnie nic nie znaczyło.

– Widział pan kogoś na dziedzińcu?

– Nie, nie było nikogo.

– A może słyszał pan coś?

– To znaczy, czy słyszałem, jak ktoś wzywa pomocy albo coś? – upewnił się.

– Niekoniecznie. Czy słyszał pan cokolwiek, co mogło świadczyć o czyjejś obecności.

– Nie. – Kucharz pokręcił głową. – Samochody z ulicy było słychać, ale nie widziałem, żeby coś w pobliżu przejeżdżało.

Mareckiemu nawet nie chciało się wymyślać kolejnych pytań. Możliwość podrzutu zwłok była. Możliwość ukrycia się w korytarzyku była. Możliwość ucieczki z lokalu była. Ale jak ma ustalić, czy ktokolwiek tu był? Już zlecił sprawdzenie monitoringu w nadziei, że dostrzeże coś podejrzanego albo kogoś, kto w tamtym czasie kręcił się w pobliżu.

– Dziękuję panu i proszę poprosić panią Ewę.

– Wyszła przede mną – poinformował go kucharz.

– Posprzątała cały lokal w pół godziny? – zdziwił się ponownie Marecki.

– Ostatni goście wyszli koło dwudziestej drugiej trzydzieści. Miała dość czasu. – Wzruszył ramionami.

– Proszę ją poprosić – polecił stanowczo młodzieńcowi.

Ten w odpowiedzi znów wzruszył ramionami i wyszedł. Polecenie musiał jednak wykonać, bo kilka minut później do biura weszła kelnerka. I o zgrozo, znów się do niego uśmiechała.

Maria skończyła myć zęby. Patrzyła smętnie w swoje odbicie w lustrze. Szara cera, podkrążone, pełne zniechęcenia oczy. Analizowała rozmowę z Mareckim. Miała wrażenie, że wciąż pytał o to samo, jakby chciał przyłapać ją na kłamstwie.

Przez niego sama zaczęła wątpić we własne zmysły, ale im dłużej o tym myślała, tym bardziej była pewna swego.

Wypiła zaledwie kieliszek wina, zanim odkryła ciało tej martwej kobiety. Nie mogła doznać halucynacji. Nawet zielonowłosa dziewczyna z trupem w windzie okazała się prawdziwa! Doskonale odróżniała rzeczywistość od mirażu. Widziała trupa we własnej restauracji. I już.

– Wszystko w porządku? – W łazience pojawił się zaspany, rozczochrany Daniel.

– No bo niby dlaczego we własnej restauracji miałby przywidzieć mi się trup? – zapytała go z buzią pełną piany, którą szybko wypluła, i dodała: – Mam wyrzuty sumienia z powodu szpiegowania ojca, ale nie na tyle silne, żeby jakieś psychosomatyczne reakcje miały się ujawniać. I czy halucynacja należy do reakcji psychosomatycznych?

– Nie wiem... – odparł ostrożnie.

– Im dłużej myślę, tym bardziej jestem pewna, co widziałam.

– Zdajesz sobie sprawę, że miałaś w takim razie niebywałe szczęście? Zabójca prawdopodobnie był wtedy w Beatrice. Gdybyś wpadła na pomysł przeszukania lokalu, to mogło się źle dla ciebie skończyć. Dlatego nie chcę, żebyś wychodziła z pracy ostatnia. Będę po ciebie przyjeżdżał – zadeklarował.

– Dobrze... – zgodziła się, tracąc pewność siebie i to wcale nie ze strachu przed zabójcą.

Uzmysłowiła sobie właśnie, że nie dość, że wczoraj wygadała się Danielowi z wynajęcia detektywa, to przed chwilą jasno zadeklarowała, że szpieguje ojca. Czyli robi dokładnie to, czego oboje serdecznie nienawidzą.

– Mam swoje zasady, ale czasami w życiu pojawiają się okoliczności, które zmuszają nas do ich nagięcia. Nie żyjemy w świecie idealnym – powiedziała przepraszająco-zaczepnym tonem.

Mężczyzna spojrzał na nią przeciągle.

– Rozumiem – zapewnił. – Zaparzę ci kawy. Usmażę omleta. Musisz coś zjeść.

Maria była tak zdumiona, że dopiero gdy Daniel wyszedł z łazienki, odkryła, że półnaga stoi jak słup soli z wystającą z ust szczoteczką do zębów.

– Nie jestem zachwycona moimi działaniami, ale uważam je za konieczne – powiedziała kwadrans później, gdy weszła do kuchni.

Prysznic podziałał odświeżająco, ale te kilka godzin snu to było zdecydowanie za mało. Musiała jednak pojechać do restauracji i sprawdzić, jak Ada radzi sobie z sytuacją.

– Nie musisz się tłumaczyć. – Daniel przelał na patelnię masę na omlet.

– Wiem, ale chcę – oświadczyła.

– Ale ja naprawdę rozumiem. Wasz ojciec jest dobrym człowiekiem, ale z tego, co zaobserwowałem, nie ufacie mu. I rozumiem to.

– Tobie nigdy bym tego nie zrobiła – zapewniła.

– Mam nadzieję, że niczym cię do tego nie sprowokuję, a jeśli tak, to najpierw poproszę o rozmowę. – Uśmiechnął się do niej.

Zmęczenie i podenerwowanie, które mu towarzyszyły, sprawiły, że gdy Maria spała, on nie zmrużył oka. Za to myśli kłębiły mu się pod czaszką jak szerszenie w gnieździe. Ku swemu zdumieniu, rozumiał Marię. W jej sytuacji zrobiłby dokładnie to samo. Pytanie tylko: co zrobią z tą wiedzą? Sugestie Piotra zdecydowanie nie przypadły mu do gustu.

– Rozmawiałem z twoim bratem – mówił dalej, odwracając omlet na drugą stronę.

Maria w tym czasie bez słowa piła kawę. Nie wiedziała, co powiedzieć. Żadne zapewnienia nie zastąpią zaufania, a podświadomie czuła, że mogło ono zostać zachwiane.

– Ma różne pomysły na pozbycie się tej dziewczyny.

– Owszem – westchnęła. – Ale teraz nie mam siły do pomysłów ojca. Jeżeli zamierza się żenić, krzyżyk na drogę, bomba w kieszeń.

Widząc zdumienie na twarzy Daniela, zarumieniła się lekko.

– Mama tak mówiła, kiedy byłam mała. Jakoś mi się przypomniało... No, nieważne. – Machnęła ręką. – Jeżeli jedynym powodem, dla którego ojciec zmontował tę szklaną pułapkę, jest ta Paula, przywitam ją z otwartymi ramionami i tyle. Mam ważniejsze problemy.

– Piotr wspominał, że postanowiliście sprawdzić, co to za ziółko...

– Zgadza się – przyznała. – Nie chciałam, żeby ojciec popełnił życiowy błąd, żeniąc się z jakąś pazerną lisicą. Ale może to jednak miłość? Poza tym jest dorosły. Podjął tę decyzję mniej lub bardziej świadomie i tyle. Chcieliśmy też dowiedzieć się, co ojciec nakombinował w naszej sprawie. Wiemy, albo przynajmniej nam się wydaje, że wiemy. Muszę ci powiedzieć, że początkowo byłam tak wzburzona, że chciałam się jej pozbyć za wszelką cenę, ale po zastanowieniu i wydarzeniach ostatniej nocy doszłam do wniosku, że ta kobieta naprawdę nie spędza mi snu z powiek. Chce kasy ojca, proszę bardzo. Mam zamiar rozwinąć własną działalność i tego będę się trzymać, jeżeli nikt mnie nie ubije tłuczkiem do mięsa albo jakimś innym tępym narzędziem.

– To może powinniście zwolnić detektywa? – zaproponował.

– Matyldę? Racja. – Puknęła się dłonią w czoło. – Gdzie ja mam głowę? Zadzwonię do niej później i poproszę o rachunek. Teraz muszę jechać do restauracji.

Ewa ze strachem patrzyła na zwalistego mężczyznę zasiadającego za biurkiem Adrianny. Menedżerka uprzedziła ją, że komisarz Marecki będzie chciał z nią porozmawiać, chociaż była jak te trzy małpki z kryminału Agathy Christie, które nic nie widziały, nic nie słyszały i nie miały nic do powiedzenia. Bała się, jakby miała zeznawać przeciwko rosyjskiej mafii. Albo sycylijskiej. Albo jakiejkolwiek innej, gdzie fundowano człowiekowi cementowe buciki.

– Dzień dobry – powiedziała z uprzejmym uśmiechem, który coraz szerzej rozlewał się na jej twarzy.

Spojrzała na niego z rozpaczą. Nie mogę przestać się uśmiechać! Ratunku! Niech ktoś coś zrobi z moją twarzą!, chciała krzyczeć. Komisarz westchnął. Tak, kolega też wyglądał jak debil, gdy się tak szczerzył. Serdecznie współczuł dziewczynie. Oby nie musiała zeznawać w sądzie.

– Dzień dobry – odpowiedział uprzejmie.

Już się witaliśmy, chciał odpowiedzieć, ale się powstrzymał.

– Nic nie widziałam i nic nie słyszałam – poinformowała go drżącym głosem.

Westchnął ponownie. Czyżby zapomniał wspomnieć menedżerce, że ma nie powtarzać nikomu, o czym rozmawiali?

– Wyszłam o wpół do dwunastej. To jest o wpół do dwudziestej czwartej… W sensie…

– Tak, dziękuję. Zrozumiałem za pierwszym razem. – Nie mógł sobie podarować tej zgryźliwości. Irytacja, którą wzbudzała w nim dziewczyna, była równie silna jak współczucie dla niej.

– Którędy pani wyszła?

– Kuchnią.

– Widzia…

– Nie.

– A sły…

– Też nie. – Przecząco kręciła głową. – Zupełnie nic. Ta latarnia na dziedzińcu, tuż przy tych drzewach, co osłaniają nas od ulicy, przepaliła się, bo pamiętam, że było ciemniej niż zwykle, wystraszyłam się, jak wyszłam, a potem wybiegłam jak najszybciej na chodnik przed restauracją, a stamtąd to miałam już dwa kroki do autobusu. – I uśmiechnęła się do niego radośnie.

– Coś jeszcze chciałaby pani dodać? – zapytał z rezygnacją.

Dziewczyna przesłuchała samą siebie. Jak dłużej tu posiedzi, to zacznie histerycznie chichotać, a tego to on już nie zniesie. Będzie musiał przejść na wcześniejszą emeryturę. Albo rentę ze względu na stan zdrowia. Ten psychiczny. Bo fizycznie to jeszcze dawał sobie radę całkiem nieźle.

Westchnął po raz trzeci. Albo i czwarty tego dnia. Co najmniej. Przesłuchanie personelu nic mu nie da, jeśli to nie któreś z nich paradowało ze zwłokami. Sprawdził w bazie danych rysopisy zaginionych młodych kobiet. Nic nie pasowało, co nie oznacza, że nic nie wypłynie. Ale dopóki zwłoki się nie znajdą, nie ruszy z miejsca.

Miał okazję dokładnie obejrzeć teren wokół restauracji. Front i taras były doskonale widoczne z głównej ulicy. Z tyłu natomiast – z lewej strony była kamienica z restauracją. Po prawej – kolejny budynek, do którego wysłał jednego z aspirantów, by sprawdził, czy ktoś pracował w nocy i czy mają monitoring. Dziedziniec był wewnętrznym parkingiem z dwoma wyjściami. Drogą wyjazdową przy restauracji oraz schodami obok kontenerów na śmieci, prowadzącymi po skarpie w górę na chodnik przy ulicy. Na skarpie rosło kilka starych wierzb, które osłaniały widok z ulicy, a dalej znajdował się gęsto zarośnięty skwerek. Teoretycznie istniała możliwość, by ktoś przyszedł schodami. Mógł ukryć się na skarpie między wierzbami. Światło latarni tam nie sięgało. Kazał ludziom przeszukać to miejsce, ale nie znaleźli niczego, co można by wykorzystać. Niedopałki papierosów, trochę puszek po piwie i opakowanie po prezerwatywach.

Najchętniej zamiótłby tę sprawę pod dywan, ale nie mógł wykluczyć, że jednak jest coś na rzeczy. Na razie przytrzyma sprawę u siebie tak długo, jak się da, zanim przekaże ją prokuraturze. Gdzieś ktoś może szukać tej młodej kobiety. Może mąż, może matka... Musi ponownie ściągnąć Kopicką na komisariat. Ich rysownik wrócił z urlopu. Spróbują stworzyć portret pamięciowy.

Maria wsiadła do swojego wysłużonego volkswagena i układała sobie w głowie listę spraw do załatwienia. Po pierwsze: musi porozmawiać z pracownikami restauracji.

Po drugie: omówić z Adrianną otwarcie małego bistro. Miejsce było, remontem zajęła się ta sama firma, którą zatrudniła w Beatrice. Teraz trzeba znaleźć pracowników. Chciała, by menedżerka zajęła się zaopatrzeniem.

Po trzecie: zadzwonić do Matyldy i poprosić o rachunek. W zaistniałej sytuacji pomysły ojca przestały ją obchodzić. Jeśli chce się żenić, proszę bardzo.

Po czwarte: zrobić coś z tym trupem. Tyle tylko, że to coś było bliżej nieokreślone. Pozostawienie sprawy swojemu biegowi nie wchodziło w grę. W jej restauracji czaił się morderca. Zwłok nie znajduje się ot tak na ulicy i nie nosi w worku na spacer. Może trzeba zainstalować monitoring? Tak, to mogłaby być dobra myśl. Miała wprawdzie alarm, ale może przydałby się też wewnętrzny monitoring.

Kwota, którą przekazał jej ojciec, została przez nią w znacznej mierze wykorzystana, ale nadal na rachunku została okrągła sumka. Restauracja działała półtora miesiąca, a już w weekendy nie nadążali z rezerwacjami. Pogoda dopisywała, więc na ogół mieli pełne obłożenie, łącznie z tarasem. W południe nie było dużego ruchu, ale w porze obiadowej i wieczorami wręcz przeciwnie. Wielu klientów – głównie weganie i wegetarianie – chętnie brało jedzenie na wynos. Stać ją na jeszcze jeden wydatek. Nie musi zarabiać kokosów, a na bezpieczeństwie nie powinna oszczędzać.

I do tego ten nieszczęsny dziedziniec. Trzeba umieścić tam kamerę. Wcześniej zamontowała bramkę, by obce auta tam nie parkowały. Parking dla klientów znajdował się od frontu. Teraz musiała zweryfikować ten pogląd. Ewentualna kradzież, jak się okazało, nie była jedynym powodem, dla którego warto rozważyć monitoring. Przynajmniej miałaby nagranie, jak ktoś zakrada się do restauracji z ciałem w worku, i nikt nie traktowałby jej jak pijanej idiotki.

Postanowiła zacząć od najprostszej rzeczy. Wybrała numer Dominiczak i czekała na połączenie.

– Matylda Dominiczak, prywatny detektyw. W czym mogę pomóc? – formalnie przedstawiła się Matylda, nie patrząc, kto dzwoni, bo właśnie walczyła z uzupełnianiem płynu w spryskiwaczach.

To nigdy nie jest łatwe, gdy zgubisz lejek, a ręce ci się trzęsą jak trzeźwiejącemu alkoholikowi. Do tego, odbierając połączenie, musiała przełożyć pięciolitrową bańkę do jednej ręki.

– Kopicka z tej strony – przedstawiła się Maria, przełączając telefon na głośnik, po czym rzuciła go na kolana. Nie miała pojęcia, gdzie się podział zestaw Bluetooth.

– O, jak się pani miewa?

– Dobrze, dziękuję – odparła automatycznie.

– Miło mi to słyszeć. Zważywszy na okoliczności...

– Jakie okoliczności?

– Te zwłoki w restauracji... To musiał być szok.

– Owszem, ale ja nie w tej sprawie do pani dzwonię. Chciałam prosić o przygotowanie rachunku.

– Rachunku?

– Tak, za dotychczasowe usługi – wyjaśniła Maria.

– Aha... – No cóż, miała już nowego klienta, więc z głodu nie umrze. – No cóż... W takim razie przygotuję dla pani raport z dotychczasowymi ustaleniami.

– Tak, bardzo dziękuję.

– Czy mogę zapytać o powód tej nagłej rezygnacji?

– Och, oczywiście. Proszę wybaczyć – zreflektowała się szybko. Matylda jeszcze gotowa pomyśleć, że mają zastrzeżenia do jej pracy. – Jestem bardzo zadowolona z pani usług, zwłaszcza że zajmuje się pani sprawą ojca od kilku dni zaledwie – zapewniła ją. – Rzecz w tym, że w chwili obecnej nie mam głowy do zajmowania się pomysłami mojego ojca. Chciałam tylko wiedzieć, co się dzieje, by nie wpaść w jakiś rozstrój nerwowy, czekając na wielkie bum! I tyle. Dzięki pani już wiem, a jeśli ojciec wpakuje się na minę, to będzie jego mina i jego problem. Liczę również na jego racjonalizm. Z pewnością nie ożeni się bez intercyzy. Dlatego dziękuję pani za dotychczasową pracę. Jest pani świetna – zapewniła ją Maria.

– Dziękuję. Miło mi to słyszeć... – Matylda musiała jak najszybciej zadzwonić do córki i odwołać akcję montowania kamerki w mieszkaniu obiektu.

– Do widzenia, pani Matyldo. Było mi bardzo miło – powiedziała jeszcze na zakończenie rozmowy.

– Mnie również. Do widzenia – pożegnała się detektyw.

– Duśka, więcej płynu nie będzie, więc oszczędzaj – powiedziała do audicy, zatrzaskując maskę.

Dobrze, że nie zdążyła jeszcze wyjechać z parkingu na spotkanie z koleżanką Pauli ze studiów. Przeglądając jej profil na Facebooku, zauważyła pozytywne komentarze dotyczące korepetycji z języka angielskiego, więc zgłosiła się do niej jako matka tępego maturzysty. Trudno, odwoła spotkanie. Szanowała nie tylko swój czas.

Monika siedziała w furgonetce Cześka jak na szpilkach. Facet miał trzydzieści lat. Kolczyk w uchu i włosy dłuższe od jej. Do tego jeszcze ta modna broda, która nie podobała jej się ani trochę. Ojciec nie znosił golenia i w dni wolne od pracy maszynka szła w odstawkę ku niezadowoleniu matki, która wciąż powtarzała, że facet ma być ogolony i pachnący, albo będzie spał na kanapie. Gdy sama zaczęła spotykać się z chłopcami, zrozumiała, dlaczego matce nie odpowiadała tarka na męskiej twarzy.

Za Cześkiem nie przepadała, bo kilka razy wyjadł jej śniadanie, które przyniosła sobie do biura, a na niedożywionego nie wyglądał. Wręcz przeciwnie, brzuszek sobie wyhodował pokaźny. Do tego wciąż nazywał ją dzieciakiem. Tak jak dziś, gdy na wieść, że Monika ma z nim pojechać, zdziwiony zapytał, czy dzieciak nie ma innych zajęć.

Teraz przygotowywał się do zadania. Nałożył czapkę z daszkiem i dwustronną kurtkę, która z jednej strony była pospolicie szara, a z drugiej miała nadrukowany emblemat firmy kurierskiej.

– Jak to zrobisz? – zapytała z ciekawością.

– Co takiego? – Nie zrozumiał pytania.

– No do budynku wejdziesz jako kurier, ale nie możesz im zanieść pustej paczki.

– Nie jest pusta. Mam próbnik napięcia. Wejdę na właściwe piętro, przerzucę kurtkę na drugą stronę, założę lewy identyfikator i z paczki wyciągnę próbnik. Kiedy znajdę się we właściwym pomieszczeniu, poproszę o wyłączenie korków i ponowne włączenie za minutę. W tym czasie podrzucę kamerkę.

– Pomysłowe.

– Pewnie. Zawsze działa.

– Nikt nie sprawdza twojego identyfikatora?

– Nie zdarzyło się.

– A jak się zdarzy?

– To będę bardzo szybko biegł.

– Teraz już wiem, dlaczego nosisz zarost – stwierdziła Monika. – Ogolisz się i nikt cię nie rozpozna. – Osobiście powątpiewała, by z takim brzuchem mógł szybko biegać, ale do kompletu miał całkiem długie nogi, więc kto wie?

– Słuchaj, dzieciaku…

– O, wybacz, mama dzwoni... Tak? – Odebrała telefon. Mina rzedła jej coraz bardziej w miarę kolejnych słów matki.

– Naprawdę? – zapytała zawiedziona.

– Tak, dziecko ty moje kochane, niestety, nasi klienci już nie są naszymi klientami, ale nic się nie martw, mamy już nowych i też kogoś do obserwacji, więc spędzisz z Cześkiem trochę czasu.

– To mnie akurat nie zachęca do tej pracy – powiedziała kwaśno, krzywo zerkając na Cześka.

– Liczę na to – pogodnie obwieściła Matylda. – Nie musisz iść w moje ślady. To znaczy, chciałabym jak najbardziej, abyś poszła, ale w tym sensie, żebyś robiła w życiu coś, co będzie twoją pasją. Tak jak ja, ale ja musiałam do tego dojrzeć, bo moi rodzice uważali, że praca przede wszystkim ma przynosić pieniądze, a radość i przyjemność niekoniecznie.

– Zamierzam połączyć jedno z drugim – poinformowała ją córka.

– I słusznie – ucieszyła się Matylda. – A teraz zgarnij Cześka i wracajcie do biura. Zajmiemy się nową sprawą, jak tylko skończę pisać raport dla Kopickich. Pa!

– I po sprawie – powiedziała smętnie Monika do Cześka. – Mamy wracać do biura.

– Ale ja pracuję na godziny, a nie na efekt.

– Nie martw się. Mama na pewno zapłaci ci za poświęcony czas – stwierdziła markotnie.

– No to spadamy.

Czapkę z daszkiem wrzucił do schowka po stronie pasażera, a karton i kurtkę przerzucił na tylne siedzenie. Monika uchyliła się w ostatniej chwili. Inaczej dostałaby rogiem kartonu prosto w oko.

– Może ostrożniej, co? – zawołała zaczepnie.

Zaraz mu przydzwoni. Co za jełop!

– Że co? – zapytał zdziwiony.

Maria wysiadła z taksówki. Zamiast wejść do Beatrice, przeszła na parking. Oprócz jej volkswagena stały tam jeszcze dwa auta: Miłosza i Adrianny. Tylko oni mieli pozwolenie na parkowanie przy restauracji, bo na ciasnym dziedzińcu musiały jeszcze zmieścić się auta dostawcze, które przywoziły zaopatrzenie. Ta dwójka nie mogła marnować czasu na szukanie miejsca. Ich obecność w pracy była nieodzowna. Zatrudniała jeszcze jednego kucharza, ale Miłosz był szefem kuchni, a ten drugi – no cóż, Miłosz nie mógł pracować po dwanaście godzin dziennie.

Jej samochód stał tuż przy kontenerach na śmieci. Spojrzała w górę, na rosnące tam wierzby. Może warto postarać się tu o jakieś oświetlenie?, pomyślała. Podeszła do bagażnika, by wyjąć teczkę z dokumentami, którą woziła tam od dwóch dni. Z zaskoczeniem odnotowała rysy na klapie, tuż przy zamku. Włożyła klucz do zamka, ale nie mogła poradzić sobie z jego przekręceniem. Zacinał się i blokował.

– Co u diabła? – zaklęła.

Ponownie poruszyła kluczem, ale nie chciał się przekręcić. Z rezygnacją wyjęła go z zamka i otworzyła tylne drzwi auta. Wsiadła do środka i klęcząc na siedzeniu, odczepiła osłonkę. Zajrzała do bagażnika. Teczka leżała w kącie, obok płynu do spryskiwaczy i oleju. Zmarszczyła brwi. Czyżby się przesunęła? Wszystko możliwe, po prostu ją wrzuciła i zatrzasnęła klapę.

Wyjęła teczkę i wysiadła z samochodu. Zamknęła drzwi i skierowała się powoli do restauracji. Weszła drzwiami kuchennymi. Miłosz był na stanowisku i zagniatał ciasto na pizzę, którą również podawano w Beatrice. Mężczyzna podskoczył nerwowo, gdy ją zobaczył.

– Dzień dobry.

– Ależ mnie pani wystraszyła – powiedział nerwowo.

– Nie miałam takiego zamiaru – zapewniła z lekkim uśmiechem. – Wszystko w porządku?

– Sam nie wiem. Ten policjant teraz przepytuje Ewę.

– Policjant?

– Mariacki.

– Marecki – poprawiła go automatycznie.

– Tak, zgadza się, Marecki. Koszmar, po prostu koszmar. Jak się pani czuje? – zapytał z autentyczną troską. – Nawet nie wyobrażam sobie, co musiała pani czuć, przebywając tu sam na sam z zamaskowanym mordercą i czekając na policję.

– Nie dramatyzujmy – powiedziała, chociaż zimny dreszcz przebiegł jej po plecach. – Najważniejsze, że nic się nikomu nie stało.

– No chyba jednak stało. Temu trupowi płci żeńskiej zdecydowanie coś się stało – przypomniał jej Miłosz.

– Racja – przyznała. Stało się to, że zniknął przed przyjazdem policji. – Jeszcze dziś zadzwonię do firmy ochroniarskiej, która montowała tu alarm, i poproszę o kamery na zewnątrz plus dodatkowe oświetlenie daszku nad drzwiami, żeby światło padało aż do tych drzew na skarpie.

– Taki monitoring to świetny pomysł, proszę pani – oświadczył.

Maria podziękowała bladym uśmiechem. Proszę pani! Byli w tym samym wieku! Wolała jednak nie proponować przejścia na ty. Wiedziała, że wiele firm preferuje tego typu luźną atmosferę, ale jej to nie przekonywało. Zatrudniała tylu młodych ludzi, że lepiej, by nikt nie miał wątpliwości co do hierarchii.

– Spokojnej pracy – życzyła mu jeszcze, zastanawiając się, czy nie zabrzmiało to jak kiepski żart, i wyszła z kuchni, minąwszy łukiem skażoną strefę, czyli spiżarnię, po czym szybkim krokiem ruszyła korytarzem do swojego biura.

Weszła bez pukania. Ku swemu zaskoczeniu ujrzała komisarza Mareckiego zasiadającego za biurkiem menedżerki, który z nieodgadnioną miną przyglądał się chichoczącej bez opamiętania Ewie.

– Dzień dobry – powiedziała automatycznie.

Komisarz tylko burknął coś pod nosem i wzruszył ramionami. Maria przeniosła wzrok na dziewczynę. Ewa zerwała się z miejsca i próbowała coś powiedzieć, ale parsknęła śmiechem i uciekła.

– Co pan jej zrobił? – zapytała z wyrzutem.

– Zupełnie nic – odpowiedział, rzucając jej niezadowolone spojrzenie. – Niektórzy tak mają.

– Czyli jak?

– Nadmierny stres wywołuje nerwową wesołość. Co panią tu sprowadza?

– Pyta pan, co mnie sprowadza do własnej restauracji? – zapytała z niedowierzaniem.

Mężczyzna zakłopotał się. Istotnie, pytanie należało do tych z gatunku głupawych. Chyba nie powinien jej wspominać, że znał takich, którzy zadawali znacznie głupsze pytania, jak choćby jego koleżanka z pracy, która zastawszy męża z łapami w majtkach swojej koleżanki, zapytała: Co ty robisz?

To było raczej oczywiste, ale człowiek w szoku nie takie głupoty gada.

– Istotnie. Pytanie było niemądre – przyznał. – Zakładałem, że po nieprzespanej nocy i tylu wrażeniach weźmie pani dzień wolny.

– Wolałam przyjść do pracy, niż zamartwiać się w domu tym, co się wydarzyło. Nie mogę zostawić świeżo otwartego interesu samemu sobie, do tego nie wiem, jak pracownicy zareagowali na taką wiadomość. Z tego, co przed chwilą widziałam, chyba nie najlepiej.

– Nic jej nie będzie – zbagatelizował. – To jedna z tych osób, które śmieją się na pogrzebach, chociaż jest im przykro, ale nerwy im puszczają.

– Coś w tym jest – przyznała, choć sama nie znała ani jednej takiej osoby. – Nie spodziewałam się pana tak szybko.

– Biorąc pod uwagę, że młoda kobieta nie żyje, nie mam powodu, by zwlekać.

– Więc pan mi wierzy – zawołała z ulgą.

– Tego nie powiedziałem.

– Ale powiedział pan…

– Powiedziałem, że biorę pod uwagę, czyli dopuszczam taką możliwość i nie mogę jej zbagatelizować. To nie znaczy, że pani wierzę. Proszę, pani Kopicka, niech mi pani pozwoli spokojnie wykonywać swoją pracę. Nie lekceważę pani słów, ale czy pani by uwierzyła nieznanej osobie na słowo, bez żadnych dowodów?

Spojrzała na niego z wyrzutem, ale milczała.

– Na dziś koniec z przesłuchaniami. Nie ma sensu przepytywać wszystkich, skoro była was tylko trójka i tylko trzy osoby mają klucz. Obejrzałem wasze zamki. Dobra robota. Nie da się tak po prostu dorobić klucza, zatem zakładam, że pozostali pracownicy nie mają własnych.

Maria skinęła głową, ale w myślach pozwoliła sobie na zgryźliwy komentarz. Mógłby założyć, że powiedziała prawdę i w tej chwili po mieście wędrują sobie zwłoki, które trzeba znaleźć. Nie mogły zapaść się pod ziemię.

Właściwie teoretycznie to mogły, przyszło jej do głowy. Zabójca mógł je zakopać. Nie mógł przecież przetrzymywać ich w nieskończoność. Pamiętała, jak kiedyś zepsuła się zamrażarka. Smród zepsutego mięsa był obezwładniający.

– Widzę, że trybiki się obracają – powiedział z westchnieniem.

Jak tak dalej pójdzie, zacznie wzdychać jak dorastająca panienka z czasów, gdy te jeszcze potrafiły się rumienić. Sam już tych czasów nie pamiętał, ale nie był jeszcze tak stary, by nie pamiętać, dlaczego on sam ogląda się za kobietami. Przynajmniej za tymi, które wyglądają jak kobiety.

– Bagażnik mi się zaciął – wypaliła ni z gruszki, ni z pietruszki.

Spojrzał na nią przeciągle.

– Dziwne… Wczoraj jeszcze działał, gdy chowałam teczkę z dokumentami, a dziś musiałam wchodzić do bagażnika przez tylne siedzenie. No może nie wchodzić – zreflektowała się szybko, uświadomiwszy sobie, jak to zabrzmiało. – Wyciągnąć.

– Pani auto całą noc stało na parkingu za restauracją? – zapytał, zmarszczywszy brwi.

Na jego czole pojawiła się głęboka bruzda. Rano widział starego volkswagena. Jeden z techników przekazał mu, że należy do podpitej właścicielki, i nie interesował się nim więcej.

– Byłam w stanie… Hm – odchrząknęła. – Nie mogłam

prowadzić. Gdybym była trzeźwa, też bym nie mogła. Nie w tym stanie... emocjonalnym. Mój przyjaciel mnie zawiózł. Do restauracji przyjechałam taksówką, więc tak, moje auto od wczoraj stoi na parkingu. Jaki to ma związek z moim bagażnikiem?

– Zaraz się okaże – powiedział tak złowieszczo, że Marii zimny dreszcz przebiegł po kręgosłupie.

Hanka właśnie kończyła pić szóstą tego dnia kawę, gdy nagle Dorota syknęła i szarpnęła ją za rękę tak mocno, że kawa w filiżance chlupnęła prosto na jej białą bluzkę. Kopicka z niedowierzaniem patrzyła na rozlewającą się po dekolcie brązową plamę.

– Co ty...

– To ona?! – Dorota dźgnęła palcem w okno kawiarni, wskazując kobietę po drugiej stronie ulicy.

– Gdzie? – Hanka niemal poderwała się z miejsca.

Wreszcie coś zaczęło się dziać! Obgadały byłych mężów, z czego jeden był martwy. Omówiły wszystkie sprawy swoich dzieci. Powspominały – ze złośliwą satysfakcją – starych znajomych. I już im tematów zaczęło brakować, gdy pojawiła się sekretarka Stanisława.

– Tak, to Arleta – potwierdziła z radością.

– Ależ się postarzała! – zawołała Dorota.

– No nie? – zachichotała z satysfakcją Hanka. Arleta wprawdzie nigdy nic złego jej nie zrobiła, ale całe życie była jej solą w oku.

– Kelner! Rachunek! – Dorota wydarła się jak przekupa na targu rybnym.

Niespełna trzy minuty później stały na chodniku, próbując jak najszybciej przejść na drugą stronę. Sznur sunących samochodów nie ułatwiał im tego zadania. Hanka nie byłaby sobą, gdyby tak po prostu się poddała i pobiegła na pasy znajdujące się trzysta metrów dalej, i to w dodatku w kierunku odwrotnym niż ten, w którym przemieszczała się Arleta.

– Stać! – zawołała przenikliwym głosem, wbiegając pod zbliżające się auto.

Na tym odcinku obowiązywało ograniczenie prędkości do trzydziestu kilometrów na godzinę i to właśnie uratowało obie kobiety przed tragiczną śmiercią pod kołami. Wśród dźwięku klaksonów i gniewnych pokrzykiwań kierowców udało im się przebiec na drugą stronę. Zamieszanie zwróciło uwagę przechodniów. W tym także Arlety, która z niedowierzaniem patrzyła na dantejskie sceny, rozgrywające się przed jej oczami. Dwie korpulentne kobiety w długich kolorowych sukniach przedzierały się przez zakorkowaną ulicę. Miały szczęście, że w godzinach szczytu auta suną powoli.

Zdumienie sięgnęło zenitu, gdy rozpoznała byłą żonę szefa, biegnącą ku niej szybkim truchtem.

– Pani Kopicka?

– Tak, to ja… – wysapała Hanna. – O rany, muszę rzucić fajki.

– Nie dziś – jęknęła Dorota, która usłyszała ostatnie trzy słowa.

– Ma pani chwilę? – zapytała uprzejmie Kopicka, z trudem łapiąc oddech.

Sobkowiak zgarbiła ramiona. Znów się zaczyna, pomyślała zniechęcona.

– Pewnie mam, ale o co chodzi? – zapytała.

Z doświadczenia wiedziała, że przed Kopicką i tak nie umknie, więc lepiej się skonfrontować i jak najszybciej mieć to za sobą. Czymkolwiek to coś miałoby być.

– Napije się pani z nami kawy? – zapytała Dorota. – Naprzeciwko jest bardzo miła kawiarnia.

– Dziękuję, ale nie.

– Herbatkę też mają smaczną – zapewniła ją Hanka.

– Proszę powiedzieć, o co chodzi – poprosiła zbolałym tonem Arleta.

– To może chociaż usiądziemy? – zaproponowała Dorota. – Widzę tu kilka ławek.

Arleta spojrzała na ławeczki wokół fontanny.

– No dobrze – zgodziła się z ociąganiem.

Chyba nie zaciągną mnie w krzaki róż ani nie utopią w fontannie, pomyślała w nagłym przypływie czarnego humoru.

– Słucham – powiedziała, gdy wszystkie trzy zajęły miejsca. Sama usiadła na skraju ławki, nie mając ochoty znaleźć się pomiędzy nimi.

– Chodzi o Stasia – oświadczyła zdeterminowana Hanka.

– Domyślam się – stwierdziła Arleta.

– Staś ma babę.

– Pan Kopicki często miewał… kobiety – odparła ostrożnie jego sekretarka.

– Ale teraz ma młodą cipkę z diamentem na palcu – wyrwała się niepytana Dorota.

– Nie wiem, co na to odpowiedzieć…

– Może prawdę? – zaproponowała z nadzieją w głosie Hanka.

– Nie mogę rozmawiać o prywatnych sprawach pana Stanisława Kopickiego. O zawodowych również. Jestem zobowiązana do dyskrecji – wyrecytowała na bezdechu, przerażona wiedzą obu kobiet.

Trzeba jak najszybciej ostrzec szefa!

– Aha! – zawołała Dorota. – Więc to prawda!

– Ona zawsze tak gada. Co najmniej od czterdziestu lat. To nic nie znaczy – powiedziała zniechęcona Hanka.

– Trzydziestu pięciu – poprawiła ją z urazą Arleta.

– Arleta, ty musisz nam powiedzieć, co to za ziółko. Moje dzieci nie mogą przez nią cierpieć. – Żona Kopickiego próbowała odwołać się do jej sumienia.

– Maria i Piotr są dorośli i mają własne życie. Prowadzą własne firmy, założone dzięki pomocy ojca. Nie mają prawa…

– Przepraszam bardzo… – przerwała jej Hanka. – A do czego to moje dzieci niby nie mają prawa?

– No właśnie, do czego?! – zawołała napastliwie Dorota.

– Zgodziłam się na tę idiotyczną rozmowę, ale nie w takim tonie – oburzyła się Arleta. – Całe moje zawodowe życie muszę użerać się z panią albo kolejnymi babami w życiu szefa! Mam tego serdecznie dość! Czy tak trudno uwierzyć, że ja tylko dla niego pracuję?!

– Zabrał cię na Kanary? – zapytała Kopicka.

– I co z tego? Byłam tam służbowo! Kopicki wylegiwał się na plaży, a ja siedziałam w pokoju i poprawiałam umowy! Słońce i plażę widziałam z balkonu! – krzyknęła. – Nie miałam kiedy włożyć stroju kąpielowego!

– To by się zgadzało – przytaknęła Hanka niemal współczująco. – Cały Staś.

– Nie o Kanary tu chodzi. – Dorota postanowiła wziąć na siebie ciężar rozmowy. Do tej pory nie szło im za dobrze. – Rzecz w tym, że jeśli posiada pani informacje, które mogłyby zaszkodzić Stanisławowi albo dzieciom…

– Zwłaszcza dzieciom – wtrąciła się Hanka.

– Tak, zwłaszcza dzieciom, to my byśmy chciały je znać.

– Albo wiedzieć, że nic im nie zaszkodzi – dodała Hanka.

– To też mogłoby wystarczyć, ale niekoniecznie.

– Dorota, mnie chodzi o dzieci. Staś może bzykać, kogo chce, ale ślub? Jeśli ona naprawdę ma dwadzieścia pięć lat, może się rozmnożyć, i to wielokrotnie.

– A może o to chodzi? Kopicki chce się jeszcze rozmnożyć? – Dorota zwróciła się do sekretarki słuchającej z przerażeniem tej wymiany zdań.

– Nie wolno mi rozmawiać o prywatnych i zawodowych...

– To może raz mrugnij na tak i dwa razy na nie – zaproponowała z nadzieją w głosie Dorota.

– Nie ma szans. Nie mrugnie – zapewniła ją zniechęcona Hanka. – Od samego początku mówiłam, że Arleta słowa nie piśnie.

– Szlag! – zaklęła Dorota. – Dawaj dymka!

– Zostało mi tylko kilka!

– No to będą to ostatnie dymki w moim życiu, bo zaraz dopadnie mnie ta cholerna astma! – warknęła. – Czy masz dzieci? – zwróciła się na powrót do sekretarki Kopickiego.

– Tak, ale to nie ma nic wspólnego z panem Kopickim – zapewniła je Arleta.

– No myślę, że nie ma – prychnęła Hanka.

– Chodzi mi o to – Dorota spojrzała groźnie na przyjaciółkę – że jako matka powinnaś nas zrozumieć. Nieważne, ile dzieci mają lat, to nadal dzieci.

– Rozumiem. Naprawdę jest mi bardzo przykro, ale nie mogę pomóc. Na mnie już pora. – Zerwała się z miejsca i oddaliła pospiesznie, zerkając w panice przez ramię, czy żadna jej nie goni.

Miała jechać do urzędu, ale w zaistniałej sytuacji postanowiła natychmiast wrócić do firmy i porozmawiać z szefem! Na to się nie pisała! Nie dość, że od lat musi znosić te ciągłe docinki i podejrzenia, to teraz jeszcze te dwie się na nią zaczaiły i właściwie napadły. Od lat kilka firm próbuje ją podkupić. Własny mąż ją podejrzewał i śledził. Dwadzieścia lat temu, ale jednak. I za co? Za przyzwoitą pracę?

Co miała powiedzieć na temat Pauli? Dziewczyna jest w ciąży, a dziecko potrzebuje ojca. To są sprawy rodzinne i ona nie powinna być w to zamieszana! Wbiegła do windy, jakby sam diabeł ją gonił. Niewiele się pomyliła. Dwie czarownice nie odleciały. Siedziały na ławce, gdzie je zostawiła, i debatowały.

– Kiepsko nam poszło – zauważyła Dorota.

– To było do przewidzenia. – Hanka podała jej papierosa i zapalniczkę, czekając uprzejmie, aż przyjaciółka zaciągnie się dymem.

– Co robimy?

Hanka spojrzała na nią z ukosa.

– Chcesz powiedzieć, że brak ci pomysłów?

– Może zadzwońmy do Marii i zapytajmy o tego detektywa? – zaproponowała.

– Zadzwońmy – zgodziła się z nią Hanka.

Sama też nie miała lepszego pomysłu. Ten z Arletą był nieudany, ale to było wiadome od samego początku. Dorota musiała przekonać się na własnej skórze. Wydmuchnęła dym w niebo i wyjęła telefon.

Drzwi kuchenne prowadzące na zewnątrz restauracji podparte były krzesłem. Policjanci kręcili się tam i z powrotem. Miłosz ze złością mieszał sos w garnku. Zaraz mu się wszystko zwarzy! Rzucił okiem na szefową, która ze strachem w oczach obserwowała pracę funkcjonariuszy.

Marecki stał na zewnątrz przy jej aucie i nadzorował działania techników. Był wściekły jak diabli! Nikt nie zainteresował się samochodem, a on nie wierzył w zbiegi okoliczności. Najpierw trup w restauracji, potem ewidentne ślady włamania do auta. Ledwie spojrzał na rysy przy zamku, już wiedział, że komuś udało się dostać do bagażnika.

Technicy zebrali ślady z zewnątrz i dopiero wtedy otworzyli bagażnik. Maria nie wytrzymała dłużej. Mimo że komisarz kazał jej zaczekać w restauracji, wyszła na dziedziniec i zbliżyła się do niego z niepewną miną.

– Czego pan tam szuka? – zapytała.

– Śladów – wyjaśnił krótko.

– Śladów czego?

– Jeśli technicy jakieś znajdą, to się dowiem.

Maria w milczeniu analizowała sytuację.

– Sądzi pan, że w czasie, gdy pana ludzie sprawdzali restaurację, trup był w moim bagażniku?

Udał, że nie usłyszał pytania. Taka możliwość teoretycznie istniała, ale nie będzie się ośmieszał, potwierdzając, że sprawca mógł wynieść zwłoki tuż pod nosem policji.

– I wrócił w biały dzień, by je wynieść?

Wreszcie na nią spojrzał. Hipoteza Kopickiej brzmiała idiotycznie. Kto by ryzykował, wracając w dzień na miejsce przestępstwa, by odzyskać ciało schowane w aucie, po które w każdej chwili mógł wrócić właściciel, a ktoś wychodzący z kuchni przyłapać na gorącym uczynku.

– Jutro wraca z urlopu nasz specjalista od sporządzania portretów pamięciowych. Zapraszam na komisariat. Dziewiąta rano pani odpowiada?

Zaskoczona napastliwym tonem Mareckiego tylko skinęła głową. Był bardziej zmienny niż kobieta w czasie miesiączki, pomyślała z ironią. Zdobyła się na odwagę, by powiedzieć mu kilka słów, ale nim zdążyła otworzyć usta, zadzwonił jej telefon.

– Przepraszam, to mama. Muszę odebrać – powiedziała i wróciła do restauracji.

– Witaj, mamo, co tam? – Weszła do swojego gabinetu.

Adrianna siedziała na swoim miejscu, a jej palce śmigały po klawiaturze. Spojrzała pytająco na szefową, ale ta skinęła jej uspokajająco głową i usiadła za swoim biurkiem.

– Maria, czy ten twój detektyw coś ustalił? – zapytała prosto z mostu Kopicka.

– Tak, wie, kto to jest, ale nie mam głowy do tego teraz, mamo. Zrezygnowałam z jej usług. Mam ważniejsze rzeczy niż wybranka ojca – powiedziała z roztargnieniem.

Ku swemu zdziwieniu dokładnie tak myślała. Dzień wcześniej wpadła do matki jak po ogień. Teraz ta chwila wydawała się oddalona o lata świetlne.

– Ależ kochanie… – zająknęła się zaskoczona Hanna.

– Mamo, niech ojciec robi, co chce. Chciałam wiedzieć, co się dzieje, i wiem. Reszta przestała mnie obchodzić.

– Ale… Jak to tak…

– Jeśli to wszystko, mamo, muszę kończyć. Zdzwonimy się później, dobrze? – I rozłączyła się, nie czekając na odpowiedź.

– Jak nastroje wśród pracowników? – zwróciła się do Adrianny.

– Zasadniczo dobre, ale Ewę odesłałam do domu. Poradzimy dziś sobie bez niej – poinformowała ją menedżerka.

– Co jej się stało?

– Klient chciał wynająć część lokalu na stypę, a ona wybuchła głośnym śmiechem.

– Matko Boska – jęknęła Maria.

– To samo pomyślałam – przytaknęła Ada.

– Ona jest…

– Niektórzy tak reagują na stres.

– Tak, słyszałam. Co z klientem?

– Zajęłam się nim – zapewniła ją kierowniczka.

– Dobrze. Wynajął nas?

– Oczywiście – rozpromieniła się menedżerka. – Ale w dzień stypy też dałam jej wolne – dodała szybko.

– I słusznie. Jak się trzymasz? – Maria nie zauważyła, kiedy sama zaczęła zwracać się na ty do Adrianny, choć dzień wcześniej, ba!, jeszcze tego dnia rano, były na pani.

– Teraz już dobrze, ale rano miałam mały rozstrój nerwowy. Ale to ja powinnam zapytać, jak się czujesz… pani czuje…

– Maria. – Wyciągnęła rękę do Ady, którą tamta z uśmiechem uścisnęła.

Skoro ma na nią zrzucić część zadań związanych z otwieraniem nowego lokalu, powinny się zaprzyjaźnić. Będą spędzać ze sobą więcej czasu niż ze swoimi facetami. Nowe wyzwanie odciągnie ją od złych myśli i problemów, które stanęły na jej drodze.

– A zatem, Adrianno… Mam do ciebie sprawę…

Stanisław musiał przyznać, że gdy już oswoił się z kolorystyką ubrań, całkiem dobrze czuł się w swoim nowym wcieleniu. Na pewno młodszy. Przeglądał raport przyniesiony przez jednego z kierowników, gdy drzwi biura otworzyły się i z hukiem uderzyły o ścianę.

– Hanka! – zdenerwował się, podrywając głowę znad papierów. Tylko ona w ten sposób wpadała go odwiedzić, jeśli można tak to nazwać.

Ale to nie była Hanka. Tornado, które wtargnęło do jego biura, jeszcze pół godziny temu było jego schludną i opanowaną sekretarką.

– Zwalniam się! – ryknęła.

Nigdy wcześniej nie wzniosła się na takie rejestry. Ale miarka się przebrała. To nie był jeden raz. To było wiele razy. I wciąż od nowa. Każdego dnia. Nawet teraz, gdy bliżej jej było do sześćdziesiątki, wciąż to samo.

– Słucham? – zdębiał.

Czyżby przedwczorajsze uderzenie w głowę było silniejsze, niż mu się zdawało? Niemożliwe. Lekarz wykluczył wstrząśnienie mózgu. Przysiągłby, że jego sekretarka jest wściekła, maszeruje ku niemu zamaszystym krokiem z groźnym wyrazem twarzy, do tego wymachując rękoma jak nieopierzony ptak, niemogący poderwać się do lotu.

– Powiedziałam, że się zwalniam. Teraz. Zaraz. Natychmiast. Mam dość pana i mam dość tej pracy! Dość! – krzyknęła.

– Pani Arleto…

– Właśnie dopadła mnie pańska żona! Koniecznie chciała wiedzieć, z kim się pan żeni i czy ta kobieta ma dwadzieścia pięć lat!

Kopicki zbladł.

– Niemożliwe! Skąd miałaby to wiedzieć?!

– Skąd ja mam to wiedzieć?

– Jakim cudem...

– Mam to gdzieś – przerwała mu niegrzecznie. – Słyszał pan, co powiedziałam? Zwalniam się.

– Nie może pani. Obowiązuje panią trzymiesięczne wypowiedzenie...

– Niech mnie pan poda do sądu. – Arleta odwróciła się na pięcie i wymaszerowała z gabinetu. – Niech pan sam załatwia swoje sprawy. Ja mam dość świecenia za pana tyłkiem – rzuciła jeszcze na odchodnym.

– Jakie świecenie tyłkiem? Nic nie rozumiem...

Hanka z przerażeniem patrzyła na Dorotę.

– Mów, co się stało – zażądała stanowczo.

– Maria...

– Co z Marią?! Miała wypadek? – zdenerwowała się Dorota.

Lubiła dzieciaki Hanki, chociaż córka zawsze była trochę dziwna. Zbyt poważna jak na swój wiek i zawsze patrzyła na ciotkę takim dziwnym wzrokiem, jakby obserwowała wielkiego motyla.

– Zrezygnowała...

– Z restauracji?!

– Z detektywa!

– Ale dlaczego? Był do dupy?

– Była. I wszystko ustaliła. Maria powiedziała, że ma ważniejsze sprawy niż problemy sercowe ojca.

– Cóż może być ważniejszego? – zdumiała się Dorota, strzepując popiół i zaciągając się głęboko resztką papierosa. – Masz jeszcze jednego?

– Nie wiem...

– Jak nie wiesz, czy masz, to sprawdź.

– Na pierwsze pytanie odpowiadam. Nie wiem, co może być ważniejszego. – Sięgnęła do torebki i wyjęła paczkę. – Zostały ostatnie dwa.

– To po jednym i potem rzucamy palenie – zadecydowała Dorota. – Przez tego twojego Staśka znów wpadnę w nałóg, a popalam sobie tylko od czasu do czasu. Czekaj, najpierw inhalator. Nie chcę się udusić. – Dorota wyjęła niewielki pojemnik z ustnikiem.

– Może wcale nie powinnaś palić? – zasugerowała delikatnie Hanka.

– Oczywiście, że nie powinnam palić. Nie jestem głupia! Tylko w życiu to tak nie działa! – Objęła ustami ustnik i wciągnęła głęboki wdech. Chwilę siedziała w milczeniu, jakby lekko nadęta, po czym odetchnęła i powiedziała: – Ty nie powinnaś jeść pięciu pączków, a też ci to jakoś nie przeszkodziło.

Hanka zamierzała się odgryźć, i to całkiem ostro, ale zrezygnowała. Włożyła papierosa w usta i zapaliła. Nie będzie kłócić się z Dorotą. Potrzebuje sojusznika. Córkę straciła, został syn. Piotr prędzej posłucha Marii niż jej, więc Dorota będzie jej naprawdę potrzebna. Może i dzieci mają ważniejsze sprawy niż przyszła macocha, ale ona nie ma spraw ważniejszych niż dzieci. Jest matką!

– Odczep się od pączków. Musimy zdecydować, co dalej – powiedziała tylko.

– Same wynajmiemy detektywa – zaproponowała Dorota, wypuszczając kłąb dymu.

– Czekaj, czekaj, dobrze myślisz... My już nawet mamy detektywa! Jak się nazywała ta detektyw, co to ją Maria wynajęła... Matylda jakaś tam... Zadzwonię do Piotra!

– Przepraszamy panie. – Podeszło do nich dwóch strażników miejskich.

– Tak, o co chodzi? – zapytała Dorota.

– Tu obowiązuje zakaz palenia. – Wskazał palcem na coś znajdującego się za ich plecami.

Obie obejrzały się zgodnie. Za nimi rozciągał się plac zabaw, a dokładnie za ławką stał ogromny znak zabraniający palenia.

– No dajcie spokój... – jęknęła Hanka. – Właśnie rzucamy palenie.

– Na placu zabaw?

– Przecież nie ma tu dzieci! – zawołała Dorota.

– Zakaz obowiązuje dwadzieścia cztery godziny na dobę, a nie tylko w czasie pobytu dzieci. Dowody osobiste poproszę – stanowczo zażądał strażnik.

Stanisław nie przypominał sobie, by został tak potraktowany. Przynajmniej nie przez ostatnie osiemnaście lat. Takie akcje były w stylu Hanki, ale nie jego spokojnej sekretarki, która zawsze mówiła:

– Oczywiście, proszę pana.

– Zaraz to zrobię, proszę pana.

– Gotowe, proszę pana.

– Czy potrzebuje pan czegoś jeszcze?

Nie wrzeszczała na niego, nie trzaskała drzwiami i nie miotała groźbami, że odejdzie. To też było w stylu Hanki. Różnica polegała na tym, że żonę mógł wymienić, ale na stratę Arlety nie może sobie pozwolić. Nie tak od razu. Ktoś musi ją zastąpić! I jak zwykle cała afera to wina Hanki. Toteż, nie zwlekając dłużej ani chwili, zadzwonił do byłej żony.

– Hanka! Arleta rzuciła pracę!

– Co mnie to obchodzi? – zapytała niegrzecznie, trzaskając drzwiami auta. Właśnie zostały ukarane mandatami. Miała dość tej dyskryminacji. Definitywnie rzuca palenie.

– Bo to twoja wina! – zawołał podniesionym głosem.

– Co ty opowiadasz, Staś?! – zdenerwowała się. – A co mi do tej twojej Arlety?

– Haniu! Ty się nie wypieraj! Ja wszystko wiem! Napadłaś na nią!

– Że co? Staś, ty się zastanów, co ty mówisz, ja nigdy w życiu na nikogo nie napadłam. W życiu nikogo nie walnęłam w mordę, choć tobie nie raz się należało!

– Werbalnie ją napadłaś!

– To nie była żadna napaść, tylko zwykła rozmowa!

– Hania, ja ciebie znam! Już ja dobrze wiem, jak wyglądają te twoje rozmowy!

– Stanisław! Ja jestem matką. Ja będę bronić moich dzieci własną piersią!

– Przed Arletą?!

– Przed tobą, Staś! Przed tobą! Ty jesteś wyrodny ojciec, tyle ci powiem! Bo, jak ty byś był przyzwoity ojciec, nie prowadzałbyś się z babą młodszą od własnej córki!

– Hania, moje życie nie jest twoją sprawą od osiemnastu lat!

– Staś! Ja mam w głębokim poważaniu to twoje życie! Ja dzieci nie dam skrzywdzić!

– Skąd ty w ogóle wiesz o Pauli?!

– Jak to skąd wiem? – Tu Hanka straciła rezon. – Wszyscy wiedzą!

– Jak to: wszyscy? Nie ma czegoś takiego jak wszyscy! Tak konkretnie to kto?

– Kto, kto! Co za różnica kto? Ktoś!

– Hanka!

– No co? Ktoś cię z nią zobaczył i doniósł – skłamała. – I jeszcze to mieszkanie w apartamentowcu. Czyś ty zgłupiał kompletnie? Obierze cię z pieniędzy, a moje dzieci zostaną z niczym!

– Paula taka nie jest! I mamy już umowę przedślubną!

– Więc jednak bierzesz z nią ślub?! Czyś ty do reszty zdurniał? Kogo obchodzi umowa przedślubna?! Przecież ty wyciągniesz kopyta ze czterdzieści lat wcześniej niż ona! Wszystko odziedziczy, a dzieci zostaną z niczym!

– Mają swoje firmy!

– Ale w twoich nieruchomościach, idioto! – Hance puściły nerwy ostatecznie. – Czynszami ich wykończy, jak będzie chciała się ich pozbyć po twojej śmierci!

– Przecież ja jeszcze nie umieram!

– Ale umrzesz, Staś! Umrzesz! I to przed nią!

Była żona mi grozi?, zdębiał Kopicki.

– Cokolwiek ci się wydaje na tej twojej viagrze, nie jesteś nieśmiertelny! Staś! Ty zrób testament! – Hanka zaczęła łkać. – Ty daj tej Pauli, co chcesz, ale chociaż zrób testament. Zabezpiecz swoje dzieci przed harpią!

– Ależ Haniu, Paula nie jest żadną…

– Staś, ty nie znasz kobiet! Ona jest młoda. Ona się rozmnoży. Ona będzie matką, będzie bronić swoich dzieci, Staś. Swoich, a nie twoich! – szlochała rozdzierająco.

– Ależ Haniu, nie płacz, ja nigdy…

– Staś, nie wolno ci tak traktować dzieci!

– Ale ja im nic nie zrobiłem…

– Ale zrobisz, Staś, zrobisz. Zrobisz, nic nie robiąc, Staś. Tak to będzie. Ciebie zjedzą robaki, a…

– Haniu! Ja cię proszę! Przestań dramatyzować! Nie po to się z tobą rozwiodłem, żeby teraz...

– Ja wiem, że ty mnie nienawidzisz, ale nasze dzieci nic złego ci nie zrobiły. – Hanka ocierała łzy i ciągnęła nosem.

Dorota siedziała za kierownicą z ręką na kluczyku włożonym do stacyjki i stopą na sprzęgle. Noga jej już drętwiała, ale była w takim szoku, że nie mogła się ruszyć. Nie znała przyjaciółki od tej strony. Niemożliwe, żeby Hanka tak szybko pękła. Zawsze była wojownicza.

– Zrób testament, Staś – błagała. – Daj, co chcesz, Pauli i waszym dzieciom. Daj im wszystko, ale swoim dzieciom chociaż ich firmy zostaw!

– Ależ Haniu, ja nic im nie zabieram...

– Staś, ja cię błagam. Ty pamiętasz, jak byłam w ciąży z Piotrusiem? Jak ty drzwi wyważyłeś do łazienki? Pamiętasz, Staś?

Kopicki z niesmakiem spojrzał na swój gips. Owszem, pamiętał aż za dobrze.

– Jak ty mnie wtedy kochałeś, Staś, pamiętasz?

– Pamiętam... – przytaknął grobowym głosem.

– Ja nie mam pretensji, że przestałeś, ale dzieci nie wolno ci przestać kochać. Ty zawsze byłeś dobrym ojcem, Staś – mówiła Hanka, nie pamiętając już, że kilka minut wcześniej zwyzywała go od wyrodnych.

– Haniu, ty się nie martw. Ja zrobię ten testament – obiecał.

Była żona miała rację. Choćby ten wypadek z drzwiami od łazienki. Nigdy nie wiadomo, co człowieka może spotkać. Testament to dobry pomysł. I może dzieciom będzie łatwiej zaakceptować Paulę i jej dziecko. Ich dziecko, poprawił się szybko w myślach.

– Obiecujesz, Staś?

– Obiecuję – zapewnił z powagą.

– Dobrze, Staś. Wierzę ci.

Obietnica dla Stanisława to rzecz święta. Nie licząc tej składanej przed ołtarzem, ale musiała przyznać, że do rozwodu w sporej mierze sama się przyczyniła.

– Arletę mogę przeprosić – oświadczyła wspaniałomyślnie. – Masz rację, Staś, zdecydowanie przesadziłam. Ale to z troski, Staś. Z troski.

– Oczywiście – przytaknął.

Troska troską, ale w wykonaniu Hanki każda emocja ma wyjątkowo gwałtowny przebieg.

– Życzę ci szczęścia, Staś – powiedziała zdławionym głosem. – Zasługujesz na nie. – Pociągnęła nosem.

– Dziękuję. – Musiał przyznać, że Hanka nadal potrafiła go zaskoczyć.

Dorota położyła głowę na kierownicy. Nie wierzyła własnym uszom. Hanka powinna po nim pojechać jak po łysej kobyle, a nie jeszcze szczęścia łajzie życzyć. Co się z nią stało, u licha?

– Załatwione – oświadczyła Kopicka normalnym głosem. – Nie rozmazałam się? – spytała przyjaciółkę, która przekręciła głowę w jej stronę i łypała podejrzliwie jednym okiem.

– Rozmazałam się czy nie? – Kopicka domagała się odpowiedzi.

Dorota powoli wyprostowała się i przyjrzała uważnie przyjaciółce. Ślady łez na policzkach już znikały, oczy śmiały się wesoło, pełen satysfakcji uśmiech mówił sam za siebie.

– Hanka, nie wiem, co mam powiedzieć…

– Tusz miał być wodoodporny, ale zapomniałam lusterka. Powiesz mi wreszcie, czy…

– Hanka, ta szopka... – Dorota z trudem ogarniała to swoim umysłem. – To był majstersztyk.

– Oczywiście, że tak. Rozwiódł się ze mną, ale nadal się nie połapał, o co chodzi. Powiem ci, że chłopy nie są tak rozgarnięte, jak im się wydaje. Nawet w połowie.

– Hanka... Jesteś mistrzynią.

– Pewnie – łaskawie zgodziła się z przyjaciółką. – A teraz jedziemy do Piotra. Trzeba zdobyć namiary na detektyw Matyldę i rozprawić się z tą harpią.

– Ale powiedziałaś...

– Nieważne, co powiedziałam, ważne, co zamierzam. Maria się poddała, ja nie! Jedź! – poleciła jej stanowczo. Skoro Dorota zaanektowała jej samochód, to niech tak będzie. Ale to nie powód, by marnować czas.

– A telefon do Arlety? Miałaś ją przeprosić.

– Zgłupiałaś? – Spojrzała na nią z niesmakiem. – Nawet nie mam jej numeru telefonu.

Stanisław, nieświadomy knowań byłej żony ani pułapki, w którą wpadł, zdecydował, że już czas najwyższy zmierzyć się ze światem. Ze wstydem musiał przyznać, że te jego prezenty dla dzieci to mało bezinteresowne były. Liczył, że zajęte spełnianiem swoich marzeń pozwolą mu zrealizować swoje. Nie zamierzał ich szantażować, uchowaj Boże. Nie spodziewał się, by powitanie Pauli w rodzinie przeszło bezproblemowo. Była młodsza od jego dzieci. Ale cóż, serce nie sługa. No i Paula nie była jedynym powodem, dla którego postanowił pomóc im rozwinąć skrzydła. Miał w tym ukryty cel.

– Skarbku – odezwał się czule, gdy Paula odebrała telefon. – Musimy porozmawiać.

– Staś, czy coś się stało? Źle się czujesz? – zaniepokoiła się. – Mówiłam, że nie powinieneś tak szybko wracać do pracy.

– Nie, dzióbku. Wszystko w porządku. Postanowiłem, że już czas porozmawiać z twoimi rodzicami i moimi dziećmi – oświadczył.

Milczenie po drugiej stronie przedłużało się w nieskończoność.

– Kochanie, jesteś tam? – zapytał niepewnie.

– Jestem, Staś, jestem. Ja się tylko zastanawiam, kiedy ty to postanowiłeś, bo zdaje się, że mnie przy tym nie było.

– Paulo, kochanie, uzgodnimy razem, gdzie i kiedy, ale czas stawić czoła naszym rodzinom. Bez obaw. Będę przy tobie – zapewnił ją uroczyście. – Co nam zrobią? Przełożą przez kolano? Jesteśmy dorośli. Ja nawet bardziej – zażartował nieudolnie.

Paula westchnęła ciężko. Stanisław miał rację. Nie mogli uciekać w nieskończoność przed tym problemem.

– Masz rację, Staś. Zróbmy to. Jeszcze dziś.

– Dziś? – zdumiał się.

– Tak, Staś. Łapmy byka za rogi. Zadzwonię zaraz do rodziców i zaproszę ich do nas na kolację, dobrze?

– Jak uważasz, skarbie.

– Kocham cię, Staś.

– I ja cię kocham – powiedział czule.

Matylda starannie dobierała słowa do raportu, który sporządzała dla Kopickiej. Osobiście uważała, że – jak na tak krótki czas zlecenia – spisała się doskonale. Co więcej, dysponowała informacjami, które mogła wykorzystać i które doprowadziłyby ją do kolejnych informacji, ale klientka nie była już zainteresowana. Wsparcia od Piotra Kopickiego również nie oczekiwała, wnioskując z jego słów: Pieprzyć ojca.

Oboje mieli ważniejsze problemy niż przyszła macocha. To nawet zrozumiałe. Trup w restauracji? Musiała przyznać, że ta sprawa zainteresowała ją z wrodzonego wścibstwa. Aż miała ochotę się tym zająć, ale cóż, nikt jej za to nie zapłaci, a jej nie stać na to, by prowadzić niedochodowe dochodzenia. Ma na utrzymaniu córkę i asystentkę, która mogłaby częściej bywać w pracy.

– Mamo! – Monika z jękiem wpadła do jej gabinetu.

Tak to jest, jak się zostawia otwarte drzwi, pomyślała. I dokładnie tak jest, gdy twoja asystentka wciąż choruje, a ty musisz zostawiać otwarte drzwi gabinetu, by widzieć, kto wchodzi do sekretariatu.

– Słucham cię, drogie dziecko.

– To niesprawiedliwe.

– Jak to w życiu. A co tym razem? – zapytała, nie podnosząc wzroku znad monitora.

– Jak to co? Wreszcie dostałam prawie detektywistyczną pracę, a tu taka kicha! To niesprawiedliwe! – Dziewczyna tupnęła nogą.

– O, tak, przyzwyczajaj się. Tak wygląda życie dorosłych. Czeka cię jeszcze sporo niesprawiedliwości w życiu, a jeśli nie zdobędziesz wykształcenia, zawodu i niezależności, to będziesz o te niesprawiedliwości potykać się na każdym kroku. Jak Batman. Ale on był miliarderem, mógł sobie na to pozwolić.

– Drwisz ze mnie? – zapytała podejrzliwie.

– Nigdy w życiu – zapewniła ją uroczyście Matylda. – Znasz jakieś mądre słowo na określenie przedwczesnego zakończenia śledztwa?

– Jedno słowo nie, a co jest złego w użyciu kilku?

– Nie chcę, by zabrzmiało pretensjonalnie.

– To chyba raczej stwierdzenie faktu, czyż nie? – zastanawiała się na głos Monika.

– Też tak sądzę, ale nie wykluczam, że jak młodzi Kopiccy ochłoną, albo ojciec przedstawi im przyszłą pannę młodą, wrócą tu w podskokach. Zatem właśnie kombinuję, jak napisać raport, dzieląc się zdobytymi informacjami, ale zarazem nie dając im niczego, co mogliby sami wykorzystać.

– Jak te dwie koleżanki ze studiów, które namierzyłam?

– Dokładnie tak – rozpromieniła się Matylda. – Gdzie masz Cześka?

– Powiedziałam mu, że mamy awarię windy i trzeba iść schodami.

– Nie zauważył, że sama wsiadłaś do windy? – Uniosła brew do góry.

– Nie, bo powiedziałam, że wyskoczę do sklepu po pączki i dojdę do was za kilka minut.

– Dał się nabrać? – Matylda wreszcie oderwała wzrok od komputera i spojrzała na córkę.

– Oczywiście.

– I dlatego zawsze będzie tylko asystentem – westchnęła. – Jest zbyt naiwny. To piąte piętro.

– I duży brzuch – powiedziała Monika.

– Tak – przyznała Matylda. – Spory. Zajmij się czymś, muszę skończyć raport i wystawić fakturę. Może skocz po te pączki – zaproponowała. – Ja też chętnie zjem.

Monika pokazała matce język, ale posłusznie podreptała do windy. Po drodze usłyszała dobiegające z klatki schodowej sapanie. Uśmiechnęła się z satysfakcją. Nie powinien być wyżerać tych płatków! Należały do niej!

Matylda po raz drugi czytała tekst i wprowadzała poprawki, gdy do gabinetu wtoczył się ponury jak niedźwiedź i czerwony jak wisienka na torcie Czesiek.

– Co tak długo? – zapytała.

– Korki były – wysapał.

– Gdzie Monika?

– Poszła po pączki. O co chodzi z tą windą? Monika mówiła, że awaria, ale nie widziałem kartki, a kiedy wchodziłem, przysiągłbym, że słyszałem dźwięk zjeżdżającego dźwigu.

– Tak? – zdziwiła się Matylda. – Ja nic nie słyszałam. Zrobisz nam kawy? Ekspres jest w pokoiku socjalnym na końcu korytarza.

Na piętrze znajdował się jeden pokój socjalny, z którego korzystały także inne firmy. Poza firmą Matyldy mieściło się tu jeszcze biuro rachunkowe, pośrednik w obrocie nieruchomościami i jakiś dwuosobowy telemarketing. Cokolwiek sprzedawali, do niej nie zadzwonili.

– Trzymaj się z dala od lodówki! – zawołała jeszcze za nim.

Lodówka też była wspólna. Podzielili się tylko półkami. Czesiek może nie zwrócić uwagi na małe karteczki z pieczątkami na każdej z nich. Gdyby wyżarł jej obiad, nie byłaby zachwycona, ale ten nudziarz z biura rachunkowego na pewno przedstawi jej rachunek. Jak tylko Cześkowi wzrośnie poziom cukru i kofeiny we krwi, każe mu sprawdzić nowych klientów. Nie da się wpakować na minę. Musi pracować, a nie tłumaczyć się na komisariacie, dlaczego pracowała dla przestępców i jak mogła tego nie zauważyć. Albo jeszcze gorzej – jak mogła dopuścić do popełnienia przestępstwa pod swoim nosem, chociaż bądźmy szczerzy, ciężko wykonywać zawód detektywa i nie nagiąć trochę tego czy owego.

Piotr przeglądał zestawienie kosztów, gdy do jego biura z impetem wpadła matka. Znając jej zapędy, już na samym początku kazał zamontować odbojnik na klamkę. Ściana będzie cała, co najwyżej trzaskający może dostać rykoszetem.

– Piotr! – krzyknęła strasznym głosem, podbiegając do jego biurka, po czym oparła się obiema rękami o blat.

Syn odchylił się w fotelu tak mocno do tyłu, że wylądował aż pod ścianą.

– Nie wolno ci do tego dopuścić!

– Nie wolno! – zawtórowała jej druga kobieta, która wyrosła przy jego biurku.

– Ciocia Dorota? – zdziwił się. – Nie wiedziałem, że przyjechałaś.

– Jak mogłam nie przyje... przyje... przy... – Zaniosła się kaszlem. – Szlag! – zaklęła, sięgając po inhalator.

Przerażony Kopicki patrzył, jak ściąga ustnik i wkłada końcówkę do ust, po czym mocno się zaciąga.

– Co jej jest? – zapytał matkę scenicznym szeptem.

– Astma. Nie zwracaj uwagi. – Kopicka lekceważąco machnęła ręką. – Maria powiedziała, że zwolniła tę waszą detektyw! Nie możecie tak po prostu odpuścić sprawy ojca!

– Pieprzyć ojca – powiedział ze złością. – Same kłopoty przez niego.

– Kłopoty? Jakie kłopoty? – zapytała Dorota, która zasiadła w fotelu naprzeciw biurka.

Zapanowała już nad oddechem, a rumieńce powoli znikały jej z twarzy.

– Jakie kłopoty? Ja wam zaraz powiem jakie! – zawołał i zamilkł.

Wszyscy myślą, że jestem gejem.

Nigdy więcej nie będę uprawiał seksu. Nie z kobietą.

Maria ma trupa w spiżarni.

To ostatnie to niekoniecznie była wina ojca. Handlował sprzętem budowlanym, a nie zwłokami. Ale to i tak przez niego!

– Różne – powiedział zamiast tego. – Głównie rozstrój nerwowy. Nie chcę już o tym myśleć. Niech ojciec żeni się, z kim chce. Mnie tam nic do tego.

– Co się z wami stało? – zawołała Kopicka, ze zdumieniem opadając na fotel.

– A tak dokładnie, mamo, to o co chodzi?

– On się pyta, o co chodzi… – Wzniosła oczy ku niebu, szukając tam boskiej pomocy, ale zobaczyła tylko sufit. – Załatwiłam wam testament, ale to za mało.

– Jak to: za mało?

– Nie wiadomo, co tam ojciec napisze. Musimy pozbyć się tej siksy.

– Mamo, naprawdę, daj już spokój. Przejrzałem umowy, które ojciec z nami podpisał. Nie może sprzedać tej nieruchomości w czasie trwania naszej umowy, do tego mamy prawo pierwokupu.

– Co ty sobie myślisz, że za kilka lat będzie cię stać na zakup budynku? Musiałbyś tu prowadzić burdel, a nie salon piękności.

– Mamo, nie muszę kupować budynku. Wystarczy, że wykupię od ojca jego część. Dokładnie tę, która jest mi potrzebna. I może nie odłożę takich pieniędzy, ale na pewno zamierzam posiadać płynność finansową, która pozwoli mi na uzyskanie kredytu na firmę. Więc dajmy już temu spokój.

– Jakoś wcześniej nie przeglądałeś umowy. Co się stało?

– Nic się nie stało – skłamał. – Po prostu wcześniej nie wiedzieliśmy, o co ojcu chodzi, a teraz już wiemy. I o ile niewiedza przyprawiała nas o bezsenność, o tyle wiedza zapewniła nam spokój. Niech ojciec robi, co chce, ze swoimi pieniędzmi. I zaraz, zaraz, jaki testament? – Dopiero teraz przyswoił w pełni słowa matki.

– Ojciec obiecał, że sporządzi testament i was zabezpieczy. Niczego więcej nie udało mi się osiągnąć, ale i tak uważam to za sukces.

Dorota przytaknęła słabym głosem. Chyba zaaplikowała sobie tego dnia za dużo wziewów. Kręciło jej się w głowie. A może to od papierosów? Dawno tyle nie wypaliła. Leki na nadciśnienie chyba wzięła? A może nie wzięła?

– Ojciec będzie żył długo i pewnie szczęśliwie, biorąc pod uwagę młode ciało w łóżku – powiedział z zawiścią.

Klientki traktowały go jak koleżankę, a fryzjer puścił do niego oko, po czym zarumienił się jak panienka. Piotr zmierzył go tylko chłodnym spojrzeniem, ale na tym poprzestał. Najchętniej wykupiłby billboard i wywiesił na nim komunikat: PIEPRZĘ WYŁĄCZNIE KOBIETY!

Doceniał jednak reklamę, którą uczyniła mu plotka, że jest gejem. Jego salon stał się bardzo modnym miejscem. Chętnie odwiedzanym zarówno przez kobiety, jak i przez tak zwanych mężczyzn metroseksualnych. I nie tylko. Dwóch klientów pytało o jego prywatny numer telefonu. Musiał skłamać, że jest w szczęśliwym związku.

Tylko co miał teraz zrobić? Zadzwonić do Dominika i zapłacić mu za udawanie jego chłopaka? A może błagać Ewę, żeby zechciała się z nim umówić?

– Czy wydarzyło się coś, o czym powinnam wiedzieć? – zapytała podejrzliwie matka.

Piotr łypnął na nią ponuro.

– Nie – odpowiedział, bębniąc palcami o blat biurka.

– Skąd ta nonszalancja?

– Czy ja wiem? Mam dość tego szpiegowania i kłamania. Ojciec i tak zrobi, co będzie chciał. Jak zawsze zresztą. Więc co się będę wysilał?

– Jestem zawiedziona twoją postawą, Piotrze – oświadczyła Hanka.

Dorota cicho jej przytakiwała. Zawroty głowy na szczęście ustąpiły.

– Mamo, mam pracę. Jeśli to wszystko... – Wskazał palcem na niedomknięte drzwi.

Kopicka prychnęła z oburzeniem. Tego jeszcze nie było. Nawet Staś nigdy nie wyprosił jej z biura. Przynajmniej nie tak ostentacyjnie.

– Ta Matylda to dobry detektyw?

– Bardzo dobry – przyznał.

– To daj mi numer.

– Po co? – zirytował się. – Przecież powiedziałem, że...

– Nie dla mnie. Dla Doroty. Przyjechała tu, bo ma problem z narzeczonym.

Spojrzał pytająco na ciotkę, która wyglądała tak apatycznie, że to mogła być prawda.

– Poradziłam jej, żeby wynajęła prywatnego detektywa. Nie będziemy szukać nowego, skoro ty masz już sprawdzonego – oświadczyła matka z przekonaniem. – Prawda, Dorota?

– Miałaś o tym nikomu nie mówić – wymamrotała Dorota.

Udało jej się nawet – przynajmniej taką miała nadzieję – wyglądać na zakłopotaną.

– Piotr nikomu nie powie, prawda?

– Prawda – przytaknął. – Bardzo mi przykro, ciociu, ale jeśli ciocia ma wątpliwości, to może nie warto angażować się w taki związek?

– Ale ja go kocham! – chlipnęła.

– Właśnie, Piotr, ona go kocha! Miłość jest nie tylko dla młodych!

– O ojcu mówiłaś coś innego – wypomniał matce.

– Bo i sytuacja jest inna. Z Dorotą nie mam wspólnych dzieci, które mogą zostać wyprowadzone na manowce.

– Niech ci będzie. Nazywa się Matylda Dominiczak i jest bardzo miła. Odrobinę specyficzna, ale miła. – Zerknął na fantazyjnie ubraną ciotkę i matkę w poplamionej kawą bluzce, po czym dodał z nagłym rozbawieniem: – Powinnyście się dogadać.

Sięgnął po samoprzylepne karteczki, które leżały na biurku, i zapisał im adres Matyldy. Sprawdził jeszcze numer telefonu w swojej komórce i dopisał obok.

– Lepiej umówcie się na spotkanie telefonicznie. W sekretariacie możecie zastać tylko Jadzię, a z nią raczej nie dojdziecie do porozumienia – powiedział z kamienną twarzą.

Paula uwijała się jak w ukropie. Rodzice z radością przyjęli jej zaproszenie na kolację. Zdziwił ich trochę nowy adres, gdyż nie powiedziała im wcześniej o zmianie mieszkania, ale oświadczyła, że to niespodzianka i wyjaśni im wszystko osobiście.

Przygotowała pokój gościnny, chociaż nie była przekonana, czy w gorącej wodzie kąpany ojciec nie wystartuje spod bloku z piskiem opon, gdy tylko pozna Stanisława. Obaj mężczyźni byli w tym samym wieku.

Kolacja miała być o dziewiętnastej. Staś obiecał, że do osiemnastej wróci i przywiezie jakieś smaczne wino. Jej mama lubiła słodkie, zatem obiecał słodkie. Sam nie pił alkoholu, ale uznał, że w tak wyjątkowych okolicznościach wypije z przyszłym teściem drinka.

Stanisław miał nadzieję, że przyszły teść pozwoli zwracać się do siebie po imieniu. Przecież nie będzie mówił do swojego równolatka „tato". Na pewno wszyscy na początku spotkania będą nieco skrępowani, ale liczył na to, że gdy tylko zaakceptują jego wiek, reszta pójdzie gładko.

Paula przygotowała udka z kurczaka w marynacie z miodu, do tego kilka sałatek oraz zakąskę. Osobiście wolałby zamówić coś z renomowanej restauracji, ale Paula się nie zgodziła. Rodzice nie byli przyzwyczajeni do takich zbytków. Wychowali ośmioro dzieci i chociaż oboje pracowali, nigdy nie mogli pozwolić sobie na fanaberie.

Matylda skończyła wygładzać raport. Lepiej nie będzie. Słowolejstwo uprawiało się w liceum, a tu miało być treściwie i na temat. Postawiła ostatnią kropkę i zabrała się do podliczania godzin. Monika pojechała już na komisariat szorować radiowozy, a Czesiek wziął od niej dane nowych klientów i obiektu, po czym bez słowa wymaszerował z biura, zabierając dwa pączki z trzech przyniesionych przez Monikę. Mrugnął do niej wesoło i wybiegł na klatkę schodową.

– Padalec się domyślił – powiedziała, zaciskając zęby.

– Ostatecznie pewnie tak. Jest naiwny, ale nie jest głupi – przyznała Matylda, zatapiając zęby w pączku z nadzieniem toffi.

– Ukradł mojego pączka!

– Taka karma – stwierdziła filozoficznie Matylda.

Cóż ona w tym wieku mogła wiedzieć na ten temat? Im mniej, tym lepiej, uznała. Teraz siedziała sama w biurze i sporządzała rachunek dla Marii Kopickiej i jej brata, gdy zadzwonił telefon.

– Matylda Dominiczak, prywatny detektyw. W czym mogę pomóc? – wyrecytowała oficjalnie.

– Dzień dobry, Kopicka z tej strony.

– A witam panią! Właśnie sporządziłam raport i zabieram się do zestawienia kosztów – pogodnie obwieściła Matylda, nie dając po sobie poznać, że chętnie pociągnęłaby to zlecenie.

Jakieś takie niedokończone było. I aż się prosiło, by zapuścić żurawia tu i tam, jak się mawiało w czasach jej dzieciństwa. Sama była niezmiernie ciekawa, czy to prawdziwa miłość.

– Naprawdę? – zdziwiła się Hanka, wzruszając ramionami, gdy Dorota zapytała scenicznym szeptem: – Co?

– Oczywiście. Tak jak pani sobie życzyła. Czyżby zmieniła pani zdanie?

– E... Nie wiem...

– Pani Kopicka, ja chętnie będę dla pani pracować, ale pani musi się jasno określić.

– Oczywiście, że chcę, żeby pani dla mnie pracowała! – zawołała Hanka, zadowolona z takiego obrotu sprawy. – Piotr do pani dzwonił?

– Pan Piotr? Nie, a czy miał się ze mną skontaktować?

– Nic nie mówił na ten temat – odparła zgodnie z prawdą Kopicka. – Dał mi tylko numer telefonu do pani.

– Numer? A pani go nie miała? – Matylda oderwała wreszcie wzrok od rozliczenia i skoncentrowała się na rozmowie.

– A niby skąd miałabym go mieć? – zdziwiła się Kopicka. – Do dziś nie znałam nawet pani nazwiska.

– Kto mówi? – zapytała podejrzliwie Matylda.

– Kopicka. Przedstawiłam się przecież! – zirytowała się.

– Ale nie Maria?

– Maria? Nie, no skąd. Hanna Kopicka.

– A dla Marii i Piotra Kopickich jest pani kim?

– Matką, rzecz jasna, a kim miałabym być? – zdziwiła się Hanka.

– Kurde melek, myślałam, że rozmawiam z pani córką. Ależ macie podobne głosy! – zawołała detektyw, która wreszcie połapała się w omyłce.

Coś za dużo Kopickich zrobiło się w jej życiu ostatnimi czasy.

– A dziękuję bardzo. Chyba…

– W czym mogę pomóc, pani Kopicka?

– Wiem od dzieci, że zajmowała się pani tą sprawą.

– Owszem, ale jestem zobowiązana do dyskrecji.

– Ale mój mąż pani nie zatrudniał, a mnie o tę gadzinę właśnie chodzi. Jego pani dyskrecja nie obowiązuje.

– Hm… Chce mnie pani zatrudnić? – zapytała, zastanawiając się szybko, jak będzie wyglądała ta sprawa z etycznego punktu widzenia.

– W tej sprawie właśnie dzwonię.

Teoretycznie to nowa sprawa od nowego klienta dotycząca starego obiektu. I jak ma policzyć tego nowego klienta, skoro już dysponuje informacjami zdobytymi dla poprzedniego klienta, któremu akurat wystawia rachunek za swoje usługi?

– Aha… – bąknęła, bijąc się z myślami.

Nie policzy przecież wykonanych już roboczogodzin. Ma policzyć za usługę skserowania raportu? Ile? Pięćdziesiąt groszy od strony? Za zdjęcie złotówkę, bo w kolorze? Kurde melek, musi kogoś zapytać, ale kogo?!

– Jest tam pani?

– Tak, tak, jestem – powiedziała. To mogła być jej szansa na znalezienie odpowiedzi na pytanie, które ją nurtowało: A jeśli to prawdziwa miłość? – Zapraszam do biura jutro o godzinie dziewiątej rano. Czy to pani odpowiada?

– Dopiero jutro? – Hanka straciła animusz.

– Owszem. Muszę skonsultować się z prawnikiem, by upewnić się, że nie ma konfliktu interesów – powiedziała z powagą, nie mając najmniejszego pojęcia, skąd wziąć prawnika, który udzieli jej porady za dychę. Na więcej nie mogła sobie pozwolić.

– No dobrze, niech będzie jutro – zgodziła się Kopicka niechętnie.

– No to pa! – zawołała Matylda zupełnie nieprofesjonalnie i rozłączywszy się, wróciła do wystawiania faktury.

Mrówczyńscy wymienili zaskoczone spojrzenia, gdy ochroniarz kazał im zaczekać w holu, a sam zadzwonił do właścicieli mieszkania, by potwierdzić ich przybycie.

– Bogdan… – zaczęła niepewnie jego żona, ale w tym momencie ochroniarz odłożył słuchawkę i powiedział:
– Winda po prawej. Siódme piętro. Zapraszam.

– Dziękuję. – Mrówczyński nie ukrywał zaskoczenia, rozglądając się po ogromnym holu z sofami i fotelami przy oszklonej ścianie, za którą widział plac zabaw. Jakim cudem jego córkę stać na mieszkanie w takim miejscu?

– Bogdan... – Aniela znów próbowała coś powiedzieć, ale mąż uciszył ją krótkim: – Nie teraz.

Dobrze wiedział, o co chodzi żonie. Myślała dokładnie to samo co on. W co Paula się wpakowała?

Bez słowa wsiedli do windy wskazanej przez ochroniarza. Mrówczyński wcisnął piątkę i obserwował na elektronicznym wyświetlaczu pojawiające się kolejno cyfry. W windzie rozbrzmiewała łagodna muzyka. Skrzypce. Nie znosił skrzypiec.

Kilka minut później stali przed drzwiami mieszkania. Paula musiała ich obserwować przez wizjer, bo nie zdążyli zapukać, gdy drzwi mieszkania otworzyły się i córka rzuciła się rodzicom na szyję.

– Przyjechaliście! Tak się cieszę!

– Oczywiście, że przyjechaliśmy. Nie widzieliśmy cię od miesięcy – surowo powiedział ojciec, przytulając jednakże dziewczynę mocno do siebie.

– Paulinko, jakim cudem... – Aniela próbowała się czegoś dowiedzieć, ale umilkła, widząc rzeczy, w które była ubrana córka.

Paula miała na sobie lekkie beżowe spodnie i koszulkę w kratkę, na stopach baleriny, ale jeden rzut oka wystarczył, by zauważyła drogie materiały, na które nigdy nie było ich stać. Do tego te kolczyki w uszach i... pierścionek?

– Mamusiu, jestem taka szczęśliwa. Chodźcie, chodźcie, mam wam coś ważnego do powiedzenia! – zawołała.

Przyjazd rodziców tak ją ucieszył, że przestała się na chwilę zamartwiać o wynik spotkania. Miała pewność, że może nie od razu, ale na pewno zaakceptują Stanisława. Gdy tylko zobaczą, jaki jest dla niej dobry, kwestia wieku przestanie mieć znaczenie, tak samo jak i nie miała znaczenia dla niej.

– Najpierw mi powiedz, czyje to mieszkanie – zażądał ojciec, gdy weszli do środka.

– Mojego narzeczonego – powiedziała śmiało, pokazując im ogromny pierścionek na palcu.

Staś, jak to Staś, trochę przesadził. Wolałaby coś mniejszego i skromniejszego, ale tym razem ogromny brylant mógł się przydać. Ojciec przynajmniej nie zacznie Stasia wypytywać, ile zarabia i czy stać go na utrzymanie rodziny, jak zrobił to jednej z sióstr, która przyprowadziła do domu swojego jeszcze chłopaka, a nie już narzeczonego.

– Matko Boska Przenajświętsza! – wykrzyknęła Aniela. – I ty dopiero teraz mówisz? Kto to jest? Czym się zajmuje? Dlaczego nie poznaliśmy go wcześniej?

– Przestań, Anielka – uciszył ją mąż. – Widocznie Paulinka uznała, że nadszedł czas teraz, więc zaprosiła nas teraz. Wchodzimy czy nie?

Paula spojrzała z wdzięcznością na ojca. Rodzice przyjechali wcześniej, Staś jeszcze nie wrócił. I wszyscy stali w przedpokoju.

– Wchodźcie śmiało – zaprosiła ich do salonu, zerkając ciekawie na matkę, która zareagowała dokładnie tak samo jak ona, gdy Staś po raz pierwszy ją tu przyprowadził. Zaniemówiła.

Zamiast okien była ściana ze szkła. W salonie znajdował się kominek, ogromna sofa, kilka foteli i poduchy porozrzucane przy samym kominku oraz szeroka ława na kawę. Pośrodku pokoju stał owalny stół z dwunastoma krzesłami. Do tego jeszcze kącik telewizyjny z ogromnym monitorem na ścianie.

– Ile metrów ma to mieszkanie? – zapytał zdławionym głosem Bogdan Mrówczyński.

– Nie jestem pewna, chyba sto pięćdziesiąt albo sto osiemdziesiąt – odparła, zerkając niepewnie na ojca.

– Ile tu jest pokoi?

– Nie licząc tego, jeszcze trzy. Do tego kuchnia, dwie łazienki i kącik gospodarczy. Wiem, też mówiłam, że ma nie przesadzać, ale się uparł – powiedziała.

– Kochanie, mam nadzieję, że ten chłopiec cię kocha, ale taka różnica w statusie materialnym to...

– Mamo, proszę, jestem szczęśliwa.

– Czym zajmują się jego rodzice? Sam na to wszystko nie zarobił. Nie w jego wieku? – podejrzliwie zapytał ojciec.

– Może usiądziemy? – zaproponowała, rzucając matce rozpaczliwe spojrzenie. I gdzie, u licha, jest Staś?!

– Siadaj, Bogdan – poleciła Aniela, ruszając na ratunek córce.

Sama miała wiele pytań, ale Paula ich zaprosiła, by przedstawić im narzeczonego, więc powinni dać jej szansę. Na pytania będzie czas.

– Dzień dobry. – Do salonu żwawym krokiem wszedł Stanisław.

Paula spojrzała na niego z ulgą.

– Proszę wybaczyć, korki – zawołał pogodnie, wyciągając w stronę przyszłej teściowej lewą rękę. Prawa była zagipsowana. – Stanisław Kopicki. Niezmiernie mi miło – powiedział uroczyście, całując ją w dłoń.

– Aniela Mrówczyńska – przedstawiła się kobieta.

– Bogdan. – Ojciec Pauli również przywitał się z mężczyzną.

– Bardzo mi miło. Paula wiele o państwu opowiadała. Niezmiernie się cieszę, że mogę wreszcie poznać państwa osobiście.

– My również, chociaż nie ukrywam, że do dziś nie mieliśmy pojęcia… właściwie o niczym. – Mrówczyński uśmiechnął się do córki, by złagodzić ton wypowiedzi.

– Żona do nas dołączy? – zapytała pogodnie Aniela.

– Żona? – zdziwił się Stanisław. – Jestem rozwiedziony. Od niemal dwudziestu lat. Mam nadzieję, że to państwu nie przeszkadza?

– Ależ skąd! – zapewnił go Bogdan. – Nie każdy ma tyle szczęścia co ja. – Spojrzał czule na żonę, która uśmiechnęła się do niego.

– Może usiądziemy? – zaproponował Kopicki.

Ku jego uldze spotkanie było trochę krępujące, ale Mrówczyńscy, wbrew obawom Pauli, byli pozytywnie nastawieni.

– Czym zajmuje się pański syn, jeśli można zapytać?

Bogdan usiadł na fotelu, jego żona zajęła miejsce obok córki na sofie. Kopicki, chcąc nie chcąc, zajął miejsce w fotelu naprzeciw niego.

– Piotr? – zdziwił się. Jak długo tu już byli? Czyżby aż tak się spóźnił? – Piotr ma swoją firmę. Niedaleko centrum. Spa, do tego fryzjer, masaże, joga. To spore przedsięwzięcie. Z wykształcenia jest ekonomistą.

– Ile ma lat? – dopytywał ojciec Pauli, która przyniosła soki i wodę, a teraz siedziała cichutko obok matki, z zapartym tchem obserwując rozwój wydarzeń.

– Trzydzieści dwa.

– Trzydzieści dwa. To już dojrzały mężczyzna.

– Owszem, mam jeszcze młodszą córkę. Maria ma własną restaurację – powiedział. – Ma trzydzieści lat. Też skończyła studia ekonomiczne.

– Widzę, że jest pan dumny z dzieci – z uśmiechem zauważył Mrówczyński.

– Bardzo.

– Zakładam, że dołączą do nas oboje? – zapytała Aniela.

– Oboje? Nie – odparł Kopicki.

Rodzice Pauli chyba spodziewali się rodzinnego spotkania.

– Muszę przyznać, że jestem pozytywnie zaskoczony państwa nastawieniem – powiedział szybko, by ubiec pytania o przyczynę nieobecności jego dzieci. Co miał powiedzieć? Że nie poznały jeszcze jego narzeczonej, choć jak znał Hankę, to już się dowiedziały. Cud, że telefon nie palił mu się w kieszeni. – Obawiałem się, że różnica wieku będzie dla państwa problemem.

– Niech pan da spokój. – Machnął ręką Bogdan. – Mężczyzna powinien być starszy od żony.

– Te parę lat naprawdę nie robi różnicy – zapewniła go Aniela. – Znam małżeństwa z większą różnicą wieku.

– To prawda – pogodnie przyznał jej małżonek.

– Bardzo się cieszę – odetchnął z ulgą Stanisław, spoglądając z czułością na Paulę, która blada jak ściana patrzyła na niego z niepokojem. – Obawiałem się, że te trzydzieści lat różnicy będzie dla państwa barierą nie do przeskoczenia.

– Ile? – zdumiała się Aniela.

– Trzydzieści – powtórzył Stanisław. – No może trzydzieści dwa, ale o te dwa lata przecież nie będziemy kopii kruszyć – zażartował.

– Ale jak to… – Mrówczyńska spojrzała na męża, szukając u niego wyjaśnienia.

Przecież to niemożliwe, żeby Paula i ten… ten… O Boże!

Bogdan siedział jak wryty i okiem nie mrugnął.

– Staś, ja nie zdążyłam im powiedzieć – jęknęła Paula.

– O czym, kwiatuszku? – zapytał ze zdziwieniem Kopicki.

– O tobie.

– To co powiedziałaś?

– Że wychodzę za mąż, tyle tylko, że nie zdążyłam powiedzieć, że za ciebie – wyjaśniła cichutko, przygryzając wargę.

– Ach, tak… – Kopicki spojrzał na przyszłego teścia, który siedział ogłuszony nowiną.

– Panie Mrówczyński – zaczął. – Proszę wybaczyć to nieporozumienie. Zapewniam, że moje zamiary są jak najbardziej poważne i bardzo kocham Paulę. Jestem pewien, że…

– Aniela! – Mrówczyński poderwał się jak oparzony. – Wychodzimy!

– Ale Bogdan… A Paulinka? – zaczęła słabo protestować małżonka.

– Paulina idzie z nami!

– Paula zostaje tu, gdzie jej miejsce! – zdenerwował się Kopicki.

– Paulina wie, gdzie jej miejsce! Z rodziną! – huknął Mrówczyński.

– Rodzina Pauli to ja i dziecko, które urodzi! – krzyknął Kopicki, czując przypływ siły.

Poderwał się z miejsca, gotów walczyć do upadłego o Paulę i ich nienarodzone dziecko.

– Gdybyś nie był połamany, zboczeńcu, dostałbyś ode mnie w mordę! – wykrzyknął Mrówczyński. – Jeszcze tego brakowało, żeby Paula zaszła w ciążę!

– Gratuluję, tato, zostaniesz dziadkiem za sześć miesięcy. – Głos był słaby, piskliwy i przestraszony, ale zdecydowanie należał do jego córki.

– Bogdan, to zmienia postać rzeczy – ze zgrozą powiedziała Aniela. – Musimy się zgodzić na ten ślub.

– Oszalałaś, kobieto?! To rozwodnik! Ślub nie będzie ważny w oczach Boga! Nie będzie żadnego ślubu!

– Ale dziecko! – jęknęła z rozpaczą jego żona.

– Dziecko urodzi się po ślubie – stanowczo oświadczyła Paula. – Nieważne, ważnym czy nieważnym dla was, ważne, że dla mnie będzie ważny! Staś, czy ty rozumiesz, co ja powiedziałam?

– Tak, skarbie, masz całkowitą rację.

– Wychodzimy! – stanowczo zadecydował Bogdan.

– Od wnuka też odwróci się pan plecami tak samo jak od własnego dziecka? – zapytał Kopicki. – Możecie mnie nie akceptować, ale decyzja należy do Pauli. Rozumiem, że jesteście w szoku, ale dajmy sobie czas na ochłonięcie.

– Po moim trupie – dobitnie oświadczył Mrówczyński i wyszedł z pokoju.

– Naprawdę, Paulinko? Jak już musiałaś zajść w ciążę, to nie mogłaś chociaż przespać się z jego synem? – spytała szeptem Aniela.

– To byłoby dość trudne, mamo, Piotr jest gejem.

– Matko Boska... – Przeżegnała się. – Co to za rodzina? Chodzą chociaż do kościoła?

– Nie sądzę. Córka jest ateistką. – Z nieznanych przyczyn Paula poczuła satysfakcję.

– Jezu Chryste! To w co ona wierzy?

– W nic, mamo, jak to ateiści. – Paula miała dość tej szopki.

– Matko Przenajświętsza. – Przeżegnała się szybko.

– W drodze powrotnej pomyślcie o waszym chrześcijańskim miłosierdziu, miłości do bliźniego i tolerancji. – Kochała rodziców, ale miała dość ich kołtuństwa.

– No wiesz, Paulinko, nie tak cię wychowałam – obruszyła się jej matka, po czym rzuciła jeszcze narzeczonemu córki nienawistne spojrzenie i poszła w ślady męża.

– Poszło całkiem nieźle, nie sądzisz, Staś? – westchnęła Paula.

– Skoro tak uważasz, kwiatuszku…

– Przynajmniej tatuś ci nie przywalił – powiedziała żałośnie, po czym wybuchła łkaniem i rzuciła się Stanisławowi na szyję. – Staś! Ja chcę, żeby rodzice byli na ślubie!

– Obiecuję, że będą – powiedział, obejmując ją nieudolnie jedną ręką. – Obiecuję. – Obym ich przekonał, zanim dziecko się urodzi, pomyślał zdruzgotany.

Dzień w restauracji minął całkiem spokojnie. Pracownicy szybko ochłonęli, prócz Ewy, którą Adrianna wysłała do domu. Miłosz wprawdzie kilka razy coś przypalił, a pomoc kuchenna odmawiała wejścia do spiżarni, ale ogólnie było nieźle. Plotka nie urosła do niebotycznych rozmiarów, nie ściągnęła tłumu gapiów ani nie odstraszyła klientów. Kilka osób zapytało wprawdzie, czy to prawda, że ktoś tu umarł, ale pracownicy odpowiadali zgodnie z prawdą, że nic im o tym nie wiadomo.

Trup był trupem przed przyniesieniem do restauracji, w dodatku policji nie udało się jeszcze udowodnić jego istnienia, równie dobrze mogli zatem twierdzić, że nigdy go tu nie było. Natomiast Maria, dzięki popołudniowej interwencji techników policyjnych, miała otwarty bagażnik, który bez pomocy mechanika już się nie zamknie.

Marecki na pytanie, czy coś znaleźli, odpowiedział niewyraźnym burknięciem. Nie wyglądał na zadowolonego i łypał na nią z niechęcią. Powoli przyzwyczajała się do jego szorstkiego sposobu bycia. Obawiała się, że jeszcze się spotkają.

Wieczorem odebrał ją Daniel i zawiózł do domu. Rano przyjechał po nią Piotr i razem pojechali na komisariat, gdzie miał zostać sporządzony portret pamięciowy. Maria nikomu się do tego nie przyznała, ale twarz kobiety zamazywała się jej coraz bardziej. Nie była już pewna, co faktycznie widziała, a co uzupełniła w jej pamięci wyobraźnia. Przypominały jej się dodatkowe szczegóły, których istnienia nie była pewna.

Siedziała obok ziewającego Piotra ze wzrokiem wbitym w schowek i rozważała swoją sytuację.

– Trzymasz się? – zapytał.

– Jakoś – przyznała, spoglądając na niego.

Ziewnął szeroko.

– Piotr, jak możesz być nieprzytomny o tej godzinie? Dochodzi dziewiąta! – zawołała, by odwrócić uwagę od złych myśli.

– Poszedłem spać o piątej – wyjaśnił.

– Dobrze, że jako własny szef możesz chodzić do pracy, kiedy chcesz – zakpiła z uśmiechem. – Poznałeś kogoś?

– Chciałbym. Przeglądałem portale randkowe.

– Ty? – parsknęła śmiechem.

– Co w tym dziwnego? Wielu ludzi z nich korzysta.

– Ale nie ty. Ty włóczysz się po klubach!

Spojrzał na nią z ukosa.

– Takie masz o mnie zdanie?

– Daj spokój, znam cię przecież. Odpuściłeś trochę, gdy otwierałeś firmę, bo harowałeś jak wół i nie było czasu. Nie masz ochoty teraz nadrobić?

Teraz poza firmą mam jeszcze ciebie do pilnowania, pomyślał Piotr. Na spółkę z Danielem. Uzgodnili, że Daniel będzie Marię odbierał z restauracji, ewentualnie za nią jechał, gdyby odmówiła współpracy. Piotr będzie obserwował ją w drodze do Beatrice. Nie spodobała im się ta sprawa z bagażnikiem. Policja nic nie znalazła – podobno, ale do samochodu ktoś próbował się włamać. Pytanie: po co?

– Jakoś priorytety mi się pozmieniały – odpowiedział wymijająco. – I po tej akcji z... – odchrząknął – Dominikiem, parę rzeczy... hm... przemyślałem... I ogólnie to ja... No cóż... Chyba chciałbym poznać kogoś trochę inaczej niż zwykle i na dłużej – wyrzucił w końcu z siebie.

– Jasne – powiedziała na pół zdumiona, na pół rozbawiona.

Faktycznie, ostatnio nie widziała, by kobiety kręciły się koło brata. A i on sam przestał podrywać jej kelnerki.

– A Ewa? – zapytała.

– Co z nią?

– Mam wrażenie, że naprawdę jej się spodobałeś, a potraktowałeś ją jak pospolita męska świnia – wyjaśniła uprzejmie.

– Nie mogłaś tego powiedzieć jakoś inaczej? – zapytał zgryźliwie.

– Mogłam, ale nie chciałam. Pewne rzeczy trzeba nazywać po imieniu.

– Jest dla mnie za młoda. To studentka drugiego roku! Ile ona może mieć lat? Dwadzieścia? Dwadzieścia jeden?

– Jeszcze niedawno ci to nie przeszkadzało.

– Bo niedawno... Dobra, daj spokój. Nie będę jej mieszał w głowie. Jest dla mnie za młoda i już. Albo ja jestem dla niej zbyt zużyty. Niech poszuka sobie chłopca w swoim wieku.

– Czy ja wiem?

Pomijając wczorajsze zachowanie w restauracji, Ewa wydawała się bardzo dojrzała i odpowiedzialna na swój wiek. Ciężko pracowała i uczyła się. Gdy trzeba było zostać dłużej, zawsze zostawała. Gdy trzeba było przyjść wcześniej albo kogoś zastąpić, zawsze była do dyspozycji.

– Wydaje mi się, że nie jest trzpiotowatą nastolatką. Ciężko pracuje i sama się utrzymuje. Studiuje. A ty naprawdę jej się spodobałeś.

– Teraz mam mieć wyrzuty sumienia?

– Nie, po prostu zastanów się. Zawsze możesz wziąć przykład z ojca.

– Biorąc przykład z niego, powinienem rozglądać się za... zaraz, zaraz, moja narzeczona jeszcze się nie urodziła! Mam czas! Zaczekam, aż dorośnie! Hura! – zakpił, zatrzymując auto na policyjnym parkingu.

– Piotr, a tak poważnie, co robimy z ojcem?

– Szczerze? Emocje ze mnie zeszły i mam to gdzieś. Przejrzałem umowę. Jak ojciec wykituje, zanim go wykupię, to wtedy będę się martwił. Aha, matka wczoraj do mnie wpadła. Podobno namówiła ojca na testament. Jest szansa, że po jego śmierci nie stracimy naszych firm.

– Przestań tak mówić.

– Taka jest prawda. Oczywiście zamierzam go spłacić i wykupić lokal, najszybciej jak się da. Zastanawiam się, czy nie otworzyć czegoś jeszcze – dodał. – Jako dodatkowe zabezpieczenie.

– Świetny pomysł – pochwaliła z szerokim uśmiechem. No proszę, jak przeszedł w tryb ekonomiczny, to nawet zaczął myśleć. Dokładnie tak jak ona.

– Dasz sobie radę? – zapytał z troską, wskazując podbródkiem na drzwi komendy.

– Kiepsko to widzę – przyznała. – Ale nie mam wyboru.

– Zaczekam na ciebie – zadeklarował.

– Nie wiem, jak długo to potrwa – zastrzegła. – Może jedź do siebie, a ja wrócę taksówką.

Piotr myślał. Intensywnie. Bez kawy nie było łatwo, ale się starał. Jest biały dzień. Bezpieczniejsza niż na komisariacie nie będzie. Taksówka podjedzie pod sam komisariat i zawiezie ją do restauracji. Czający się na dziedzińcu morderca nie odważy się na nią napaść w tych okolicznościach. Jest bezpieczna.

– Dobra – odpowiedział. – To do później.

– To pa – powiedziała zdziwiona nagłą zmianą w zachowaniu brata.

Patrzyła za nim, jak wyjeżdża pod prąd, bo nie chciało mu się zawracać. Cały Piotr, westchnęła i z ciężkim sercem weszła na komendę.

Marecki zszedł po nią kilka minut później.

Hanna Kopicka, w eleganckiej garsonce i butach na niewielkiej platformie, wysiadła z windy na piątym piętrze i niepewnie rozejrzała się po korytarzu. Dopiero po chwili dostrzegła tabliczkę z napisem:

MATYLDA DOMINICZAK PRYWATNY DETEKTYW

I strzałkę w lewo.

Dotrzymująca jej towarzystwa Dorota tego dnia była przygaszona. Uzgodniły, że koniec z dymkami. Tyle że Hankę wszystko drażniło, Dorota straciła całą werwę i chęć do życia.

– Nie rozumiem, dlaczego straszą palaczy krótkim życiem, skoro bez dymka nie czuję, że żyję – poskarżyła się przyjaciółce.

– Nie narzekaj. Będzie gorzej. Znam się na tym. Nie pierwszy raz rzucam palenie – ponuro uświadomiła ją Hanka.

– Ja już właściwie nie palę, tylko popalam od czasu do czasu. Trzeba było się tego trzymać – jęknęła zdruzgotana Dorota. – Wczoraj tak się uwędziłam, że dziś aż mnie zasysa.

– Dorota – syknęła Hanka, która dziś nie miała cierpliwości do pocieszania dogorywających palaczy. – Jesteś na głodzie. Ciesz się, że to nie rak. Pamiętaj, pozytywne myślenie to podstawa sukcesu.

– Nie wiem, co może być pozytywnego w tym ssaniu. Do tego jestem głodna.

– Ja też, ale z głodu umiera się dopiero po miesiącu. My zjemy drugie śniadanie za godzinę. To tu – powiedziała, gdy zauważyła drzwi z szyldem. – Szlag! – zaklęła. – Muszę do toalety! Cholerna dietetyczka! Zaczekaj na mnie! – poleciła, a sama ruszyła truchcikiem korytarzem w poszukiwaniu ubikacji.

Dorota wzrokiem zranionej sarny patrzyła za znikającą za zakrętem przyjaciółką. Odzwyczaiły się od siebie, rozmawiając tylko przez telefon. Odnosiła wrażenie, że zaczynają działać sobie na nerwy. Albo sytuacja je przerasta.

Weszła do sekretariatu. Przy biurku siedziała blondynka z długimi włosami. Właściwie siedziała jej dolna połowa, a reszta ciała, z rękoma podłożonymi pod głowę, leżała na biurku.

– Dzień dobry – powiedziała, ale kobieta nie dała znaku życia. – Dzień dobry! – zawołała głośno.

I znów bezskutecznie. Dorota podeszła do biurka. Kobieta ani drgnęła. Przyjrzała się jej uważnie. Zemdlała? Możliwe, ale nie zauważyła, by plecy unosiły się choć odrobinę. Umarła?!

Panika wywołała nagły skok ciśnienia i skurcz oskrzeli. Szybko sięgnęła po inhalator, czując, jak w piersiach zaczyna ją dławić. Nie mogła głęboko zaczerpnąć tchu, ale udało jej się zaaplikować pierwszy wziew.

– O! Dzień dobry! Już pani jest? – zawołała Matylda, wchodząc do sekretariatu. – Proszę wybaczyć spóźnienie, ale problem z parkowaniem. Nie wiem, co tu się ostatnio wyprawia. Jakiś zjazd czy konferencja, ale samochodów jak grzybów po deszczu.

– Dzień dobry – wychrypiała, próbując zaaplikować sobie jeszcze jedną dawkę.

– Astma? – domyśliła się Matylda. – Nie zazdroszczę. Osobiście nie posiadam, ale brat mamy na to cierpiał. Niedługo na szczęście. Zmarł po pół roku. Nie na astmę, rzecz jasna, proszę się nie obawiać. Samochód go potrącił. Może wejdzie pani do gabinetu, a ja podam wodę?

Dorota słuchała jej z niedowierzaniem. Czy ona nie widzi tej kobiety przy biurku? Matylda spojrzała w tym samym kierunku.

– To tylko Jadzia. Proszę się nie przejmować. Zaraz każę córce się jej pozbyć – powiedziała.

– Że co proszę? – zdumiała się Dorota.

– Kilka dni temu jeździła z nią windą, ale o tym już chyba pani wie. Ta dzisiejsza młodzież i jej pomysły. Ale, tak szczerze mówiąc, my wcale nie byliśmy lepsi.

Dorota spojrzała na martwą kobietę przy biurku. Jej córka woziła trupa windą?! Kilka dni temu?! Wciągnęła głęboko powietrze w płuca, aż do przepony.

– Nie śmierdzi – zauważyła ze zdumieniem.

– Sprzątamy tu regularnie – niepewnie powiedziała Matylda.

Co miałoby tu śmierdzieć, kurde melek?!

– Rozumiem, ale… Czy nie należałoby jednak coś zrobić z… ciałem? – zapytała niepewnie.

– Z jakim ciałem? – zdumiała się detektyw. – Kurde melek! – Nagle ją olśniło. – Pani myśli, że to ciało? Skąd! To tylko manekin! Córka miała się go pozbyć. Nie wiem, dlaczego znów go przywlokła do sekretariatu! Bardzo panią przepraszam!

Podeszła do biurka, złapała Jadźkę za włosy i uniosła jej głowę do góry. Oczom Doroty ukazała się plastikowa twarz z wybałuszonymi oczami. Widok był tym bardziej groteskowy, że w wyobraźni nadal widziała w niej ludzkie ciało.

– Może wejdźmy do gabinetu i porozmawiajmy o pani mężu – zaproponowała.

Już Monika ją popamięta, gdy tylko gdzieś się zmaterializuje. Jeśli to kolejny eksperyment, będzie zmuszona przeprowadzić własny na dziecku. Tak ją czymś nastraszy, aż Monika dorobi się empatii w stosunku do ludzi, których sama straszy. I kim ona, u licha, chce zostać w przyszłości? Właścicielem gabinetu figur woskowych?!

– Ale mój mąż nie żyje – poinformowała ją Dorota.

– Naprawdę? Jak to się stało? – zawołała zaskoczona Matylda.

– Serce nie wytrzymało, gdy pieprzył się z prostytutką.

– Paula nie jest prostytutką, o ile mi wiadomo.

– Jaka Paula? W salonie erotycznego masażu wykitował. Niech sobie pani wyobrazi, że jeszcze zęby szczerzył z radości, jak go do kostnicy wieźli – powiedziała z urazą.

– Bardzo mi przykro – rzuciła automatycznie Matylda, zastanawiając się, jak to, u licha, się stało. Nic nie wskazywało, że to erotoman!

– Niby dlaczego? Mnie tam nie było przykro.

– Rozumiem, tyle lat po rozwodzie, ale taka śmierć to jednak musiał być szok.

– O czym pani mówi? – zdziwiła się Dorota. – Jaki rozwód? Już ja bym tej łajzie dała rozwód! Z torbami bym go puściła! Grosza by nie miał na te swoje panienki!

Matylda dopiero teraz przyjrzała się uważnie kobiecie. Nie znała osobiście Kopickiej, ale jakieś ślady podobieństwa do Marii albo Piotra powinna jednak zauważyć. Głos też brzmiał jakoś inaczej.

– Pani nie jest Hanną Kopicką? – zapytała nagle olśniona.

– Ależ skąd! Hania szuka toalety! Dorota Pawlicka – przedstawiła się.

– Matylda Dominiczak – odpowiedziała machinalnie.

Dorota przyjrzała się z ciekawością detektyw. Krótkie włosy, szatynka, chyba niefarbowana. Figura trochę przysadzista, ale talia ładnie zarysowana, cycki niczego sobie, po czterdziestce. Gdyby zrobiła makijaż, mogłaby być całkiem interesująca.

– Rozumiem, że panie przyjechały razem? – zapytała przyjaciółkę przyszłej klientki.

– To problem? – zapytała zaczepnie Dorota.

Ssanie w żołądku, brak dymka i sprzeczne emocje wobec Jadzi nie nastrajały jej pozytywnie do otoczenia.

– Zależy od klientki, ale skoro przyjechały panie razem, sądzę, że nie. – Matylda uśmiechnęła się i zepchnęła Jadźkę na wykładzinę, po czym kopniakiem posłała ją w kąt.

– Zapraszam do gabinetu.

Zapomniał wspomnieć Marii, że matka zaangażowała Matyldę Dominiczak. Może nie powinien dawać jej namiarów, ale na ile znał szanowną rodzicielkę, znalazłaby sobie własnego detektywa. Równie dobrze może skorzystać z usług Matyldy. Niech sobie zarobi, matka jest wypłacalna. I z dziką satysfakcją zapłaci za detektywistyczną usługę z alimentów, które co miesiąc przesyła jej były małżonek.

Zaparkował samochód na swoim miejscu. Nucił pod nosem, wysiadając z auta, gdy podeszło do niego czterech osiłków. Niby nie wyglądali jak typowi pakerzy z siłowni, ale każdy miał z metr dziewięćdziesiąt wzrostu i szerokie bary. Piotr też do ułomków nie należał, ale ciało miał raczej szczupłe i sprężyste niż umięśnione.

– Kopicki? – zapytał idący na przedzie blondyn.

– Tak, a o co chodzi? – zapytał spokojnie, chociaż ponure miny i wrogie spojrzenia nie wróżyły najlepiej.

I słusznie się obawiał. Pierwszy cios sięgnął jego szczęki, zanim zdążył pomyśleć.

– Zrobiłeś dziecko naszej siostrze! – ryknął napastnik, stając nad leżącym na betonie Piotrem.

Pozostali też otoczyli leżącego i spoglądali na niego z góry.

– Ewa jest w ciąży? – zdumiał się Kopicki, macając się po obolałej szczęce. – Niemożliwe! – Jeżeli pamięć go nie zawodziła, stosunek został przerwany przez jego siostrę, nie doszło do wytrysku i miał na sobie ubranko. Wszystko przemawiało na jego korzyść.

– Jaka Ewa?! – wściekł się inny osiłek.

– Ostatnio spałem tylko z nią, więc kto jest w ciąży? – zapytał Piotr, siadając, ale przezornie nie podnosząc się do pionu.

Liczył, że leżącego bić nie będą, a poza tym, czy stał, czy leżał, z taką ekipą nie miał najmniejszych szans.

– Paula! – ryknął napastnik.

– Aaaa, Paula… – Piotr wreszcie załapał. – Jesteście braćmi Pauli? No to, chłopaki, walnęliście nie tego Kopickiego – poinformował ich i poczuł się już całkiem bezpiecznie, więc zdecydował się wstać.

– Niezły cios – skomentował. – Na przyszłość proponuję jednak upewnić się, że walicie w mordę właściwą osobę.

Mężczyźni spojrzeli po sobie zdezorientowani.

– Kopicki. Masz spa w centrum – powiedział ten od ciosu. Chyba najstarszy z braci.

– To akurat się zgadza – przyznał Piotr. – Tyle tylko, że to nie ja sypiam z waszą siostrą.

– Tata nie mówił, że jest was więcej. Powiedział tylko, że jakiś Kopicki zrobił dziecko Pauli, a mama płakała, że rozwodnik, ateista i salon spa prowadzi w centrum.

– No to rodzicom trochę informacje się przemieszały – stwierdził. – Na waszym miejscu bym się nie martwił. Paula wychodzi za mąż, więc będą z mężem żyli długo i szczęśliwie – zakpił.

– O tym tata nie wspominał... – burknął kolejny z braci.

– No cóż, jeśli to wszystko, panowie pozwolą, że pójdę do gabinetu i skorzystam z apteczki. Skoro mamy być rodziną, zrezygnuję z zawiadomienia policji – oznajmił sucho Piotr.

Ciekawe, kiedy ojciec zamierza nam obwieścić radosną nowinę, pomyślał. Jak dziecko skończy osiemnaście lat? Czy może dowiemy się od notariusza przy odczytaniu testamentu, do którego namówiła go matka, że młodych Kopickich jest już trójka, a nie dwójka.

Bracia Mrówczyńscy stracili cały rezon.

– To komu mamy przyłożyć? – zapytał najmłodszy.

– Ja bym proponował rozejm. Niedługo przecież będziemy jedną wielką szczęśliwą rodziną – powiedział z ironią.

– Koleś, zaraz ci przywalę za to, że cię nie lubię.

– Tak, na pewno. Zapewniam, że uczucie jest odwzajemnione. Mogę dać wam namiary na właściwego Kopickiego, ale chyba nie pobijecie starszego pana?

– Kogo? – zdumiał się napastnik.

– Szczęśliwym ojcem i małżonkiem zostanie mój szanowny tatuś. Lat pięćdziesiąt siedem. Chciałbym być tak aktywny seksualnie w jego wieku. Kto by pomyślał, że facet nie strzela już ślepakami. Cieszę się niezmiernie, że mogłem poznać braci mojej przyszłej młodszej ode mnie macochy, bo jej samej nie miałem okazji. Dzięki, chłopaki, za poinformowanie mnie, że zostanę starszym bratem. W czymś jeszcze mogę wam pomóc? – zapytał Piotr, czując narastającą złość na ojca.

Mężczyźni przyglądali mu się skonsternowani.

– Ach, tak, pewnie chcecie adres. Bardzo proszę, mam gdzieś wizytówkę ojca. – Sięgnął po portfel. – O tej godzinie na pewno jest już w pracy. Proponuję tylko nie wspominać ochronie budynku, że idziecie mu przywalić. Radzę powołać się na rodzinną wizytę. – Piotr wyjął niewielki czarny kartonik ze złotymi literami.

Ponieważ żaden z nich nie kwapił się, by wziąć od niego wizytówkę, Piotr wzruszył ramionami i rzucił ją osiłkom pod nogi.

– Wróćcie tu w innym celu niż przeprosiny, to na ślub siostry będziecie musieli prosić o przepustkę z więzienia – rzucił na odchodnym.

Trącił ramieniem jednego z braci, gdy przechodził między nimi. Nikt go nie zatrzymał. Bez przeszkód dotarł do firmy. Recepcjonistka zrobiła wielkie oczy na jego widok. Rzucił jej wściekłe spojrzenie. Dziewczyna spuściła głowę i szybko zaczęła szukać czegoś w komputerze.

Piotr skierował się prosto do łazienki. Spojrzał w lustro. Włosy w nieładzie. Pobrudzone spodnie i koszula. Na szczęce wykwitał okazały siniak. Był tak wściekły na ojca, że chętnie osobiście podwiózłby braciszków do jego firmy i sam stanął w kolejce, by dać mu w mordę.

Otrzepał spodnie. Przygładził włosy. Na szczękę nic nie poradzi. Ochłonąwszy trochę, poszedł do gabinetu. Po drodze spiorunował wzrokiem Magdę, która czaiła się w kącie. Widząc jego spojrzenie, oddaliła się chyłkiem. Trzasnął drzwiami gabinetu. Rozsiadł się wygodnie w fotelu i dopiero zadzwonił do ojca.

– Cześć, tato, co słychać? – zapytał spokojnie.

– Witaj, synu. – Kopicki zmieszał się, słysząc jego głos.

Gorącej linii spodziewał się już od wczoraj. Matka z pewnością zawiadomiła oboje o jego matrymonialnych planach.

– Moje gratulacje z okazji zbliżającego się ślubu i narodzin dziecka – powiedział Piotr.

– Hm… – odchrząknął senior. – W życiu różnie się układa. Sam się nie spodziewałem i…

– Nie mam żalu, tato – zapewnił go Piotr.

– Naprawdę? – zdumiał się starszy Kopicki.

– Jasne, że nie. Tylko szkoda, że sam nam o tym nie powiedziałeś.

– No widzisz, Piotrusiu, miałem zamiar, ale to wszystko potoczyło się tak szybko, że… Wybacz. Paula jest wspaniała. Zapewniam cię, że…

– Chcę, żebyś był szczęśliwy, tato.

– Dziękuję, synu. – Kopicki nie sądził, że pójdzie mu tak łatwo z dziećmi. Nakręcił całą sprawę z firmami między innymi po to, by zapewnić Pauli pokojowe powitanie w jego rodzinie.

– Ależ bardzo proszę. Zakładam, że rodzina Pauli jest równie zadowolona z waszego związku?

– Obawiam się, że dla nich to twardy orzech do zgryzienia – przyznał Stanisław. – Wczoraj poznałem jej rodziców. Cóż… Jej ojciec jest w moim wieku i oględnie mówiąc, nie byli zachwyceni.

– Jej bracia też nie są – poinformował go syn.

– Kto taki? – zdziwił się.

– Jej bracia. Czterech mężczyzn w wieku od dwudziestu paru do trzydziestu paru lat. Właśnie mnie pobili, przekonani, że to ja zrobiłem dziecko ich małej siostrzyczce. Na szczęście szybko doszliśmy do porozumienia co do sprawcy tego całego nieszczęścia.

– Piotr, nic ci nie jest? – zaniepokoił się ojciec.

– Nic a nic – zapewnił go syn. – Nie będę jadł orzechów przez kilka dni, ale jakoś to przeżyję. I tak za nimi nie przepadam. Nie powinieneś ukrywać jej przed nami, tato.

– Wiem, ale...

– Za jakieś dwadzieścia minut, jeśli nie ma korków, powinieneś poznać resztę jej rodziny. Chętnie bym cię wspomógł, tato, ale obawiam się, że chwilowo jestem niedysponowany. Życzę powodzenia. – Rozłączył się bezceremonialnie.

Niech ojciec teraz wypije piwo, którego sam nawarzył, pomyślał ze złośliwą satysfakcją.

Maria siedziała z rysownikiem w niewielkim pomieszczeniu z oknem zasłoniętym starymi żaluzjami. Komisarz Marecki co chwila niecierpliwie zaglądał jej przez ramię, gdy próbowali stworzyć wizerunek martwej kobiety, którą Maria widziała. Rysownik-okularnik spojrzał na nią zza szkieł grubych jak denka od butelek.

– Nie jestem pewna – odpowiedziała na wiszące w powietrzu pytanie.

Jak dotąd udało im się dopasować tylko włosy i kształt czaszki. Tak mniej więcej. Od piętnastu minut rysownik wyświetlał na ekranie monitora kolejne twarze, ale Maria miała pewność tylko co do tego, że twarz martwej dziewczyny nie była okrągła ani końska. Cała reszta wydawała jej się bardzo podobna do siebie. I prawdopodobna.

– Zostaw, jak jest – polecił Marecki, czując w kościach, że nic z tego nie będzie.

– Kształt oczu – przypomniał rysownik.

– Co proszę?

– Jakie miała oczy?

– Chyba niebieskie...

– Ale duże, małe, okrągłe, skośne…

– Martwe? – powiedziała przepraszająco. – Panie komisarzu, bo gdybym widziała zdjęcie, tobym pewnie ją rozpoznała, ale tak z głowy to ja nie umiem – przyznała się odważnie. – Widziałam ją tylko przez kilka sekund.

– I pod wpływem alkoholu.

– Pod wpływem to ja byłam, ale później. Po znalezieniu, a nie przed. Wtedy byłam tylko po kieliszku wina i to nawet niecałym. Pan pewnie co chwila potyka się o ludzkie zwłoki i trzyma sobie mumię w szafce na buty, ale dla mnie to był szok – poinformowała go sucho Kopicka.

– No dobra – westchnął zniechęcony komisarz. – Szkoda mojego czasu.

Mojego też, pomyślała nachmurzona Maria.

– Chodźmy do mojego biura. Nie mamy na razie na stanie żadnych NN, ale mamy trochę zaginionych z ostatniego czasu. Chciała pani zdjęcia, pooglądą sobie pani zdjęcia – oświadczył ponuro.

Ja chcę do mojej Beatrice, chciała zawołać Maria, ale zamiast tego skinęła głową. Jakie miała wyjście? Powiedzieć, że wszystko jej się przywidziało? Nigdy w życiu! Ktoś próbował włamać się do jej auta i zepsuł zamek w bagażniku. To nie mógł być przypadek!

Matylda z namysłem przyglądała się obu kobietom. Nadal nie rozwiązała swojego dylematu moralnego. Właściwie to etycznego. Moralnie nie miała oporów, by przyjąć pieniądze od Kopickiej za robotę, którą już wykonała. Problem miała raczej ze stawką, ale powinny dojść do porozumienia w tej kwestii. Kopicka nie zostawiła suchej nitki na byłym mężu i jego narzeczonej.

– I proszę sobie wyobrazić, że ta lafirynda tak go sobie okręciła wokół palca, że ten stary dureń chce się żenić!

– No cóż...

– Jak chce bzykać, to proszę bardzo, ale dlaczego kosztem naszych dzieci?

– Owszem, to...

– Ja mu w gacie nie zaglądam od osiemnastu lat! Ale to jest zdecydowana przesada!

– Rozumiem pani wzburzenie, ale...

– Obiecał, że spisze testament, ale to za mało! Zanim umrze, to ona może już roztrwonić cały majątek! Trzeba coś z tym zrobić! I to teraz!

– Pani Kopicka, pani chyba nie chce mnie wynająć, bym... – Odchrząknęła. – Przyspieszyła proces dziedziczenia?

– Co? – zdumiała się Kopicka. – No jasne, że nie! Nie chcę pozbyć się Stasia, tylko Pauli!

– Pozbyć w znaczeniu...? – Matylda nie wiedziała, jak rozumieć słowa Hanny Kopickiej.

– W każdym znaczeniu – oświadczyła zdecydowanie. – Zdyskredytować. Uwieść. Zaszantażować. Przekupić! Ale to akurat nie wchodzi w grę. Stasia nie przebijemy.

– Rozumiem... Chętnie pomogę, ale uprzedzam, że nie wolno mi podejmować działań niezgodnych z prawem – oświadczyła z powagą Matylda.

– Oczywiście, że nie. – Dorota puściła do niej oko.

– Mówię poważnie. Wszystko zgodnie z prawem.

– Rozumiem doskonale, nie nakłaniam. – Hanna również mrugnęła do niej znacząco.

– Pani Kopicka, ja nie szantażuję, nie uwodzę – to akurat nie było do końca zgodne z prawdą – i nikogo nie przekupuję.

– A dyskredytacja? – z nadzieją zapytała Hanka.

– Nie fałszuję faktów, tylko je odkrywam. Nie wiem, czy to, co znajdę, zdyskredytuje narzeczoną w oczach pani byłego małżonka. Nadal chce mnie pani wynająć?

– I liczyć na łut szczęścia, że coś pani znajdzie? – mruknęła Kopicka. – Dobra, niech będzie.

– Uprzedzam, że za kilka dni zaczynam nową sprawę, więc mam niewiele czasu – zastrzegła.

– Zaryzykuję.

– W takim razie musimy uzgodnić zakres moich obowiązków – oświadczyła z zadowoleniem Matylda.

Maria z nieszczęśliwą miną siedziała naprzeciwko komisarza Mareckiego, który odwrócił monitor komputera w taki sposób, by mogli widzieć go oboje, i kolejno pokazywał jej zdjęcia młodszych i starszych kobiet, z włosami długimi, krótkimi, a nawet nijakimi. Maria co chwila przecząco kręciła głową. Zbliżała się jedenasta, była głodna, zmęczona i oczy ją piekły.

– Długo jeszcze? – zapytała zbolałym tonem.

– Może pani przyznać, że nikogo w restauracji nie było – zasugerował.

– Ale był! – zirytowała się.

Spojrzała na niego ze złością. Zmęczenie zniknęło bez śladu.

– Sądzi pan, że nie mam co robić? Nie jestem mitomanką!

– Niczego takiego nie sugerowałem.

– Ale coś jednak pan sugerował! – upierała się.

Odkrywała w sobie coraz więcej podobieństw do matki. Między innymi tę nieszczęsną skłonność do konfrontacji, która zakończyła małżeństwo ich rodziców.

– Mam prawdziwe sprawy do prowadzenia – powiedział z ciężkim westchnieniem.

– A ta jest niepoważna? Ktoś umarł!

– Rzekomo.

Zacisnęła gniewnie zęby, by nie powiedzieć kilku słów za dużo.

– Więc po co pan tu ze mną siedzi? – zapytała już spokojniej. – Czeka pan, aż w końcu pęknę i powiem, że wszystko mi się przywidziało?

– Nasi technicy na klapie bagażnika znaleźli tylko pani odciski palców. Żadnych śladów ustrojowych wewnątrz – zignorował jej pytania. – Zmierzam do tego, pani Kopicka, że poza pani zeznaniem, mniej lub bardziej wiarygodnym, nie ma żadnych dowodów na istnienie tych zwłok. Sprawdziliśmy monitoring. Przynajmniej tam, dokąd sięga. Nic podejrzanego nie odkryliśmy. Co nie wyklucza, że sprawca przyszedł ze strony, gdzie nie ma żadnych kamer albo nie ma zasięgu. Nawet gdybym pani wierzył, a nie mówię, że tak jest, muszę zdać raport do prokuratury z wynikami mojej pracy. A te są zerowe. Może to się odbić na pani rykoszetem.

Spojrzała na niego chmurnie. Mogłaby przysiąc, że patrzył na nią niemal współczująco.

– To nie ta – powiedziała, wskazując palcem na monitor. – Następne poproszę.

Nieświadoma zadymy, którą jej bracia wywołali na mieście, Paula przeglądała w internecie asortyment dziecięcych pokoi. Staś koniecznie chciał kupić dom, i to jak najszybciej. Skupiła się na mebelkach. Ciuszki dla maluszków też były urocze. Zawsze marzyła o tym, żeby być mamą, i nie pozwoli swoim rodzicom niczego zepsuć. Z tego błogostanu wyrwał ją dźwięk telefonu.

– Dzień dobry, pani Aniela Mrówczyńska do pani. Nie była umówiona – poinformował ją ochroniarz.

– Jest sama? – zapytała.

– Tak, proszę pani.

– Proszę ją wpuścić – poleciła.

Ten luksus, którym Staś mnie otacza, zaczyna mi się nawet podobać, pomyślała, czekając na matkę.

– Po pierwsze, chce pani dokładnie wiedzieć, kim jest ta kobieta, która zamierza wyjść za pani męża – podsumowała krótko Matylda.

– Zgadza się – przytaknęła Kopicka.

Dorota również kiwała głową, chociaż nikt jej o nic nie pytał.

– Po drugie, zamierza pani ją zdyskredytować w oczach męża.

– Zgadza się.

– Po trzecie, dziś mamy czwartek, a ja od poniedziałku zaczynam zlecenie. Wyjątkowo mogę pracować w weekend, ale czasu jest za mało na to wszystko – oznajmiła wprost. – Musimy ograniczyć zakres obowiązków. Na czym pani bardziej zależy? Na punkcie pierwszym czy drugim?

– Zdecydowanie na drugim.

– Jak mówiłam, nie tworzę fałszywych dowodów, ale taki test wierności przykładowo, jak najbardziej.

– Test wierności? – podchwyciła Kopicka. – Na czym dokładnie to polega?

– Tak dokładnie to na tym, że śledzę ewentualnego niewiernego małżonka i znając jego upodobania, dokonuję stosownego kamuflażu, albo wynajmuję osobę, która dokonuje tego kamuflażu, i sprawdzam, czy chwyci przynętę – nie dodała, że jeśli facet lubi osiemnastolatki, to żaden makijaż aż tak jej nie odmłodzi.

– Jak miałoby to wyglądać w naszym przypadku?

– No cóż... Z oczywistych przyczyn żaden kamuflaż mi nie pomoże. Dlatego będzie potrzebny mężczyzna. I okazja.

– Mężczyzna by się znalazł – oznajmiła Kopicka.

Była pewna, że uda jej się namówić syna, by podjął pewne działania. W końcu działałby w zupełnej nieświadomości, że ma do czynienia z narzeczoną ojca. Staś na początku by się wściekł, ale ostatecznie wiedziałby, kogo obarczyć winą. Gdyby miał co do tego wątpliwości, ona na pewno pomoże mu je rozwiać.

– Hm... – Matylda również wiedziała, kogo zaprosić do współpracy.

Nie Cześka, rzecz jasna. Czesiek jako fagas i kochanek nie wchodził w grę.

– Pozostaje jeszcze kwestia okazji... Mówi pani, że mamy czas do niedzieli... – powiedziała pełna entuzjazmu Kopicka.

– Tak, oczywiście, będę obserwować Paulę i jeżeli ten mężczyzna, o którym pani myśli... Tak przy okazji, moja firma również gwarantuje współpracę z odpowiednim mężczyzną. Jest prywatnym detektywem i...

– Tak, rozumiem, ale ja znam kogoś, komu kobiety jedzą z ręki – zapewniła ją Kopicka, myśląc rzecz jasna o swoim przystojnym synu.

– Oczywiście. Co do okazji... Zawiadomię panią, gdy tylko Paula opuści mieszkanie i...

– Nie, nie, tak nie może być, że na ulicy podejdzie i gdzieś ją zaprosi albo w markecie przy stoisku z warzywami zacznie ją podrywać. To za mało. Staś się na to nie nabierze. Ona przecież może powiedzieć, że jakiś natręt ją zaczepiał. To musi być taka jednoznaczna sytuacja, rozumie pani. In flagranti, jak to mówią.

Dorota znów pokiwała głową. Jak stary facet dorwie się do młodej cipki, to nie ta główka pracuje intelektualnie, co powinna. Na widok dowodów krew musi natychmiast przepłynąć z jednej główki do drugiej, inaczej się nie da.

– To nie będzie proste – powiedziała Matylda. – Na pewno nie w tak krótkim czasie.

– Wręcz przeciwnie, bo ja mam pomysł. Moje dzieci właśnie oficjalnie dowiedzą się ode mnie, że ojciec sprezentuje im macochę. W ramach oficjalnego przyjęcia jej do rodziny Maria zorganizuje jej babski wieczorek zapoznawczy, a mój Piotruś ją uwiedzie. I gotowe!

Tu Dorota nie kiwała głową. Zmarszczyła brwi. Maria się nie zgodzi. Piotr się nie zgodzi. Paula się na to nie złapie. Takie sztuki to cwane są. Nie zdążyła zgłosić swoich wątpliwości, gdy głos zabrała Matylda.

– Pani dzieci nie zgodzą się na to.

– Przecież im tego nie powiem! Oczywiście, że Maria się nie zgodzi, a co do Piotra… Nad nim da się popracować.

– Może na wszelki wypadek zatrudnimy mojego współpracownika. – Matylda miała teraz dylemat moralny, a nie etyczny.

Dylemat, który powinna mieć matka Kopickiego, a nie ona. Rajfurzyć synem? Kurde melek! Wprawdzie pełnoletni jest. I to bardzo. Do tego sama widziała kilka miesięcy temu, co to za charakterek. Gdyby nałożyła na powrót czerwone szpile i perukę, przeleciałby ją na biurku tu i teraz, nie bacząc na obecność osób trzecich.

Biorąc pod uwagę jego skłonności... Hm... Tak czy siak, nie podobało jej się to.

– A ile to będzie kosztowało? – zapytała Kopicka.

– Daj spokój, stać cię – syknęła Dorota. – Może zadziałajcie na oba fronty. Bawidamek i... twój syn – dodała szybko, widząc minę przyjaciółki.

– Spróbujmy – niechętnie zgodziła się Kopicka.

– Jeśli dobrze zrozumiałam... – Matylda rzuciła ostrzegawcze spojrzenie Monice, która znienacka pojawiła się w sekretariacie. Dziewczyna mrugnęła na znak, że zrozumiała, i posłusznie zniknęła. – Zamierza pani namówić córkę, by przyjęła z otwartymi ramionami Paulę w rodzinie, a jednocześnie umówić syna, by ją... uwiódł?

– Tak. Maria jest bardzo uczciwa. Nie podobał jej się pomysł szpiegowania ojca, ale uznała to za stan wyższej konieczności. Piotr jest bardziej elastyczny w tym względzie. Jak to mężczyzna – powiedziała.

– Możemy przyjąć i taki punkt widzenia – stwierdziła Matylda, nie dając po sobie poznać, co myśli na ten temat.

Znała wielu mężczyzn, niekoniecznie w sensie biblijnym, i pozwoliła sobie w duchu nie zgodzić się z klientką. Przypomniała sobie zdanie, znalezione w internecie: kiedy w życiu pojawia się problem, który można rozwiązać za pomocą pieniędzy, nie jest to prawdziwy problem, tylko wydatek. Chociaż nie rozumiała, dlaczego ostatnie stwierdzenie zamieszczone było na stronie z dowcipami, a nie z życiowymi maksymami.

– Problem z zaangażowaniem dwóch mężczyzn polega na tym... Właściwie nie polega na niczym... – skwitowała po chwili.

Zamierzała powiedzieć, że przecież się nie rozdwoi i nie da rady śledzić dwóch naraz, ale po pierwsze – nie o mężczyzn tu chodzi, lecz o Paulę, a ona jest jedna, więc to ją wystarczy śledzić. Po drugie – jej współpracownik sam wszystko ponagrywa, ona nawet nie musi ruszać tyłka z biura.

– Skoro chce pani zaangażować syna, proponuję umieścić kamery w jego mieszkaniu – zaproponowała Matylda.

– Świetny pomysł – uznała Hanna. – Będzie wszystko czarne na białym.

– Może być i w kolorze – zapewniła z ironicznym uśmiechem Matylda.

Z całej rodziny Kopickich matka najmniej przypadła jej do gustu.

– No cóż, doszłyśmy do porozumienia, więc wpiszę zakres obowiązków do umowy, wypłaci pani zaliczkę i jeszcze dziś możemy brać się do roboty – oświadczyła detektyw.

Na szkoleniu poruszali temat etyki i dylematów moralnych, ale wtedy naiwnie myślała, że ona będzie pomagać ludziom, tyle że za pieniądze. Rzeczywistość pozbawiła ją tych wyobrażeń. Najchętniej odrzuciłaby to zlecenie, chociaż w gruncie rzeczy nie różniło się od innych, gdy za pomocą prowokacji sprawdzała wierność współmałżonka. W duchu musiała przyznać, że trochę kibicowała Pauli. Tylko dlaczego wybrała takiego starego dziada?! Nawet Matylda nie wpuszczała do łóżka równolatków. Wolała, żeby facet był chociaż rok czy dwa, a nawet pięć – młodszy.

– Załatwione – zgodziła się łaskawie Kopicka.

Aniela Mrówczyńska, unikając wzroku córki, weszła do mieszkania i usiadła na sofie. Dopiero wówczas na nią spojrzała. Paula zmieniła się. Nie była już małą dziewczynką. Była dorosłą kobietą, która niedługo zostanie matką. Miała też w sobie pewność siebie, jakiej brakowało jej w dzieciństwie.

– Szukam twoich braci – wydusiła z siebie.

– Tu ich nie ma – chłodno odparła córka.

– Tak, domyślam się, że nie... Córeczko, coś ty narobiła! – Załamała ręce.

– Mamo, nie możesz po prostu cieszyć się moim szczęściem?

– Dziecko, ten człowiek ma wszystko, co można kupić za pieniądze! A co ty masz?

– Nie przyszło ci do głowy, że może po prostu mnie kocha? I nie oczekuje ode mnie niczego, poza tym, żebym i ja go kochała? Tak trudno w to uwierzyć, że ktoś może mnie kochać, mamo? – zapytała żałośnie.

– Ależ oczywiście, że nie. Jesteś naszą małą dziewczynką i...

– Nie jestem już mała, mamo. Mam dwadzieścia pięć lat i decyduję o swoim życiu sama. A ja zdecydowałam, że chcę wyjść za mąż za Stasia i być z nim szczęśliwa.

– Ale on jest dużo starszy.

– Nie uważam tego za wadę.

– Umrze przed tobą.

– To może zdarzyć się w każdym związku.

– Zniedołężnieje.

– Młodszym mężczyznom także przytrafiają się wypadki, po których zapadają w śpiączkę albo są sparaliżowani, czasami nawet ujawnia się choroba psychiczna. Mamo, nie będziemy się licytować. Jestem świadoma konsekwencji wynikających z różnicy wieku. I jestem gotowa je ponieść. Chcę, żebyście byli częścią mojego...

naszego życia – powiedziała stanowczo. – Ale musicie najpierw zaakceptować mnie taką, jaką jestem, i decyzje, które podejmuję.

Aniela słuchała córki ze zdumieniem. Nie znała jej takiej. Paula miała rację. Nie była już dzieckiem.

– Paulinko – zapytała, nagle onieśmielona. – Czy on jest dla ciebie dobry?

– Bardzo dobry, mamusiu.

Mrówczyńska odetchnęła głęboko. Gdy spojrzała na córkę, w jej oczach lśniły łzy.

– Jak się czujesz, Paulinko? Nie dokuczają ci mdłości?

– Już nie – zapewniła dziewczyna.

– Porozmawiam z ojcem – obiecała Aniela.

– Naprawdę?

– Oczywiście, że tak. Ale najpierw musimy znaleźć twoich braci. Wczoraj byliśmy trochę wzburzeni, a dziś rano dowiedziałam się od twoich sióstr, że pojechali szukać twojego narzeczonego. Chyba chcą wbić mu do głowy trochę rozumu – wyznała.

– Matko Boska – jęknęła blada jak ściana Paula. – Staś!

Maria dotarła do restauracji po trzynastej. Była tak głodna, że pomaszerowała prosto do kuchni.

– Miłosz, błagam cię, nakarm mnie – poprosiła kucharza.

– Oczywiście, proszę pani. Co mam podać?

– Cokolwiek, byle szybko. Idę do siebie. Ada jest? – zapytała.

– Nie mam pojęcia. Nie wychodzę z kuchni – odpowiedział zgodnie z prawdą.

– No tak… Dziękuję. – Odwróciła się i, przyspieszając kroku przy spiżarni, pobiegła do siebie.

Adrianna uderzała w klawiaturę z prędkością karabinu maszynowego.

– Mam potwierdzenie zamówienia wyposażenia do bistro. Dałam ogłoszenie o pracy. Zgłosił się już kucharz, a właściwie trzech, oraz ze dwadzieścia osób do obsługi. Umawiam na jutro rozmowy w nowym lokalu. Odbędą się na stojąco, bo meble dowiozą na poniedziałek. Firma, która ma wyposażyć kuchnię, obiecała pracować w weekend. Produkty zamówimy u naszych dostawców. Zwiększając ilość, dam radę wynegocjować lepsze stawki, co oznacza, że oba lokale na tym skorzystają.

Maria nie odpowiedziała od razu. To ona miała być restauratorką. Swój lokal otworzyła samodzielnie, ale bez Ady byłoby ciężko ciągnąć to wszystko. Zwłaszcza w tych okolicznościach.

– Pan Piotr nie mógł się do ciebie dodzwonić. Prosił, byś skontaktowała się z nim od razu po powrocie. Powiedział, że to pilne.

– Chyba zapomniałam włączyć dźwięk w telefonie – powiedziała.

Mina Ady wyrażała zżerającą ją ciekawość, której nie starała się ukryć. Maria uśmiechnęła się cierpko, ale musiała się komuś zwierzyć.

– Miałam zrobić portret pamięciowy, ale ja nic nie pamiętam! – jęknęła.

– To się zdarza. Ja na przykład muszę zobaczyć czyjąś twarz kilka razy, i to osobiście, by ją zapamiętać. Bo ludzi, których widziałam na zdjęciu, nie rozpoznaję w realu. Dla mnie to dwa zupełnie różne wizerunki!

– No nie? – Maria poczuła się odrobinę lepiej. – Ja też tak mam. Komisarz Marecki pokazał mi potem tyle zdjęć zaginionych kobiet, że po jakimś czasie wszystkie twarze zlały mi się w jedną – powiedziała smętnie.

– Co będzie dalej?

– Z czym?

– No, ze sprawą trupa.

– Nie mam pojęcia. Jeśli się nie znajdzie, prokurator dobierze mi się do skóry za fałszywe zawiadomienie o popełnieniu przestępstwa.

– Nie mają ważniejszych spraw?

– Pewnie mają, ale komisarz Marecki, zamiast uznać mnie za pijaczkę ze zwidami, wziął się na serio do roboty, angażując do tego sporo ludzi. Jak nic nie ustali, ktoś będzie musiał za to wszystko zapłacić. Obawiam się, że to będę ja.

Ktoś zapukał do drzwi.

– Proszę! – zawołały jednocześnie, po czym uśmiechnęły się do siebie.

Maria poczuła, że coraz bardziej lubi swoją menedżerkę. Do biura wszedł kucharz z aromatyczną zupą i jakimś przedziwnym plackiem na tacy. Maria nie zamierzała pytać, co to jest. Darowanemu koniowi w zęby się nie zagląda.

– Dzięki, Miłosz.

– Proszę bardzo. Chciałem tylko zapytać, czy pojawiło się coś nowego w trupiej sprawie.

– Na razie nic. Ale bez obaw. To nie ma wpływu na funkcjonowanie Beatrice. Jeśli mnie zamkną, Ada wszystkim pokieruje.

– Super, tylko tyle chciałem wiedzieć – powiedział. – Smacznego.

– Cóż za empatia – westchnęła Adrianna.

– Zadzwonię do Piotra. Pewnie jest ciekaw, co się wydarzyło na komisariacie.

Powinna zacząć od zupy, ale była zbyt głodna i jej żołądek domagał się czegoś konkretnego.

– Co chciałeś? – zapytała brata bez ceregieli, przełykając niezbyt dokładnie pogryziony kawałek placka z warzywami i mięsem.

– Ona jest w ciąży! – ponuro obwieścił Piotr.

– Kto taki?

– Paula!

– Co takiego?! – zdumiała się.

– Paula jest w ciąży! – powtórzył.

– Skąd wiesz? Od Matyldy?

– Nie, przecież ją zwolniłaś – powiedział z niechęcią. – Od jej braci.

– Skąd znasz jej braci? Nic nie rozumiem… – Odłożyła placek. Straciła apetyt.

– Dziś rano napadli mnie przed firmą za to, że zrobiłem Pauli dziecko. Bez obaw. Poradziłem sobie i wysłałem ich pod właściwy adres.

– Oszalałeś?! Wysłałeś ich, żeby pobili ojca?!

– Wzrusza mnie twoje współczucie. Słyszałaś, co powiedziałem? Zostałem pobity. Uderzony w twarz. Pięścią. A potem runąłem na beton. Twardy. Stłukłem sobie kość ogonową. Nie mogę siedzieć. Boli mnie i gęba, i dupa, a obu używam!

– Z tego, co słyszę, nic ci nie jest! Jak mogłeś nasłać ich na ojca?!

– Daj spokój, staruszka nie pobiją – zlekceważył. – A co się strachu naje, to mu się należy. Kłamca! Zamiast od razu nam powiedzieć, to krętacz jeden siedział i kombinował jak ten świstak, co siedzi i zawija w sreberka. Niech wypije piwo, którego sam sobie nawarzył.

– Jadę do niego – zadecydowała. – I ty też powinieneś!

– Co zrobisz? Zasłonisz go własną piersią?

– Nic nie mów matce. Trzeba ją jakoś delikatnie przygotować, a potem dopilnować, żeby nie poleciała do ojca z awanturą. On zejdzie na zawał!

– Nie dziwię się. Tu ujeżdża go dwudziestopięciolatka. A tam czeka go sparing z czterema osiłkami. Do tego była żona... Na jego miejscu też bym trząsł gaciami – powiedział.

– Trzeba go chociaż ostrzec!

– To akurat zrobiłem. I powiem ci, że z prawdziwą satysfakcją złożyłem mu gratulacje z okazji ślubu i ojcostwa. Ciekawe, czy maluch będzie nazywał go dziadkiem czy tatą.

– Rany boskie, Piotr... Ja wiem, że my dużo gadaliśmy, przeżywaliśmy, matka w kółko nawijała o możliwym rozmnożeniu, ale my będziemy mieć brata albo siostrę! Ja mam trzydzieści lat! To dziecko będzie niewiele starsze od moich dzieci, a zostanie ich ciotką albo wujkiem!

– Aż tak daleko nie zabrnąłem – przyznał Piotr. – Na razie jestem na etapie, że moja macocha będzie młodsza ode mnie. Boli mnie szczęka i...

– Tak, wiem, kość ogonowa – dokończyła za niego.

Czuła, że powoli zaczyna się uspokajać. Skoro Piotr ostrzegł ojca, to ten albo wezwał dodatkową ochronę, albo ewakuował się z firmy. Na pewno nic mu nie grozi. Przynajmniej nie teraz.

– Co robimy? – zapytał zniechęcony Piotr.

– Obawiam się, że nic. Skoro ma być dziecko, nie możemy nic robić. To nasza rodzina – oświadczyła Maria.

– Niby tak... – zgodził się niechętnie.

– Mam nadzieję, że ta cała Paula to nie żadna pazerna suka – powiedziała z ciężkim westchnieniem.

Piotr nic na to nie odpowiedział. Przyznać się Marii, że matka wzięła namiary na Matyldę? Czy nie przyznać?

Aniela z osłupieniem głaskała skórzaną tapicerkę lexusa, którym jechały z Paulą do jej narzeczonego. Nigdy wcześniej nie widziała takiego samochodu, nie mówiąc już o jechaniu nim.

Żaden z chłopców nie odbierał telefonu ani od matki, ani od Pauli.

– Już ja im pokażę – cedziła wściekła Paula, wciskając się między samochody.

Zawsze jeździła ostrożnie, ale w tej chwili działała w stanie wyższej konieczności. Musi chronić ojca swojego dziecka przed tymi neandertalczykami. Pochodziła z małej miejscowości, gdzie jeszcze pokutowało przekonanie, że jak impreza w remizie kończyła się bez bijatyki, to była nieudana. Problemy rozwiązywano za pomocą pięści. Pannę z dzieckiem wytykano palcami. A słowo prezerwatywa wymawiano szeptem. W dwudziestym pierwszym wieku!

Zaparkowała przed firmą Kopickiego. Wyskoczyła z samochodu, zostawiając włączony silnik. Oszołomiona Aniela spojrzała na dwupiętrowy budynek ze stali i szkła z nazwiskiem jej przyszłego zięcia w nazwie.

– Paulinko, zaczekaj... – Z trudem nadążała za córką, która biegła szerokim holem do recepcji.

– Panie Zenku, czy czterech osiłków pytało o mojego Stasia? – wysapała.

– Tak, pani Paulino, ale bez obaw. Pan prezes kazał wezwać dodatkową ochronę na piętro, a ich wpuścić na górę. Wszystko jest pod kontrolą – zapewnił strażnik.

– Zaraz na pewno będzie – oznajmiła złowrogo. – Mamo, idziemy do windy.

– Paulinko – zapytała Aniela, gdy wsiadły do windy. – Twój... Staś tu pracuje?

– Mamo, on jest właścicielem tego wszystkiego.

Nie chełpiła się bogactwem Stasia, bo nie przyłożyła do tego ręki. Ale wiedziała, że nie dostał niczego podanego na złotym talerzu. Sam doszedł do wszystkiego ciężką pracą. Matka chciała coś jeszcze powiedzieć, ale nie zdążyła. Winda zatrzymała się i wysiadły.

– Dzień dobry, pani Paulino – przywitała ją kobieta koło trzydziestki siedząca za biurkiem Arlety.

– Dzień dobry, a gdzie pani Arleta? – zapytała zdziwiona Paula.

Od kiedy znała Stasia, jego sekretarka zawsze była na posterunku.

– Na urlopie. Zastępuję ją.

– Czy Staś jest u siebie?

– Tak, ma gości.

– Nawet wiem kogo!

Minęła sekretarkę i z impetem wparowała do biura narzeczonego. Onieśmielona matka dreptała za nią.

– Staś! – krzyknęła, podbiegając do niego. – Nic ci nie jest?

– Ależ nie, Paulinko, właśnie poznałem twoich braci. – Wskazał na siedzących w równym rządku mężczyzn.

– Cześć, mała – przywitał się Janek, najstarszy z nich.

Dokładnie ten, który uderzył Piotra, o czym Paula jeszcze nie wiedziała.

– Mała? – zaperzyła się. – Ja wam dam małą, wy wałkonie!

Złapała leżącą na biurku Stasia teczkę i rzuciła nią w brata. Janek uchylił się w ostatniej chwili. Teczka wylądowała za nim. Teraz Paula rzucała czym popadnie. Zszywaczem. Segregatorem. Wazonem z kwiatami.

Mężczyźni zerwali się z miejsc, starając się unikać latających przedmiotów. Rozbiegli się po gabinecie, czekając, aż siostrze skończy się amunicja.

– Tego nie! – Stanisław w ostatniej chwili wyrwał jej z ręki szklaną statuetkę – Nagrodę Przedsiębiorcy Roku.

– Staś! Ty się nie mieszaj! To sprawa rodzinna! – zawołała groźnie Paula.

– Ależ kochanie, nie denerwuj się tak, bo zaszkodzisz dziecku. My tylko sobie rozmawialiśmy – zapewnił ją narzeczony.

– Naprawdę? – Spojrzała na niego z niedowierzaniem.

– Tak, kiedy twoi bracia dowiedzieli się, że mam wobec ciebie uczciwe zamiary…

– Ach, tak – rzuciła zaczepnie. – I pewnie nic od ciebie nie chcieli?

– No… – zakłopotał się Staś. – Jeden z twoich braci myślał o otwarciu siłowni. Znam się na prowadzeniu interesów, więc zaproponowałem, że mógłbym zostać udziałowcem i…

– Won mi stąd! – wrzasnęła na braci, którzy ukradkiem cofali się w stronę wyjścia.

– I żebym was więcej nie widziała bez zaproszenia! – Szklana nagroda Stasia roztrzaskała się na drzwiach, które pospiesznie za sobą zamknęli.

– Skarbku! – jęknął Stanisław, z rozpaczą patrząc na szklane okruchy na dywanie.

– Nie jęcz, Staś. Dostaniesz następną – powiedziała stanowczo Paula, wciąż jeszcze wzburzona po konfrontacji z braćmi. – Przywitaj się z mamą – poleciła mu.

Stanisław dopiero teraz zauważył wczorajszego gościa.

– Pani Mrówczyńska, niezmiernie mi miło znów panią widzieć – powiedział automatycznie, wyrzucając z pamięci słowa, które padły z jej ust poprzedniego dnia. – Proszę, niech pani usiądzie. Zaraz każę podać kawę. I posprzątać. – Rozbawionym spojrzeniem obrzucił panujący wokół rozgardiasz. Paula miała rację. Dostanie następną nagrodę.

– Dziękuję, nie trzeba – odparła niepewnie Aniela. – Ja chyba... Ja może pojadę już do domu. Skoro ten ślub ma się odbyć przed chrzcinami, to muszę porozmawiać z ojcem.

– Jesteś kochana, mamusiu. – Paula uściskała ją serdecznie. – Czym przyjechałaś? Tatuś dał ci auto? Nie może być.

– A skąd! Znasz ojca! Pociągiem przyjechałam.

– Pociągiem? Przecież my mamy straszne połączenia! Nie wiadomo, czy masz czym wrócić!

– Dam sobie radę. Najwyżej pojadę z przesiadką. Przegoniłaś braci, to...

– Staś! – Paula spojrzała prosząco na narzeczonego, chociaż ton głosu bynajmniej nie był proszący.

– Nie ma mowy, pani Mrówczyńska, żeby wracała pani środkami publicznego transportu. Mój kierowca zaraz panią odwiezie – zapewnił.

– Przecież to dwieście kilometrów!

– Nie szkodzi. Może przed wyjazdem zje pani z nami obiad?

– Nie jestem odpowiednio ubrana...

– Ależ skąd. Pięknie pani wygląda – szarmancko zapewnił ją Kopicki.

Aniela spojrzała na dżinsy i kolorową tunikę pamiętającą lepsze czasy. Paula uśmiechnęła się do niej zachęcająco.

– Nie daj się prosić, mamusiu, będzie nam bardzo miło.

– Skoro tak... – Odwzajemniła uśmiech.

Z tego, co zobaczyła, o Paulinkę nie musi się już martwić.

Hanka wraz z przyjaciółką zasiadły wygodnie przy stoliku i czekały, aż podejdzie do nich uwijająca się jak w ukropie kelnerka.

– Ładnie tu – pochwaliła Dorota.

– Prawda? – rozpromieniła się matka właścicielki.

– Spory ruch.

– No nie? – Hanka niemal zacierała ręce z radości. Była dumna z córki. Maria świetnie wykorzystała szansę daną jej przez ojca.

– Staś musiał wyłożyć sporo kasy – zauważyła.

– Jakie wyłożyć? Pożyczył im te pieniądze, Dorotko. Pożyczył. Znasz Stasia. Stówki by ci nie pożyczył na pięć minut bez umowy i odsetek.

– Dzień dobry. Zaraz podam menu. – Przy stoliku pojawiła się kelnerka.

– Najpierw niech pani powie córce, że tu jestem – zażądała Kopicka.

– Oczywiście, a gdzie znajdę pani córkę?

– Jak ją znam, to siedzi w biurze. Maria Kopicka. Jestem jej matką – wyjaśniła z łaskawą miną.

– Oczywiście, już proszę szefową.

– Słyszałaś? – zwróciła się do Doroty, gdy dziewczyna pospiesznie się oddaliła. – Szefowa.

– Nie jestem głucha, Haniu. Słyszałam. Lubię twoją Marię i cieszę się z jej sukcesu, więc nie zadzieraj tak nosa, bo jej sufit zarysujesz – poradziła złośliwie.

Hanka syknęła z urazą, ale nic nie odpowiedziała. Dorota za kilka dni jedzie do siebie. Powrócą wówczas do długich rozmów telefonicznych, a ich przyjaźń znów rozkwitnie. Ta kobieta zawłaszczyła ponad połowę jej łazienki i nie spłukiwała po sobie wanny!

Maria szła do stolika z mieszanymi uczuciami. Właśnie skończyła rozmawiać z bratem i jeszcze nie odzyskała równowagi emocjonalnej. Podejrzewała, że jeszcze długo nie odzyska. Rozmowa z matką była ostatnią rzeczą, na jaką miała ochotę.

– Cześć, mamo, witaj, ciociu – przywitała się z obiema kobietami, całując je w policzek, po czym dosiadła się do nich.

– Dziecko moje kochane. Ojciec się żeni – oznajmiła dramatycznie Hanka.

– Mamo, błagam cię, nie czuję się na siłach drążyć tego tematu. Mam masę pracy. – I problemów dodatkowych, dodała w myśli. – Ojciec coś kręcił, wiemy co, mnie to wystarczy. Nie mam ani sił, ani chęci angażować się w jakieś knowania przeciw niemu. Jego ślub naprawdę nieszczególnie mnie interesuje.

– Masz całkowitą rację.

– Naprawdę? – zdumiała się Maria.

Jej matka naprawdę to powiedziała? Niemożliwe!

– W czym dokładnie mam rację? – zapytała niepewnie.

– We wszystkim. Najważniejsze to wiedzieć, co ojciec kombinuje. To już wiemy. Przyznam ci się uczciwie, że początkowo nerwy mnie poniosły, ale już ochłonęłam. To, że nam się nie ułożyło w małżeństwie, nie znaczy, że twój ojciec nie ma prawa spróbować ponownie.

– Aha...

– Nie twierdzę, że mi się to podoba, ale jesteśmy dorośli.

– Aha...

– No i obiecał sporządzić testament, w którym zabezpieczy was przed tą kobietą. Problem zatem się rozwiązał – dodała, wiedząc, że córka nie uwierzy w jej dobre intencje.

– Oczywiście, testament zmienia wszystko – powiedziała z ironią Maria.

Jakież to podobne do matki.

– No i ja właśnie w tej sprawie.

– Testamentu?

– Pośrednio tak – przyznała Hanna po chwili namysłu. – Chodzi o to, że nie ma co ojca denerwować przed sporządzeniem testamentu. Po sporządzeniu też bym go nie denerwowała, bo może jeszcze coś zmienić. Zasadniczo nie wtrąca się w wasze życie, więc ta cała Paula gdzieś tam sobie będzie z nim żyć.

– Do brzegu, mamo – poprosiła.

– No i w trosce o ten testament to może dobrze by było, gdybyś ją zaakceptowała. Przynajmniej oficjalnie – zastrzegła. – Myśleć możesz sobie, co chcesz. Ale bądź dla niej miła. Raz na jakiś czas dasz radę, nie sądzisz?

Tak, to było zupełnie w stylu matki. Skoro nie udało jej się przepędzić narzeczonej ojca, to przynajmniej stara się ugrać jak najwięcej dla nich. Nie zamierzała być miła dla Pauli z powodu testamentu. Chciała ją poznać i upewnić się, że to nie żadna pazerna suka. Dziecko o tyle zmieniało postać rzeczy, że będzie musiała zaakceptować w życiu ojca nawet pazerną sukę. Oby jednak okazała się miłą dziewczyną.

– Masz rację – powiedziała głośno.

– Naprawdę? – ucieszyła się Kopicka.

– To rozsądne podejście, mamo. Jeśli to wszystko, chciałabym wrócić do pracy.

– Kochanie... – Kopicka złapała ją za rękę. – Zadzwoń do ojca, powiedz mu, że wiesz i chętnie poznasz jego narzeczoną. Nawet mogłabyś ją zaprosić gdzieś na winko i pogadać od serca.

– Niby o czym? – To już było podejrzane.

– Czy ja wiem, o czym? To stary dureń jest, ale wasz ojciec. Mogłabyś upewnić się, że ona go... hm... tego... no... kocha – wykrztusiła, rumieniąc się przy tym mocno.

Źle się czuła, manipulując córką, ale nie miała innego wyjścia. Nie z Marią. Córka spojrzała na nią ze współczuciem. Zdaje się, że ojciec wciąż nie był matce tak obojętny, jak twierdziła.

– Dobrze, mamo, obiecuję.

– Najpóźniej w weekend? – zapytała z nadzieją Kopicka.

– Dobrze, mamo, zadzwonię jeszcze dziś i postaram się umówić z nią na weekend.

– Sam na sam? Wiesz, takie babskie pogaduchy... Jesteście prawie w tym samym wieku i...

– Dobrze, mamo. Obiecuję.

– Dasz mi znać, kiedy się umówiłyście?

– Po co?

– No wiesz... Po nic właściwie... Ale nie ma nic gorszego niż oczekiwanie, a tak będzie mi łatwiej, jeśli będę wiedziała, że lada moment dowiem się czegoś konkretnego... I...

– Dobrze, mamo. A teraz wybacz, ale naprawdę muszę wracać do pracy.

Obie kobiety milczały, dopóki Maria nie zniknęła za kontuarem baru.

– To było podłe – powiedziała Dorota.

– Wiem. – Kopicka pociągnęła nosem.

– I konieczne – dodała pocieszająco przyjaciółka.

– Mam nadzieję. – Hanna otarła pojedynczą łzę, która zakręciła się jej w oku.

Na szczęście szybko się pozbierała. Córka jej kiedyś wybaczy.

– Jedziemy do mieszkania Piotra. Matylda będzie tam za godzinę – zadecydowała.

– A obiad? – Dorota nie kryła zawodu. Karta dań wyglądała zachęcająco.

– Pieprzyć obiad – powiedziała stanowczo Hanna. – Przynajmniej schudniemy.

Stanisław odetchnął głęboko, zanim odebrał telefon od córki.

– Cześć, tato – przywitała się pogodnie Maria.

Zdążyła już ochłonąć. Po co denerwować się czymś, na co nie mamy wpływu?

– Witaj, dziecko. Domyślam się, że już wiesz – powiedział ostrożnie.

– Tak, tato, wiem. Ta cała szopka była niepotrzebna. Mogłeś nam powiedzieć.

– No cóż... – Zmieszał się.

Nie przyzna się przecież, że uknuł cały spisek, by zmusić dzieci do zaakceptowania Pauli, albo przynajmniej zachowywania się tak, by Paula nie odczuła ich antypatii.

– To nie było dla mnie proste.

– Domyślam się, tato, ale powinieneś był nam zaufać – powiedziała z wyrzutem.

Wtedy mogłabym co najwyżej się wściec, ale miałabym czyste sumienie, nietknięte zasady życiowe i mogłabym wydać pieniądze racjonalniej niż na wynajęcie detektywa, pomyślała kąśliwie.

– No cóż... Tak jak mówiłem...

– Wiem, to nie takie proste. Nie twierdzę, że byłabym zachwycona młodszą od siebie macochą, ale cóż... Wierzę, że wiesz, co robisz, i chcę, żebyś był szczęśliwy.

– Dziękuję, Mario – powiedział autentycznie wzruszony.

– Może zaprosisz nas na kolację? Chętnie przyjadę z Danielem. Zabierzemy też Piotra. Chyba już ochłonął po tej napaści.

– O tym też już wiesz? Zatem...

– Tak, tato, gratuluję – westchnęła. – Ale nie oczekuj ode mnie, że będę tryskać szczęściem z tego powodu. Przynajmniej nie dziś. Mam dużo do przetrawienia – wyznała zgodnie z prawdą.

– Rozumiem.

– I to twoja wina. Takie wieści powinno się dawkować człowiekowi stopniowo – dodała z ironią. – A nie zrzucać cegłę na głowę.

– Wiem. Wybacz, Mario. Obiecuję, że więcej takich niespodzianek nie będzie. To jak? Wpadniecie dzisiaj? – zaproponował, gotów kuć żelazo póki gorące.

– Chętnie, o której?

– Dwudziesta?

– Wspaniale. Będziemy. Dokąd mamy przyjechać? – Uzmysłowiła sobie, że przecież nie zna adresu.

– Wyślę ci esemesa.

– Dobrze, czekam. Pa, tato.

– Pa. – Z uśmiechem odłożył telefon.

– Kto dzwonił, Stasiu? – zapytała Paula, która właśnie wyszła z kuchni, niosąc na tacy dwie filiżanki herbaty.

Mama odjechała dwie godziny temu, krygując się jeszcze przed odwiezieniem, ale żadne z nich nie chciało słyszeć o jeździe pociągiem.

– Maria. Wie o tobie i chce cię poznać.

– Naprawdę? – Spojrzała na niego z lękiem. – Co dokładnie powiedziała?

– Że nie powinienem cię ukrywać i byłoby jej łatwiej, gdybym wiedzę stopniował, a przez moje krętactwa dowiedziała się jednocześnie o pobiciu brata, moim ślubie i rodzeństwie – wyznał z poczuciem winy.

– Jest bardzo zła?

– W ogóle. Ma do mnie żal, ale nie jest zła. Zaproponowała, że wpadnie do nas na kolację ze swoim przyjacielem i Piotrem. O dwudziestej. Wiem, dzióbku, że powinienem to najpierw z tobą uzgodnić, ale nie chciałem odrzucać jej wyciągniętej ręki.

– Bardzo dobrze zrobiłeś, Staś. – Z ulgą usiadła obok niego i przytuliła się do zdrowego ramienia. – Doskonale. Miejmy to już za sobą.

– Wszystko się ułoży, moja myszko – zapewnił ją czule.

– Staś, bo ja muszę ci o czymś powiedzieć.

– Więc mów, Paulinko.

– Pamiętasz, jak byłeś w szpitalu i kazałeś mi wracać do domu, zanim przyjadą twoje dzieci?

– Tak, pamiętam.

– No to, jak wsiadałam do windy, wpadłam na twojego syna.

– Piotr był w szpitalu? – zdziwił się. – Dlaczego w takim razie do mnie nie przyszedł?

– Bo... Wiesz, kochany, ja wtedy wciąż miałam te mdłości i... i z nerwów...

– Co ty próbujesz mi powiedzieć, kochanie?

– Zwymiotowałam mu na spodnie i buty – wyznała mężnie Paulinka.

Kopicki popatrzył na nią z osłupieniem, po czym parsknął donośnym śmiechem.

Kopicka z zadowoleniem obserwowała Matyldę Dominiczak podczas pracy, gdy detektyw montowała kamery w mieszkaniu jej syna. Ruchy miała szybkie i wprawne. Błyskawicznie wybierała odpowiednie miejsce. Zachowywała się tak, jakby znała rozkład pomieszczeń. Jakby kiedyś tu była. Zadowolenie zamieniło się w podejrzliwość. Niemożliwe, żeby ta kobieta i jej syn...

– Doskonale orientuje się pani w przestrzeni – zauważyła podejrzliwie.

– Znam ten blok. Wszystkie mieszkania są takie same. – Matylda nie była głupia; czuła na sobie wzrok klientki i gęstniejącą atmosferę. – Zaraz sprawdzę, czy działają. – Otworzyła laptopa.

Monikę postawiła przed firmą młodego Kopickiego, by dała znać, gdyby Piotr wybrał się do domu. Dziś rano wysłała im mejlem raporty i rachunek za wykonane usługi. Od tej chwili przestali być jej klientami. Hanna Kopicka zleciła jej zupełnie inną usługę. Etyka pewnie krzyczałaby do niej wielkimi literami, gdyby Kopicki stanął teraz w drzwiach, a jej moralność płakałaby rzewnymi łzami, ale Matylda pogodziła się już z tym aspektem swojej pracy. Nie zawsze ratuje świat. Czasami tylko minimalizuje koszty.

– Gotowe – powiedziała po chwili, gdy sprawdziła wszystkie trzy kamery.

– Dźwięk też będzie? – zapytała zaciekawiona Dorota.

– Nie, pani Kopicka wybrała tańszą wersję. Jeśli nie uda mi się odzyskać kamer, koszty pokrywa klient.

– Właśnie, Dorota. Nie przesadzaj. Poza tym tu nie chodzi o rozmowę. – Mrugnęła do niej znacząco.

Matylda odwróciła wzrok. Miała nadzieję, że kamery niczego nie nagrają. Krótko mówiąc, liczyła na ludzką przyzwoitość. W tym przypadku szanse były pół na pół.

– No, Duśka – powiedziała Matylda, wsiadając kwadrans później do ukochanej audicy. – Ta baba jest straszna. Zaczynam kibicować temu staremu zboczeńcowi. Należy mu się odrobina szczęścia w życiu.

Obserwowała, jak obie kobiety wyjeżdżają z parkingu. Obtłuczony samochód prowadziła koleżanka klientki. Na jej oko były siebie warte. Szkoda, że nie można lubić wszystkich klientów, pomyślała smętnie, widząc, jak Kopicka tokuje przez telefon, żywo gestykulując. Pewnie rozmawia z synem, uznała. Odpaliła silnik za pierwszym razem.

– Grzeczna dziewczynka – pochwaliła. – Trzymamy kciuki za zapięty rozporek Piotra i złączone kolana Pauli.

Nie zdążyła ruszyć z miejsca, gdy na telefonie wyświetlił się nieznany numer.

– Matylda Dominiczak, prywatny detektyw. W czym mogę pomóc? – zapytała profesjonalnie.

– Antek z tej strony.

– Kto?

– Antek!

– Przykro mi, nie znam…

– Komisarz Antoni Marecki. Policja! – huknął zirytowany.

– A, to ty. – Dopiero teraz skojarzyła rozmówcę. – Wybacz, ale jakoś nigdy nie myślałam o tobie jak o Antku.

– Więc jak o mnie myślałaś, gdy się ze sobą przespaliśmy? – Już w chwili, w której zadał to pytanie, czuł, że zaraz tego pożałuje.

– Jak o Mareckim. A jak miałam myśleć? – spytała zaskoczona.

No tak, nie powinien pytać.

– Znajdziesz dla mnie chwilę? – zapytał na pozór obojętnie.

– Na seks? – spytała podejrzliwie.

– Nie! – zaprzeczył gwałtownie. – Skąd!

Matyldę to gwałtowne zaprzeczenie oburzyło.

– Coś jest ze mną nie tak, kiedy jesteś trzeźwy? Tylko po pijaku ci się podobałam?

– Co?! Jakie po pijaku? Jednego drinka wypiłem!

– Aha… To nie było tematu – powiedziała stropiona.

– Nie chcę od ciebie seksu. To znaczy może i bym chciał… Jezu Chryste, z tobą nie da się normalnie rozmawiać!

– To po co dzwonisz?!

– Sprawa Kopickiej.

– Której?

– Masz więcej niż jedną? – zdziwił się.

– Żartuję – skłamała. – O co chodzi?

– O tego trupa.

– Co z nim?

– No właśnie nic.

– To co mi do tego?

– Szef się czepia, że wciąż to ciągnę i angażuję ludzi. Nikt nie wierzy Kopickiej.

– Rany... – jęknęła. – Polubiłam ją.

– Taak – powiedział.

On też czuł do niej sympatię i nawet był skłonny jej wierzyć, ale...

– To jak? Znajdziesz dla mnie chwilę? Chcę coś z tobą obgadać.

– Dlaczego ze mną?

Komisarz zamknął oczy. Co jest nie tak z tymi babami? A rodzina jeszcze się pyta, dlaczego nigdy się nie ożenił.

– Jako policjant w sprawie Kopickiej mam związane ręce – wyjaśnił enigmatycznie.

– Aha.

– A ty nie.

– Aha! – Teraz załapała. – Chcesz jej pomóc? – spytała już innym tonem.

– Rozważam to – przyznał niechętnie.

– Hm... – mruknęła, bijąc się z myślami.

Co ona miałaby zrobić, czego nie mógł zrobić policjant? Zważywszy na to, ilu ludzi korzystało z pomocy prywatnych detektywów, pewnie sporo. Sprawa byłaby darmowa, nie była pewna, czy ją na nią stać.

– Jesteś tam? – Z telefonu dobiegało go mruczenie i wzdychanie, ale nic, co mógłby zinterpretować jako jednoznaczną odpowiedź. Jak to u Matyldy.

– Jestem – westchnęła. – Dobrze, spotkajmy się, ale nic nie obiecuję.

– Super – ucieszył się.

– Marecki?

– Tak?

– Dlaczego ja? Bo ze mną spałeś?

– Nie... Tylko na ciebie liczyłem, że się zgodzisz – przyznał.

– Matylda, patronka naiwnych i pokrzywdzonych przez los – zakpiła.

– Jutro?

– Jutro nie mogę.

– A pojutrze? – nalegał.

– Muszę dokończyć sprawę, a od poniedziałku zaczynam następną. Możemy umówić się na telefon? – zaproponowała.

– Nie zbywasz mnie? – zapytał.

– Komisarza policji? Nigdy w życiu! – zapewniła. – Nie odważyłabym się.

– No dobra – poddał się. – Niech będzie. Cześć.

– Cześć.

– Duśka, ale się porobiło – szepnęła zaskoczona takim obrotem sprawy, gdy Marecki się rozłączył.

Hanka ponownie wtargnęła do biura syna. Piotr ciężko westchnął. Nawet nie chciało mu się odzywać. Nadal był wściekły na ojca, że dostał po mordzie za jego krętactwa. Powinien się cieszyć, że skończyło się tak, jak się skończyło. Do kompletu mogły dojść połamane żebra.

– Piotr! – zawołała dramatycznie. – Musimy porozmawiać!

– Jasne, mamo, wejdź, proszę. Nie krępuj się. Absolutnie mi nie przeszkadzasz. Czuję się dobrze. Ten siniak na szczęce to nic takiego. Dziękuję, że pytasz.

– Co? – zdumiała się Kopicka. – Piłeś? – zapytała podejrzliwie.

– Niewykluczone. Co mogę dla ciebie zrobić?

– Cieszę się, że pytasz. Plan jest taki. Uwiedziesz Paulę.

– Spoko, żaden problem.

– Naprawdę? – ucieszyła się Kopicka.

– Nie – odpowiedział twardo. – Ojciec i jego panienka mnie nie interesują. Poza tym za uwiedzenie Pauli można dostać po mordzie. Tego raczej mi nie zaliczą na poczet przyszłego numerka – powiedział, dotykając podbródka.

– Nie mam pojęcia, o czym mówisz, ale trzeba się jej pozbyć – oświadczyła matka.

– Powodzenia.

– Piotr! – Tupnęła nogą.

– Mamo?! – Spojrzał na nią groźnie.

– Piotruś, Marysia pogodziła się z sytuacją, ale my nie możemy tak po prostu odpuścić. – Zmieniła ton na błagalny.

– Ja mogę.

– Piotruś, Marysia chce poznać lepiej Paulę. Zamierza zaprosić ją gdzieś na babski wypad. Może to i dobrze, ale ja muszę wiedzieć, co to za ziółko. Nie musisz iść z nią od razu do wyra. Tylko zasugeruj. Jak się złapie…

– To okaże się wyjątkowo głupia, a co by nie mówić o ojcu, z idiotką by się nie żenił – zauważył.

Sądząc po tym, co matka teraz wyprawia, drugi raz by nie popełnił podobnego błędu, pomyślał złośliwie.

– Piotruś, ja cię proszę. Ty ją chociaż sprawdź. Tu o twojego ojca chodzi.

– O ojca czy jego pieniądze?

– Dla mnie to jest to samo, Piotruś. Dla ciebie niekoniecznie, więc tym bardziej powinieneś – powiedziała błagalnie.

Piotr miał czternaście lat, gdy odkrył, że rodzice nie są idealni. W wieku trzydziestu dwóch dowiedział się, że są szaleni.

– Powiedz mi, gdzie i kiedy, to z przyjemnością się nią zajmę – zakpił.

– Piotruś! Nie pożałujesz!

– Z pewnością. – Z trudem ukrył zdziwienie tym wybuchem entuzjazmu.

Coś tu było nie tak. Czyżby… No tak, jasne. Pewnie namówiła Marię, by zaprzyjaźniła się z Paulą, a jego usiłowała skłonić, by ją przeleciał. Na litość boską, czy ona już zupełnie postradała rozum? Do tego pewnie wynajęła Matyldę, by ta wszystko udokumentowała. Stać ją, uznał.

– Coś jeszcze, mamo? Wyślij mi esemesem miejsce i godzinę. A teraz wybacz. Jak nie zrobię rozliczenia w terminie, urząd skarbowy dobierze mi się do dupy. Dosłownie – dodał jeszcze, na wypadek gdyby matka nie zrozumiała, że właśnie została wyproszona.

Gdy tylko zatrzasnęły się za nią drzwi, sięgnął po telefon.

– Matylda Dominiczak, prywatny detektyw. W czym…

– Piotr Kopicki z tej strony – przerwał jej obcesowo. – Czy pani pracuje dla mojej matki?

– Nie mogę rozmawiać na temat klientów, panie Piotrze.

– Rozumiem. Na wypadek gdyby tak było, chciałem powiedzieć, że ja nie biorę w tym udziału.

– Nie mogę odpowiadać za to, co się panu wydaje, panie Piotrze – odpowiedziała z powagą.

W duchu miała ochotę krzyczeć z radości. Zna się jednak trochę na ludziach, a co!

– Nie oczekuję tego. Liczę tylko, że nie spotkają mnie jakieś przykre niespodzianki, o których powinienem wiedzieć. – Na przykład odurzenie Pauli i podrzucenie mi jej do łóżka, pomyślał.

– Nie wiem, jak mam odpowiedzieć na to pytanie, ale zapewniam, że nie podejmuję działań, które mogłyby mnie narazić na odpowiedzialność karną – wyrecytowała w nadziei, że cokolwiek Kopicki miał na myśli, ta odpowiedź go uspokoi.

– To mi wystarczy. – Piotr odetchnął z ulgą. – Miłego wieczoru pani życzę.

– Dziękuję i... – Zawahała się w obawie, że powie za dużo. – Cieszę się, że porozmawialiśmy.

– Ja również – odpowiedział po chwili. – Dziękuję, pani Matyldo.

– Bardzo proszę, panie Piotrze.

Maria skończyła rozliczenie podatkowe. Musiała jeszcze powiadomić brata o niespodziewanej rodzinnej kolacji. W zaistniałych okolicznościach wątpiła, by się zgodził, ale postanowiła spróbować. Skoro nie mogą wpłynąć na decyzje ojca, lepiej, by spotkanie z przyszłą macochą mieli jak najszybciej za sobą. Potrzebuje spokoju i możliwości skoncentrowania się na pracy, a nie na hipotetycznych problemach, które – niestety – potrafią przybrać całkiem realny kształt. Będzie je rozwiązywać, gdy się pojawią. W chwili obecnej powinna stawić czoło teraźniejszym zadaniom, a jest ich całkiem sporo.

Brat odebrał po pierwszym dzwonku.

– Skończyłaś pracę na dziś? – zapytał.

– Właściwie tak. Ojciec zaprasza nas na kolację. – Od razu przeszła do rzeczy. – Przyjdziesz? Na dwudziestą.

– A co serwuje? Orzeszki? – zakpił.

– Boisz się, że zęby sobie połamiesz? Kolację normalną robi.

Siostra nigdy nie dostała w mordę, pomyślał. W przeciwnym wypadku rozumiałaby jego obawy dotyczące gryzienia. Nie miał ochoty tego wyjaśniać. I tak nikt nie przejął się jego stanem zdrowia. Może gdyby trafił do szpitala? Ale Piotr z dwojga złego wolał być lekceważony, niż posiadać dotkliwe obrażenia.

– Dziś spasuję. Kiepski ze mnie kompan – powiedział.

– Jak chcesz. – Nie zamierzała go namawiać.

– Zawieźć cię? – zaproponował szybko.

– Podwieziesz mnie na kolację, a potem sobie pojedziesz? Bez sensu. – Skrzywiła się, czego nie mógł widzieć. – Daniel też jest zaproszony. Pojedziemy razem.

– Daniel też jedzie? Super – odetchnął.

– Spotykamy się. Pomieszkujemy u siebie. Dziwisz się, że idziemy razem?

– Miałem na myśli to, że będziesz miała wsparcie emocjonalne, gdyby kolacja nie toczyła się tak... Tak jak... – szukał właściwego słowa, ale nie znalazł, więc powiedział tylko: – Tak jak powinna.

– Może i racja – westchnęła. – Zbieram się do domu. Muszę wziąć prysznic i się przebrać. To był ciężki dzień.

– Zaraz po ciebie podjadę.

– Po co? Wezwę taksówkę.

– Ale...

– Dajcie spokój z tym podwożeniem. – Daniel też wciąż chciał ją gdzieś zawozić. – Nie potrzebuję szofera.

Muszę tylko zadzwonić do mechanika, żeby zrobił coś z tym felernym autem. I od czego są taksówki i transport publiczny?

– Ale… – Usiłował protestować.

– Pa – pożegnała się szybko i rozłączyła.

– Zaczekaj… Cholera! – zaklął.

Umówili się z Danielem, że będą jej pilnować. Jak widać, to nie takie proste. Wybiegł z biura. Do restauracji miał ledwie kilkaset metrów. Zdąży, nim przyjedzie taksówka, i upewni się, że siostra bezpiecznie do niej wsiądzie.

Może warto by zagadać z jej menedżerką? Mogłaby ich zawiadamiać, gdy Maria wyjdzie z restauracji. W ciągu dnia raczej nic jej nie groziło, co innego wieczorami. Najważniejsze, żeby nie zostawała sama w lokalu po zamknięciu. Zabójca mógł czaić się w ciemności.

Paula z lękiem spojrzała na Stanisława, gdy rozległo się pukanie do drzwi.

– Wszystko będzie dobrze, moja myszko – powiedział czule, zanim poszedł wpuścić zaproszonych gości do domu.

Piotr kończył jeść kolację, gdy kątem oka zauważył Ewę. Obsługiwała klientów dwa stoliki dalej. Gdy Maria odjechała ponad godzinę temu, uświadomił sobie, że od rana nie miał nic w ustach. Poza hektolitrami kawy, którą wyżłopał, ale trudno to nazwać posiłkiem. Dlatego wszedł do środka i tradycyjnie usiadł przy stoliku w kącie.

Pomachał Ewie, ale skoncentrowana na pracy dziewczyna nie zauważyła go. Upił łyk herbaty i czekał, aż podniesie głowę. Nie doczekał się.

Niemożliwe, żeby mnie nie widziała, pomyślał. Przysiągłby, że patrzyła wprost na niego. Ewa weszła za kontuar i podstawiła dwie filiżanki pod dysze ekspresu. Zdezorientowany wstał od stolika, zostawił napiwek dla kelnerki i poszedł za nią.

– Nie za późno na kawę? – zapytał.

– To nie dla mnie – odpowiedziała, nie odrywając wzroku od filiżanek.

– Machałem do ciebie.

– Nie obsługuję dziś tamtego stolika.

– Czyli widziałaś mnie.

– To rewir Kamili.

– Zostawiłem jej napiwek.

– Przekażę. – Przestawiła filiżanki na spodki i nadal go ignorowała. A nie było to łatwe, bo przeszedł za kontuar.

– Przepraszam – powiedział.

– Słucham? – zdziwiła się i podniosła na niego wzrok.

Wreszcie, odetchnął z ulgą. Rozmowa z jej plecami była mało przyjemna.

– Przepraszam – powtórzył.

– Za co?

– Za swoje zachowanie. Za wszystkie przykrości. Za moją bezmyślność.

– Uzbierało się trochę – przyznała z ironią.

– Nie mam usprawiedliwienia, ale przez ostatnie kilka dni mieliśmy spore zamieszanie i… nie miałem głowy do… do różnych rzeczy – dokończył w końcu niezręcznie. – Jeśli cię uraziłem…

– Jeśli? W żadnym wypadku, panie Kopicki – zadrwiła.

– Daj spokój, jaki pan…

– Jeżeli potrzebuje pan czegoś, panie Kopicki, zaraz poproszę Kamilę. – Minęła go obojętnie i poszła zanieść kawę klientom.

No dobra, przeprosiny nie wyszły najlepiej, uznał samokrytycznie. Czego się spodziewałeś, idioto? Że pstrykniesz w palce i problem sam się rozwiąże? Odkrył niedawno, że myślenie życzeniowe nie działa. Na przykład w sprawie jego ojca. Maria i on kręcili, mataczyli i knuli. Co zyskali? Zupełnie nic.

Patrzył jeszcze przez chwilę na Ewę, która z uśmiechem obsługiwała starsze małżeństwo. Może faktycznie jestem dla niej za stary i zużyty, pomyślał. Czy to mi przeszkodzi? Ojciec nie miał z tym problemu, a różnica wieku była znacznie większa niż w tym przypadku. Przekonamy się, pomyślał.

Początkowo rozmowa się nie kleiła i atmosfera była napięta. Zdenerwowana Maria uśmiechała się sztucznie. Kopicki i Daniel usiłowali prowadzić rozmowę o biznesie, ale w pewnym momencie zorientowali się, że mówią o dwóch różnych rzeczach. Daniel opowiadał o sukcesie restauracji, Kopicki – tu wyszedł na jaw jego egocentryzm – był przekonany, że przyszły zięć chwali jego życiowe osiągnięcia.

– Nie wszystkie drogi prowadzą do Rzymu – skomentowała krótko rozbawiona Maria.

Nieporozumienie to rozluźniło trochę atmosferę,

Najbardziej spięta była Paula. Niemal podskakiwała za każdym razem, gdy narzeczony jej dotknął. Wszyscy obecni wiedzieli, że dziewczyna jest w ciąży i Kopicki nie zapłodnił jej telepatycznie. Maria była uprzejma, ale doskonale zdawała sobie sprawę, że Paula musiała wyczuwać bijący od niej chłód. Narzeczona ojca kolejno rozlewała wszystko, co znalazło się na stole, od wody poczynając, a na późniejszej kawie kończąc. Nie zepsuła kolacji, bo Stanisław zamówił potrawy z restauracji, ale kawałek kurczaka wpadł jej za dekolt. Oblała się sosem, a część sałatki wylądowała pod stołem. Rozsypała cukier, słodząc herbatę, a ciasto, które nakładała Marii na talerzyk, zrzuciła jej na kolana.

– Och, nie... – jęknęła z przerażeniem, patrząc na córkę Kopickiego. – Ja nie chciałam... Tak mi przykro...

– Nic się nie stało, skarbku. Prawda, córeczko? – Ojciec błagalnie spojrzał na Marię, która dziwnym wzrokiem wpatrywała się w swoją nową sukienkę.

Nieoczekiwanie dla wszystkich wybuchła śmiechem. Próbowała zagryźć zęby i powstrzymać atak, ale nie dała rady. Daniel patrzył na nią z zakłopotaniem.

– Ależ Marysiu... – Nigdy jej tak nie nazywał, ale tym razem jakoś samo mu się powiedziało. – To tylko sukienka. Wypierze się.

– Nic... się... nie... stało... – wyjąkała w końcu, ocierając łzy z kącików oczu.

Spojrzała na Paulę i znów parsknęła śmiechem. Harpia? Pazerna suka? Ta dziewczyna przypominała jej Myszkę Minnie z bajki Disneya – była tak wystraszona i naiwna.

– Naprawdę. Nic się nie stało – zapewniła w końcu, gdy wreszcie opanowała śmiech.

– Przepraszam – bąknęła pod nosem Paula, nadal zmieszana, ale już mniej wystraszona.

Przysięgłaby, że Maria uśmiechnęła się do niej. Tak zupełnie szczerze. Może nie zostaną przyjaciółkami, ale chyba jest dobrze. Nie wiadomo tylko, co będzie z synem Stasia, gdy ją pozna. Ciasto na sukience to nie to samo co zawartość żołądka na butach.

– Nie ma za co. Wypierze się. – Maria serwetką zdjęła ciasto z kolan i położyła je na talerzu. – Ale chętnie zjem kawałek, jeśli to nie problem – powiedziała. – Uwielbiam ciasto truskawkowe.

Matylda nudziła się jak mops. Taka obserwacja wygląda ekscytująco tylko w filmach, gdy detektyw ledwo zdąży umoczyć usta w kawie, a już zaczyna się akcja. Ona miała już cały termos w żołądku. Rozwiązała wszystkie sudoku. A do tego strasznie chciało jej się siku.

Mężczyźni to mają dobrze, pomyślała. Stanie taki za drzewkiem i nawet nogi nie musi podnosić jak pies. Leje po pniu, otrząśnie, zapnie i po sprawie.

I nie umyje rąk, bo nie ma gdzie, uświadomiła sobie ze wstrętem. Czesiek będzie dopiero za godzinę, a ona musi wysiusiać się natychmiast.

Kurde melek, po jaką cholerę brała tę sprawę? Powinna była wysłać Kopicką do wszystkich diabłów. Albo dać jej to, co znalazła do tej pory, choćby zdjęcie przyszłej pani Kopickiej.

Klientka chciała załatwić komara bronią atomową i półśrodki jej nie interesowały. O zdjęcie nie zapytała. Nie uważała Pauli za rywalkę, było jej zatem obojętne, jak kobieta wygląda. Ona zagrażała jej dzieciom.

Matylda po dogłębnym przeanalizowaniu sprawy uznała, że nie będzie prosić o pomoc żadnego żigolaka. Zwłaszcza że zaprzyjaźniony detektyw był na urlopie, a poza tym nie znała nikogo, kogo mogła wykorzystać w takim charakterze.

W duchu trzymała kciuki za prawdziwą miłość. Pokona złe moce i odczaruje królewicza. To drugie nie wchodziło w grę, ale co tam, pomarzyć każdemu wolno. Obiecała obserwować Paulę, więc obserwowała, ale wiele nie zdziałała, bo dziewczyna od rana nie wyszła z mieszkania. Do tego wciąż kołatał jej się po głowie policjant, który chciał się z nią spotkać. Jak na jednorazową nocną przygodę, myślała o nim aż za dużo. I nie mogła zrzucić winy na młodą Kopicką. To była wina jej lekarza, który znów przełożył ich randkę. Frustracja seksualna doprowadza mnie do obłędu, pomyślała. Może trzeba było się nie rozwodzić? Może i nudny był jej ten mąż, ale przynajmniej był pod ręką. E, nie, uznała, ja potrzebuję w życiu ekscytacji.

Komisarz odebrał już po pierwszym sygnale.

– Marecki – rzucił sucho.

– Matylda – przedstawiła się równie krótko. – Chcesz się dziś spotkać?

– Kiedy i gdzie?

Tak właśnie powinien reagować doktor Nowak, gdy do niego dzwonię, pomyślała z przekąsem.

– Za dwie godziny? – zaproponowała.

Czesiek zdąży ją zmienić, a ona załatwić potrzeby fizjologiczne. Te związane z pęcherzem moczowym.

– Za dwie godziny nie mogę. Ściągam Kopicką na komisariat.

– Chcesz jej przedstawić zarzuty? – przestraszyła się. Polubiła ją!

– Nie, chcę jej przedstawić trupa.

– Jej trupa? – Dopiero po chwili zorientowała się, jak to zabrzmiało.

– Okaże się. Znaleziono NN niedaleko rzeki. Pies wywęszył ciało w zaroślach. Rysopis się zgadza. Niewykluczone, że to trup ze spiżarni.

– Aha... To wiesz co? Najpierw zagadaj z Kopicką, a potem się odezwij. I wtedy uzgodnimy, co i jak. Może jutro?

– A nie możemy spotkać się bez tego trupa? – Czuł, że pożałuje tego pytania.

– Po co?

– Może po prostu pójdziemy na kawę?

– Tak bez trupa? – zdziwiła się. Chyba nie zaprasza jej na randkę?!

– Jak chcesz, to podprowadzę jakiegoś z prosektorium.

– Kurde melek, ty masz poczucie humoru!

– Oczywiście, że mam. Niestety, przez większość społeczeństwa całkowicie niedoceniane.

– Czyli przez kobiety.

– Nie sądziłem, że tworzycie większość, ale człowiek uczy się całe życie. Odezwę się po spotkaniu z Kopicką, dobra?

– No dobra – zgodziła się, ku własnemu zaskoczeniu.

Umówić się z Mareckim na randkę? Skrzywiła się. Ta myśl była tak niedorzeczna, że aż kusząca.

Daniel, nie bacząc na jej sprzeciwy, osobiście zawiózł Marię na komisariat. Obiecała sobie, że w końcu naprawi samochód. Nie będzie rdzewiał w nieskończoność na parkingu za restauracją. Zasadniczo był sprawny, ale nie może przecież jeździć z otwartym bagażnikiem. Policjanci, poza tym, że zepsuli jej auto do końca, pobrudzili w środku jakimś proszkiem, a potem wymazali volkswagena jeszcze z zewnątrz. I nie posprzątali po sobie!

Marecki kręcił się po korytarzu nieopodal drzwi wejściowych. Najwyraźniej czekał na nią.

– Przejedziemy się – poinformował ją zamiast powitania.

– Dobrze, dokąd?

– Do prosektorium.

– Dokąd? – Stanęła jak wryta.

– Do prosektorium – powtórzył niecierpliwie. – Znaleziono dziś ciało, którego opis wskazuje na pewne podobieństwo do pani opisu.

– Mam je... zidentyfikować? – Przełknęła gwałtownie ślinę.

– To jakiś problem?

– Nigdy nie widziałam ciała. To znaczy nie widziałam do czasu znalezienia tego w spiżarni, ale wtedy byłam w szoku i... A teraz mam je oglądać świadomie? I celowo?

– Dokładnie tak, pani Kopicka. Świadomie, celowo i na trzeźwo, mam nadzieję. Zapraszam. Pojedziemy moim samochodem.

Maria poszła za nim jak jagniątko prowadzone na rzeź. Jeśli rozpozna ciało, nie postawią jej zarzutów. Nie będzie wariatką z pijackimi zwidami.

Ale! Zawsze jest jakieś „ale". Rozpoznać trupa ze spiżarni a udowodnić, że naprawdę tam był, to dwie różne sprawy. Może zostanie posądzona o morderstwo? Że sama stuknęła, sama wywiozła i sama na siebie doniosła. Niektórzy przestępcy tak robią.

A jeśli nie rozpozna? Zamkną sprawę i postawią ją przed sądem. Może skłamać, że to ten trup, chociaż nie ten? Kłamstwo ma krótkie nogi i zawsze wyjdzie na jaw. Do tego zabójca może uniknąć odpowiedzialności. Nie wolno jej tego zrobić.

Marecki, nieświadomy wewnętrznych zmagań siedzącej obok Marii, rozkoszował się jazdą w ciszy. Nie znosił gadatliwych kobiet.

Maria nie odbierała. Był piątek, nie minęło jeszcze południe, a Hanka nie mogła już wytrzymać z niecierpliwości. Dorota też nie pomagała. Siedziała i gryzła paznokcie, mlaszcząc przy tym obrzydliwie.

– Zadzwonię do Matyldy – zadecydowała Kopicka.

– Dobry pomysł. W końcu za coś jej płacisz – podjudzała ją znudzona czekaniem przyjaciółka.

– Biuro Matyldy Dominiczak, prywatny detektyw. W czym mogę pomóc? – Monika odebrała telefon jak zawsze, recytując wyuczoną formułkę.

– Czy coś pani wie?

– A kto mówi?

– Kopicka.

– Która?

– Hanna. Mam podać hasło? – zdenerwowała się.

– Nie ma takiej potrzeby. Tożsamość potwierdzona – zażartowała Monika. – Pani Dominiczak nie ma w biurze. Jest w terenie na obserwacji – powiedziała radośnie, żeglując wśród plików na laptopie sekretarki, który matka zostawiła włączony i do tego uwaga! – nie wylogowała się.

– A pani to kto?

– Sekretarka. Może ja w czymś pomogę? – zaproponowała z nadzieją Monika.

– Czy pani Dominiczak zostawiła dla mnie nagranie?

Kopicka wątpiła, by cokolwiek udało zdobyć się od wczoraj, zwłaszcza że Maria do niej nie zadzwoniła i nic nie wspominała o babskim wieczorze, na który miała umówić się z Paulą. Nie powiedziała, jak poszła kolacja. Piotr też nie odbierał od niej telefonu.

– Jaka nazwa pliku? – zapytała Monika.

– Jaka? – Spojrzała na Dorotę, ale ta była zajęta studiowaniem składu gumy do żucia dla rzucających palenie. – Nie wiem... Może Kopicki?

– Kopicki... Kopicki... Jest Kopicki! – zawołała triumfalnie.

– Jest? Naprawdę? – zawołała podekscytowana Hanna. – To ja zaraz jadę.

– Oczywiście, zapraszam... – powiedziała Monika już mniej pewnie.

Nie była przekonana, czy może oddać to nagranie, ale Kopicka zapłaciła gotówką z góry, więc chyba nie będzie problemu. Na wszelki wypadek postanowiła jednak zadzwonić do matki.

Maria z drżeniem serca czekała, aż lekarz sądowy wprowadzi ją do sali, gdzie w metalowych szufladach leżały ciała. Wysunie jedną z nich i każe jej zidentyfikować zwłoki. Ku swemu zdumieniu została zaprowadzona do miłego pokoju, gdzie poza biurkiem i kilkoma szafkami na akta stał sporych rozmiarów monitor.

– Zaraz na tym ekranie zobaczy pani naszą NN. Proszę się jej dokładnie przyjrzeć – polecił Marecki.

Piotr w kwiaciarni czuł się nie na miejscu. Miał wrażenie, że sprzedawczynie mierzą go wzrokiem i śmieją się z niego w duchu. Tak wyglądają wyrzuty sumienia, uznał. Lepiej teraz rozumiał siostrę i jej skrupuły.

– Potrzebny mi ładny bukiet – powiedział, gdy ostatnia osoba przed nim opuściła kwiaciarnię z wieńcem pogrzebowym. Może i on powinien taki kupić. Dla siebie.

– Jaka to okazja?

– Przeprosiny dla dziewczyny.

– O, to miłe. – Kobieta uśmiechnęła się. – Jakie kwiaty lubi pańska dziewczyna?

– Nie mam pojęcia – przyznał zakłopotany. – To świeża znajomość. Jakiś pomysł?

– Róże są uniwersalne – powiedziała, wskazując na pełne kosze stojące na ladzie. Czerwone, białe, żółte, różowe, niebieskie.

– Niech będą.

– Które?

– Niebieskie – zdecydował.

Nie był pewien, czy Ewa je lubi, ale pozostałe kojarzyły mu się z jakąś przedziwną symboliką, do której kobiety przywiązują nadmierną wagę. Czerwone to chyba miłość, a białe… Na pogrzeb? Niebieskie to bezpieczny wybór, pomyślał.

– Ile? – Kwiaciarka spojrzała na niego pytająco.

– Tuzin. Tuzin chyba wystarczy.

– Co pan zmalował? – zapytała, wyjmując pojedynczo kwiaty i układając z nich bukiet.

– Za dużo by mówić. Niech pani dołoży lepiej jeszcze kilka – poprosił.

– Tak źle?

– Zachowałem się jak dupek – przyznał i krytycznie spojrzał na wiązankę.

– Dołożyć? – spytała ze współczuciem.

– Jeszcze z sześć.

Westchnął ciężko.

– A potem jeszcze w to brnąłem... – dodał.

Kwiaciarka już nie pytała. Sama dorzuciła jeszcze kilka róż.

– Wczoraj próbowałem przeprosić, ale mnie olała – wyznał.

Kwiaciarka sięgnęła po koszyk na półce i spojrzała na niego pytająco.

– Tak, kosz pełen róż to dobry pomysł – uznał.

Jeśli to nie pomoże, przynajmniej zwróci na siebie uwagę. Sprawa ojca chwilowo musi poczekać.

Maria na miękkich nogach wyszła z prosektorium. Nadal męczyły ją mdłości, chociaż nie miała już czym wymiotować. Dobrze, że zdążyła do toalety. Komisarz jeszcze zakułby ją w kajdanki za znieważenie funkcjonariusza na służbie, gdyby wymiociny wylądowały na jego spodniach w kancik albo starannie wyprasowanej koszuli.

– Przykro mi, że nie rozpoznałam pańskich zwłok – powiedziała drżącym głosem do Mareckiego, gdy wsiedli do samochodu.

– To nie są moje zwłoki. Może tak wyglądam, ale krew jeszcze krąży – zażartował.

Kopicka się nie uśmiechnęła. Chyba dowcip mu zardzewiał. Może jednak powinien zacząć umawiać się z kobietami.

– Już lepiej? – zapytał, gdy znaleźli się na świeżym powietrzu.

– Moje zwłoki były jakieś świeższe – odpowiedziała, wykrzywiając usta.

Załapała jednak jego dowcip, zatem może tak do końca nie zardzewiał.

– To ciało leżało tam kilka dni. Rysy twarzy mogły zostać zniekształcone.

– Rozumiem, ale zwróciłam uwagę na głowę. Ta była strasznie okrągła, a moja taka nie była.

– Pani Mario, pani mówi o zwłokach ze spiżarni? – zapytał dla pewności.

Może ona jednak nie żartowała. Może była... niezrównoważona? Koledzy nadal śmiali się z jej wezwania do zwłok bez keczupu. Może to nie był szok, tylko pospolity pijacki zwid, który na ogół zdarza się menelom.

– A o jakich innych miałabym mówić? – zdziwiła się.

– Tego nie wiem, ale powiedziała pani: moje zwłoki i moja głowa.

– To skrót myślowy! – oburzyła się.

– Mam nadzieję – westchnął. – No dobrze, kończymy na dziś. Odwiozę panią do restauracji.

Kopicka gotowa była zdobyć nagranie szturmem, gdyby zaszła taka potrzeba. Wparowała do sekretariatu, gdzie Monika zgrała materiał na pendrive'a.

– Dzień dobry – przywitała się pogodnie. – Proszę zaczekać. Zaraz powinnam skontaktować się z panią detektyw. – Matka nie odbierała telefonu i Monika była w kropce. Może powinna uważniej słuchać, gdy Matylda przedstawiła jej zakres obowiązków.

– Ma pani to nagranie czy nie? – Hanka wymownym spojrzeniem obrzuciła zielone włosy i niebieskie usta sekretarki, ale nic nie powiedziała. Nie ma co obrażać kogoś, od kogo chce się coś uzyskać. Ta Dominiczak musi kiepsko płacić, skoro zdecydowała się zatrudnić kogoś takiego. Widocznie nie miała innych chętnych.

– Mam, ale lepiej będzie, jeśli najpierw skontaktuję się z panią detektyw.

– Żadne lepiej. Chcę dostać to, za co zapłaciłam! – zdenerwowała się Kopicka.

– Nie ma potrzeby się unosić. – Monika chciała zabrać pendrive'a z biurka, ale starsza kobieta była szybsza.

– Dziękuję – rzuciła i czmychnęła niczym zły duch.

Przerażona Monika siedziała jak sparaliżowana. Matka ją zabije. I na co jej to było?!

Kopicka tymczasem z triumfalnym uśmiechem biegła do windy. No to teraz Stanisław się przekona, co za ziółko z tej Pauli. Jakoś nie przyszło jej do głowy, że poprzedniego wieczoru miała miejsce rodzinna kolacja. Jakim cudem Paula miałaby się znaleźć w łóżku Piotra? Hanna nie zdawała sobie w pełni sprawy, że w świetle ostatnich zdarzeń jest obecnie jedyną osobą zainteresowaną pogrążeniem Pauli i pozbyciem się jej z życia byłego męża. Wieść o ciąży – o której nikt jej nie powiedział – zmusiła dzieci do spasowania i zaakceptowania tej sytuacji. Co innego występować przeciwko ojcu i jego kochance, a co innego przeciwko dziecku, które dopiero się narodzi, a które będzie ich przyrodnim rodzeństwem.

Hanka wsiadła do auta i z piskiem opon ruszyła spod biura Dominiczak. Nie pozwoli skrzywdzić dzieci. Ta dwudziestopięcioletnia siksa nie odbierze im tego, co im się prawnie należy.

Kilkanaście minut później wpadła do firmy byłego męża. Ochroniarz tylko rzucił na nią okiem, po czym sięgnął po telefon. Nie podjął próby zatrzymania. Musiałby ją porazić paralizatorem. A skoro rozwód nie powstrzymał jej przed nachodzeniem byłego męża w pracy, to on też nie zdoła.

Kopicki westchnął ciężko, gdy usłyszał, że była małżonka zmierza do jego biura, i to wyraźnie zdenerwowana. Żadna nowość. Ona zawsze była zdenerwowana. Kilka minut później drzwi z hukiem uderzyły o ścianę i Hanna wparowała do środka.

Mężczyzna znowu ciężko westchnął i poczuł, że wraca mu nawyk z czasów ich małżeństwa, kiedy głównie wzdychał i spoglądał w niebo, szukając tam ratunku.

– O co chodzi tym razem, Haniu? – zapytał. – Przyszłaś przepłoszyć kolejną sekretarkę?

– Staś! Ty mnie nie lekceważ. Mam ważną wiadomość. – Hanka uznała, że nie ma co dużo gadać, skoro jest co pokazać.

– W to nie wątpię – westchnął ciężko. Ponownie.

– Masz i patrz! – Wręczyła mu pendrive'a, nie wdając się już w dalsze dysputy.

Jeśli to go nie przekona, nic go nie przekona, pomyślała chmurnie. Czuła się okropnie, wiedząc, co zaraz nastąpi, ale jej zadanie polega na wybronieniu Piotra. Nie miała cienia wątpliwości, że syn dotrzymał słowa. Nie wiedziała, jak i kiedy, i nie miała wyrzutów sumienia, że skłoniła go do tak haniebnego czynu, bo znajdowała się dokładnie w tym samym stadium wrzenia i rozpaczy co osiemnaście lat wcześniej.

Kopicki niechętnie podłączył pendrive'a do swojego laptopa. Hanka usiadła naprzeciw biurka. Wiedziała, co tam jest, ale nie miała ochoty oglądać syna z tą harpią. Jeszcze tego by brakowało. Stanisław uruchomił film. Gdy oglądał, jego czoło unosiło się w górę, aż zafalowała na nim pokaźna zmarszczka.

Aha, pomyślała z satysfakcją. Dokonało się!

– Czy ty przypadkiem nie wspominałaś, że Piotr jest gejem? – zapytał zdumiony.

– To było nieporozumienie – skwitowała krótko. Bo i co tu wyjaśniać? Wszystko widać jak na dłoni. Zapewne.

– Właśnie widzę... – Przekręcił głowę na bok i chwilę przyglądał się scenie. – Muszę przyznać, że ta pozycja jest całkiem ciekawa, ale cokolwiek niewygodna – skomentował cierpko.

– To wszystko, co masz do powiedzenia? – zapytała zdumiona.

– A cóż mam więcej powiedzieć? Nasz syn woli kobiety, ewentualnie jest biseksualny. Nie widzę problemu, Haniu.

– Ależ, Staś! Ty chyba oślepłeś!

– Zastanawiam się tylko, dlaczego Piotr przyznał się mi do tego, że jest homoseksualistą.

– Mówiłam, że to nieporozumienie. Staś, czy ty zwróciłeś uwagę na to...

– Mam niejasne przeczucie, że maczałaś w tym palce – ciągnął z zadumą. – Skąd wzięłaś to nagranie?

– Skąd, skąd... Co za różnica: skąd? – Hanka nic nie rozumiała. – To jedyne, co ciebie interesuje? Ta kobieta wkrada się do naszej rodziny!

– O tym zdecyduje Piotr. – Wzruszył ramionami, zatrzymując film. Nie zamierzał oglądać syna w tak intymnej sytuacji ani chwili dłużej.

– O czym ty mówisz, Staś?!

– A ty, Haniu? O czym ty mówisz? Dlaczego wciąż mam wrażenie, że coś mi umyka?

– Staś!

– Wejdź, proszę – powiedział do Pauli, która na widok byłej pani Kopickiej zatrzymała się w progu z wyraźną obawą.

Kopicka obejrzała się do tyłu.

– A to ty... – powiedziała.

– Znacie się? – zdziwił się Stanisław.

– Wpadłyśmy na siebie w toalecie... Ale Staś, chodzi o to, że ta kobieta... – mówiła tylko do byłego męża, ignorując dziewczynę.

– Jaka kobieta? – zapytała z ciekawością Paula, podchodząc do biurka.

Nie czuła się pewnie w towarzystwie byłej żony Stasia, ale kiedyś musiała zmierzyć się z tym problemem. Dlaczego nie dziś? No i Staś jest przy niej. Poradzi sobie.

– Hania przyniosła mi nagranie Piotra i jakiejś kobiety – wyjaśnił.

– To on nie jest gejem? – zdziwiła się Paula.

– Z tego, co widziałem, zdecydowanie nie.

– Nic nie rozumiem. Skąd to nagranie? – zapytała Paula, zerkając ciekawie na ekran monitora, gdzie w zatrzymanym kadrze widziała syna Stanisława w objęciach z jakąś kobietą.

– Nie wiem, skarbeńku. Hania je przyniosła.

Kopicka ze zdumieniem obserwowała męża i młodą dziewczynę. Prawda docierała do niej powoli.

– Zatrucie pokarmowe, akurat – wycedziła.

Paula spojrzała na nią z poczuciem winy.

– Haniu, ty się nie denerwuj – powiedział Stanisław.

– Staś! Kim jest ta kobieta?! – Wycelowała palec w stojącą obok niego dziewczynę.

– No cóż... Haniu, poznaj, proszę, moją Paulinkę. – Kopicki wstał zza biurka, gotów w razie potrzeby zasłonić Paulę własnym ciałem. Nie miał pojęcia, co tu się działo, ale Hanka była zdolna do wszystkiego.

– Już ją poznałam – wycedziła teraz przez zaciśnięte zęby.

– Tak, obiło mi się o uszy – przyznał z lekkim zakłopotaniem.

Paula opowiedziała mu o spotkaniu z Hanną. Tuż po tym, jak ze szczegółami zrelacjonowała mu okoliczności, w jakich po raz pierwszy spotkała jego syna. Kopicka jak urzeczona wpatrywała się w pierścionek na palcu Pauli.

– Haniu, nie możesz robić takich rzeczy – oświadczył w końcu, widząc, że kobieta zachowuje się jak przysłowiowa żona Lota.

– Jakich rzeczy? – zapytała, nie odrywając wzroku od pierścionka z ogromnym oczkiem.

– Szpiegować naszego syna.

– Ja go nie… Staś, ty jesteś ślepy jak kret.

– To chore.

– Tu nie chodzi o Piotra, tylko o tę kobietę!

Wreszcie odzyskała wigor. Zerwała się z miejsca i podbiegła do biurka. Okręciła monitor w swoją stronę i dźgnęła w niego palcem, by pokazać Stanisławowi to, co mu najwyraźniej umknęło.

– O Matko Boska – jęknęła.

W zatrzymanym kadrze był wprawdzie Piotr, ale kobietę widziała po raz pierwszy w życiu! To nie była Paula!

– Kimkolwiek ona jest, nie powinnaś się wtrącać, Haniu – powiedział z dezaprobatą Stanisław, usuwając nagranie z pendrive'a. – Muszę przyznać, że rozczarowała mnie twoja postawa.

Hanka mrugała oczami, czując, jak łzy napływają jej do oczu, bała się, że zaraz wybuchnie płaczem. Wstała i wyszła z godnością. Bez słowa. Po raz pierwszy w życiu zabrakło jej słów.

– Staś, co tu się właściwie stało? – zapytała Paula.

– Nie wiem, kwiatuszku, ale Hanna z wiekiem dziwaczeje – stwierdził z niesmakiem.

Matylda parsknęła śmiechem.

– Mamo, dobrze się czujesz? – Monika niepewnie przestępowała z nogi na nogę.

– Doskonale – chichotała jak nastolatka.

– Mamo, ja nie chciałam... Obiecuję, że gdy znów zapomnisz się wylogować, sama to zrobię. Nie zajrzę do komputera. Masz moje słowo – zarzekała się, przestraszona reakcją matki.

Wolałaby, by Matylda zamieniła jej życie w piekło, ale zachowała się jak na matkę przystało.

– Widziałaś to nagranie? – zapytała, ocierając łzy z oczu.

– Nie, przysięgam – zarzekała się córka. – Znalazłam tylko plik z nazwiskiem...

– Myślę, że Kopicka poleciała do byłego męża i pokazała mu film sprzed pół roku, na którym ich syn uprawia seks z mężem mojej klientki, i nie jest to kobieta, z którą żeni się Kopicki. – Ponownie parsknęła śmiechem. – Skoro cały wszechświat sprzyja tej miłości, to kimże my jesteśmy, by się temu przeciwstawiać? – zakpiła z samej siebie.

– Nie jesteś na mnie zła? – upewniła się Monika.

– Oczywiście, że tak, ale karę wymyślę, dopiero jak się porządnie wkurzę – poinformowała ją matka. – Teraz jestem zbyt rozbawiona, by wpaść na jakiś dobry pomysł.

Kosz wypełniony kwiatami stał przed restauracją na chodniku. Piotr westchnął ciężko. Mężnie wszedł do środka. Ewy nigdzie nie zauważył, więc poszedł prosto do siostry, która siedziała przy swoim biurku i biła się z myślami.

– Co tam? – zagadnął niepewnie.

– Ona jest całkiem miła – powiedziała.

– Ewa?

– Nie, Paula... Wczorajsza kolacja. Zapomniałeś?

Skrzywił się.

– Trochę dziecinna i przestraszona, ale miła. Nic na to nie poradzimy, Piotr, szczerze mówiąc, ja nie chcę nic na to radzić. Szkoda tylko, że ojciec tyle nakręcił. Zaoszczędziłby nam nerwów, gdyby powiedział prawdę od razu. A my brnęliśmy w to coraz dalej i dalej, byle do przodu.

– Zadzwonię do niego – obiecał. – A co z matką?

– A co ma być? Pogodzi się z tym. Nie ma innego wyjścia. Naprawdę mam dość – westchnęła. – Do tego Marecki zaciągnął mnie dziś do trupiarni i kazał identyfikować zwłoki. Tak ma wyglądać moje życie? Będę oglądać NN?

– Lada moment umorzą sprawę – pocieszył ją brat.

– Nie jestem pewna, czy to wiadomość dobra dla mnie.

– No tak... – westchnął. – Może wynajmiemy Dominiczak – zaproponował.

– Oszalałeś? Co ona zrobi takiego, czego nie zrobiła policja? Nie wiemy, jak długo by to trwało i z czego miałabym jej zapłacić? Wolę znaleźć adwokata, który mnie z tego wyciągnie!

– To też jest myśl – przyznał. – Wiem, że to kiepski moment, ale sądzisz, że mam jeszcze jakieś szanse u Ewy?

Hanka siedziała jak zombi, gapiąc się w jeden punkt. Nie odezwała się słowem od chwili, gdy wróciła do domu. Dorota nie wiedziała, co robić. Pstrykała palcami przed jej oczami. Szarpnęła za ramiona. Rozważała spoliczkowanie.

– On się żeni. Ten drań naprawdę się żeni – nagle powiedziała Hanka.

– Wiem, kochana, wiem. Ale to jeszcze nie koniec, mam pomysł…

– To koniec, Dorotko. Koniec. Czas spojrzeć prawdzie w oczy. Widziałam ich razem. Uruchomił się w nim taki instynkt opiekuńczy, że on nie odpuści.

– Jesteś pewna? Może…

– Nie – ucięła. – Czas odejść, by zachować odrobinę godności. Zrobiłam, co mogłam. Staś sporządzi testament i to musi dzieciom wystarczyć. Szczerze mówiąc, nie jestem z siebie dumna. Powinnam przeprosić dzieci. Bogu dzięki, żadne mnie nie posłuchało… Co ja sobie myślałam?!

Hanka paliła się ze wstydu. Emocje zawsze ją ponosiły i sprowadzały na manowce. Właśnie dlatego znalazła się na sali rozwodowej jako pozwana.

– Pewnie masz rację – przyznała Dorota. – Haniu, a może przyjedziesz do mnie na trochę? – zaproponowała. – Oderwiesz się od tego wszystkiego…

– A wiesz, Dorotko, chętnie skorzystam, tylko że… – Hanka zastanawiała się, jak wyrazić swoje zastrzeżenia w uprzejmy sposób: – Mogłabyś, do cholery, spłukiwać po sobie wannę?!

Dorota się żachnęła. Miała pomoc domową, która przychodziła dwa razy w tygodniu i zajmowała się sprzątaniem. Hankę też było na to stać, ale jak wiewiórka wszystkie orzechy trzymała na koncie w banku i nie zamierzała ich wyciągać nawet zimą. Postanowiła wspaniałomyślnie pominąć jej uwagę milczeniem. Hanna nie była sobą, a ona nie mogła tak zgnębionej przyjaciółki pozostawić samej sobie. Stanisław nie odpuści? To nie. Trzeba sprawić, by harpia odpuściła. A ona ma pomysł!

– Jak sobie życzysz – odpowiedziała krótko. – Stanisław jest jeszcze w biurze?

Hanka nie wierzyła własnym uszom.

– Czy ty słyszałaś, co ja powiedziałam?

– Tak, mam po sobie spłukiwać wannę.

– To też! Ale wcześniej!

– Że się żeni?

– Powiedziałam, że on nie odpuści!

– A to… Tak, słyszałam. Ja tylko…

– To po jaką cholerę chcesz wiedzieć, czy jest w biurze?

– Tak tylko… Nagadać mu chciałam…

– Dorka! – zdenerwowała się Hanka. – Stanisław obiecał, że zrobi testament, i tego się trzymajmy!

– Ostatnio mówiłaś, że…

– A teraz mówię coś innego!

– Jak chcesz… – Wzruszyła ramionami. – W takim razie wyskoczę na zakupy? Kupię… coś. Na pamiątkę. Dla moich dzieci.

Hanka spojrzała na nią krzywo, ale nic nie powiedziała. Może i dobrze, że pobędzie chwilę sama. Musi ochłonąć.

Matylda umówiła się z Mareckim w popularnej sieciówce. Kupiła już kawę i popijała ją małymi łykami.

Usiadła na zewnątrz i rozglądała się za wysokim, trochę ociężałym ruchowo mężczyzną.

– Tu jesteś – powiedział, siadając naprzeciwko niej. – Szukałem cię w środku. Kazali mi zamknąć sprawę trupa w spiżarni. – Od razu przeszedł do rzeczy: – Nie ma dowodów, że kiedykolwiek istniał.

– Postawią jej zarzuty? – zaniepokoiła się.

– Na szczęście nie.

– Prokurator miał dobry dzień? – zażartowała.

– Podobno ojciec Kopickiej i ojciec prokuratora grywają razem w karty, ale ja ci tego nie powiedziałem – zastrzegł.

– Nieważne jak, ważne, że wszystko dobrze się skończyło – stwierdziła filozoficznie.

– Nie dla dziewczyny ze spiżarni.

– Wierzysz w jej istnienie?

Marecki milczał tak długo, że Matylda zastanawiała się, czy naprawdę jest mu do czegoś potrzebna.

– Tak, wierzę.

– Dlaczego sam się tym nie zajmiesz? – zapytała nieufnie.

– Zajmę, ale nieoficjalnie – zapewnił ją. – Oficjalnie nie ma sprawy, co oznacza, że mam związane ręce. Będę potrzebował wsparcia. – Spojrzał na nią wymownie.

– No dobrze, pomogę. Nie mam pojęcia, co mogłabym zrobić, ale postaram się – zapewniła go detektyw.

Postanowiła potraktować to jako wyzwanie i zarazem namiastkę pomocy, którą chciała nieść jako prywatny detektyw, a na ogół nie wystarczało jej na to czasu. Nie mogła brać spraw, które nie przynoszą jej dochodu. Ta też nie przyniesie, ale zamierzała pracować po godzinach. Da radę.

Patrzyli na siebie w milczeniu.

– Faceta do łóżka już mam – powiedziała nagle z żalem Matylda.

– Kochasz go? – Obrzucił ją uważnym spojrzeniem.

– A to konieczne? – zdziwiła się.

Dorota nie byłaby sobą, gdyby zostawiła przyjaciółkę w potrzebie. Może Hanka się poddała, ale ona wręcz przeciwnie. Stanisław nie był skończonym draniem. Jako jedyny facet w okolicy – za jej młodych lat – nie próbował zaciągnąć jej do wyra. Co nie znaczy, że był aniołem. Żaden mężczyzna nie jest. Nie uświadamiała sobie, że ta wola walki, która płonęła w niej gorącym płomieniem, w rzeczywistości niewiele wspólnego miała z Hanną. To niezałatwione sprawy z własnym, osobistym i jak na złość martwym mężem napędzały ją jak parowóz. Parła do przodu, nie bacząc na konsekwencje.

Hanka uważa, że nie przekona Stanisława do rezygnacji z ożenku? Zobaczymy. Kopicki uwielbiał omdlewające kobietki, żywcem wyjęte z dziewiętnastowiecznych obrazów, chętnie opierające się na męskim ramieniu i wypłakujące na wątłej piersi, byle męskiej. Kobiety wpatrzone w pana i władcę, oddające mu się we władanie jak niewolnice. Takie kobiety już nie istniały. Włożyły spodnie.

Paula to nie żaden pisklak. To sęp! A ona zmusi ją, by pokazała swoje prawdziwe oblicze.

Maria i Adrianna rozglądały się po bistro, podziwiając już prawie gotowe wnętrze. Weekend zbliżał się wielkimi krokami, jak to zwykło się odczuwać w piątkowe popołudnie. Jako restauratorka nie miała wolnych weekendów. Restauracja działała od poniedziałku do niedzieli, i tak samo będzie tutaj.

– Chyba powinnam zatrudnić więcej osób, ale na chwilę obecną byłaby to niegospodarność – zastanawiała się głośno.

– Daj spokój. Na wszystko przyjdzie czas – pocieszyła ją Adrianna, notując coś w tablecie.

– Radzisz sobie lepiej ode mnie – przyznała Maria.

– Jestem lepsza w szczegółach, bo siedzę w tym interesie od czasu, gdy skończyłam studia, na które zapracowałam jako kelnerka – poinformowała ją menedżerka. – Pozwól mi zajmować się szczegółami, a ty ogarniaj całokształt. Masz zarządzać swoim interesem, a nie sprawdzać czystość szklanek.

Maria uśmiechnęła się wesoło. Jak się ma taką menedżerkę, to psychoterapeuta nie jest człowiekowi potrzebny. A przydałby się, żeby pomóc jej uporać się z ostatnimi doświadczeniami. Miała mętlik w głowie. Musi jak najprędzej wrócić do równowagi. Nigdy nie doświadczyła takiej huśtawki nastrojów jak ostatnio.

Szalona radość z otwarcia Beatrice.

Lęk przed knowaniami ojca.

Sprzeniewierzenie się swoim zasadom i wyrzuty sumienia z powodu braku skrupułów.

Wzburzenie i gniew towarzyszące odkryciu kochanki ojca.

Przerażenie związane z odkryciem zwłok.

Powątpiewanie we własne zdrowe zmysły, gdy wszyscy patrzyli ze współczuciem i z niedowierzaniem.

Zniechęcenie i całkowite zobojętnienie na pomysł ożenku ojca.

Pogodzenie się z faktem, że będzie miała młodsze o trzydzieści lat przyrodnie rodzeństwo.

I nieustanny strach.

Sporo tego jak na jedną osobę. Obecnie dominowało w niej zniechęcenie połączone z obawą. Czego dotyczyło, tego Maria jeszcze sobie nie uświadomiła. Taki psychoterapeuta zadałby kilka naprowadzających pytań, zrobiłby wieloznaczną minę, Maria uporałaby się ze wszystkimi swoimi lękami, zapłaciła rachunek i wróciła do domu jak odrodzony z popiołów Feniks. Tak przynajmniej przedstawiano to w filmach, przynajmniej tych, w których terapeuta nie próbował zabić klienta.

Dlatego postanowiła skoncentrować się na jednej rzeczy, którą powinna zrobić, a nie na tysiącu innych, na które nie miała wpływu. Dzwonek telefonu przerwał jej autoanalizę.

– Tak, słucham.

– Komisarz Marecki. Dzień dobry.

– Dzień dobry – odpowiedziała, powstrzymując się od komentarza, że już się dziś widzieli i to wtedy należało powiedzieć „dzień dobry".

– Uprzejmie informuję, że sprawa zostanie umorzona w związku z brakiem dowodów uwiarygodniających pani zawiadomienie.

– O rany – jęknęła.

Zaraz przywali jej z grubej rury i poinformuje o wszczęciu kolejnej. Przeciwko niej.

– Bez obaw. Nikt pani nigdzie nie będzie ciągał.

– Naprawdę? – zapytała z niedowierzaniem.

– Tak.

– Ale przecież nie ma trupa...

– Nie udowodniłem też, że go nie ma – wyjaśnił krótko. – Nic pani nie grozi, za co zresztą może pani podziękować ojcu.

– Tata o tym wie?! – pisnęła przerażona.

To ostatnia rzecz, której by sobie życzyła. Zaraz po wyjściu na jaw informacji, że wynajęli z Piotrem detektywa, by go szpiegował. W lokalnej gazecie coś wspomnieli o incydencie w restauracji, ale bez podawania szczegółów. Wolała, by tak pozostało.

– Pojęcia nie mam.

– Więc jakim cudem...? – Nie udało jej się sformułować pytania. Była zbyt zdenerwowana.

– Pani ojciec i ojciec naszego prokuratora się znają, a jeśli się nie mylę, prokurator mówi do pani ojca „wujku". To oczywiste, że nie będzie sprawy. Mogła pani o tym wspomnieć...

– Nie miałam pojęcia.

– Ach, tak...

– Gdybym wiedziała i wspomniała, to przyłożyłby się pan bardziej? – zapytała podejrzliwie.

– Już bardziej się nie da – odparł, bynajmniej niezrażony.

– Mój bagażnik – przypomniała mu.

– Co z nim?

– Ktoś przy nim majstrował!

– A, to... Dostaliśmy zgłoszenie o grupce nastolatków, którzy w letnie wieczory bawią się we włamywaczy. Padła pani ich ofiarą. Zbieg okoliczności.

– Pan w to wierzy?

– Bardziej niż w to, że zabójca próbował ukryć trupa w pani samochodzie.

Czyżby z niej drwił? Wolała nie pytać.

– Panie komisarzu…

– Wątpię, by coś pani groziło, pani Kopicka. Proszę wracać do swojego życia i nie przejmować się tym, na co nie ma pani wpływu – poradził jej nieświadomy, że do takiego wniosku sama już doszła, tyle że w innej sprawie.

Dorota weszła do agencji towarzyskiej i, robiąc dobrą minę do złej gry, prosiła o spotkanie z osobą zarządzającą tym „burdello bum bum", jak pozwoliła sobie nazwać ten przybytek. Jej martwy mąż z pewnością czułby się tutaj jak ryba w wodzie.

Gdy jeszcze żył. Myśl, że robaki już dawno zjadły mu fistaszka, podniosła ją na duchu. Ona sama była w takim miejscu pierwszy i ostatni raz. Znalazła je bez trudu. W internecie aż się roi od ofert towarzyskich.

– Kobiet nie obsługujemy – burknął barczysty mężczyzna, którego nadejścia, pogrążona w myślach, nie zauważyła.

Elegancki, koło trzydziestki, w garniturze. Prędzej uznałaby go za urzędnika, przedsiębiorcę lub bankiera niż… burdelmamę.

– To nie dla mnie. Prezent dla przyjaciela – oznajmiła, wyciągając inhalator.

Zapach kadzidełek i nerwy to ryzykowne połączenie. Zaaplikowała sobie pojedynczy wziew. Mężczyzna obrzucił ją obojętnym spojrzeniem.

– Blondynka, po dwudziestce, ale nie więcej niż trzydzieści. Raczej drobna. Nic wulgarnego – wymieniła cechy, które jej zdaniem powinny zainteresować Stanisława.

– Dobrze, porozmawiajmy – zadecydował mężczyzna. – Zapraszam do biura.

Daniel skończył pracę zgodnie z umową, czyli o szesnastej. Przepracował pełne osiem godzin i teraz chyłkiem, by nie wpaść na szefową, przemknął na parking. Na widok kobiety stojącej przy swoim samochodzie przeżył wstrząs.

– Gosia? – zapytał z niedowierzaniem. – Co tu robisz?

– Byłam w pobliżu – odpowiedziała z ciepłym uśmiechem. – Zobaczyłam twoje auto i...

– Długo czekasz?

– Jakiś kwadrans – przyznała, tracąc pewność siebie.

Daniel nie wyglądał na ucieszonego ze spotkania. Wręcz przeciwnie. Patrzył na nią z niechęcią.

– Co tu robisz? – ponowił pytanie.

– Miałam nadzieję, że porozmawiamy.

– Powiedzieliśmy sobie wszystko kilka miesięcy temu.

– Tak, wiem. To moja wina. Miałam nadzieję, że ochłonąłeś i...

– Gosia, to koniec. Nie przychodź tu więcej – zażądał.

Czuł się jak ostatnia szuja, ale Małgośka, która nie chciała pogodzić się z rozstaniem, przez pierwsze dwa tygodnie nachodziła go w pracy, wyczekiwała na parkingu, wystawała pod jego domem, zapychała mu skrzynkę mejlową wiadomościami. I wciąż dzwoniła. Nie zamierzał przeżywać tego od nowa.

– Daniel, zaczekaj – powiedziała błagalnie, gdy minął ją i otworzył drzwi auta.

Wrzucił teczkę do środka i zajął miejsce kierowcy. Zatrzasnął drzwi i szybko uruchomił silnik.

– Oddaj mi zdjęcia! – krzyknęła.

– Jakie zdjęcia? – zapytał nieufnie, opuszczając szybę.

– Zabrałeś zdjęcia ze ślubu mojej siostry. Chcę je odzyskać.

– Zrób sobie odbitki.

– Nie mogę, bo nie mam z czego, a jej nie poproszę, bo mi głupio. Oddasz mi je czy nie? – nalegała.

Nie przypominał sobie, by je zabierał. Niby po co? Może przez przypadek?

– Poszukam – powiedział niechętnie.

– Dzięki. – Uśmiechnęła się do niego z wdzięcznością.

– Nie przychodź tu więcej.

– To jak mi je oddasz?

– Zadzwonię.

– Nadal masz mój numer? – ucieszyła się.

– Na liście zablokowanych – odparł bezlitośnie.

Obawiał się, że jakakolwiek iskierka nadziei zachęci dziewczynę do wznowienia zabiegów o jego względy.

– Rozumiem.

– Zadzwonię – rzucił na odchodne i odjechał.

We wstecznym lusterku widział odprowadzającą go wzrokiem byłą narzeczoną.

Dorota z chorą satysfakcją – chociaż sama nie użyłaby tego określenia wobec własnej osoby – przykucnęła za słupem ogłoszeniowym. Kilka metrów dalej widziała wyjazd z parkingu należącego do firmy Kopickiego. To było jedyne miejsce, gdzie mogła przeprowadzić zaplanowaną przez siebie akcję. Ochroniarz nie wpuściłby do budynku nikogo niepowołanego.

– Długo jeszcze? – zapytała znudzona prostytutka, za której usługi zapłaciła.

– Tyle, ile będzie trzeba – powiedziała oschle.

Roxi, bo tak się przedstawiła dziewczyna do towarzystwa, budziła w Dorocie mieszane uczucia. Sama ją wynajęła i wytłumaczyła, co ma robić. Tyle że właśnie w takich kobietach gustował jej mąż. Nic dziwnego, że potem miał w sypialni dziwne pomysły. Chciał, żeby go związała i nakopała mu do tyłka. Tak dokładnie, to gadał o tym, że chciałby zostać przez nią zdominowany, ale na jedno wychodziło.

Roxi westchnęła. Szef kazał, to przyjechała. Dlaczego by nie? Posiedzi sobie obok słupa, odpocznie, opali się trochę, bo słońce całkiem mocno grzało, chociaż dochodziła już siedemnasta. Zaraz weekend, więc w interesie zacznie się ruch. Jeśli o nią chodzi, może dostawać pieniądze za nic, czyli za kucanie obok podstarzałej wariatki.

Dorocie coraz trudniej było wytrzymać w tej pozycji, więc uklękła na jedno kolano i lekko wychylona zza słupa obserwowała wyjście z budynku na przemian z wyjazdem z parkingu. Stanisław lada moment powinien opuścić firmę. Pamiętała o jego złamanej ręce, więc nie była pewna, czy wraca do domu swoim samochodem czy taksówką. Możliwe również, że kochanka odbierze go osobiście i wówczas jej genialny plan spali na panewce.

– To on! – pisnęła z przejęciem na widok Stanisława wychodzącego frontowymi drzwiami. – Ten w gipsie! Leć do niego! – poganiała dziewczynę.

Dorota początkowo chciała skompromitować Kopickiego w oczach harpii. Plan jednak miał wadę, której nie wzięła pod uwagę. Wątpliwym bowiem było, by pazerna harpia przejęła się inną kobietą w życiu Kopickiego na tyle, by go rzucić. Wręcz przeciwnie, pewnie wówczas zacieśni sieć, w którą go zwabiła, żeby ptaszek się nie wymknął. Dorota liczyła na to, że harpia się wścieknie i wybuchnie, gdy zobaczy zdjęcia, a to całkowicie pogrąży ją w oczach Stanisława, który serdecznie nie znosił kobiet histerycznych i krzykliwych.

Wyjęła telefon i zaczęła nagrywać. Roxi tanecznym krokiem podeszła do Kopickiego. Dorota nie słyszała słów, ale kamera w telefonie doskonale uchwyciła moment, gdy kobieta rzuciła mu się na szyję. Gdyby mogła, zacierałaby ręce z radości, ale musiała skoncentrować się na dobrym kadrze i nagrywaniu, by Paula nie miała wątpliwości, na co patrzy.

A było na co patrzeć.

Stanisław, zaskoczony napaścią, odchylił się do tyłu, próbując za wszelką cenę odepchnąć ją od siebie.

– Ależ proszę pani! – zawołał oburzony. – To pomyłka!

– Skarbie, nie pamiętasz mnie? – świergotała Roxi. – Zaraz ci się przypomnę, mój tygrysie! – Próbowała znów przytulić się do starszego mężczyzny, ale zasłonił się przed nią aktówką.

– Stać! – krzyknął. – Proszę odejść, bo wezwę ochronę!

– Misiaczku, nie poznajesz swojej myszki? – Roxi się nie poddawała, chociaż facet kręcił się jak fryga, osłaniając się z jednej strony ręką w gipsie, a z drugiej wymachując aktówką tak gwałtownie, że musiała się uchylić, by nie dostać w głowę.

– Na pomoc! Na pomoc! – Stanisław nie krył przerażenia.

Nie zna tej kobiety! Blondynka w agresywnym makijażu, na wysokich obcasach i zdecydowanie przykrótkiej sukience próbuje go napastować. To okropne!

– Na pomoc! – wrzasnął, a gdy kobieta próbowała go okrążyć, zamarkował unik w prawo, odskoczył w lewo i tak szybko, jak tylko potrafił biec z niesprawną ręką i aktówką, pogalopował do firmy.

Zaskoczona Roxi obejrzała się na Dorotę, oczekując dalszych instrukcji, ale kobieta, która ją wynajęła, stała jak wryta, z niedowierzaniem obserwując całe zdarzenie. Jej plan spalił na panewce. Stanisław najzwyczajniej w świecie uciekł!

Chwilę później jednak wrócił. Ale już nie sam. Obok niego kroczył rosły ochroniarz. Kopicki palcem wskazał Roxi, a ta, niewiele myśląc, ruszyła w stronę Doroty, która wciąż ściskała w dłoni telefon i nagrywała przebieg akcji.

Ochroniarz przyspieszył kroku, by dopaść napastującą szefa kobietę. Przerażona Dorota schowała się za słup ogłoszeniowy, gdzie z bijącym mocno sercem czekała na zawał.

Zdenerwowany Stanisław trzymał się na wszelki wypadek w bezpiecznej odległości, ale wydawało mu się, że dostrzegł znajomą postać, skrywającą się za sporej wielkości słupem ogłoszeniowym, oklejonym pieczołowicie dziesiątkami plakatów, więc także ruszył w tamtą stronę. Kiedy Dorota zobaczyła, że ochroniarz zawrócił, a Roxi wmieszała się w tłum, wyjrzała ostrożnie zza słupa. Na widok nadchodzącego Stanisława wpadła w panikę. Przed nią był chodnik i ruchliwa ulica, za nią parking. Jedyną szansę ucieczki dawał jej pobliski skwer, gdzie z Hanką dostały mandat za palenie papierosów na placu zabaw. Telefon wrzuciła do torebki, uniosła w górę sięgającą kostek kolorową spódnicę i najszybciej, jak tylko potrafiła, potruchtała w tamtą stronę. Musiała dotrzeć do drzew, zanim Stasiek ją rozpozna. Hanka by jej nie darowała, gdyby jej samowolna akcja odbiła się na Marii i Piotrze.

Zaskoczony Stanisław obserwował, jak czyjaś twarz wychyla się zza słupa, a po chwili jego oczom ukazała się cała postać – korpulentna kobieta w falbaniastej spódnicy rzuciła się biegiem przez trawnik, kolebiąc się z boku na bok jak kaczka.

Zatrzymała się na chwilę przy jednym z drzew, oparła o pień – była za daleko, by mógł rozpoznać twarz – podniosła coś do ust i wzięła głęboki wdech, po czym pognała dalej, jakby sam diabeł ją gonił. Przebiegła przez ulicę i wsiadła do jakiegoś gruchota, po czym ruszyła z piskiem opon.

Patrzył, jak pojazd zbliża się do głównej ulicy, wymusza pierwszeństwo, by skręcić w lewo, i znika mu sprzed oczu.

– Panie Kopicki, to chyba był samochód pańskiej byłej żony – niepewnie zauważył ochroniarz, który zatrzymał się przy szefie.

– Odniosłem podobne wrażenie – powiedział rozgniewany Stanisław. – Hanka tym razem naprawdę przesadziła!

– Nie wydaje mi się, by to była pańska żona, szefie.

– Z pewnością, ale jestem pewien, że maczała w tym palce! Już ja się z nią rozprawię! Nie dostanie ode mnie ani grosza! Ani grosza!

Hanka spojrzała, kto dzwoni, i ze złością odrzuciła połączenie. Nie zamierzała już nigdy więcej rozmawiać z tą męską gnidą. Gdzie ona miała oczy, gdy za niego wychodziła?! Rozwód był najlepszą rzeczą, jaką jej podarował.

Nie licząc dzieci.

I pomocy, gdy zakładała swój sklep.

I alimentów, które wypłacał jej co miesiąc, chociaż nie musiał.

Z niechęcią spojrzała na telefon i zdecydowała się oddzwonić. Gnida miała pewne zalety.

– Hanka! – wrzasnął Stanisław. – Koniec z alimentami!

– Staś? – zdziwiła się.

Staś, który wrzeszczał i groził? To nie mógł być Staś!

– Żaden Staś! Pan Kopicki! – pieklił się były mąż.

– Proszę?

– Ty nigdy nie wiesz, kiedy skończyć! Te ciągłe awantury, rzucanie talerzami i szklankami! Z Niemiec musiałem przywozić, żebyśmy mieli z czego jeść!

– Co ty wygadujesz? – zapytała. – To było ponad dwadzieścia lat temu!

– Jak to możliwe, że jesteśmy po rozwodzie, a ja wciąż nie mogę się od ciebie uwolnić?!

– Ale, Staś...

– Koniec z alimentami! Koniec! Idę do adwokata! Dostaniesz zakaz zbliżania się! Ty jesteś niebezpieczna!

– Tobie zupełnie odwaliło! – zdenerwowała się w końcu. – Byłam u ciebie ponad godzinę temu, a ty dopiero teraz się wściekłeś?!

– Godzinę?! Ta twoja koleżanka napuściła na mnie jakąś kobietę!

– Jaką kobietę? Jaka koleżanka?

– Dorota! Ona zawsze miała nierówno pod sufitem!

– Dorota u ciebie była? – Hanka nic nie rozumiała. Przyjaciółka pojechała przecież po prezenty dla swoich dzieci. Co robiła u Stasia?

– To prostytutka!

– O nie, Staś, tak nie będziemy rozmawiać. Dorota ma wiele wad, ale nie jest żadną prostytutką! Nie wierzę, że ty w taki sposób o innej kobiecie...

– Hanka! Ja nie mówię o Dorocie! Ja mówię, że Dorota napuściła na mnie prostytutkę, która miała mnie skompromitować! Ja jestem poważnym biznesmenem! Ja się żenię! Ja będę ojcem! A ty takie akcje mi tu odwalasz?!

– Na litość boską, Staś, nie mam pojęcia, o czym ty mówisz! Skąd Dorota miałaby wziąć prostytutkę?

– Hanka, mnie nie interesuje ani skąd, ani jak, ja cię uprzejmie informuję, że znów skończymy w sądzie, ale tym razem karnym! I ani grosza! – wrzasnął, zanim się rozłączył.

Zdumiona Kopicka usiadła na sofie i spod poduchy wydobyła paczkę. Awaryjną. Taką na czarną godzinę, która właśnie wybiła. Zapaliła sobie papierosa i otoczyła się chmurą dymu, analizując rozmowę z byłym mężem. Koniec z alimentami. Harpia jest w ciąży. Jej wszystkie obawy ziściły się w mgnieniu oka, a ona nic nie może na to poradzić. Ta myśl już jej nie denerwowała. Czas pogodzić się z sytuacją, jak wówczas, gdy do niej dotarło, że rozwód jest nieunikniony i ona może jedynie minimalizować koszty. Krótko mówiąc, jak najwięcej ugrać dla siebie. Tym razem musi przycupnąć cicho jak mysz pod miotłą i poczekać, aż Staś ochłonie.

Nie wiedziała, jaki udział w tym wszystkim miała Dorota, ale się dowie, kiedy tamta wróci. I wtedy ją zabije.

Daniel z roztargnieniem przeglądał przyniesiony z piwnicy karton. Było tam trochę rupieci, które zamierzał kiedyś przejrzeć i uporządkować, a potem zapomniał. Nie znalazł żadnych fotografii ze ślubu siostry Gośki, za to kilka ze wspólnych wakacji. Musi je wyrzucić.

Nie chciał, by w jego życiu pozostał ślad po tamtej nieszczęsnej znajomości.

Usłyszał szczęk klucza w zamku. Wrzucił zdjęcia do kartonu i wsunął za łóżko. Maria przyszła wcześniej. Zaprosił ją na osiemnastą na kolację, którą w dodatku sama miała przynieść. Trochę niezręcznie wyszło, ale Maria przyjęła to z humorem. W okolicy była awaria prądu, a Piotr korzystał z płyty indukcyjnej zasilanej prądem.

– Cześć, kochanie – pocałował ją w policzek i odebrał od niej papierową torbę z przygotowanym przez kucharza posiłkiem. – Mam wino, ale obawiam się, że ciepłe.

– Nie szkodzi – odpowiedziała pogodnie. – Przyniosłam świeczki. Tak na wszelki wypadek.

– Dobry pomysł – przyznał. – Przyjemniej będzie usiąść przy świecach niż latarce przyczepionej magnesem do lodówki – zażartował. – Jak się trzymasz? – zapytał, gdy przeszli do kuchni.

– Całkiem nieźle. Zamknęli sprawę. Nie podadzą mnie do sądu. Bagażnik uszkodziła niesforna młodzież. Nie ma tematu – powiedziała smętnie.

– W znacznej mierze to dobre wiadomości… – Patrzył na nią pytająco.

– Jeśli założymy, że ta kobieta wstała i poszła do domu wraz z workiem i taśmą to tak. Doskonała wiadomość.

Daniel postawił na stole dwa kieliszki i napełnił je czerwonym płynem.

– Nie jestem pewna, czy mam ochotę na wino. Złe skojarzenia…

– To nie wina wina – zażartował.

– Nie, ale jednak… Masz rację – poddała się. Jej tok myślenia był irracjonalny. – Chętnie się napiję.

Daniel podał jej kieliszek. Maria upiła łyk, nie czekając na ewentualny toast. Cały czas była podenerwowana.

– Mam pewne obawy – powiedziała. – Niczego nie widziałam, ale ten zabójca... – Pokręciła głową, nie wiedząc, jak wyrazić swoje uczucia. – Cały czas mam takie wrażenie, jakby ktoś czaił się w ciemności, rozumiesz? Nie boję się, ale jakoś tak... Sama nie wiem... Podświadomy lęk? Nie umiem tego opisać.

– Kochanie, ostatni czas był dość intensywny. – Daniel wyjął talerze i rozpakował posiłek przyniesiony przez Marię. Nie miał pojęcia, co to za danie. Sporo warzyw w sosie, orzechy. Chyba nie było mięsa, ale tego ostatniego nie skomentował. – To tylko nerwy. Przeciążenie pracą, Beatrice, ta sprawa z policją i z twoim ojcem. Dużo tego.

– Wiem, ale ojciec i jego pomysły przestały mi spędzać sen z powiek – oświadczyła stanowczo. – Bo już wiem. A nie ma nic gorszego niż niewiedza. Dlatego męczy mnie ta nierozwiązana sprawa trupa. Piotr nawet zasugerował, żebyśmy wynajęli Matyldę...

– Szkoda nerwów i pieniędzy. Takie jest moje zdanie – powiedział. – Daj sobie czas. Ochłoniesz i spojrzysz na to spokojniej. Nie powinnaś zawracać sobie tym głowy.

– Bo mi się przywidziało?

Daniel westchnął ciężko.

– Nie to miałem na myśli. Po prostu ciągłe roztrząsanie tego nic nie da. Zapomnij – poradził.

Spojrzała na niego z namysłem. Daniel nie przejmował się sprawą zwłok, może i ona nie powinna. Jak to mężczyzna, myślał praktycznie, a nie empatycznie. Ale dziwne, że nikt nie szuka tej dziewczyny. Nikt nie zgłosił jej zaginięcia. Rodzina, przyjaciele, pracodawca, właściciel mieszkania. Możliwości było sporo. Ona naprawdę uważnie przejrzała te wszystkie zdjęcia zaginionych, które pokazał jej komisarz Marecki.

– Przepraszam cię na moment – powiedziała, tłumiąc westchnienie. – Muszę skorzystać z łazienki.

– Weź latarkę.

– Jest jeszcze jasno. – Wskazała na kuchenne okno.

– W łazience nie ma okna.

– Racja – prychnęła z rozbawieniem. Jej spostrzegawczość pozostawiała wiele do życzenia, co wyraźnie objawiło się podczas próby sporządzenia portretu pamięciowego kobiety ze spiżarni.

Kilka minut później starannie umyła ręce i wytarła je w ręcznik. Z niezadowoleniem odnotowała mokrą plamę na spódnicy. Wprawdzie to tylko woda, ale Maria poczuła się niekomfortowo. W szafie Daniela miała kilka rzeczy na zmianę. Z łazienki przeszła do jego sypialni i otworzyła szafę z przesuwnymi drzwiami. Na wieszaku wisiał kostium na zmianę, gdyby jechała od niego prosto do pracy, teraz niepotrzebny, skoro rzuciła pracę. Do Beatrice może się ubierać, jak tylko chce. Zostawiła u niego również dżinsy, trochę bielizny i kilka koszulek na zmianę. Pewnie są w szufladzie, pomyślała i podeszła do stojącej obok łóżka komody.

Faktycznie, były. Z zadowoleniem pozbyła się mokrej spódnicy i wcisnęła w porozciągane dżinsy, które lata świetności miały już dawno za sobą. Zdjęła również elegancką bluzkę i nałożyła bawełniany T-shirt. Rozpuściła włosy i poczuła się znacznie lepiej.

Rzeczy, które z siebie zdjęła, rozwiesiła na ramie łóżka. Kątem oka zauważyła wystający zza nogi łóżka karton. Nie miała w zwyczaju grzebać w cudzych rzeczach, ale ciekawość okazała się silniejsza. Podeszła bliżej, by zajrzeć do środka. Pierwsze, co rzuciło jej się w oczy, to zdjęcie Daniela obejmującego ramieniem młodą kobietę. Serce zatrzymało jej się na moment. Gdy znów zaczęło bić, Maria zbiegała już po schodach.

Hanna siedziała na sofie ze skrzyżowanymi nogami. Na stoliku kawowym stała kryształowa popielniczka, do połowy wypełniona petami. W mieszkaniu unosiła się niebieskawa mgła. Na widok Doroty wydmuchnęła w stronę sufitu kolejny kłąb szarego dymu. Niedopałek zgasiła w popielniczce i spojrzała na nią morderczym wzrokiem.

– Haniu, co się stało?

– Gdzie byłaś? – zapytała z zimnym spokojem, ale jej oczy miotały błyskawice.

– Mówiłam ci. Pojechałam po prezenty dla dzieci...

– Stasiowi też chciałaś podarować prezent?

– Stasiowi? Dlaczego miałabym mu coś dawać?

Hanka wstała z sofy z poduchą w rękach, którą ściskała tak mocno, jakby to była szyja przyjaciółki.

– Ale Haniu, nie denerwuj się. Przecież nic się nie stało!

Kopicka rzuciła się do niej z poduszką. Dorota zapiszczała i uciekła za sofę.

– Nie daruję ci tego! – wrzasnęła Kopicka.

– Haniu, to dla twojego dobra! – Dorota chowała się za sofą przed nacierającą przyjaciółką, która w końcu cisnęła w nią poduszką.

Uchyliła się, ale Hanka złapała teraz kolejną rzecz, która nawinęła jej się pod rękę. Ciężką popielnicę. Dorota wrzasnęła przeraźliwie i uciekła do łazienki, zatrzasnęła za sobą drzwi i zasunęła zasuwkę.

– Wyłaź! – Hanka waliła pięścią w drzwi.

– Nie wyjdę!

– Wyłaź, mówię!

– Nie wyjdę, dopóki się nie uspokoisz!

– To sobie tam siedź! Ja poczekam!

Maria biegła ile sił w nogach. Jak najdalej od Daniela. Oszust! Kłamca! Krętacz! Bała się jednak używać bardziej dosadnych słów. Przebiegła może około kilometra, gdy kłucie w prawym boku zmusiło ją do odpoczynku. Rozejrzała się dokoła. Nie miała pojęcia, gdzie jest, ale na szczęście dostrzegła nadjeżdżającą taksówkę. Podbiegła do krawężnika i szaleńczo wymachiwała rękami, by zwrócić na siebie uwagę kierowcy.

Udało się! Taksówkarz zwolnił i zjechał na chodnik. Maria wskoczyła do taksówki.

– Niech pan jedzie! – rozkazała. – Szybko! Na komisariat!

– Robi się! – Ruszył z miejsca jak kierowca rajdowy i wpadł na ulicę z piskiem opon.

Marię zarzuciło na drzwi. Nie zdążyła zawołać, by jechał ostrożniej, gdy podekscytowany mężczyzna w słusznym już wieku, o skroniach przyprószonych siwizną, wcisnął klakson, by wymusić pierwszeństwo, i odwrócił się do niej z szerokim uśmiechem.

– Całe życie o tym marzyłem! – krzyknął radośnie.

Piotr skończył przeglądać zamówienia na kolejny miesiąc. Sporo tego było, ale kupując więcej, płacił mniej. W dłuższej perspektywie im niższe koszty, tym większy dochód, a nie zamierzał oszczędzać na jakości produktów. Nie znał się na oznaczeniach farb do włosów, więc nie wtrącał się w tego typu zamówienia. Jego interesowały kwoty.

Powoli przyzwyczajał się do swojego rzekomego gejostwa. Wiązało się z tym sporo plusów. Klientki przestały z nim flirtować. Jeszcze kilka tygodni temu, ba! tydzień temu, nie uznałby tego za zaletę, ale wreszcie mógł skupić się na firmie. Aż miał ochotę zadzwonić do Adama i podziękować mu za ten prezent.

Młodsze pracownice, zamiast chichotać i prężyć ciała na jego widok, odnosiły się do niego z sympatią, więc nie musiał obawiać się posądzeń o molestowanie w miejscu pracy, gdyby uległ pokusie. Nadal nie odbierał telefonów od matki. Ani od ojca. Musiał od nich obojga odpocząć.

Nie da się ukryć, że sami doprowadzili do tej chorej sytuacji, ale matka popłynęła emocjonalnie do tego stopnia, że chyba przydałby jej się odwyk od kłamstw, manipulacji, podjudzania plus kurs terapeutyczny „Trzeba wiedzieć, kiedy odpuścić" i „Jak z godnością przyjąć porażkę".

Martwił się o Marię, ale skoro spędzała wieczór z Danielem, była bezpieczna. Z całej trójki – mimo ostatnich wydarzeń – tylko ona zachowała pewną równowagę i błyskawicznie zaakceptowała nową sytuację. On nadal miał żal do ojca, choć bardziej za to, że oberwał za niego po gębie niż z powodu jego krętactw. O te nie mógł mieć pretensji, bo sam miał sporo na sumieniu.

– Ale to ojciec zaczął – powiedział głośno, po czym sięgnął po telefon.

Nie miał piętnastu lat. Wystarczy tych fochów.

– Cześć, tato. Tu Piotr.

– Piotr! – zawołał Kopicki. – Twoja matka kompletnie oszalała!

– Wiem coś o tym – przyznał. – Ale ja nie w tej sprawie. Chciałem powiedzieć, że chętnie poznam Paulę.

– Naprawdę?

Piotr przysiągłby, że usłyszał, jak ojciec odetchnął z ulgą.

– Ale nie zamierzam mówić do niej „mamo" – zastrzegł szybko.

– To byłoby dziwne – powiedział ojciec. – Co do twojej matki...

– Nie chcę o niej rozmawiać.

– Tak, rozumiem... – zreflektował się Stanisław. – Piotr, ja mogę być na nią wściekły, ale to twoja matka. To nieszczęsne nagranie... No cóż, skasowałem je. Nie mam pojęcia, skąd je wzięła i czy to był oryginał, ale sądzę, że powinieneś z nią porozmawiać.

– Jakie nagranie? – zdumiał się Piotr.

– Matka przyniosła mi dziś do biura nagranie, na którym jesteś... hm... intymnie z kobietą. Nie wiem, dlaczego powiedziałeś mi, że jesteś gejem, ale podejrzewam, że to też robota Hanki. Nie, nie chcę wiedzieć, co wymyśliła i do czego cię nakłoniła. Zostawmy to za nami – powiedział Stanisław. – Ale powinieneś wiedzieć, że w twoim mieszkaniu są kamery.

Piotr zamknął oczy. Sam wysłał matkę do Matyldy, to ma, ale jakie nagranie? Spał w łóżku sam, grzeczny jak niemowlę!

– Wybacz, proszę, że nie dałem ci znać od razu, ale dopiero teraz na to wpadłem – ciągnął ojciec. – Do tego jeszcze Dorota napuściła na mnie prostytutkę.

– Co zrobiła? – Piotr prychnął rozbawiony. – Ciotka Dorka przysłała ci panienkę?

– Mało powiedziane. Ta kobieta rzuciła się na mnie przed firmą! Zgroza! Byłem... hm... napastowany seksualnie. Ledwo zdołałem uciec! Twoja matka przekroczyła wszelkie granice!

– A nie ciotka Dorka? – Z trudem powstrzymywał śmiech.

– Tylko ją widziałem, ale jestem pewien, że Hanka maczała w tym palce. Powinieneś wiedzieć, że przestaję płacić tej kobiecie alimenty!

– Tato, mama od lat nie potrzebuje twoich pieniędzy. Świetnie sobie radzi.

– Naprawdę? To dlaczego wciąż jęczy i bierze?

– Tato, rozmawiamy o mamie. Naprawdę muszę odpowiadać na to pytanie?

– Nie, synu, masz całkowitą rację. Piotr, dziękuję ci za ten telefon. Przyznam, że trochę ochłonąłem. Może jednak nie wniosę o ten zakaz zbliżania się.

Piotr postanowił przemilczeć, że sam miał podobne doświadczenie. Przecież nie będą razem chodzić na terapię.

– Tato... – zawahał się. – Potrzebuję twojej rady.

– Śmiało, synu. – Kopicki, pogodzony z pierworodnym, czuł, że wraca mu dobry humor. Jeśli Piotr potrzebuje pomocy w prowadzeniu firmy, to on jest gotów jej udzielić.

– Chodzi o pewną dziewczynę. – Czuł się głupio, rozmawiając o tym z ojcem, ale bądźmy szczerzy, staruszek wyrwał dwudziestoparolatkę i zmajstrował jej dziecko! Wie, co w trawie piszczy.

– Mów – ponaglił syna Kopicki, odrobinę zaskoczony tematem.

– Zasadniczo chodzi o to, że muszę ją przeprosić, a kiepsko mi idzie.

– Rozmawiałeś z nią?

– Próbowałem.

– Kwiaty?

– Też.

– Biżuteria?

– Nie przyjmie.

– Tak... To problem, gdy kobieta nie jest łasa na błyskotki – przyznał Kopicki. – Zostało ci tylko jedno wyjście. One lubią, jeśli mężczyzna obnaża przed nimi duszę i gada o uczuciach.

– Tato, nie będę niczego obnażał!

– A kto ci każe? Zrób listę, co chciałaby usłyszeć, i jej to powiedz – poradził ojciec.

– Mam kłamać?

– Dlaczego kłamać? Zależy ci na niej?

– Aż tak daleko bym nie brnął. Lubię ją.

– Aha... To zmienia postać rzeczy.

– Dlaczego?

– Nie możesz powiedzieć kobiecie, że ją tylko lubisz. Lepiej powiedz, że nie potrafisz określić, co do niej czujesz, ale nie możesz przestać o niej myśleć. Ona dopowie sobie resztę.

– Ciekawe podejście... Czyli mam dawać do zrozumienia, ale się nie deklarować, a ona sama dopowie sobie to, co chciałaby usłyszeć? – Brzmiało to cokolwiek idiotycznie, ale dlaczego nie spróbować? Innych pomysłów nie miał.

– Zgadza się – przytaknął zadowolony ojciec.

Poza rozmową o pszczółkach i kwiatkach nigdy nie rozmawiał z synem na takie tematy. To była miła odmiana.

Kto by pomyślał? Może jednak zostawi Hance te alimenty. A niech sobie ma!

– Jak to: nie ma komisarza Mareckiego? – zapytała zdumiona.

– Nie ma. Skończył zmianę o czternastej – poinformował ją oficer dyżurny. – Może ktoś inny mógłby pani pomóc?

– Nie sądzę. Muszę rozmawiać osobiście z komisarzem Mareckim. Kiedy będzie?

– W poniedziałek.

– Dziękuję. – Oszołomiona wyszła z komisariatu.

Tego nie przewidziała. Stała przed budynkiem, bijąc się z myślami. Trzeba działać. Zadzwoni do Matyldy. Ona jej coś doradzi.

Piotr wybrał numer Dominiczak. Nie miał pojęcia, jakie nagranie zdobyła matka, ale Matylda na pewno miała z tym coś wspólnego. Muszą się spotkać jeszcze dziś. Nie wróci do mieszkania, póki ona nie zdemontuje tych cholernych kamer!

Daniel ze złością kopnął karton. Co za pech! Maria zobaczyła zdjęcia i wyciągnęła mylne wnioski. Pieprzona Gośka! Czy ta kobieta zawsze musi bruździć w jego życiu?!

Marecki i Matylda siedzieli w jej biurze. Komisarz przyniósł skopiowane akta, które wspólnie przeglądali.

– Tu nic nie ma – powiedziała zawiedziona Matylda.

– Gdyby było, to byłoby śledztwo – burknął Marecki.

– To po jakie licho to przyniosłeś?

– Żebyś nie powielała moich działań. I wpadła na nowy pomysł, bo ja nie mam żadnego – wyjaśnił. – Nie ma śladów. Wysłałem ludzi, którzy przesłuchali okolicznych mieszkańców. Nikt nic nie widział.

– Ludzie raczej niechętnie rozmawiają z policją. Przejdę się jeszcze raz – zadeklarowała Matylda.

– Pójdę z tobą. – Miała rację. Ludzie wolą nic nie widzieć i niczego nie słyszeć, żeby nikt ich nie ciągał potem po sądach.

– Nie ma mowy. Od razu widać, że jesteś pies. Mam wolny weekend, więc się tym zajmę.

Skrzywił się, ale nic nie powiedział. W sumie racja. Ludzie wyczuwali w nim gliniarza. Może to ten charakterystyczny sposób bycia. Któż to wie...

Do gabinetu weszła Monika.

– Mamo, dzwonili młodzi Kopiccy.

– Którzy?

– Młodzi. Już tu jadą. Natychmiast. Podobno to strasznie pilne, więc powiedziałam, że jesteś jeszcze w biurze.

– Dobrze zrobiłaś. Powiedzieli, czego chcą?

– Dziwna sprawa. Dzwonili osobno. I oboje byli bardzo zdenerwowani. Zwłaszcza Kopicka. – Monika wciąż nie dostała obiecanej kary, ale czekanie na nią było gorsze niż wszystko, co matka wymyśliła w jej dziewiętnastoletnim życiu. Znając pokrętny matczyny umysł, niewykluczone, że właśnie to czekanie miało być jej karą.

Marecki pytająco spojrzał na Matyldę.

– Zostań – powiedziała. – Myślę, że wiem, czego chce młody Kopicki. – Zerknęła na córkę, która wbiła wzrok w wykładzinę. – Co do Marii... – Przeniosła wzrok na komisarza. – Możesz się przydać.

Hanka, już znacznie spokojniejsza, zapukała do drzwi łazienki, gdzie Dorota, dobrowolnie uwięziona, tkwiła od dwóch godzin.

– Nie wyjdę! – krzyknęła zdławionym głosem.

– Zrobiłam kolację – poinformowała ją właścicielka łazienki.

Dorota przełknęła ślinę. Była głodna. Hanka wiedziała, gdzie uderzyć. – No wyjdź wreszcie, już mi przeszło – zarzekała się.

– Na pewno? – Zbliżyła się ostrożnie do drzwi.

– Dorka, siku mi się chce. Błagam cię, wyjdź!

Piotr czekał na windę, gdy niespodziewanie dołączyła do niego zdenerwowana siostra.

– Co ty tu robisz? – zapytał zdziwiony.

– Mam sprawę do Matyldy. – W taksówce zdołała ochłonąć. A nawet dojść do wniosku, że to zdjęcie nie musi nic znaczyć, a na pewno nie to, co ona sobie pomyślała. Ale właśnie dlatego Matylda musi to sprawdzić, zanim ona zdecyduje się na ponowną rozmowę z komisarzem Mareckim.

– Daniel cię szuka.

– Nie chcę o nim słyszeć – powiedziała ostro.

– Zrobił ci coś? – Obrzucił ją uważnym spojrzeniem.

– Nie. Ale to go nie usprawiedliwia! – burknęła. Opanuj się, idiotko, przywołała się do porządku.

Już raz dała się ponieść emocjom i rozważała pozbycie się Pauli niezbyt legalnymi metodami. Koniec z tym! Musi myśleć chłodno i racjonalnie. Postępować etycznie.

Skoro – jak się okazało przy okazji sprawy z ojcem – jest socjopatką, pozbawioną wyrzutów sumienia z powodu naruszania norm społecznych i moralnych, powinna samą siebie trzymać w ryzach. Nie wiadomo, do czego byłaby zdolna, gdyby pofolgowała swojej mrocznej stronie.

Drzwi windy otworzyły się i rodzeństwo weszło do środka. Piotr odpuścił rozmowę z siostrą. Daniel sknocił, niech Daniel naprawia. On miał co robić.

– A może dam mu w mordę? – zaproponował, zanim wysiedli z windy.

Matylda w poniedziałek zaczynała nowe zlecenie i należał jej się wolny weekend. Czesiek przepadł jak kamień w wodę, ale – na ile go znała – gdyby coś znalazł, toby się odezwał. Widocznie nie odkrył nic podejrzanego, poza nadopiekuńczymi rodzicami, którzy chcą znać każdy krok swojego dorosłego syna. Dopuszczała możliwość, że z synem było coś nie tak, tym bardziej powinna zatem mieć go na oku.

– Proszę, niech państwo wejdą – powitała Kopickich.

Marecki podniósł się z krzesła.

– Dobry wieczór – przywitał się burkliwie, jak to miał w zwyczaju. – Na mnie już pora. Widzimy się jutro? – zwrócił się do Matyldy.

– Chwila – zaprotestowała.

Nie zamierzała go wypuścić, dopóki się nie dowie, z czym przyszła Kopicka.

– O nie, pan zostaje! – zawołała Maria, w której emocje jednak wzięły górę nad rozsądkiem.

To przeznaczenie. Los postawił komisarza Mareckiego na jej drodze. To znak! Wyjęła zmiętą fotografię i podsunęła policjantowi pod nos. Zaskoczony Marecki zrobił krok w tył i wpadł na kanapę stojącą pod oknem. Usiadł na niej z rozmachem.

– To ona! Ta kobieta leżała martwa w mojej spiżarni! – mówiła podniesionym głosem.

Komisarz wyjął zdjęcie z ręki Kopickiej i przyjrzał się mu uważnie. Blondynka, niebieskie oczy, ostre rysy. Normalna budowa ciała. Na zdjęciu miała włosy do ramion, ale to nic nie znaczyło. Kobiety częściej zmieniają fryzury niż niektórzy mężczyźni gacie.

– Jest pani pewna?

– Tak!

– Na tym zdjęciu widzę również pani przyjaciela. – Spojrzał na nią badawczo.

– No właśnie! Miał możliwość dorobienia kluczy! Myślę, że to Daniel ją zabił!

– Zwariowałaś? – Piotr zadał pytanie, które przyszło do głowy wszystkim obecnym. Również tkwiącej wciąż przy drzwiach Monice.

– To nie może być przypadek – upierała się Maria, czując, jak narasta w niej histeria.

Chyba odziedziczyła po matce tę skłonność do gwałtownych uczuć, przychodzących równie niespodziewanie jak prąd zstępujący.

– Pani Mario, znalazła pani zdjęcie swojego przyjaciela z prawdopodobnie byłą dziewczyną. Jest pani pewna, że to ta sama kobieta, którą widziała pani w swojej spiżarni? – upewnił się komisarz.

– Tak! Z jakiego innego powodu miałabym być taka roztrzęsiona?!

Matylda wymieniła spojrzenia z Mareckim, który podał jej zdjęcie, a sam zwrócił się do Marii.

– Niech pani usiądzie. Mam kilka pytań.

– Trzeba go aresztować!

– Pani Kopicka, proszę siadać!

Maria wreszcie posłuchała, opadając bezwładnie na fotel.

– Uważa pani, że pani przyjaciel dorobił klucze i tamtego wieczora, kiedy wiedział, że czeka pani na niego sama w restauracji, po drodze odwiedził byłą narzeczoną, zabił ją, dorobionymi kluczami otworzył drzwi do kuchni i zaniósł ją do spiżarni w czasie, gdy siedziała pani na tarasie i popijała wino?

– Właśnie tak. – Gorliwie kiwała głową.

– I liczył na to, że nikt z pani pracowników nie zauważy trupa w spiżarni, gdy przyjdą rano do pracy? Pani Mario, nie ma pani chłodni jak stąd do Bostonu, tylko niewielką spiżarnię z dwiema zamrażarkami.

– Może mnie też zamierzał upchnąć w tym worku, a potem nas obie gdzieś wywieźć?

– I po to przynosiłby ciało tamtej kobiety do spiżarni, ryzykując, że ktoś go zauważy, by umieścić was obie w jednym worku? – Matylda również widziała w tej teorii dziury wielkie jak w szwajcarskim serze. – Pani Mario, widziałam pana Daniela. Nie ujmując mu męskości, on nawet pani nie uniesie, a waży pani nie więcej niż sześćdziesiąt kilogramów.

– Pięćdziesiąt osiem.

– A co dopiero dwie kobiety ważące łącznie, z całym szacunkiem, ponad sto kilogramów. Przykro mi to mówić, pani Mario, ale ta teoria trzyma się kupy równie mocno jak słonina dupy.

Wszyscy spojrzeli na nią zdumieni.

– To nie było dobre porównanie – przyznała. – Jak słonina wejdzie w tyłek to, kurde melek, już po ptakach. Więc powiedzmy, że pani teoria ma dziury wielkie jak...

– Zrozumiałam – oschle przerwała jej Maria.

Nikt jej nie wierzył. Ona sama sobie nie wierzyła.

– Może Daniel nie jest zabójcą, ale w spiżarni była kobieta ze zdjęcia. Co się z nią stało? Poszła sobie? Nie sądzę. Martwi ludzie nie chodzą.

– Maria, a może to nie była ona? Może zobaczyłaś u Daniela zdjęcie jego byłej i zazdrość cię zaślepiła? – delikatnie zasugerował Piotr.

– Na pewno. Tak oszalałam z zazdrości, że życzyłam jej śmierci i dokonałam przeniesienia jednej twarzy na drugą, a teraz już sama nie wiem, kto był martwy!

– Przykro mi, pani Mario, ale nikt z nas nie zrozumiał ostatniego zdania, łącznie z panią, jak sądzę. – Matylda bez skrupułów przywołała ją do porządku.

– Nie wierzycie mi...

– Nie bardzo – przyznał Piotr.

– Wierzę, że coś się wydarzyło tamtej nocy, i komisarz Marecki też w to wierzy. Dlatego tu jest, bo wciąż chce rozwiązać tę sprawę – wyjaśniła detektyw.

– Dzięki, Matylda – cierpko skomentował Antoni. – Właśnie załatwiłaś mi wcześniejszą emeryturę.

– Nie jęcz. Nikt cię nie wsypie – zlekceważyła jego obawy. – Teraz musimy załatwić sprawę zdjęcia. Wie pani, jak się nazywa ta dziewczyna?

– Małgorzata. Nazwiska nie znam.

– Poproszę pani telefon. Zaraz rozwiążemy ten problem – powiedział Marecki. Sprawdził listę połączeń nieodebranych i wcisnął zieloną słuchawkę.

– Co pan… – usiłowała zaprotestować właścicielka telefonu, ale komisarz uciszył ją wzrokiem.

– Komisarz Marecki z tej strony. Pani Maria znalazła u pana zdjęcie byłej dziewczyny – zaczął z grubej rury.

Jak facet jest winny, to niech się skręca. Jak chce uciekać, niech ucieka. I tak go dorwą. A jak jest niewinny, to powinien pomóc.

– Wiem, ale… Dlaczego dzwoni pan z telefonu Marii? Stało się jej coś? – Daniel zdenerwował się jeszcze bardziej.

Jakby ucieczka Marii nie była wystarczającym powodem, by wytrącić go z równowagi.

– Fizycznie jest cała, za stan umysłowy nie odpowiadam – poinformował go Marecki zgodnie z prawdą. – Potrzebuję imię i nazwisko pańskiej byłej oraz jej adres zamieszkania, jeżeli jest panu znany.

– Oczywiście, ale… Nie rozumiem… Dlaczego Maria zaniosła panu zdjęcie Małgosi?

– Jest przekonana, że właśnie zwłoki tej kobiety widziała w spiżarni.

Maria jęknęła. Jeszcze tego brakowało, żeby się wygadał o jej podejrzeniach co do zabójcy! Matylda sapnęła gniewnie i popukała się w czoło. Piotr parsknął śmiechem. Mężczyźni mają przejebane, pomyślał brzydko, ale uznał, że to dosadne określenie doskonale oddaje ich miejsce w tym zwariowanym świecie.

– Niemożliwe. Widziałem dziś Gośkę… – Daniel osłupiał. – Zaraz, zaraz, ona chyba nie myśli, że ja zrobiłem coś złego Małgosi?!

– Pani Maria nic nie myśli, pozwolę sobie zauważyć. – Marecki nie był głupi.

Nie zamierzał rozwalać tego związku, chociaż ten i tak chwiał się w posadach. Żadna normalna kobieta nie uważa swojego faceta za zwyrodnialca mordującego kobiety, o ile nie przyłapie go na gorącym uczynku.

– Była w szoku, gdy zobaczyła zdjęcie, działała w stanie... w stanie pewnej niepoczytalności.

– Dobrze się czuje? – zaniepokoił się Daniel.

– Tak dobrze, jak to tylko możliwe w zaistniałych okolicznościach. Mogę prosić te dane czy to jakiś problem?

– Żaden problem. Już podaję. – Daniel bez wahania wyrecytował adres i nazwisko, o które prosił Marecki. – Czy mogę rozmawiać z Marią?

– Gdzie pan teraz jest?

– U siebie, mam podać adres?

– Nie trzeba. Pani Maria zapewne go zna. Proszę się stamtąd nie ruszać, póki nie wróci do domu – polecił jeszcze i się rozłączył.

– Nigdy tam nie wrócę – jęknęła zrozpaczona Maria.

– Oczywiście, że pani wróci. I słowem nie piśnie, że uciekała przed zabójcą. Swoje zachowanie zwali pani na syndrom napięcia przedmiesiączkowego, niedawną traumę i zazdrość, ale pod żadnym pozorem proszę mu nie mówić, że uznała go pani za mordercę. Tego żaden związek nie wytrzyma. Nie bez pomocy psychiatry.

– Marecki – syknęła Matylda, dając mu znak oczami, by zamilkł.

Jak na takiego mruka tym razem gadał zdecydowanie za dużo.

– Mam adres byłej dziewczyny pana Daniela. Jedziecie ze mną?

Komisarz chciał to już mieć za sobą. Dochodziła dwudziesta pierwsza. Piątek. Czekała go wolna od pracy sobota i niedziela. Ewentualnie sobota i niedziela spędzone w towarzystwie Matyldy. Sprawy Kopickiej miał serdecznie dość. Ale najpierw musi odnaleźć dziewczynę ze spiżarni.

– Chwileczkę, ja w innej sprawie – sprzeciwił się Piotr, patrząc z naganą na Matyldę.

– Pan nie do mnie. Pan do mojej córki – poinformowała go detektyw. – Jest pełnoletnia, ale jako matka stanowczo sprzeciwiam się rękoczynom i wulgaryzmom. Więcej zastrzeżeń co do waszej rozmowy nie mam.

Monika z przerażeniem spojrzała na matkę, gotową rzucić swoje jedyne dziecko lwom na pożarcie.

– Oczywiście jako pracodawca ponoszę pełną odpowiedzialność za ten koszmarny błąd. Jeżeli zdecyduje się pan wyciągnąć wobec mnie konsekwencje prawne, zrozumiem.

– Konsekwencje prawne? – skrzywił się.

O tym nawet nie pomyślał. Matylda miała w sobie coś takiego, że pozywając ją do sądu, miałby wrażenie, że procesuje się z bliską osobą. Nie mógłby tego zrobić. Jakkolwiek to robiła, błyskawicznie nawiązywała więź z każdym, kto miał to nieszczęście na nią wpaść.

– Mam rozmawiać z pani córką? O tym... – odchrząknął – nagraniu, które moja matka pokazała mojemu ojcu?

– Dokładnie tak.

Piotr obejrzał się na wpatrującą się w niego ogromnymi oczami dziewczynę o niebieskich włosach. Kolory zmieniała szybciej niż kameleon.

– Czy ona... widziała to nagranie? – zapytał skonfundowany.

– Mam nadzieję, że nie – wzdrygnęła się Matylda.

– Jakie nagranie? – zainteresował się Marecki.

– Tajemnica zawodowa – zbyła go Matylda. – Pani Mario? Wybierze się pani z nami?

Maria milczała chwilę, w końcu skinęła głową.

– Widziałam całą bazę zaginionych i trupa w prosektorium. Dlaczego nie... Mogę obejrzeć puste mieszkanie – stwierdziła z przekąsem.

Wiedziała, co widziała. Nie zamydlą jej oczu. Dziewczyna była martwa!

Paula chichotała bez opamiętania, gdy Staś zdawał jej relację z incydentu przed firmą. Aż łzy ciekły jej po policzkach.

– Kwiatuszku, tu nie ma się z czego śmiać – powiedział z naganą. – Tu trzeba się martwić.

– Ale czym, Stasiu? Czym? Jesteś już bezpieczny – parsknęła śmiechem.

Ta nowa Paula, która przestała w końcu się przy nim jąkać, bardzo mu się podobała. W tym momencie jednak zatęsknił za tamtą, która użaliłaby się nad nim, a nie wyśmiała. Musiał przyznać, że od chwili, gdy powiedziała mu o ciąży, stała się pewniejsza siebie.

– Ja tak, ale martwię się o Marię i Piotra. Choroby psychiczne często są dziedziczne – powiedział markotnie.

– Oj, Stasiu. – Pogłaskała go czule po policzku. – To nie choroba. Ona chyba wciąż cię kocha.

Stanisław spojrzał na nią z zakłopotaniem. Tego nie wziął pod uwagę, ale to możliwe. Ta kobieta w swoim szaleństwie jest zdolna do wszystkiego.

Hanka najpierw zaniemówiła, a potem ryknęła śmiechem. Dorota wreszcie odważyła się opuścić łazienkę i właśnie pokazywała jej nagranie z telefonu.

– Wiesz co, Dorka? Ta przerażona mina Stasia jest warta moich alimentów. Każdego pieprzonego grosza!

– Nie gniewasz się? – zapytała niepewnie przyjaciółka. – Chciałam pomóc.

– Dorka, spadajmy do tej twojej Szwecji. Sonia zajmie się sklepem. Muszę odpocząć od samej siebie. Puść mi jeszcze raz ten kawałek, w którym Staś macha teczką, a potem robi unik i ucieka na tych swoich bocianich nogach – poprosiła, ocierając łzy ze śmiechu.

Marii nie było do śmiechu, kiedy zwłoki dziewczyny ze spiżarni stanęły w drzwiach mieszkania, którego adres Daniel podał komisarzowi Mareckiemu. Ten nie zdążył się przedstawić, gdy Małgorzata Ogonek na ich widok gwałtownie zbladła, krzyknęła i zemdlała. Tylko jego refleks uratował kobietę przed upadkiem na twarde płytki w przedpokoju.

– Kurde melek, ale afera – sapnęła Matylda, do której nagle dotarło, że coś tu jest na rzeczy.

Ludzie rzadko mdleją na widok nieznajomych, którzy nie są uzbrojeni w pałki, noże albo kałasznikowy, i nie czają się na ciebie w mrocznym zaułku.

– Pani Mario... – Odwróciła się w samą porę, by zobaczyć, jak Kopicka blada jak trup chwieje się na nogach, oczy uciekają jej w głąb czaszki, a ona sama mocno przechyla się do tyłu, balansując na szczycie schodów.

– Antek! – krzyknęła Matylda, łapiąc Kopicką za rękę i pociągając ją na siebie. Młoda kobieta osunęła się na nią bezwładnie. Matylda objęła ją w pasie i oparła się o ścianę, by nie upaść.

– Trzymaj ją – polecił jej Marecki, który wniósł Ogonek do mieszkania i zatargał do pierwszego z brzegu pokoju, który okazał się sypialnią z szerokim łóżkiem. Położył na nim dziewczynę i szybko wrócił na korytarz, gdzie Matylda słaniała się pod ciężarem Kopickiej.

– To na pewno nie jest pięćdziesiąt osiem kilogramów – jęknęła z ulgą, gdy Antoni uwolnił ją od byłej klientki.

Piotr, który został w biurze, spojrzał surowo na Monikę.

– Nie wiem, o co chodzi, ale chętnie się dowiem – powiedział oschle.

– Bo chodzi o to... – Monika splotła dłonie na brzuchu, zgarbiła się, spuściła głowę i zerknęła nieśmiało na Kopickiego – ...że gdy pani Hanna zadzwoniła z pytaniem, czy mamy to nagranie, na które pan się zgodził...

– Na nic się nie zgodziłem! – przerwał jej Piotr.

– Na które rzekomo się pan zgodził, to ja zobaczyłam, że mamy jakieś nagranie z pana nazwiskiem w komputerze. Pańska matka tu wpadła, zabrała je i wypadła. To była chwila.

– Hm... A jak wydobyła je z komputera?

– Ja to zrobiłam – przyznała się mężnie i jeszcze niżej spuściła głowę. – Ale nie oddałam jej tego nagrania dobrowolnie, tylko próbowałam skontaktować się z mamą, a wtedy ona złapała pendrive'a i uciekła. Nie sądziłam, że osoba w jej wieku i o jej gabarytach potrafi tak szybko biegać.

Piotr westchnął.

– Co to było za nagranie?

– Jakieś stare...

– Stare? – Parsknął krótkim śmiechem.

Już się domyślił, o jakie nagranie chodziło. Wyobraził sobie minę matki, gdy zrozumiała, że drugą bohaterką nagrania nie jest Paula, odchylił głowę do tyłu i ryknął głośnym śmiechem.

– To znaczy, że nas pan nie pozwie? – nieśmiało zapytała Monika.

Piotr, nie przestając się śmiać, pokręcił głową.

– Zdemontować kamery? – zaproponowała już śmielej.

– Jakie kamery? Te sprzed pół roku? – Otarł łzy śmiechu.

– Nie, te, które w tym tygodniu kazała zainstalować pani Kopicka.

Piotrowi zrzedła mina. Koniecznie musi porozmawiać z matką.

Maria ocknęła się pierwsza. Otworzyła oczy. Spojrzała w prawo. Obok niej leżała martwa kobieta. Krzyknęła przeraźliwie.

– Wszystko w porządku, pani Mario. – Matylda chwyciła ją za rękę.

– To ona!

– Ta kobieta żyje. Bez obaw. – Pomogła Marii usiąść i podała jej szklankę wody.

Marecki zagadkowym wzrokiem przyglądał się Małgorzacie Ogonek. Rysopis pasował jak ulał. Chyba powinien przeprosić Kopicką. Tylko skąd Ogonek wzięła się w spiżarni? Cierpiała na narkolepsję? Chciała nastraszyć nową przyjaciółkę Daniela? Miał do niej sporo pytań.

– Nic nie rozumiem. – Maria wstała z trudem.

Nadal kręciło jej się w głowie, ale nie chciała siedzieć na łóżku obok tej kobiety. Matylda podsunęła jej taboret, który przyniosła dla siebie z kuchni. Maria z ulgą zajęła miejsce i duszkiem wypiła wodę.

– Co tu się dzieje?

– Zaraz się dowiemy – oznajmił Marecki, widząc, że Małgorzata mruga powiekami, a kolor powoli wraca na jej twarz.

Chwilę później kobieta otworzyła oczy, całkiem przytomnie rozejrzała się dokoła, po czym się rozpłakała.

– Przepraszam, ja nie chciałam. Nie chciałam... – Łkała, kuląc się na łóżku jak mała dziewczynka.

– Czego pani nie chciała? – zapytała Matylda.

– Nie chciałam jej skrzywdzić. Nie tak naprawdę. Chciałam ją tylko nastraszyć, dlatego miałam worek i taśmę. Od kilku dni czaiłam się za restauracją, ten kucharz nie zwracał uwagi na drzwi. Wiedziałam, że w końcu się nie domkną – mówiła szybko, połykając głoski, ale wszyscy doskonale ją rozumieli.

– O czym ona mówi? – spytała zdezorientowana Maria. – Co ja w takim razie widziałam? Nie wymyśliłam jej sobie przecież!

– Zakradłam się, ale usłyszałam kroki i chciałam się schować. Weszłam do takiego małego pomieszczenia, ale się potknęłam i...

– Jak to: „potknęłam"? Ona miała nogi zapakowane w worek! I nie oddychała!

– To był duży worek. Chciałam do niego wejść i skulić się pod ścianą, ale nie zdążyłam – szlochała.

– I dlatego udawała pani martwą? – zapytała zdumiona Matylda.

– W naturze to normalne. Kiedy atakuje cię niedźwiedź, udawaj martwą. Straci zainteresowanie – poradził jej cierpko komisarz.

– Więc tak naprawdę nie było trupa... – wyjąkała Maria, do której prawda docierała bardzo wolno.

– Zdaje się, że trup był i sam sobie poszedł – zakpiła Matylda. – No proszę, Sherlock Holmes miał rację. Najprostsze rozwiązania najczęściej są prawdziwe.

– Radził raczej, by odrzucić niemożliwe, a to, co zostanie, choćby najbardziej nieprawdopodobne, będzie prawdą – poprawił ją Marecki.

– Chwila! – Maria przerwała im tę absurdalną rozmowę i cytowanie fikcyjnego detektywa. – Co to znaczy, że nie chciała mnie skrzywdzić? Nie tak naprawdę? Czyli jak chciała mnie skrzywdzić?!

– Tego zamierzam się dowiedzieć, ale nie tutaj. Pani Ogonek, pozwoli pani ze mną. – Marecki wstał. Jeżeli kobieta była niezrównoważona, powinna się nią zająć odpowiednia instytucja.

– Podwieźć panią do narzeczonego? – zapytała, gdy obie wsiadły do Duśki. Dobrze, że przyjechała własnym autem. Marecki zostawił je same sobie, gdy zakuł Ogonek w kajdanki i wyprowadził z mieszkania.

– To nie jest mój narzeczony.

– Jak zwał, tak zwał. – Detektyw wzruszyła ramionami. – Wróci pani do niego?

– Powinnam. I chyba muszę go przeprosić – westchnęła Maria.

– Aż tak daleko bym nie brnęła. Proszę wytłumaczyć się szokiem i już. Mężczyźni są bardzo czuli na punkcie swojego ego – poradziła jej Matylda.

– Głupio mi, że tak o nim pomyślałam.

– To naturalne w takiej sytuacji – pocieszyła ją Dominiczak.

Milczały przez resztę drogi. Podekscytowana Matylda chętnie zagadałaby do Duśki, ale przy ludziach nie wypadało.

– Rachunek wysłałam pani na mejla. Liczę na przelew w przyszłym tygodniu! – krzyknęła jeszcze, zanim odjechała z piskiem opon spod kamienicy Daniela, gdzie w końcu wysadziła Marię.

Staś ułożył się wygodnie w łóżku. A przynajmniej się starał, bo gips nie ułatwiał sprawy. Paula położyła się obok, podparła głowę na łokciu i, wpatrując się z uwagą w przyszłego męża, zapytała:

– Staś, kiedy powiesz dzieciom o firmie?

– Nie wiem, myszko. Jeszcze nie zdecydowałem. Trochę za wcześnie na moją emeryturę.

– Oj, Staś, ja wiem, że ty masz czas – zachichotała, całując go w policzek.

– No właśnie, Paulinko, właśnie.

Bo Staś, jak to Staś – za darmo umarło, jak mawiała jego była żona – nigdy nie robił niczego bez powodu. Chciał sprawdzić, które z jego dzieci lepiej sobie poradzi. Które ma żyłkę do interesów. Może popełnił błąd, nie pozwalając im pracować ze sobą, ale chciał, by sami osiągnęli sukces.

Postawa byłej żony coś mu uświadomiła. Tam, gdzie w grę wchodzą pieniądze, rodzina staje przeciwko sobie. A nawet nie był świadomy, ile zamieszania w życiu Piotra i Marii narobiła pomoc finansowa ojca i strach przed jego tajemnym, pokrętnym planem.

– Kochanie, bo ja nie oddam firmy żadnemu z nich – oznajmił z powagą, choć zrobiło mu się trochę żal.

– To co ty z nią zrobisz, Staś?

– Sprzedam, kwiatuszku, i podzielę. Tak będzie uczciwie – zapowiedział.

– Nie szkoda ci, Staś?

– Oj, Paulinko, pewnie, że szkoda, ale jeśli dzieci mają się kłócić albo Hanka ma między nimi mieszać, to lepiej podzielić pomiędzy nich pieniądze, a nie firmę. Rodzina jest najważniejsza – powiedział z przekonaniem. – I lepiej, żeby dzieci nigdy się o moich planach nie dowiedziały. Tak dobrze nam się teraz układa.

– Staś, co ty będziesz wtedy robił? Kiedy już sprzedasz firmę?

– Jak to, co? Będę sobie żył, kwiatuszku.

Drogi Czytelniku,

miałeś właśnie okazję poznać i polubić bohaterkę nowego cyklu o detektyw Matyldzie Dominiczak, z którą będziesz miał okazję ponownie spotkać się w 2019 roku. Mam nadzieję, że warto będzie na nią czekać.

Kochani Czytelnicy!

Chciałabym opowiedzieć Wam o miejscu, które spędza mi sen z powiek – to schronisko dla bezdomnych zwierząt w Gaju.

Przebywają tam porzucone, zaniedbane psy i koty. To ludzie zgotowali im ciężki los, ale dzięki takim ludziom jak Wy udaje się zebrać środki na leczenie, zabiegi czy zaspokojenie ich podstawowych potrzeb. To Wy dajecie im szansę na życie i dom.

W schronisku odbywa się dużo adopcji, jednak im więcej zwierzaków ubywa, tym więcej przychodzi nowych. Ja też mam małą znajdę w domu, psa Karmelka, ale wszystkich przecież nie przygarnę. Zdaję sobie sprawę, że proszę o wiele, ale ktoś musi przemówić w imieniu tych, którzy sami tego zrobić nie mogą. Jeżeli chcielibyście wspomóc mieszkańców schroniska, możecie przelać dowolną kwotę na konto nr 84 1240 6902 1111 0010 6705 8364 lub przekazać 1% podatku na KRS 0000289538 (Schronisko dla Zwierząt w Gaju).

Jeśli ktoś nie ma możliwości, aby dać psiakowi czy kotu dom, może to zrobić wirtualnie: http://schronisko-gaj.pl/adopcjawirtualna.html.

I co najważniejsze:

NIE KUPUJCIE, ADOPTUJCIE! Uwierzcie mi, te zwierzaki potrafią się odwdzięczyć.

Olga Rudnicka